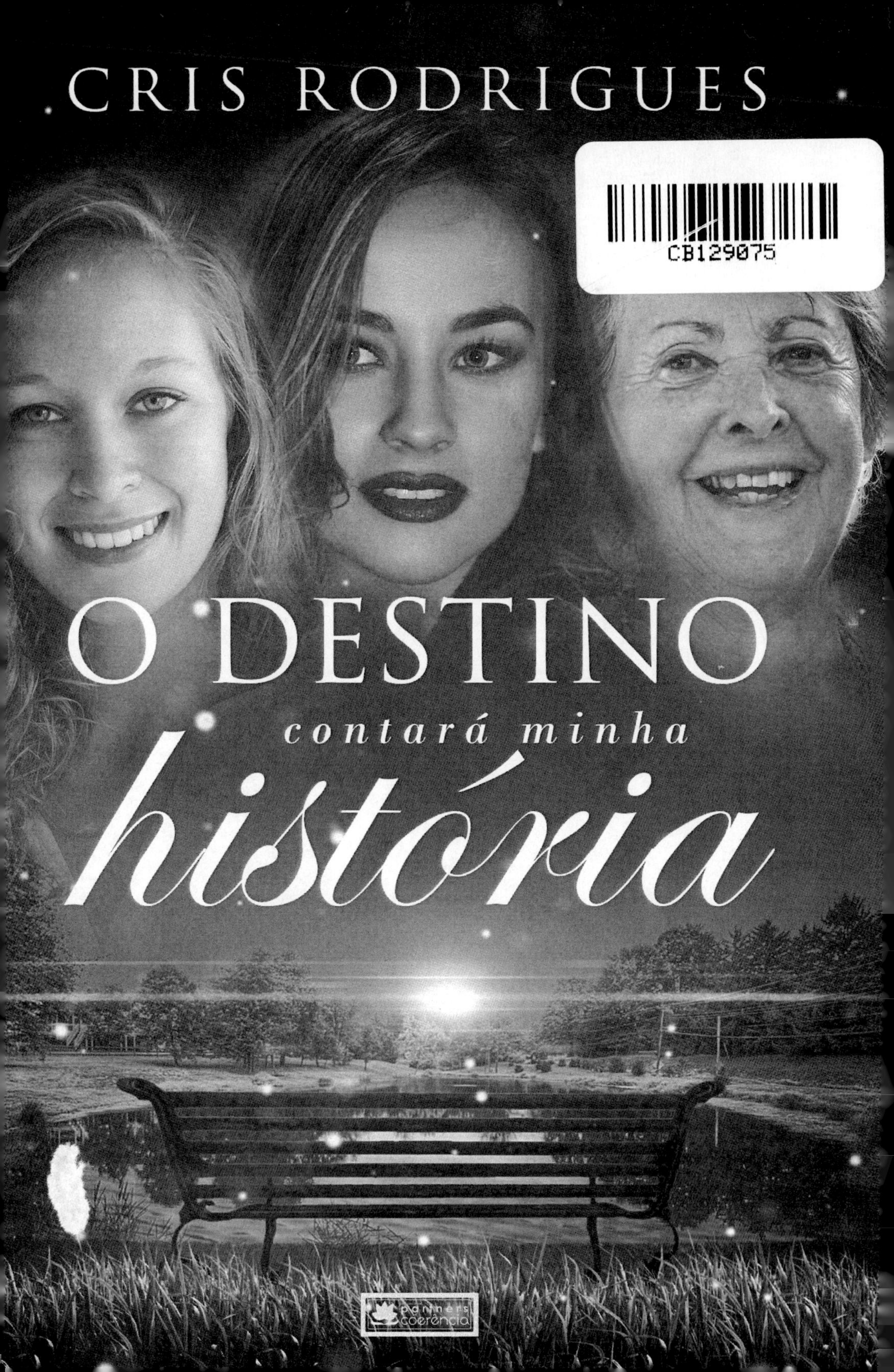
CRIS RODRIGUES
O DESTINO
contará minha
história
partners
coerência

CRIS RODRIGUES

O DESTINO *contará minha história*

partners coerência

DIREÇÃO EDITORIAL
Lilian Vaccaro

COORDENAÇÃO EDITORIAL
Bianca Gulim

PREPARAÇÃO
Lucy Santos

REVISÃO
Lucy Santos
Bianca Gulim

CAPA
César Oliveira

DIAGRAMAÇÃO
Fabiana Mattos

DADOS INTERNACIONAIS DE CATALOGAÇÃO DA PUBLICAÇÃO (CIP)

Rodrigues, Cris;
O destino contará minha história
1ª edição — São Paulo: Coerência, 2019

ISBN: 978-85-532-718-18

1. Ficção brasileira 2. Drama 3. Romance I. Título
CDD. 869.3

Agradecimentos

CLARO QUE é impossível escrever um livro sem que muitas pessoas estejam envolvidas. Peço desculpas antecipadamente caso esqueça algumas.

Meu primeiro agradecimento é para minha avó querida, a linda Augusta, que já não está mais neste plano há muitos anos, mas com certeza abençoou meu projeto. Palmira, minha Palmirinha, imagino as risadas que você daria se estivesse aqui para me ouvir contar as bagunças da sua personagem.

Agradeço à minha filha, Bárbara, por me ouvir algumas mil vezes. Quando eu achava que estava tudo horrível, ela me acalmava e me reconduzia à minha inspiração.

Agradeço ao meu filho, Caio, sempre atencioso e preocupado com meu bem-estar. Cansado de me ver com tendinite, me presenteou com um notebook — metade do livro foi manuscrito. Eu sei... do tempo das cavernas, né?!

Ao meu maior incentivador, Ivan Radulov. Meu amor, companheiro de todas as horas. Nunca pensei em desistir, mas ele com certeza não teria deixado, pois se apaixonou pela história imediatamente. Você falou tantas vezes que este livro tinha muito potencial que eu acabei acreditando. Obrigada pelo apoio técnico e por me socorrer com a informática — sim, sou péssima!

À minhas queridas Carina Ricci, Eliana Portela, Samanta Holtz e Acácia Neves. Além de serem fonte de inspiração, me orientaram e me conduziram quando o livro estava pronto e eu não sabia o que fazer com ele. Minha gratidão e carinho por vocês é imensa!

Muita gratidão também aos amigos e amigas. Quantas vezes aluguei seus ouvidos para contar a minha história? Muitos me incentivaram, mas alguns se desdobraram para me auxiliar na busca por possíveis falhas ou simplesmente para deixar minha obra ainda mais bonita. Adriana Malaquias, Bruna Moura, Rita Lopes e Tatiana Chagas: não é à toa que dei seus nomes às minhas personagens. Muito obrigada por me dizerem tantas vezes que a história é linda. Eu acabei me convencendo! Vocês foram sensacionais.

Lilian Mayer, obrigada pela ajuda com o Wattpad e pela sua valiosa amizade. Guardo com todo carinho a capa que você fez.

Aos meus irmãos, Cláudio e Carlos. Sempre que escrevia seus nomes era com muito amor. Adoro vocês.

Obrigada aos meus leitores do Wattpad, dos grupos de leitura *Ler é Viver* e *Clube das Luluzinhas*, e ao *Friends*, grupo que começou no virtual e se tornou uma amizade real, uma linda família.

Aos muitos alunos que leram e amaram. Vocês são demais.

A toda equipe Coerência que participou deste projeto: Lilian Vaccaro, Bianca Gulim, Lucy Santos, César Oliveira e Fabiana Mattos.

E, enfim, jamais deixaria de agradecer a Deus. Sem fé eu nada seria!

Comecei a ler em:

Mariana,

Que seu Destino seja maravilhoso.

Obrigada pela oportunidade de ser sua parceira.

Seja feliz, sempre

Cris

Beijos

20/10/19

PRIMEIRA PARTE

O presente

Capítulo 1

Vida cruel

DROGA! NÃO acredito que estou abrindo os olhos de novo... Não quero acordar. Será que, se eu fingir que não percebi que acordei, consigo acreditar que morri? Claro que não... já tentei isso antes.

Mais um dia! A luz entra em meu quarto... Não quero a luz! Quero a escuridão. Não quero estar na minha cama, a mesma em que dormi nos últimos quarenta anos. Quero estar na última morada, no mármore eterno, no quinto dos infernos!

Durmo oito horas por noite, mas quero o sono eterno. Por que uma velha que não serve para nada ainda ocupa espaço neste planeta? Que se dê lugar aos jovens! Já estou fazendo hora extra há pelo menos vinte e cinco anos.

Não tenho amigos, sou uma velha arrogante e amargurada, ninguém me quer ter por perto. Tive três filhos, mas dois já morreram e, mesmo se estivessem vivos, não iriam querer minha companhia horrorosa nem em datas comemorativas. Se isso me entristece? Jamais! Sei que fui a pior das mães, consegui estragar a vida de todos eles.

Meu rosto parece um mapa geográfico, não me reconheço mais como a mulher linda que fui. Ah! E como fui linda... Loira e esbelta. A única coisa que ainda está igual são meus belos olhos azuis, cuja cor não enfraqueceu nem mesmo com a maldade que transmitiram durante tanto tempo.

Hoje, vejo que prejudiquei muitas pessoas em busca do que eu via como um ideal de vida. Só existia uma verdade absoluta: a minha! Percebo claramente o quanto fui cruel, egoísta e insensível. Mas não adianta dar uma de coitadinha agora, arrepender-me não vai expulsar os demônios que habitam dentro de mim, meus pecados irão para o inferno comigo quando eu conseguir morrer. O quê? Você acha que estou exagerando? Espere só para ver…

E por falar em morrer, sou um caso cientificamente estudado e esmiuçado, mas sem solução. Aos oitenta e cinco anos, não tenho absolutamente nada doente em meu corpo. Sou completamente saudável. Enxergo bem, todos os meus exames clínicos estão perfeitos. Nada de diabetes, pressão alterada, nem uma veinha entupida no coração. Artrose? Reumatismo? Artrite? Absolutamente nada!

Segundo os médicos, eu e minha carcaça velha temos o físico e a disposição da juventude. Este é meu grande problema: eu quero ficar doente. Eu quero morrer. Preciso urgentemente que algum mal me acometa e me leve para a cova. E, de lá, direto para o inferno.

Não estou sendo piegas, isso eu nunca fui. Simplesmente não tenho mais paciência nem vontade para continuar neste planeta. Aliens, por favor, estou aqui!

Levanto-me, abro as janelas e admiro a beleza da minha casa, que é apenas isto: uma casa. Há muito tempo deixou de ser um lar.

Cansada de lamentar, sento-me na cama e chamo Dolores, a empregada.

— Bom dia, senhora.

— Só se for para você! — respondo amargamente.

— Desculpe, não entendi.

— Claro que não, é uma lesada.

— Desculpe… Eu…

— Pare de se desculpar e me traga uma torrada com gergelim e café descafeinado.

— Sim, senhora. Mais alguma coisa?

— Se eu quisesse mais alguma coisa, eu pediria, não acha?

— Desculpe, senhora... Ai... desculpe. — Ela olha para mim, desesperada. — Não era pra pedir desculpa... com licença.

A coitada sai quase chorando, e começo a resmungar sozinha, já que não tenho com quem falar:

— Criadas burras, nunca serão nada na vida. — Em menos de cinco minutos, Dolores volta e me serve.

— Pronto, senhora.

— Mas o que é isso? Eu pedi torrada com linhaça, e esse café está horrível!

— Desculpe, mas a senhora pediu torrada com gergelim.

— Está me contrariando? Sei muito bem o que pedi! — digo e arremesso a torrada longe. — Suma da minha frente.

Dolores sai com a cabeça baixa, quase se desculpando novamente. Resolvo sair do quarto para andar um pouco, já que não estou com fome mesmo.

Ao pé da escada, ouço as empregadas reclamando de mim:

— Que humor horroroso.

— Não sei por que não morre logo.

— Tanta gente boa morre cedo...

Pé ante pé, eu me aproximo delas.

— Não morro porque minha sina é atormentar as pessoas, infernizar suas vidas. Saiam daqui! Já!

Com o olhar assustado, as duas saem mais que depressa.

— Desculpe, senhora.

— Não me fale a palavra "desculpe" de novo. Não sabe falar outra coisa? Que destino cruel este meu! O que eu fiz para merecer isso?

Saio para o jardim, irritada. Sento-me no meu banco preferido, de frente para um pequeno lago. A verdade da vida miserável que eu levo me atinge em cheio: não há um ser vivo neste planeta que goste de mim. Acabo sucumbindo ao desespero e choro como há muitas décadas não chorava.

Que destino cruel, meu Deus. Não quero ter saúde, quero morrer. Por que o destino me obriga a viver só? E há imbecis que dizem que seu destino foi bom. O meu foi pavoroso, horripilante e desumano. Porcaria de destino!

Entre lágrimas, vou amaldiçoando a vida até acabar pegando no sono sob a velha mangueira.

ACORDO TENTANDO entender o que aconteceu, o crepúsculo já está se infiltrando. Balanço a cabeça para clarear as ideias.

Nossa, acho que adormeci por horas.

Por que ninguém veio me acordar? A resposta é óbvia, para que iriam me acordar? Optaram por aproveitar o dia livre de minha desagradável presença.

Capítulo 2

Encontro angustiante

ENVOLVIDA EM meus desgostos, demoro a perceber que um homem se aproxima. Aliás, um belo homem: moreno, alto e másculo. Constato, surpresa, que nenhuma das empregadas o acompanha. A mansão tem muros altos e conta com vigias. *Como essa pessoa entrou?*, penso. *Será que é um ladrão? Tomara que esteja armado, quem sabe é hoje que eu bato as botas?!*

Como todos os dias, não tenho pressa nem nada para fazer. Então, espero que ele se aproxime. A cada passo, sua expressão fica mais clara para mim, não demoro para perceber que o visitante parece muito bravo.

— Quem você pensa que é para me tirar do meu sossego? — grita quando está a três metros de mim.

— Eu sei quem eu sou, mas não imagino quem você seja — respondo, estupefata.

— Ah, ela ainda é engraçadinha — zomba, demonstrando sua irritação.

— Engraçadinha e dona desta casa! E não me lembro de ter te dado permissão para entrar.

— Continua arrogante e irritante. Não perde a pose mesmo. Não aprende.

— E você acha que vai me ensinar alguma coisa? Coitado! Afinal, quem é você?

— Você não faz ideia, não é?

— Alguém saído do hospício?

— Quase isso.

— Olhe, eu não tenho mais idade para brincar de adivinha, portanto desembuche: quem é você? Fale logo ou caia fora.

— Ir embora? Mas foi você quem me chamou!

— Jesus! É doido mesmo! Para que eu ia chamar um chato? Para perturbar minha paz?

— E você lá sabe o que é paz? Só o que você fez a vida inteira foi tirar a paz dos outros!

Confesso que agora estou assustada. Não entendo o que essa criatura quer comigo.

— Chega de palhaçada! Fale logo o que você quer ou eu chamo a segurança — grito, nervosa.

— Como se eu tivesse medo...

— Ande logo! Eu não te convidei para o chá das cinco! Quem é você?

— Vou refrescar sua memória: "Que destino cruel, meu Deus", "Por que o destino me obriga a viver só?", "Porcaria de destino!". Não foram essas as suas palavras?

Fico completamente chocada. Ele ouviu meus pensamentos? Como pôde? Uma sensação de invasão e impotência se apossa de mim. Não posso mais nem sofrer só?

— Você ouviu meus pensamentos? — questiono, aturdida. — É um daqueles telepatas fajutos que aparecem na televisão? Porque eu tenho absoluta certeza de que ainda não falo sozinha.

— Eu não leio seus pensamentos — declara, rindo ironicamente. — Eu estou nos seus pensamentos porque você me xingou.

— Eu nem sei seu nome! Eu xinguei o destino... — Absolutamente confusa, reviso minha briga eterna com o destino antes de cochilar. Encaro o homem à minha frente fixamente, procurando a lógica desta situação. — Está querendo me dizer que você é o des... Como assim? Você é...?

— Sim, eu sou o destino. Aquele que rege a vida das pessoas. Aquele que você ignorou durante toda sua existência e que agora mesmo estava ofendendo, como fez quase todos os dias nos últimos trinta anos.

Completamente chocada, tento articular o pensamento.

— Mas como é possível? Como assim?

— Para o destino tudo é possível.

— Não é bem assim. Sempre ouvi dizer que para Deus tudo é possível.

— E quem você acha que auxilia Deus?

Atordoada, eu me belisco para ver se não estou sonhando.

— Mas... você é um homem?

— Neste momento, sou. Mas poderia assumir qualquer forma. Ou forma nenhuma. — Respiro fundo, tentando me acalmar. Nada está fazendo sentido. Isso não pode estar acontecendo. Devo ter caído e batido a cabeça. Procuro sinais de luxação... nada! Ou então é um sonho, daqueles que parecem absolutamente reais. O dia já estava esquisito mesmo. Ok, entendi, acordarei a qualquer momento. — Então, não vai falar mais nada?

— Não.

— Por quê?

— Estou esperando acordar deste pesadelo.

O homem dá uma sonora gargalhada.

— Pare com isso, você está acordada.

— Posso estar velha e acabada, mas não estou maluca. Esta palhaçada já deve estar terminando.

— Mal começou! Você nem imagina o que está por vir...

— Bem, se estou acordada, como você diz, vou para o meu quarto tomar banho. Com licença e boa noite.

Saio do jardim resistindo à vontade de olhar para trás. Entrando em casa, a conversa fiada das empregadas me traz de volta à realidade. Subo para meu quarto e, espantada, deparo-me com o cidadão sentado em minha poltrona.

— Voltou, querida? — Cada vez mais assustada, não respondo nada. Sem condições de me expressar, apenas espero. — Agora chega de conversa fiada! Preste atenção e escute: eu sou o seu destino, aquele com quem você brigou e xingou e quem responsabilizou pela miséria que foi sua vida. Eu estava tranquilo, ajudando a todos que sempre seguiram minhas orientações, mas você parecia uma doida jogando para mim a responsabilidade pelas besteiras que fez.

— Certo. Então você me procurou apenas pra dizer esse monte de asneiras? Não tem nada melhor para fazer?

— Tenho! E com certeza meus serviços deveriam ser direcionados para pessoas melhores que você.

— Que bom, então já pode ir embora. Foi um desprazer conhecê-lo.

— Não vim aqui apenas porque você me ofendeu. Vim para que você pare de me perturbar de vez e aprenda a me ignorar. Vim para dizer que não adianta ficar pedindo para morrer, porque você tem pelo menos mais uns quinze anos pela frente — explicou em seu tom mais sarcástico, denotando uma intensa necessidade de me massacrar ainda mais.

O sangue sobe ao meu rosto.

— O quê?! — grito. — Você só pode estar brincando! Ou é completamente louco.

— Você realmente gosta de me insultar, né? Você já pensou na sua situação? Por que acha que aos oitenta e cinco anos tem a saúde de uma jovem de quinze? Seu último resfriado foi há mais de vinte anos. Há pessoas que chegam nessa idade muito bem de saúde, mas com ajuda de vitaminas e remédios. Você sabe me dizer por que não precisa de nada disso?

— Claro que não. Só falta você me dizer que é porque Deus me ama. O diabo eu sei que me adora, mas Deus? De jeito nenhum.

— Então preste atenção e não me interrompa. Você está sendo castigada por ter sido tão ruim! Você fez muita gente sofrer, destruiu a vida dos seus filhos e consequentemente dos seus netos. E isso para não falar das outras pessoas... — Enquanto ele fala, procuro amparo para o meu corpo e me sento na cama. Abro a boca, mas o gesto da mão dele me cala. — Você tinha um destino traçado, mas desviou dele em todos os momentos e agora vem me culpar. Era para você ter tido uma vida plena e feliz, mas você arruinou tudo.

Incapaz de segurar as lágrimas por mais tempo, as deixo escorrer à vontade. Ele volta a falar:

— Sua vida foi repleta de maldade e egoísmo. Portanto, minha querida, não me culpe. Eu tentei te dar uma vida feliz, mas você usou e abusou do livre-arbítrio e agora está sofrendo as consequências dos seus atos. Quanto mais você pedir para morrer, mais você vai viver. A morte é um prêmio que você não merece.

No fim de suas palavras, o silêncio se torna avassalador. Pasma, choro por muitos minutos.

— E acha que eu não sei de tudo isso? — consigo argumentar quando os soluços diminuem. — Você pensa que eu não me culpo todos os malditos dias de minha vida pelo mal que causei? Eu tenho consciência de que estraguei a minha vida e a de todos que amei. Se pudesse voltar no tempo, faria tudo diferente.

— Amou? Você nunca amou ninguém... — acusa friamente.

— Claro que amei! — Levanto-me, indignada. — Amava demais minha mãe e veja só o que ganhei! Ou vai me dizer que eu tenho culpa pelo que aconteceu? — questiono, raivosa.

— De fato, não posso culpá-la pelo que aconteceu à sua mãe. Mas você não precisava destruir tantas vidas por causa disso — responde um pouco mais calmo.

— Você acha que foi fácil viver com o ocorrido? É óbvio que fui muito afetada! O que uma criança inocente faz para merecer um destino como esse?

— Concordo que crianças não merecem sofrer, mas tudo faz parte de um plano maior. Para tudo há um motivo.

— E depois? Tudo pelo que passei ao me casar? Que plano maior foi esse? O que mais o senhor queria de mim?

— Queria que você entendesse que dali pra frente a sua vida seria feliz, e foi por um bom tempo. Até você me contrariar absurdamente.

Sento-me na poltrona e tento me acalmar. Não há como contestar nada do que ele diz, mas como dói remoer meus pecados… Há décadas evito pensar em tudo que fiz de errado. Agora não tenho mais como fugir.

— Estraguei tudo! Os meus filhos não mereciam o sofrimento que lhes causei. Como eu queria ter feito tudo diferente. — Uma tristeza imensa me invade quando minha vida passa como um *flash* diante dos meus olhos. — Arrependo-me de tudo todas as vezes que abro os olhos de manhã.

— Acha que eu sou o culpado? — ele questiona, parecendo, enfim, penalizado.

— Não, a única culpada fui eu — respondo com toda a sinceridade do meu ser. — Estampo essa fachada de bruxa má, infernizando a vida de quem vive comigo, porque não aguento conviver com o peso da minha culpa. Por isso quero morrer, para não correr o risco de prejudicar mais ninguém. — Assim que as palavras saem pela minha boca, identifico uma oportunidade, o que faz minha energias se renovarem. — Calma aí! Você pode me ajudar. Se você é o destino, o todo-poderoso, você tem esse poder! Pode me dar uma segunda chance.

Sua expressão se torna surpresa.

— Está doida? Agora *abilolou* de vez?

— Não! Pense bem: em vez de me dar esse castigo idiota, me dê uma chance de consertar meus erros. Por que viver sozinha, sem ninguém que aguente minha companhia? Posso voltar no tempo e corrigir tudo, acertar a vida dos meus filhos. Eles não têm culpa de nada.

— Eles já morreram, sua doida. Você só tem um filho vivo, que logo morrerá de tanto beber.

Estremeço diante dessa revelação, embora eu já esperasse por isso. Estou ciente de que sou a causadora da cirrose do meu filho, mas engaveto esse pensamento e prossigo com minha linha de raciocínio:

— Se eu voltar no tempo, farei tudo certo e eles não morrerão antes da hora.

Desta vez, quem está desorientado é ele.

— Por que você acha que eu posso fazer isso?

— Você pode conversar comigo. Pode se materializar no que quiser. Você pode tudo.

— Não posso, não. Se fosse assim, a vida seria fácil! Você teve várias chances e desperdiçou todas.

— Não acredito nisso! Você está simplesmente me atormentando? Claro que deve haver uma forma de consertar o que deu errado — argumento, ainda muito animada.

— Não há como fazer isso, tire essa ideia maluca da cabeça.

A realidade me atinge, fazendo meu ânimo esfriar.

— Então me deixe morrer logo! — esbravejo. — É o que quero. Vivo aqui só para me martirizar. Ninguém precisa de mim nesta vida. Já estraguei tudo, me deixe ir logo para o inferno. Eu imploro!

— Não tenho esse poder. Sinto muito.

— Então por que veio me atormentar? Muitas pessoas reclamam de seus destinos de vez em quando. É algo comum.

— É verdade, mas você reclama todos os dias. Hoje, perdi a paciência.

Levanto-me, incapaz de manter a calma.

— Mas você é o ser perfeito! Você não tem o direito de perder a paciência. Que burra eu fui em te escutar, deixar a esperança entrar em meu coração. Minha dor já estava anestesiada. Quantas vezes ao longo destes anos implorei a Deus para que me deixasse voltar no tempo e consertar tudo? Já havia me convencido de que não tinha jeito. Por que você fez isso comigo? Eu estava certa: que destino cruel!

— Eu errei porque você conseguiu me tirar do sério. Meu papel é apenas observar, não devia ter me materializado diante de você. Perdoe-me! — desconsolado, ele se justifica.

Ao ouvir isso, fico fora de mim.

— Perdão?! Vá para o meio do inferno! Suma da minha vida! Desapareça da minha frente. Você, que é o ser supremo, quer ser perdoado, e eu, que sou uma simples mortal, passível de erros, não posso obter o perdão? Chega dessa história absurda. Vá embora! — O destino abre a boca para tentar argumentar, mas o interrompo: — Saia! Vá embora! — grito.

Eu lhe dou as costas e vou para a janela. Quando volto, ele já não está aqui. Deito em minha cama em posição fetal e choro como nunca chorei antes.

Capítulo 3

A segunda chance

ACORDO COM a luz do dia invadindo o quarto. A primeira coisa que faço, como sempre, é reclamar por estar viva. Então, repentinamente, a loucura do dia anterior ativa meus neurônios. Sento-me na cama com o coração aos pulos.

O que foi o dia de ontem? De onde surgiu aquela loucura toda? Faço questão de recordar todos os detalhes, mas nada faz sentido. Será que enlouqueci? Ou tudo não passou de um sonho? Claro que foi um sonho, só pode ter sido um sonho.

Aliviada, tomo banho e vou à procura de Dolores.

— Bom dia. Ontem um homem veio me procurar?

Dolores me encara com uma expressão assustada, provavelmente por eu ter dado bom-dia em vez de pedir o desjejum aos gritos.

— Bom dia, senhora. Não veio nenhum visitante ontem. A senhora está bem? — pergunta em tom cauteloso, ciente de que pode acabar ouvindo desaforos como resposta.

— Sim, estou ótima.

— Ficamos preocupados ontem. Quase chamamos a médica.

— Por quê? — indago, assustada, enquanto me sento à mesa da cozinha para tomar o café.

— A senhora dormiu o dia todo e falou muito durante o sonho. Tentamos acordá-la, mas não conseguimos.

— Como assim? Então deveria ter chamado a médica mesmo! Como me deixaram dormir o dia todo?

— Pensamos que a senhora havia tomado algum remédio diferente.

— Qual foi o dia em que você me viu tomar remédio?

— Desculpe, senhora. — Irritada, eu me levanto, pronta para sair da cozinha. — Senhora, algo estranho aconteceu...

— Diga.

— Encontramos essa abotoadura de paletó no chão, perto da sua cama.

Observo atentamente a abotoadura. Há pelo menos vinte anos nenhum homem entra na minha casa. Perturbada, vou para o jardim, sento-me no banco em meio às roseiras e contemplo o lago, que sempre me transmite muita paz. No entanto, neste momento, nem o belo cenário consegue me acalmar. Como é possível esta abotoadura aparecer em meu quarto? Ele estava vestindo um terno escuro, lembro-me muito bem porque sempre admirei homens de terno.

Será que não foi realmente um sonho? Como é difícil não ter alguém para conversar. Nunca tive amigas... Penso em meu filho, mas não tenho o contato dele. De qualquer modo, ele não quer me ver nem pintada de ouro.

Passo boa parte da manhã buscando um sentido para os acontecimentos inusitados de ontem, porém nada faz sentido.

OS DIAS passam lentamente, como de costume. Depois de uma semana do inusitado episódio, acabo deixando para lá, apesar de uma sensação estranha persistir em me rondar. Volto à minha rotina emocionante me sentindo mais tranquila em relação à realidade da minha vida.

A manhã está com um clima extremamente agradável. A luz do sol bate na minha pele enrugada enquanto caminho pelo jardim. É quando estou me sentando em meu banco favorito que vejo aquele cara se aproximar. Paro o movimento no meio do caminho, transtornada. Ele vai se aproximando aos poucos, dando-me tempo para me recuperar do susto. Quando está a um metro de distância, percebo um ar diferente em seu semblante; parece envergonhado, constrangido.

— Bom dia! — o destino me cumprimenta.

— Depende do ponto de vista — respondo ironicamente.

— Como? — pergunta, meio desorientado.

— Estava sendo um bom dia, mas agora que você está em minha casa, novamente sem ser convidado, creio que isso vai mudar.

— Calma! Eu vim em missão de paz, recolha as armas.

— Paz é algo que eu não tenho há muitos anos.

— Pois então me deixe ofertar-lhe a paz que eu sei que você anseia.

— O que é paz para você? — questiono, encarando-o com intensidade.

Novamente, ele fica um tanto desorientado.

— O mesmo que é para toda a humanidade.

— Péssima resposta. O que é bom para uns não será bom para os outros.

— Você está certa. E o que é a paz para você?

— Neste momento, a morte. É isso que você me traz?

— Não — responde com ar muito sério. — Infelizmente, não.

— Então só veio para me atormentar novamente? Levei uma semana para superar sua última visita, para me convencer de que tudo foi um sonho. Agora que estou tranquila você reaparece? Vai ser meu tormento definitivo?

— Apenas me escute — ele pede com toda a calma. — Eu não vim para te fazer mal. Vim te propor um acordo. — Faço menção de dizer algo, mas ele logo se adianta: — Não me interrompa, por favor. Já está sendo difícil para mim estar aqui. Apenas preste atenção. Eu agi errado com você, nunca havia me materializado para ninguém. Contudo, você me tirou do sério, acabei me intrometendo em sua vida. Eu desobedeci a uma regra e fui penalizado.

Sem conseguir me conter, dou risada.

— Bem feito! Ops... Pensei alto.

— Sempre engraçadinha! — ele acusa com um sorriso e prossegue: — Tive uma reunião com o Ser Supremo e, depois de muita discussão, ele decretou minha punição.

— Uau! O destino sendo penalizado? — Aplaudo, entusiasmada. — Adorei, mas o que eu tenho a ver com isso? Por que me interessaria o que te acontece? Azar o seu.

Ele faz sinal para que eu me sente, e estranhamente obedeço. Com delicadeza, ele se senta ao meu lado.

— Realmente o azar é meu, mas a sorte é sua. Você está envolvida nessa história, sim.

— É mesmo? De que modo?

— Você terá a chance de voltar no tempo e refazer o seu destino. Mas haverá condições. — Um frio intenso percorre minha espinha. Tenho a impressão de que o ar desapareceu, fico tonta e preciso me apoiar nos braços do banco, com medo de desmaiar. — Fique tranquila. Relaxe...

— Co... como assim? Eu... Não brinque, por favor. Como... Por que você está fazendo isso comigo?

— Querida — ele usa um tom sarcástico, talvez com intuito de me provocar —, entenda bem: você terá a chance de voltar no tempo para acertar tudo que fez de errado. Consertar os erros que prejudicaram seus filhos e ter a sua tão sonhada morte.

— Mas isso é impossível! Dois dos meus filhos já morreram, outras pessoas também, e...

— Para Ele — o homem à minha frente aponta com a mão direita para o céu. —, nada é impossível.

— Eu só posso estar alucinando... Certo, vamos com calma — peço, ainda sentindo os dedos de minha mão formigando e meu corpo trêmulo.

— O que você não entendeu?

— Eu vou poder realmente voltar no tempo e consertar meus erros?

— Se você quiser...

Sentindo uma crescente empolgação, questiono-me a respeito: será que estou maluca de vez? Como posso acreditar em tamanho milagre?

— É claro que eu quero! — respondo, eufórica.

— Eu preciso que você tenha absoluta certeza. — Levantando-se, ele olhar para mim com intensidade. — Depois de tomar essa decisão, você não poderá voltar atrás. Você pode pensar com calma e me responder amanhã.

— Não preciso pensar — afirmo com lágrimas nos olhos. — Desejei isso todos os dias da minha vida. Eu me torturei por anos pelo mal que causei àqueles que mais amei! Eu tenho toda a certeza do mundo de que quero fazer isso. E não é por mim, é pelas pessoas que maltratei.

Respirando fundo, ele diz:

— Existem condições.

— Logo vi que estava fácil demais...

— Já vai desistir?

— Claro que não. Quais são as condições?

— Apenas duas: você precisará impedir que tudo que ocorreu de errado aconteça novamente. Ou seja: nos momentos cruciais da vida daqueles que você prejudicou, você recolocará tudo nos eixos.

Confusa, penso comigo mesma por um tempo.

— Mas como será isso? — questiono. — Eu vou me lembrar de tudo que já fiz, vou conhecer as consequências dos meus atos?

— Você terá *flashes* de memória.

— *Déjà-vu*?

— Isso! Caberá a você seguir seus instintos e guiar-se pela intuição.

— Jesus! É muito difícil. E se eu não perceber e estragar tudo de novo?

— Aí entra a parte do meu castigo: estarei sempre por perto, tentando evitar as catástrofes. Porém, ainda haverá o livre-arbítrio. Então, se você me contrariar e seguir novamente pelo caminho errado, não poderei fazer nada para te ajudar e o trato estará desfeito.

Bastante preocupada, mas muito esperançosa, afirmo:

— Não errarei desta vez. Existe algo muito maior por trás dessa oportunidade. Eu sinto isso.

— Existe mesmo. E essa é a segunda parte do acordo. Você precisará fazer um bem para a humanidade, direta ou indiretamente.

— Jesus... E...

— De novo? — ele me interrompe. — Deixe Jesus descansar, mulher. Já não está falando comigo?

— Deixe de ser chato e me ajude a entender! O que você quer dizer com direta ou indiretamente?

— Você está tendo uma oportunidade inédita. Deve, portanto, retribuir fazendo algo para ajudar a humanidade. Algo grande. Não é ajudar os vizinhos. É ajudar a raça humana, ou pelo menos boa parte dela.

— Você não está forçando a barra, não? — questiono, boquiaberta e horrorizada. — Einstein já morreu.

— Por isso eu disse: direta ou indiretamente. Talvez você não consiga sozinha, mas pode contribuir para que outra pessoa realize essa façanha.

— Ah... entendi.

Sorrio, pensativa. Um longo silêncio se instala entre nós, talvez cada um esteja procurando suas verdades dentro de si. Bastante emocionada, mas também um tanto amedrontada, sinto renascer em mim aquela garota corajosa que um dia fui e a quem muito admirava. Levanto-me e contemplo meu belo e amado lago.

— Temos um acordo! Prometo que desta vez não falharei — declaro solenemente.

Depois de me avaliar por alguns segundos, ele me estende a mão, que prontamente aperto.

—Temos um acordo! Prometo que a ajudarei sempre que necessário.

— Depois disso, poderei ter minha sonhada morte?

— Sim. Desde que cumpra minhas duas condições.

Então, ele simplesmente vai embora sem olhar para trás.

Trêmula, porém em estado de êxtase, suspiro pesadamente. Busco forças dentro de mim e as encontro ao me lembrar de meus queridos filhos. Devo isso a eles.

— Então é isso! Que se cumpra o meu destino! — reconfortada, digo a mim mesma. — Desta vez, da forma correta, sem interferências da minha parte. — Contemplo o céu por minutos, sentindo o sol aquecer meu corpo e minha alma. — Que eu tenha sabedoria e humildade. — Olho em volta, sem saber o que esperar, mas com o coração repleto de esperanças. — Esqueci de me apresentar. Meu nome é Augusta de Jesus, e agora o destino contará minha história.

SEGUNDA PARTE

O passado

Capítulo 4

A infância

AUGUSTA NASCEU no dia dez de setembro de 1915 em uma cidadezinha no meio do nada, no interior de São Paulo.

Seus pais, Manoel e Maria, vieram de Portugal muitos anos antes para tentar a sorte no Brasil. Chegaram praticamente só com a roupa do corpo, barriga vazia e a cabeça cheia de ilusão.

Manoel e Maria fizeram sua vida onde Judas perdeu as botas, as meias e as esperanças. Vieram em busca de fortuna, mas só tiveram desilusões e filhos. E fizeram questão de transmitir suas desesperanças aos herdeiros para que crescessem com os pés no chão. O sustento da família era retirado da terra. Plantado e replantado para subsistência e para vender na cidadezinha mais próxima.

Augusta era a caçula e a única menina dos cinco filhos do casal. Desde o nascimento, foi o xodó da mãe e o desgosto do pai, que só queria homens fortes para trabalhar na lavoura. A filha lhe era de pouca valia e, com a proteção da mãe, só fazia os trabalhos mais leves.

Aos cinco anos, foi requisitada pelo padre para interpretar o anjo em uma apresentação teatral. Sábia escolha: loira de olhos azuis e pele muito branca, era a personificação da inocência infantil.

O pai esbravejou e foi contra desde o início, pois, segundo ele, isso poderia estragar a menina com ideias bestas. Mas a mãe tinha as suas formas de conseguir o que queria do marido e a apresentação foi um sucesso. Não houve quem não se encantasse com a linda anjinha.

O pai nem precisava se preocupar que a peça fosse causadora de discórdia, pois Augusta já nascera diferente dos irmãos. Ela sempre foi a questionadora da família e não se conformava com as respostas fracas que a pobre mãe mal conseguia elaborar. Queria saber tudo de todas as coisas.

Quando ia à cidade, encantava-se com as letras e queria decifrar os símbolos. Nos finais de semana, saía com os irmãos para vender a produção da horta e do pomar. Nessas ocasiões, ficava com a dona da quitanda, que era uma das poucas pessoas da cidadezinha que sabia ler e escrever. Dona Esperança, uma senhora de cinquenta e poucos anos, sorridente e gentil, amava a garota loirinha. Não tivera filhos, Augusta era seu bibelô.

Às escondidas do pai da menina e depois de tanto ela pedir, ensinou-lhe as letras e depois as sílabas. Não precisou ensinar mais nada: Augusta juntou as sílabas e percebeu como era fácil formar as palavras. Não parou mais, alfabetizou-se quase sozinha aos seis anos de idade.

Manteve em segredo seu conhecimento, pois tinha certeza de que o pai ficaria furioso se percebesse que ela sabia ler. Começou a guardar escondido todo e qualquer papel que tivesse palavras; quando encontrava o parágrafo inteiro, era o paraíso. Lia e relia tudo, maravilhada com o poder que as palavras tinham.

Aos sete anos de idade, ganhou de dona Esperança um livro de histórias. Mas a quitandeira não deixou a menina levar seu livro para casa para que elas não tivessem problemas com o senhor Manoel. Nos momentos de folga, as duas conversavam sobre a leitura.

— Dona Esperança, por que a Emília briga com o Visconde de Sabugosa?

— Ah... Ela briga, mas gosta dele.

— Mas por que ela briga?

— Porque Emília é assim mesmo, gosta de arrumar encrenca.

— E por que o Pedrinho não mora com a avó dele?

— Porque ele mora na cidade.

— Mas deveria morar no sítio. Lá é muito mais legal.

— Mas ele precisa estudar.

— E o que é estudar?

— É aprender sobre todas as coisas.

— Que coisas? — perguntou a dona curiosidade em pessoa.

— Sobre tudo que há no planeta. Por exemplo, você sabia que existem outras cidades, estados e países?

— Onde? — A criança arregalou os olhos.

— No mundo.

— E eu posso ir nessas cidades?

— Todos podem. Basta ter os recursos necessários.

— Como a senhora sabe disso?

— Porque eu estudei, meu bebê — explicou com toda a paciência.

A menina olhava para ela atentamente, pensando consigo mesma que, se dona Esperança pôde estudar, ela certamente também poderia, então declarou:

— Eu também quero estudar, quero estudar muito!

Dona Esperança lhe deu um sorriso fraco e pesaroso, sabendo que com o pai que ela tinha seria muito difícil que a menina atingisse seu objetivo.

Passaram-se alguns meses, e um dia dona Esperança lhe deu um livro com fotografias de lugares e paisagens de vários países. Augusta ficou extasiada.

— Já sei o que eu quero da vida, dona Esperança. Quero ser professora para saber tudo do mundo todo.

— Parabéns, é uma profissão linda.

— E depois quero ser rica para viajar para todos os lugares.

— E assim será, querida! — Porém, mais uma vez, lamentou-se pelas frustrações que o destino reservava para sua anjinha.

E assim vivia Augusta: suportada pelo pai, amada pela mãe, adorada por dona Esperança e querida pelos irmãos. Mas, infelizmente, a sorte da família virou. Em um ano em que a geada foi inclemente, perderam todas as plantações; o pai não conseguiu recuperar-se. Augusta estava então com dez anos.

Manoel nunca foi um grande pai. Seguia o conceito de que carinho não era necessário. Bastava sustentar a família, e nem isso ele conseguia fazer de forma adequada. Desgostoso com a vida, começou a beber; e junto ao vício vieram as surras.

Claro que as vítimas eram Augusta e sua mãe; com os filhos, fortes e robustos, ele não se metia. Com as mulheres ele exorcizava seus demônios, tudo era motivo para agressões. Sua raiva se voltava mais para a filha, que em sua opinião não lhe servia para nada. Era uma parasita, pois tinha sido muito mimada pela mãe. E ele estava mais do que disposto a corrigir isto.

Um dia, o pai entrou em casa completamente bêbado e já com a cinta na mão. Começou a bater em Augusta até sua mãe se pôr entre eles, gritando:

— Pare, Manoel! A menina não fez nada. Pare com isso.

— Ela fez, sim. Ela nasceu! Veio ao mundo só para dar despesa e desgosto.

— Deixe de ser ruim. Que desgosto esta menina dá? — perguntou com Augusta já em seus braços.

— Desde que ela nasceu, você não liga para mim. Tudo é para ela.

— Você está louco? Sempre fui boa esposa, sempre cuidei de vocês todos.

— Cuida mesmo, mas é só para Augusta que você dá atenção. Você não gosta mais de mim.

Vendo o olhar assustado da filha e extremamente irritada, Maria gritou:

— Quer saber? Não gosto mesmo. Você é um bêbado fedido.

Enfurecido, Manoel partiu para cima das duas.

— Vou matar você e sua filha querida.

Augusta correu para acudir sua mãe, mas Manoel lhe agarrou pelo pescoço e desferiu vários golpes com a fivela da cinta pelo corpo da menina. O sangue jorrou instantaneamente.

Desesperada, Maria gritava:

— Corra, Augusta! Vá embora deste inferno! Corra, minha filha.

— Não, não vou deixar a senhora.

— Vai, sim, faça o que eu estou mandando!

Apavorada, a menina saiu correndo para chamar seus irmãos, pois o pai acabaria matando a mãe. Porém, não os encontrou. Sem saber o que fazer, olhou em volta, encontrou um pedaço grosso de madeira e voltou para casa.

A cena que viu a deixou em absoluto pânico: Manoel estava apertando o pescoço de Maria com as duas mãos, a mãe estava extremamente vermelha e sem ar. Augusta reuniu todas as suas forças e deu uma paulada no pai, derrubando-o no mesmo instante. Com um ferimento enorme na cabeça, o sangue escorrendo abundantemente, totalmente desnorteado, Manoel berrou:

— Sua desgraçada! Eu vou matar vocês. Vou mandar vocês para o meio do inferno!

E continuou gritando, mas a essa altura Augusta e Maria já estavam longe da loucura dele.

Após esse episódio, Manoel ficou tomado por uma raiva insana de Augusta e proibiu que ela estivesse no mesmo espaço que ele, pois não suportava vê-la. Qualquer menção ao nome dela já era motivo para brigas. Contudo, ele não lhe encostou mais um dedo, dizendo que não tinha mais filha.

Passaram-se dois anos de uma paz relativa. Augusta e o pai não se falavam, mas ela aprendeu a ignorar sua presença e manter-se afastada. As bebedeiras prosseguiram, no entanto as surras cessaram.

A mãe se tornou uma mulher amargurada, não desfrutava mais dos prazeres da vida. Nada a deixava feliz, apenas a presença da filha lhe garantia algum alento. Augusta, por sua vez, só encontrava alegria em seus dois livros, que ela mantinha muito bem escondidos.

Certo dia, inesperadamente, a jovem acordou com sangue em suas partes íntimas. Procurou por ferimentos, mas nada encontrou, tampouco sentia dor. Perguntou-se qual seria a origem do sangue.

Assustada, foi falar com a mãe, que não lhe deu a menor atenção.

— Mãe, eu preciso falar com a senhora. Aconteceu uma coisa ruim.

— Eu não quero saber de nada, não, menina.

— Mas, mãe, é importante.

— Vá procurar o que fazer, Augusta. E me deixe em paz.

Muito triste, Augusta foi para o riacho que tinha nos fundos da propriedade e se lavou. O sangue continuou aparecendo, e ela continuou indo para o riacho. Nos dias seguintes, acabou ficando o dia todo por lá mesmo.

Ficava imaginando que estava doente, que ia morrer. Chorava porque ia deixar de ver sua mãezinha querida e dona Esperança, de quem ela estava morrendo de saudade. Depois alguns dias, acordou sem sentir a umidade do sangue e agradeceu a Deus por não ter morrido.

Mas, no mês seguinte, começou tudo novamente. Augusta já acordava chorando e pensando que morreria a qualquer momento. Falou novamente com sua mãe, que respondeu:

— Não quero falar sobre isso.

— Mas, mãe, eu não quero morrer.

— Deixe de besteira, menina, isso não mata ninguém, não.

— Como eu faço para parar?

— Já falei que não quero falar sobre isso. Você vai aprender sozinha.

Por sorte, o irmão mais velho teve de ir para a cidade e concordou em levá-la junto. Augusta foi correndo falar com dona Esperança, que a abraçou.

— Minha menina querida! Que saudades de você.

— A senhora está bem, dona Esperança? Também senti muita saudade da senhora.

Os olhos da menina marejaram.

— Eu estou bem, meu bebê. Tocando a vida como Deus manda. Todos os dias eu acordava pedindo a Deus que te trouxesse aqui.

— Jura? A senhora gosta tanto assim de mim?

— Gosto muito. Você é a filha que eu nunca tive.

Ao ouvir isso, Augusta abriu o dique e deixou as lágrimas correrem. Assustada, dona Esperança a levou para uma cadeira atrás do balcão da quitanda e pediu, compadecida:

— Não chore, menina. Agora você está comigo.

Augusta não conseguia responder. Vendo que o pranto só aumentava, dona Augusta se assustou e foi buscar um refresco para elas.

— Calma, querida. Beba isso e respire fundo.

Augusta então desabafou, contou sobre todas as surras e desgostos dos últimos tempos. A bondosa senhora chorou junto com a menina.

— Queria tanto que você fosse minha filha. Deus não me deu essa bênção, mas deu você para o seu pai lhe tratar desse jeito tão cruel. Como o destino é ingrato com as pessoas de bem! — lamuriou-se a bondosa senhora.

— Mesmo meu pai não gostando de mim, eu sempre lhe respeitei. Depois que ele começou a beber, tudo mudou. Meus irmãos ficam revoltados, mas não têm coragem de fazer nada. O pai diz que é dono da casa e todos têm que respeitar.

— Mesmo quando ele bate em vocês? — interrompeu dona Esperança.

— No começo, eles tentavam nos proteger, mas o pai disse que os expulsaria de casa se eles se metessem, então eles fogem. Ficam até tarde na roça, entram em casa, comem e vão dormir. Não tem mais conversa e brincadeiras. Ninguém fala com ninguém.

— Nem sua mãe?

— A mãe agora é triste, chora muito e não gosta de conversar. É muito estúpida, não é carinhosa como antigamente.

Novamente com lágrimas nos olhos, dona Esperança puxou Augusta pelas mãos e a abraçou.

— Que triste, menina, fico muito chateada por você estar passando por isso. Uma garota tão inteligente e com vontade de estudar... presa nessa situação.

— Ah, agora já nem quero mais estudar, já vou morrer logo mesmo.

— Como assim? — perguntou, assustada. — Por que acha que vai morrer? Você disse que seu pai não te bate mais.

— Só não bate porque eu arrebentei a cabeça dele! Mas não é por isso.

— E o que é então?

— Eu estou doente.

A senhora ficou atordoada, como se um golpe atingisse seu estômago.

— O que você tem, meu bebê?

— Não sei como chama isso, não.

— Mas por que você acha que está doente?

— Porque sai sangue de mim. Fico sangrando por vários dias.

Subitamente, dona Esperança entendeu.

— Amorzinho, de onde sai sangue?

A menina, envergonhada, mostrou a região por cima do vestido. Dona Esperança ficou aliviada e começou a rir.

— Nossa! A senhora gosta de mim e está rindo porque vou morrer?

Rapidamente, dona Esperança explicou:

— Não, meu amor. Você entendeu errado. Eu amo você mais que sua família inteira! Estou rindo porque você não vai morrer. Pode ficar sossegada, querida.

— Como assim? A senhora jura eu não vou morrer mesmo?

— Juro por tudo que é mais sagrado. Eu vou te explicar, fique tranquila. Mas me diga uma coisa: você não perguntou para sua mãe a origem desse sangramento?

— Perguntei, mas ela não me respondeu. Da primeira vez, falou que era para eu sair de perto dela; na segunda, disse que eu iria aprender sozinha.

— E quanto tempo faz?

— Uns meses. Sempre que começa, eu fico triste. Choro muito, achando que vou morrer.

— Meu Deus! Quanta ignorância. Fico assustada pensando por quanta coisa você passou. Eu nem imaginava.

Emocionada, Augusta se levantou e abraçou a amiga.

— Ainda bem que eu tenho a senhora. Eu não vou morrer mesmo?

— Preste atenção. Esse sangue indica que você virou mocinha.

— Mas eu não quero ser mocinha. Eu sou criança! Tenho só treze anos.

— Não tem a ver só com a idade, tem relação com seu corpo, que agora está preparado para gerar uma vida.

Augusta se levantou tão assustada que derrubou uma cadeira.

— Uma vida dentro do meu corpo? Um bebê?

— Sim.

— Eu não quero! Como o bebê vai entrar em meu corpo? Vão me cortar?

Rindo, dona Esperança declarou:

— O problema não é entrar, querida. O problema é sair.

Sem entender como ela podia estar rindo da sua desgraça, Augusta se sentiu magoada:

— Eu não quero isso, dona Esperança. Agora eu estou com medo.

— Você não sabe como os bebês nascem?

— Nem imagino.

— Vamos fazer o seguinte: vou buscar mais refresco e umas rosquinhas, essa conversa vai ser muito longa.

Capítulo 5
A adolescência

NOS MESES seguintes, Augusta se transformou em uma moça muito linda. Os ares de criança inocente a abandonaram, o que se via era uma jovem mulher com um rosto maravilhoso e um corpo sedutor.

Ia com seu irmão à cidade sempre que ele precisava resolver algo. Com seus cabelos loiros, nariz empinado, sobrancelhas bem definidas, lábios carnudos e olhos azuis, despertava olhares de admiração, inveja e cobiça. A menina magrela dera lugar a um corpo esbelto: pernas bem torneadas, coxas fortes, bumbum avantajado e seios salientes e redondos. O quadro geral se assemelhava a uma pintura capturada pelos olhos de um artista.

Foi aí, meus queridos leitores, que fui obrigado a intervir pela primeira vez nos sonhos da pobre garota. Não pensem que eu sou cruel, apenas segui com o que já estava escrito.

Infelizmente, as pessoas da cidade não eram as únicas a admirar a jovem. Os olhares curiosos dos homens não ofereciam risco para ela, o perigo morava em sua casa e atendia pelo nome de Manoel. A raiva se transformou em obsessão. Manoel acompanhava passo a passo a transformação da menina.

Já não amava Maria há muito tempo, apenas a usava para satisfazer suas necessidades físicas. Passou a ver na filha a renovação do seu desejo.

Em sua mentalidade patriarcal, que era mais do que comum na época, intitulou-se o proprietário do corpo da garota. Pensava com seus botões: *por que ela será de outro homem se fui eu que a sustentei até agora? O direito de estreá-la é meu.*

Estava sendo difícil para ele esperar pelo momento certo, pois Maria já estava atenta, percebera os olhares de cobiça que o marido lançava à filha. Estava pensando em ir dormir no quarto da menina, mas sabia que o marido jamais permitiria.

Em uma linda manhã de sol, após cumprir seus afazeres domésticos, Augusta pegou o último livro que dona Esperança lhe dera e se refugiou na sombra de uma parreira no quintal. Estava tão absorta em sua viagem, lendo *As mil e uma noites*, que começou a comentar o enredo em voz alta, já que não tinha com quem partilhar as emoções vividas pela personagem Sherazade.

Infelizmente, não notou a aproximação sorrateira de seu pai, que achou que poderia ser um momento propício para atacá-la. Manoel parou à espreita, prestes a partir para cima da garota, mas a viu falando sozinha. Prestando atenção, percebeu que ela falava sobre a história do livro. Absolutamente indignado, explodiu aos berros:

— Que diabo é isso? Você está lendo? — Augusta congelou de pavor ao ouvir a voz do pai, levantou-se de um pulo na mesma hora, pronta para correr, mas Manoel foi mais rápido e a segurou pelos cabelos. — Como você explica isso, garota?

— Pai, eu estava olhando as figuras.

— Deixe de ser mentirosa! Escutei você falando dessa tal "Shera" alguma coisa. Como é que você sabe o nome dela?

— Eu inventei, pai.

— Pare de mentir! — totalmente enfurecido, ele berrou. — Não sou burro! Quem foi que te ensinou a ler?

— Tá bom, calma! Eu aprendi a ler sozinha.

— Eu vou te arrebentar se você continuar me fazendo de idiota.

— É verdade, pai. Eu ficava olhando as letras nos cartazes das lojas e fui aprendendo sozinha! Eu juro.

A essa altura, Maria chegou, alertada pelos gritos.

— O que é que está acontecendo? Largue a menina.

— Vou é dar uma surra nela! Essa mentirosa está dizendo que aprendeu a ler sozinha quando ia à cidade.

— Mas é verdade! Ela ficava perguntando o nome das coisas e depois ficava colando as letras, daí acabou aprendendo.

Após defender a filha, Maria foi para cima dele e tirou sua mão dos cabelos de Augusta, puxando-a para trás de si. Totalmente enfurecido e procurando em quem descontar suas frustrações, perguntou:

— E quem é que te deu esse livro?

— Eu achei no dia que fui para a cidade com meu irmão. — Foi a mentira que lhe veio à cabeça.

Muito bravo, Manoel pegou o livro e o rasgou na frente dela.

— Nunca te dei permissão para aprender a ler. Você me desafiou. Filho meu tem que trabalhar. Sua mãe te estragou! A partir de agora, você vai para a roça. Chega de fazer corpo mole.

— Mas, Manoel, a menina me ajuda na casa! — argumentou Maria.

— Serviço de gente fraca! Ela vai para a roça, e você que se vire para cuidar da casa — ordenou, virou as costas e voltou para casa com Maria em seu encalço.

Augusta se sentou no chão, tremendo de nervoso e de dor por ver o livro rasgado, sem nem imaginar do perigo que fora salva.

Porém, o alívio foi momentâneo. A descoberta de que Augusta sabia ler deixou Manoel ainda mais agressivo. Sentia-se diminuído e desrespeitado ao mesmo tempo em que seu desejo de possuir a filha aumentava, pois o ímpeto com o qual Augusta se defendera a deixara ainda mais bonita. As faces coradas e olhar desvairado o fizeram ficar mais obcecado, prometeu a si mesmo que não passaria daquela noite.

Como de hábito, após o jantar, todos se recolheram para seus quartos. Augusta adormeceu imediatamente devido ao desgaste da situação pela qual passara. Manoel, no entanto, estava totalmente acordado e excitado. Ao ver que Maria estava em sono profundo, dirigiu-se ao quarto da filha. Entrou sorrateiramente e a admirou dormindo. A camisola revelava as coxas e metade das nádegas, os cabelos esparramados pelo travesseiro e o ar de inocência o deixaram entorpecido de desejo.

Como se estivesse pressentindo que algo terrível estava para acontecer, Augusta abriu os olhos e, assim que seus olhos se acostumaram com a escuridão, preparou-se para correr, porém a mão de Manoel já estava sobre sua boca.

— Fique quieta ou eu mato você e sua mãe. Mato sua mãe na sua frente e depois acabo com você. Você vai pagar por tudo que me fez passar durante todos estes anos. Sua preguiça, seu descaso e sua audácia em me bater. — Sua voz estava repleta de ódio e seus olhos com o brilho da loucura. — Quem você pensa que é? Andando pela casa, exibindo esse seu corpo para me enlouquecer... Pois agora você vai ter o que pediu! Aposto que você está doidinha para isso, né, sua rapariga? — Com os olhos arregalados, ela fez que não com a cabeça, o que o deixou mais enfurecido. — Pois é o que vai ter! E se der um pio, mato você e sua mãe, está me entendendo? Responda! Está me entendendo?

Apavorada, com as lágrimas abundantes descendo pelo rosto, Augusta fez que sim com a cabeça, percebendo que a mão livre passeava pelo seu corpo, rasgando suas roupas e a deixando totalmente exposta, invadindo sua intimidade de forma desconcertante. O pai continuou:

— Eu vou tirar a mão da sua boca. Se você gritar, não tenha dúvida de que vou cumprir minha promessa — alertou, fazendo o gesto característico de passar a mão pela garganta, indicando assassinato. — Já quero acabar com sua vida há muito tempo, mas, antes, acabo com sua mãe, que já não me serve para nada. Está entendendo?

Ela fez que sim com a cabeça novamente, o terror estampado na face. Em sua inocência, a menina ainda não tinha percebido o que iria acontecer.

Assim que tirou a mão de sua boca, Manoel lhe beijou. O gosto repugnante de álcool misturado ao tabaco lhe revirou o estômago e só então o medo a invadiu definitivamente. Augusta tentava entender o que estava acontecendo, instintivamente sabia que algo estava terrivelmente errado. Ameaçou falar, mas rapidamente o pai mordeu sua boca e apertou o seu pescoço:

— Se você der um pio, te enforco.

Desceu a boca e as mãos para os seios jovens e intocados. Apertou-os violentamente, notando o quanto eram lindos. Não se conteve e os mordeu, alucinado, parando apenas quando sentiu o gosto de sangue na boca. Mas não parou para poupá-la, e sim para morder e beijar todo o restante até chegar às coxas que ele tanto desejava.

Com o coração batendo descontrolado, Augusta agarrava as beiradas do colchão, procurando não se mexer, com medo das ameaças do pai, que prosseguia com sua barbárie. A dor chegava em ondas, desorientando ainda mais os seus sentidos.

— Ah! Essas coxas me roubaram o sono.

Apertou-as com os dedos, como se pudesse tirar pedaços e guardar para si. Mordia a parte interna das coxas da menina como um porco. Era um porco, perdera todo o vestígio de humanidade. Era um selvagem extravasando sua raiva reprimida. Um animal abatendo sua presa.

Então ele chegou à sua parte mais delicada. Invadiu-a com a boca, sugou e mordeu com uma intensidade absurdamente dolorosa. Nesse momento, Augusta se desligou. A dor era avassaladora. Soube que iria morrer e desejou que a morte viesse logo.

Seu corpo estava ali, mas sua mente já estava em outro mundo, onde ela poderia ser feliz novamente, como quando era uma criança e sonhava em ser professora e conhecer o mundo.

Mas ela não estava morta. Manoel a invadiu sem a menor piedade e rompeu sua virgindade como um demolidor. Penetrou-a violentamente. A jovem não emitia nenhum som, não estava mais ali, seus pensamentos vagavam desordenados pelos lugares lindos que dona Esperança lhe descrevera.

Quanto mais ele via seu olhar apático, mais furioso ficava. Suas investidas ficavam mais fortes a cada momento, rasgando-a por dentro. Não era apenas sexo, era degradação, necessidade de vê-la humilhada. Quando estava prestes a concretizar de vez sua profanação doentia e proclamar-se dono do corpo de Augusta, subitamente a porta se escancarou e Maria entrou. Ficou petrificada diante da cena. Seu mais temido pesadelo se concretizou: sua filha inerte, praticamente desacordada, envolta em sangue. Imediatamente, partiu para cima de Manoel, agarrando-o pelas costas e o jogando para longe com uma força que jamais pensou possuir. Horrorizada, gritou:

— O que você fez? Você está louco?

Frustrado, mas ainda ciente do que sua esposa era capaz de fazer, argumentou:

— Cale a boca! Vai querer acordar a casa toda por uma coisa à toa?

— À toa? Você é um animal! Como pôde fazer isso com sua própria filha?

Revoltado por não ter conseguido completar seu feito, deu-lhe um tapa no rosto.

— E você é uma estúpida. Eu sou o pai dela, tenho o direito de ser o primeiro.

Maria estava zonza, tinha a sensação de estar em um pesadelo. Quando se deu conta das consequências da situação, começou a chorar:

— Você acabou com a vida dela. Ela está perdida.

— Melhor assim! Vai virar quenga e trazer dinheiro para casa.

Assombrada, Maria o encarou intensamente. Era esse o homem com quem se casara? Faria da filha uma prostituta? Soube em seu íntimo que sim. Ele acabaria com a vida de Augusta se ela não tomasse providências.

— Saia daqui, pelo amor de Deus! Deixe que eu cuide da minha filha.

Como se fosse a coisa mais natural do mundo, Manoel se retirou do quarto enquanto Maria pegava uma toalha úmida e, desolada, limpava as manchas de sangue nas coxas e seios de Augusta. Chorando muito, recriminava-se:

— Meu Deus, não consegui proteger minha filha. Que péssima mãe eu fui.

Levantou-se, pegou uma calcinha e uma camisola limpa e com todo cuidado vestiu a filha. *Eu percebi que ele estava descontrolado; desde que parou de bater nela, sua raiva só aumentou. Meu Deus! Por que o Senhor permitiu isso? Fiquei de olho, vigiando todas as noites, mas, mesmo assim, cheguei tarde.*

Maria foi até a cozinha e preparou um chá de ervas para que a menina melhorasse. Então a realidade recaiu furiosamente sobre ela. *Se recuperar para quê? Para ele poder continuar a fazer isso? Conheço esse homem! Ele não vai parar. Vai abusar dela todos os dias.*

Chocada, percebeu que só tinha uma coisa a ser feita. *Vou ter que mandar a menina embora. Vai ficar com a minha irmã.* As lágrimas escorriam em abundância. *Vou perder a minha filha. Como vou viver sem a minha menina?*

Deitou-se na cama junto com Augusta, abraçou-a e chorou a noite toda, sabendo que havia só um jeito daquilo funcionar. Ia ter de magoar a filha.

Capítulo 6

A violência

NO DIA seguinte, Augusta acordou gritando, assustada. Sentou-se na cama e sentiu o corpo todo dolorido. Então começou a se lembrar do horror pelo qual passara. Quanto mais lembrava, mais desesperada ficava, seu choro veio instantaneamente junto com o medo. Então a mãe entrou no quarto.

Por mais que Maria houvesse se preparado para enfrentar a situação como deveria, seu coração se afundou no peito e foi quase impossível segurar o pranto. A filha estava irreconhecível: o rosto e o corpo cheio de hematomas, os lábios inchados, arranhões pelas pernas.

Vendo a mãe entrar, Augusta lhe estendeu os braços, mas não recebeu o desejado abraço. Surpresa, a menina a ouviu dizer:

— Deixe de besteira! Pare de chorar. — A expressão de Maria era absolutamente fria. Diante do ar agressivo da mãe, Augusta chorou mais ainda. — Já disse para parar de chorar! Não vai resolver nada.

— Como a senhora espera que eu não chore? Meu corpo inteiro dói! O que eu fiz para ele me espancar daquele jeito? Ele foi nojento! Ele é meu pai e beijou a minha boca e…

— Cale a boca! — gritou Maria. — Não quero ouvir.

— Ele é meu pai! Essas coisas que ele fez comigo... Como ele pôde fazer isso com sua própria filha?

— Já falei! Cale sua boca.

— Mas, mãe, ele é meu pai! — berrou com as forças que ainda tinha.

Maria não estava aguentando de tristeza, morrendo de vontade de consolar a filha, mas seguiu com seu teatro:

— A partir de hoje, ele não é mais seu pai, nem eu sou mais sua mãe! Assim que você estiver melhor, vai embora para a casa da sua tia e nunca mais vai voltar.

Atordoada, Augusta exclamou:

— Mas eu não fiz nada! Não tenho culpa.

Segurando-se ao extremo para não chorar e abraçar a filha, Maria respondeu:

— Tem culpa, sim! Você ficou andando por aí, exibindo seu corpo, sua juventude e sua beleza, mexendo com a cabeça dos homens. A culpa é sua.

Totalmente desnorteada, ela respondeu:

— Mas eu não fiz nada para ter este corpo! Nem sei como isso aconteceu. Não entendo o que está acontecendo, mas não quero ir embora. Não quero ficar sem a senhora, mãezinha! Ele é que tem que ir embora.

— Cale a sua boca! Ele não vai embora. Ele é meu marido, e você se deitou com ele.

— Não! Não! Eu não me deitei com ele. Ele entrou aqui, cobriu a minha boca e disse que, se eu gritasse, ia matar a senhora na minha frente e depois me mataria. Como é que eu ia deixá-lo matar a senhora?

Não aguentando mais ver o olhar desesperado de Augusta e prestes a desabar, Maria apenas declarou com uma falsa frieza na voz:

— Hoje você fica aqui se recuperando. Assim que estiver bem, seu irmão vai te levar para a casa da sua tia.

— Mas é muito longe! Eu só vi minha tia uma vez. Por favor, mãezinha. Não posso viver sem a senhora.

Virando-se, Maria completou com um olhar gélido:

— Chore o que tiver que chorar hoje. Chore tudo de uma vez e acabe logo com isso. Chorar é para os fracos. Aprenda isso! A vida é cruel, as pessoas são cruéis. Se você continuar sendo uma tola chorona, o mundo vai te engolir sem dó nem piedade. Acabe com essa chatice, porque o que está resolvido não será mudado.

E se retirou do quarto, deixando uma Augusta machucada física e emocionalmente.

Capítulo 7

A fuga

DEPOIS DE toda aquela descarga emocional somada às dores físicas, Augusta passou o dia praticamente dormindo, buscando anestesiar a dor no sono e tentando se convencer de que aquilo tudo não era mais que um pesadelo.

No final da tarde, já se sentia um pouco melhor. Comeu o almoço que sua mãe havia deixado e encheu a bacia de banho com água fria. Esfregou-se por uma hora, tentando inutilmente se livrar da lembrança e da sujeira impregnada em seu ser.

Analisou, em retrospecto, tudo pelo que havia passado: a mãe não a queria mais; o pai a queria, mas pelos motivos errados; os irmãos eram totalmente alienados em relação ao que acontecia. Ou seja, não havia o que fazer ali. Porém, se era para ir embora, seria à sua maneira.

Como disse a mãe: "chorar é para os fracos". Depois do que tinha acontecido, não era mais aquela menina ingênua e obediente. Estava resolvido: ia tomar seu destino nas mãos. Não iria morar com uma tia que não conhecia, ainda mais no fim do mundo. Iria agir por si mesma, não era mais uma criança. Já estava com quase catorze anos e tinha sofrido o suficiente para saber o que era a vida.

Saiu de casa de madrugada. Ainda sentia muitas dores no corpo, mas caminhou resoluta por duas horas até chegar à casa de dona Esperança. Bateu na porta com pancadas determinadas. Quando a senhora abriu a porta e olhou para o rosto de Augusta, chocou-se com o que via.

— Meu Deus, menina! O que fizeram com você?

— Posso entrar, dona Esperança?

— Claro! Desculpe, fiquei tão assustada que me esqueci das boas maneiras. Venha, sente aqui. — Fechando a porta, tratou logo de perguntar: — O que te aconteceu?

— Antes, a senhora poderia me dar um pouco de água? É que eu vim andando.

— Sozinha? Que perigo! — disse, saindo para buscar água e também uns biscoitos.

Esperou que Augusta tomasse a água e comesse, notando que ela mal conseguia mastigar por conta da boca machucada. Dona Esperança trouxe duas bananas amassadas e, ansiosa, esperou que ela terminasse.

— Agora me conte o que aconteceu. Desta vez a surra foi bem grave, né?

— Antes fosse só uma surra, foi muito pior. — Os olhos da menina arregalaram ao recordar-se.

— Ah, meu Deus! Que não seja o que eu estou pensando.

— Mas é.

Sentindo suas mãos tremendo, dona Esperança se sentou ao lado de Augusta, passou as mãos carinhosamente pelos cabelos da menina e então pediu:

— Conte tudo.

Durante a narrativa, dona Esperança chorou, revoltou-se, apiedou-se, teve vontade de cometer um assassinato, mas não a interrompeu. Deixou que ela desabafasse o seu sofrimento.

— Não sei nem o que te dizer, minha querida. O que aconteceu é desumano, mas infelizmente muitos pais acham que é correto fazer o que seu pai fez. Um absurdo total! — indignou-se a senhora.

— O que mais dói é a rejeição da minha mãe. Como ela pode me abandonar quando mais preciso dela? Achar que ele está certo e que eu sou a culpada?

— Vivemos em um lugar atrasado, de gente ignorante. Pessoas que não tiveram acesso à educação e agem de forma arcaica e medieval.

— O problema é que eu não vou acatar a decisão da minha mãe. Não vou para a casa de uma tia que nem conheço.

— Mas seus pais vão te obrigar.

— Ela disse que não sou mais filha deles, portanto não preciso mais obedecê-los.

Sabendo que não era bem assim, dona Esperança se preparou para desmotivar a menina.

— E o que você vai fazer?

— Não sei. Mas não vou para minha tia. Por isso vim procurar a senhora. — Voltando seus olhos azuis cheios de esperança para sua bondosa amiga, pediu: — Posso morar com a senhora?

Dona Esperança abriu sua boca, surpresa. Em seus sonhos, sempre quisera ser a mãe de Augusta, porém sempre foram devaneios, nunca imaginou que isso de fato pudesse acontecer. Sem nem pensar, respondeu:

— Claro que sim! Você é a filha que eu sempre quis ter. Vamos agora mesmo falar com seus pais.

— Não! — Augusta se levantou de um salto. — Se falarmos com eles, não vão deixar.

— Mas aí seria muita maldade...

— Eles são maus! Eles querem me tirar daqui, mas eu não quero ir morar com outra pessoa que não me ama. Agora percebo que ninguém naquela casa me ama.

Augusta respirou fundo para segurar as lágrimas, não choraria.

— Eu amo você e não vou deixá-la sofrer mais ainda. Você tem razão, seus pais não vão deixar você morar comigo. Seu pai não vai nos dar sossego se continuarmos vivendo aqui. — Dona Esperança ficou quieta por um longo tempo, de olhos fechados. Quando os abriu, apenas disse: — Parece que chegou a hora de exorcizar os meus fantasmas. Não é à toa que você está na minha vida, e eu prometo que nunca mais vão te ferir. Mas, antes, preciso fazer uma pergunta importante: você confia em mim?

— Sim.

— Então volte para sua casa antes que percebam que você esteve aqui.

— Não! Não posso voltar para lá! — interrompeu Augusta.

— Você disse que confia em mim.

— Sim, mas...

— Eu sei o que estou dizendo. Preste atenção. Você vai voltar para sua casa agora e ficar bem quieta. Se perguntarem onde você estava, use uma boa desculpa. Procure ficar afastada de todos.

— É só o que eu quero mesmo.

— Pegue uma muda de roupas. Deixe escondida em algum lugar. Não durma para não correr o risco de se entregar ao sono pesado. — A menina prestava atenção, animada. — Não fale com seus pais. Não tente conversar. Finja que dormiu. Está me entendendo?

— Sim, senhora.

— Às três da manhã, saia em silêncio e me encontre na porteira do seu sítio. Acha que consegue?

— Sim, senhora.

— Está preparada para isso, Augusta?

— Estou, sim. Como a senhora pensou em tudo isso tão rápido?

— Tenho experiência no assunto. — A sombra de uma mágoa passou por seus olhos, mas ela logo a afastou. — Agora, vamos, vou te levar de charrete para que não percebam sua ausência. Amanhã, você começará sua nova vida.

Augusta chegou e foi para o seu quarto, saindo de lá apenas para se alimentar. Não viu o pai nem a mãe, ainda tinha um pingo de esperança de ter entendido tudo errado. Por mais que estivesse magoada, amava muito a mãe. Envolvida em suas reflexões, acabou cochilando a maior parte do dia.

Então, chegou a esperada hora. Às três da madrugada, ela saiu pela casa silenciosa. Por sorte, as pessoas não tinham o hábito de trancar as portas. Em menos de cinco minutos, estava na porteira da propriedade dos pais. Com o coração martelando forte no peito, virou-se e encarou a paisagem: as árvores que tanto amava, o riacho ao longe, a silhueta da casa ao fundo. Ela não precisava de luz, pois conhecia cada canto daquele lugar. Sentiria falta do sítio, mas ali não era mais o seu lar.

Suspirando fundo, virou-se, determinada, e entrou na charrete. Olhando para ela cheia de amor, dona Esperança perguntou:

— Você está bem, minha querida?

— Sim, eu estou. — Um som muito baixo saiu de sua garganta, então, resoluta, levantou a cabeça e a voz: — Podemos ir embora. Nada mais me prende aqui.

— Você está certa disso, menina? Voltar será muito complicado.

— Não haverá volta. Podemos ir.

Dando ordens ao condutor, partiram para nunca mais voltar.

Capítulo 8

Fé

SEGUIRAM DE charrete por duas horas até a cidade vizinha, fariam o restante da viagem de trem. Acomodadas e já com o trem em movimento, Augusta se sentiu mais tranquila. Seria muito difícil que as encontrassem, pois estavam horas à frente.

Foi quando, repentinamente, um sono muito forte tomou conta de Augusta. Era impossível manter os olhos abertos, então ela se entregou.

— Acorde, Augusta! Acorde, preciso falar com você.

Ao abrir os olhos, ela nota que não está mais no trem. A paisagem é outra, mais moderna. Saindo do seu torpor, percebe que está de frente para o lago de sua casa. Olha para suas mãos enrugadas e o entendimento lhe clareia as ideias. Nem precisa olhar para trás para saber quem é o dono da voz que lhe despertara.

— Bom dia, querido destino. Tudo bem com você? — cumprimenta-me com serenidade.

Saindo de trás do banco em que ela está, sento-me ao seu lado.

— Estou ótimo. Como está sendo essa experiência?

— Impressionante! Há alguns minutos, eu era uma linda garota de catorze anos, agora estou aqui com oitenta e cinco, velha e feia.

Rio de seu humor sempre ácido e resolvo brincar:

— Bem, levando em conta o inusitado dessa situação, muitas pessoas dizem: "Parece que foi ontem que eu era jovem". Ou: "Como o tempo passou rápido".

Augusta olha bem em meus olhos.

— O tempo passa rápido mesmo. A vida é fugaz e infelizmente as pessoas desperdiçam os bons momentos e as boas oportunidades. Por que será que só percebemos quando já é muito tarde?

— Porque a sabedoria só vem com a idade e daí...

— O tempo já passou. Daí o melhor da vida já passou — completa.

— E depois a culpa é do destino, não é?

— Estamos aqui apenas para filosofar à beira do lago? — questiona, sorrindo.

— Estava demorando para o seu veneninho ser destilado, não é? — tento ser duro, mas não consigo conter um pequeno sorriso.

— Só estou te provocando. A curiosidade está me matando, por que estamos aqui?

— Você está preparada para falar sobre o que motivou a sua fuga?

Ela levanta a sobrancelha e me lança um olhar astuto.

— O nome para isso é estupro, pode falar. Eu não sabia como era classificada tamanha violência, mas há muitos anos aprendi.

— E ainda mexe muito com você? — questiono, solidário.

— Depois de tantos anos, é apenas uma brasa adormecida.

— Mas contribuiu para transformá-la.

— Claro que sim — responde, ríspida. — É inevitável, mas você sabe que tudo tem seu lado favorável. Foi útil para que eu deixasse de ser aquela menina boba que amava a mãezinha, que acreditava que o mundo era uma bolha encantada.

— Eu preciso te mostrar uma coisa. Olhe para o lago.

— Vai me afogar, é? Cansou da brincadeira?

— Vontade não me falta — respondo, sorrindo. — Mas acho que eu ficaria suspenso por toda a eternidade.

Então, com um movimento de minhas mãos, a água do lago se agita, formando uma espécie de espelho.

— Uau! Sua televisão é a mais moderna de todas.

Não consigo conter uma sonora gargalhada, e faço um sinal para que ela fique em silêncio. Surge, no lago, a imagem antiga da casa de Augusta. Apesar de tudo que passou lá, o primeiro sentimento que vejo passar por seu semblante é a saudade. Saudades da infância, da inocência, de ser feliz apenas por existir.

Então a imagem avança para o seu quarto, no dia em que sua mãe disse que ela iria embora para a casa da tia. Augusta se levanta no mesmo instante, indignada:

— Eu não quero ver isso. Trouxe-me aqui para tripudiar com meus sentimentos? Vou embora.

Segurando sua mão, tento fazer com que ela se sente novamente.

— Mas que criatura abespinhada você é! Calma, mulher. Vai embora para onde? Não sabe como voltar.

— Não quero ver nada. Me leve de volta.

— Sente-se e mantenha a calma — ordeno com a voz firme. — Você precisa ver isso, por isso te trouxe aqui.

Ainda furiosa, ela se senta e volta a olhar para a tela.

— Pode soltar o *play*.

— Engraçadinha! — acuso, ciente de que essa mulher nunca deixa passar uma oportunidade de ser sarcástica.

A imagem volta para o momento em que a mãe de Augusta contava que ela teria de ir embora. Na tela, os olhos arregalados pelo susto e medo parecem maiores. Depois de vermos a menina chorando, a imagem muda para cozinha da casa. Augusta arregala os olhos diante do que vê: a mãe sentada no chão da cozinha, chorando descontroladamente e falando consigo mesma: "Eu perdi minha menina. O amor maior da minha vida. Meu Deus, como eu vou viver sem minha filhinha? Meu Deus, me perdoe por ter dito aquelas coisas para ela, mas eu preciso protegê-la".

Augusta coloca as mãos no rosto. Desnorteada, não tira os olhos da tela. O choro e desespero de Maria só aumentam. Durante vários minutos, ela deixa as lágrimas correrem livremente, então se levanta, respira fundo e diz para si mesma: "Preciso me controlar. Se Augusta perceber que eu estou fingindo, não vai querer ir embora. Não posso deixá-la aqui com esse carrasco. Deus, me dê forças para proteger minha menina, mesmo que isso acabe com minha vida. O que importa é a minha filhinha".

Congelo a imagem, pois Augusta chora copiosamente. Seus olhos refletem um turbilhão de emoções. Chora novamente pela perda da mãe, porém o choro é de alívio, e não de dor. Seu peito se enche novamente de um amor que ela mesma havia arrancado dali. Deixa correr livremente todo o pranto que aprisionou durante tantos anos. Cada lágrima derramada é uma dádiva para seu coração amargurado.

Quando se vira para mim, miro seus olhos, mais lindos do que nunca, e ela suspira.

— Obrigada! Mil vezes obrigada — diz, aliviada.

— Eu sabia que conhecer a verdade faria bem a você.

— E fez mesmo. Nunca me conformei com o que ela fez. Mesmo depois de adulta e entendendo a mentalidade da época, não conseguia aceitar o fato de ela ter me tirado da sua vida daquela forma. E ela só queria me proteger.

— Ela tinha certeza de que você não iria embora sem ela. E sabia que seu pai não deixaria as duas irem embora de forma alguma. Mesmo que deixasse, sua mãe não tinha como sustentá-las.

— Pobrezinha! — Augusta fala, ainda muito emocionada. — Não tinha estudo, mas era astuta. Sabia que o meu destino seria cruel se eu continuasse lá.

— Seu pai continuaria se aproveitando de você, depois a levaria para um bordel.

— Que absurdo! Como você sabe?

— Não vou zombar de você apenas porque está muito abalada... Esqueceu que eu sei de tudo, querida? A questão é que ele falou para sua mãe que faria isso, e ela tinha certeza de que ele faria mesmo.

— Eu fui muito injusta com ela! — confessa, caindo em si, magoada. — Sempre tive mais mágoa da minha mãe do que do meu pai. É claro que o que ele fez foi um absurdo, mas eu não entendia direito do que se tratava. Via mais como uma forma de violência do que como estupro. Nem sabia que essa palavra existia na época. Tive meus traumas, claro, no entanto o que me matava realmente era a atitude da minha mãe.

— Você não se conformava.

— Nunca me conformei. Não entendia como ela foi capaz de me expulsar da vida dela. Não houve um dia da minha vida em que ela não viesse em minha mente.

— E não houve um dia na vida dela em que ela não chorasse de saudades de você.

— É verdade? Jura? — indaga com lágrimas nos olhos.

— Não preciso jurar. Não confia no seu destino?

— É claro que não — responde, rindo.

— Mas pode confiar. Ela teve netas que amou, mas a menina da vida dela sempre foi você. E você sabe por que eu te trouxe aqui hoje, não é?

— Creio que sim.

— Foi a atitude da sua mãe que levou o primeiro traço de amargura ao seu coração. Você não conseguiu superar a suposta rejeição, por isso se tornou uma mulher rancorosa, amargurada e descrente. E isso afetou a sua vida e a de todos que conviveram com você.

— Ah! Então você me trouxe aqui para que eu seja diferente? — pergunta com tom de zombaria, mas percebo que seu olhar carrega esperança. — Você é espertinho.

— Sempre fui. — Sorrio para ela. — Esse foi um dos momentos cruciais da sua vida. Você voltará com a alma tranquila, sabendo que não foi abandonada pela pessoa que mais amava. Suas atitudes serão diferentes. É o princípio da sua redenção.

— Entendo. — Ela me olha com admiração e respeito. — Você sabe o presente que me deu hoje, não? — Indiretamente, ela agradece com sinceridade.

— Sei. E tenho mais um presente. Quero mostrar outra coisa.

Mexo as mãos novamente e uma nova imagem surge no lago: o momento em que Augusta olhava para sua casa pela última vez. Imediatamente, ela se emociona ao ver a si mesma, uma garota frágil deixando tudo para trás. A imagem se aproxima da janela da cozinha e mostra sua mãe em pé, olhando pela janela com as lágrimas banhando o rosto. "Vá com Deus, minha filha! Que ele te proteja sempre".

Boquiaberta, Augusta me fita atentamente.

— Ela sabia que eu estava fugindo com dona Esperança — constata.

— Sim. Nos dias seguintes ao estupro, ela não dormiu. Passava as noites acordada, com medo de que seu pai a molestasse novamente. No dia de sua fuga, ela percebeu você saindo de seu quarto e ficou à espreita. Estava a ponto de sair atrás de você no quintal quando percebeu a charrete de entregas da quitanda na porteira. Em seu coração de mãe, soube que você estaria melhor com dona Esperança, que a amava, do que com uma tia que nem a conhecia.

Muito comovida e sem conseguir continuar sentada, Augusta começa a andar, agitada pela felicidade.

— Que surpresa! Ela era maravilhosa mesmo. Foi uma mãe muito melhor do que eu... Espere! Se esse momento mudou minha vida...

— Parte da sua vida.

— Ok, parte da minha vida. Mas, veja bem, nunca procurei minha mãe porque acreditei que ela me rejeitaria. Não soube de mais nada dela nem dos meus irmãos. Jamais desconfiei de que minha mãe estava me protegendo, porém, agora que eu sei, minha percepção será outra. — Ela para de frente para mim. — Poderei procurar a minha mãe!

— Claro que não, deixe de ser maluca. Se você a procurar, mudará o destino dela.

— Sim, essa é a intenção. Por que ela tem que morrer sem rever sua filha amada?

— Já disse: porque é o destino dela.

— Mas é muito triste. Você não pode dar uma mãozinha?

— Quem sabe... Tudo depende de suas ações. Tenha fé. — Olho diretamente em seus olhos, procurando transmitir toda a tranquilidade que ela necessitará nessa empreitada. — Agora é hora de você voltar. Sua vida espera por você. Faça o seu melhor.

— Nossa! Está parecendo uma despedida — brinca, o tom de sua voz denotando ternura e emoção.

— Mas não é, Augusta. Estarei sempre por perto.

— Mesmo sendo chato, gosto de você. Obrigada por aliviar meu coração.

— Como ela está boazinha — ironizo. — Ainda há muito a ser feito, agora vá.

Augusta sente novamente um sono arrebatador. Quando abre os olhos, está no trem, ao lado de dona Esperança. Meio zonza, olha para os lados, reconhecendo o lugar. Enfim, a percepção a atinge, ela entende o que estava acontecendo: *não foi um sonho. Eu estava frente a frente com o meu destino. Minha mãe não me abandonou*. Com os olhos marejados, promete a si mesma: *isso é real, um dia eu a verei novamente. Eu tenho fé!*

Capítulo 9

Revelações

A CHEGADA da menina à cidade lhe causou um grande deslumbramento. Augusta estava encantada com a cidade grande, tudo era colorido e alegre. Os homens não pareciam trabalhadores de vilarejo, eram muito bem-arrumados e educados, passavam e cumprimentavam as mulheres com acenos de cabeça, tirando o chapéu. As mulheres eram lindas, passavam com vestidos maravilhosos, segurando sombrinhas com os cabelos muito arrumados e os lábios pintados.

As quitandas e os armazéns eram limpos e organizados. Até as charretes eram mais bonitas. As casas eram grandes e bem cuidadas, tudo era uma festa de cores. Acostumada ao sítio e ao vilarejo pequeno e humilde, Augusta se sentiu em um paraíso.

A cada minuto, a menina perguntava os nomes das coisas que não conhecia, até perceber que dona Esperança respondia tudo muito vagamente. Olhando melhor para a amiga, notou que seu semblante estava tenso e em seu rosto havia uma palidez que ela nunca percebera.

— Dona Esperança, a senhora está bem?

Pela primeira vez desde que descera do trem, a senhora olhou diretamente para Augusta.

— Desculpe, minha querida, não tenho sido uma boa companhia. Confesso que estou bastante apreensiva.

— A senhora acha que meus pais podem vir me buscar? — perguntou, preocupada.

— Não creio, não sabem do nosso destino e não têm meios para virem atrás de nós. Além do mais, a cidade é muito grande, com tantos habitantes que seria difícil nos encontrarem.

— Então o que está afligindo a senhora?

Dona Esperança parou em frente a uma loja de tecidos, olhou bem para a menina e falou:

— Vou contar assim que chegarmos ao nosso destino. Estamos quase lá e, se tudo correr bem, ficarei mais aliviada.

Após andarem por mais algumas ruas, viraram em uma esquina e dona Esperança parou no mesmo instante, olhando fixamente para uma casa deslumbrante com um portão enorme e muros em toda sua volta. Na frente da casa, um jardim cheio de rosas e margaridas exalava um perfume inebriante, mas o mais impressionante era o ar imponente de seus três andares adornados de pedras.

Augusta se virou para a amiga e notou que ela estava ainda mais pálida e com lágrimas nos olhos. Quando ia perguntar novamente se estava se sentindo mal, a senhora caminhou resoluta até o portão e bateu palmas. Um senhor, andando com dificuldade, aproximou-se. Ao chegar ao portão, levantou os olhos para identificar a visita. Abriu a boca, surpreso, e seus olhos se encheram de alegria e de lágrimas.

— Dona Esperança! Não acredito que a senhora está diante de mim. Que alegria!

— Meu bom amigo, graças a Deus que você está aqui. Vim apreensiva durante todo o percurso, mesmo sabendo que vocês não me abandonariam.

— Jamais, senhora, jamais! Mas entrem, saiam desse sol.

Dona Esperança passou pelo jardim como se estivesse em um transe: as imagens traziam lembranças de tantos momentos felizes vividos entre aquelas rosas. Quando ainda havia momentos felizes.

O senhor que as atendeu informou:

— Cuidei do seu jardim com todo carinho, senhora. Não deixei que nem uma roseira morresse.

— Ele está lindo, José. Muito obrigada.

Abriram a porta de entrada, e Augusta se viu em outro mundo. Jamais imaginou que uma casa pudesse ser tão linda. As paredes eram muito altas, havia uma escada de mármore dos dois lados de um terraço no andar superior. Um lustre imenso iluminava a sala cheia de sofás, móveis e tapetes lindos. O chão brilhava e a luz do sol refletia nas janelas enormes, cujas cortinas estavam semiabertas. Em um canto, havia um piano. Augusta olhava para tudo, maravilhada, quando uma senhora de olhos e cabelos escuros apareceu. Com um largo sorriso no rosto, exclamou:

— Patroa! Que bom que a senhora voltou. Senti tanta saudade.

Abraçando-a, dona Esperança perguntou:

— Olá, Teresa. Como você está, querida?

— Graças a Deus estamos bem. Muito felizes por a senhora voltar para sua casa.

Nesse momento, Augusta saiu de seu torpor, perguntando, surpresa:

— Esta casa é sua, dona Esperança?

Só então dona Esperança percebeu que quase havia se esquecido da presença da menina devido às suas emoções estarem tão afloradas.

— Me desculpe, querida. Sim, esta casa é minha, e agora é sua também.

— Mas como a senhora foi embora de uma casa tão linda?

— Essa é uma longa história, vou contar assim que descansarmos. — Olhando para os empregados, fez as apresentações: — José e Teresa, esta é Augusta, minha afilhada. — Percebendo a surpresa de Augusta, sorriu. — Ela morava comigo. Augusta, esses são meus amigos queridos, que me foram leais durante anos, José e Teresa.

— Seja bem-vinda, Augusta.

Os dois olharam para ela cheios de carinho.

— Teresa, arrume dois quartos para nós enquanto eu mostro a casa para Augusta e, por favor, prepare o almoço.

— A senhora não ficará em seu quarto? — Teresa perguntou, admirada.

— Não! — respondeu mais alto do que previra. — Aquele quarto ficará fechado à chave. Vamos, Augusta.

Subiram as escadas. A cada novo detalhe, mais Augusta se apaixonava pela mansão. Admirava os quadros e esculturas que enfeitavam os ambientes por onde passavam, tudo encantava a menina. Quando terminaram de passear pela casa, almoçaram e foram descansar.

No final da tarde, já recuperadas e mais aliviadas, encontraram-se para o café da tarde. Dona Esperança perguntou:

— Como você está se sentindo, minha querida?

— Estou bem. Ainda com medo de que tudo não passe de um sonho.

— Não tenha medo, ninguém nos encontrará aqui.

Preocupada com o ar apreensivo que dona Esperança apresentara durante toda a viagem, indagou:

— E a senhora, está mais tranquila?

— Mais ou menos. Tenho que tomar umas providências, mas estou muito confiante. Venha comigo, querida. Vou levar você para o meu cantinho preferido nesta casa e contar a minha história. Ou você acha que eu não estou vendo aquele conhecido pontinho de interrogação em seu rosto?

Augusta concordou e disse, sorrindo:

— A senhora me conhece bem mesmo.

Abriram a porta dos fundos e passaram por um pomar com pés de abacate, laranjas, limões e algumas outras árvores. Chegaram a um pequeno lago que deixou Augusta de boca aberta diante de tamanha beleza.

— A senhora tem um lago em sua casa?

— Sim, querida, aqui sempre foi o meu refúgio. Para onde eu corria quando estava triste ou feliz.

— E por que a senhora foi embora desta casa tão linda? Eu não iria.

Olhando para aquele rosto tão amado, espantou-se com a capacidade daquela garota de ainda manter a doçura e ingenuidade após tudo que acontecera.

— Iria, sim, se passasse pelo que passei. — Olhando profundamente nos olhos de Augusta, explicou: — Uma casa é apenas uma construção se não tiver amor. Sem amor não se tem um lar, então foi muito fácil sair desta casa, entendeu? — Augusta balançou a cabeça, exprimindo sua compreensão. Dona Esperança prosseguiu: — Eu sofri muito nesta casa, Augusta. Mas vou contar do início. Está preparada?

— Sim, senhora.

— Eu nasci em uma família rica. Meu pai era fazendeiro, um homem frio que nunca me deu carinho, mesmo eu sendo a única filha menina dele. Mas era um homem culto, que prezava muito a educação e o conhecimento, por isso eu pude estudar, o que não era muito comum à época.

— Tinha escola nesta cidade? — interrompeu Augusta.

— Poucas, e a maioria para meninos. As escolas femininas eram sempre colégios de freiras com educação tradicional e rígida.

— A senhora gostava?

— Sim, adorava descobrir o que havia no mundo. Eu era igual a você: curiosa. — Sorriram, felizes, uma para a outra. — Aprendi também a tocar piano e a falar francês.

— Nossa! Deve ser muito bom falar outra língua.

— É, sim, mas isso foi a minha ruína.

— Por quê? — Augusta perguntou, espantada.

— Porque, quando eu tinha mais ou menos a sua idade, chegou aqui um embaixador francês. Jovem, bonito, elegante e muito educado; porém, mal falava o nosso idioma, precisava de alguém familiarizado com a língua francesa. Meu pai, que adorava se exibir, rapidamente ofereceu meus préstimos linguísticos. Haveria uma festa para a apresentação do embaixador às pessoas ilustres da cidade, e eu seria sua auxiliar.

— A senhora estava animada?

— Muito. Já tinha lido romances suficientes para acreditar que a vida era um mar de rosas. Minha mãe e eu compramos vestidos novos, e no dia da recepção passei horas me arrumando e sonhando com um príncipe encantado. Então chegou a hora de entrarmos no salão do baile, meu coração batia feito um tambor. — Com os olhinhos azuis muito iluminados, Augusta estava empolgadíssima. Dona Esperança prosseguiu: — Entrei no salão ao lado dos meus pais e o vi. No mesmo instante soube que era ele, pois se destacava de todos os homens do local.

— Como ele era?

— Alto, com cabelos negros ligeiramente encaracolados e olhos verdes e profundos. Ele pegou em minha mão para depositar um beijo, e eu me apaixonei na mesma hora. Então, ele pediu a meu pai para dançar comigo, claro que papai autorizou.

— E o que mais?

— Calma, menina curiosa! Parece alguém que eu conheço. — Ambas riram, e dona Esperança continuou: — A partir dali, fomos a muitos eventos e ele pediu permissão para me cortejar. Era tudo um sonho, eu me sentia a mulher mais feliz do mundo. Depois de seis meses, estávamos casados.

Encantada, Augusta logo perguntou:

— E teve festa, né?

— Sim, foi maravilhosa. Imagine esta casa toda iluminada e decorada para um casamento.

— Então a senhora já tinha esta casa?

— Ele comprou para nós morarmos.

— Então ele era muito rico!

— Sim, ele tinha uma boa posição social. Viajávamos muito por conta de suas atividades.

— A senhora viajou para outros países?

— Ah, sim! Muitas vezes. Para a Europa principalmente.

Augusta estava admirada. Imaginou a vida que dona Esperança tinha e passou a desejar as mesmas coisas.

Prestem atenção, meus leitores queridos: este é o momento em que a mudança da personalidade de Augusta se iniciou, pois ela passou a desejar seu conto de fadas também.

Dona Esperança tocou suavemente no rosto de Augusta, sorrindo.

— Acorde, menina.

— Desculpe! Acho que me distraí pensando em sua vida.

— Foi uma vida feliz por três anos. Então tudo ficou diferente, infelizmente.

— O que aconteceu?

— Meu marido ficou viciado em jogos de azar. Passava as noites em cassinos, bebendo, fumando e perdendo dinheiro. Aquele homem bom e apaixonado não existia mais... ele se tornou cruel e agressivo.

— Que pena! Parecido com que aconteceu com meu pai e minha mãe — disse, pesarosa.

— É verdade. Quando você me contou a situação em sua casa, eu me transportei para o inferno que virou a minha.

— Por quê?

— Porque ele sempre bebia muito. Se ganhava, chegava em casa fazendo coisas... como posso te explicar... digamos que... muito ruins comigo, diferentes do que é tradicional entre um casal. Você me entende?

— Acho que sim. Parecido com o que meu pai fez?

— Isso mesmo. Quando perdia, chegava me batendo para extravasar a sua raiva. Minha vida ficou insuportável! Todos os dias, eu apanhava ou era violentada.

— Meu Deus! — Augusta exclamou com lágrimas nos olhos. — Como a senhora sofreu!

— Esse sofrimento não foi nada comparado ao que aconteceu depois.

— Como assim? O que pode ser pior que isso?

Respirando fundo para controlar as lembranças que sempre a deixavam arrasada, prosseguiu:

— Eu já vivia nesse pesadelo há cinco anos quando engravidei.

— Oh! — Deixou escapar, surpresa, já que dona Esperança não possuía filhos.

— Imaginava que não podia ter filhos, ele já estava me cobrando uma criança há tempos. Então Deus me deu essa dádiva! Ele ficou extremamente feliz, parou de ir ao cassino, de me maltratar e voltou a ser o marido que eu amava no início de nosso casamento. — Atenta ao relato emocionado, Augusta nem piscava. — Mas infelizmente durou pouco. Após dois meses da descoberta da gravidez, ele voltou a ir ao cassino todas as noites e a chegar bêbado. Meu pesadelo recomeçou: as brigas, insultos e, pior, as agressões físicas.

— Mesmo a senhora estando grávida? — perguntou Augusta, horrorizada.

— Sim. Mas ele era esperto. Não tocava em minha barriga, afinal queria um herdeiro. Batia nas minhas costas, nos braços, pernas e até no rosto, mas nunca na barriga. Então, no quinto mês de gravidez... — dona Esperança interrompeu a si mesma, emocionada e tentando segurar as lágrimas. — Em um dia em que ele estava mais agressivo que o normal, pegou no meu cabelo e me arrastou para fora do quarto, foi me empurrando até a escada, pois queria que eu fizesse comida para ele. Infelizmente, tropecei no primeiro degrau e caí da escada.

Augusta colocou as mãos no rosto, apavorada.

— Aquela escada enorme?

— Sim, rolei por aquela escada imensa. Quando cheguei lá embaixo, já estava inconsciente.

— E o que ele fez?

— Virou as costas e foi dormir.

Incapaz de manter-se sentada, a menina se levantou, olhando abismada para a senhora à sua frente.

— Não acredito! Ele não a ajudou?! Que homem horroroso!

Pegando em sua mão, dona Esperança puxou Augusta para que se sentasse novamente ao seu lado, afagou seus cabelos ao perceber que tremia.

— Calma, querida, o pior está por vir. — Respirando fundo, retomou sua triste história: — Ele era um homem horroroso mesmo, toda aquela elegância, charme e bom humor eram apenas fachada para me conquistar. Casei-me com um príncipe, mas vivia com um sapo.

— E o que aconteceu depois?

— José e Teresa me encontraram desmaiada na manhã seguinte. Chamaram o doutor, mas infelizmente não havia mais o que fazer. — Com um soluço escapando da garganta e lágrimas escorrendo pelos olhos, informou: — Meu filho estava morto. Perdi minha criança quando caí da escada e ele não me socorreu. Ele acabou por matar meu filho quando não me ajudou.

Dona Esperança não conseguia mais falar. Simplesmente choraram, abraçadas, por longos minutos.

Após chorar todo o pranto represado após décadas, Esperança sentiu um alívio muito grande. Nunca conseguira se conformar, mas o destino colocara aquela menina especial em sua vida. Ela iria cuidar de Augusta. Então, compreendeu que sua missão não era ser mãe diretamente, mas ser a mãe que Augusta iria precisar dali em diante. Essa certeza levou uma paz de espírito imensa ao seu coração. Olhou no fundo dos olhos de Augusta e com um amor profundo perguntou:

— Augusta, você pode me chamar de madrinha daqui em diante?

Feliz, a menina respondeu:

— Claro, dona Esperança. — Arregalou os olhos, sorrindo, ao perceber o erro. — Desculpe, vou ter que me acostumar, madrinha.

Abraçaram-se novamente, felizes, e prosseguiram com a conversa:

— E como a senhora foi parar lá na minha cidade? Tão longe daqui.

Dona Esperança se levantou do banco e contemplou o lago e suas águas tranquilas, buscando serenidade para prosseguir. Abrir sua alma não estava sendo fácil, todavia ela esperava que ao término do relato pudesse deixar para trás todo o desgosto que sempre sentira ao pensar em seu passado. Estava começando uma nova vida e nada mais justo que enterrar suas tristezas para começar a ser feliz. Sentou-se novamente no banco, ao lado de Augusta.

— Fiquei horas desacordada no chão, sem socorro, perdi meu filho e meu útero; ou seja, não poderia mais ter filhos. E quase perdi a vida também, fiquei no hospital por quinze dias e saí de lá decidida a não viver mais com aquele homem. Fui direto para a casa de meu pai e implorei para que ele me aceitasse de volta após lhe contar tudo pelo que eu havia passado. E sabe o que ele disse?

— Não, madrinha, não sei.

Sorrindo por ter sido chamada de madrinha, prosseguiu:

— Disse que eu não pertencia mais a ele. Que meu dono era meu marido e que ele podia fazer comigo o que bem entendesse. Inclusive me espancar todos os dias.

Augusta arregalou os olhos, chocada.

— Mas e a sua mãe?

— Aquela época era ainda pior, a mulher não tinha voz ativa. Minha mãe jamais enfrentaria meu pai. Nós éramos criadas para obedecer e respeitar o marido, meu pai foi bem claro: "em minha família, não tem mulher largada do marido, nem pense em me envergonhar".

— Que monstro! E a senhora fez o quê?

— O mesmo que nós fizemos, minha querida: fugi.

— Como a senhora conseguiu?

— Com inteligência e paciência. Enquanto me recuperava, meu marido não encostou um dedo em mim. Eu sabia a senha do cofre, nele havia muitas joias e um valor bem considerável em dinheiro. Dei ordens para que o cocheiro deixasse a charrete preparada para me levar ao médico logo pela manhã, mas saí de madrugada com apenas uma muda de roupa, o dinheiro, joias e alguns objetos de valor.

Incrédula e ansiosa por saber mais, Augusta perguntou:

— A senhora foi embora sozinha?

— Sim, não podia me arriscar a confiar em empregados. Viajei o dia inteiro, sem parar nem para comer. Não havia trens na época, eu tive muito medo de que me alcançassem. Fui o mais longe possível, mas tive que parar para dormir um pouco. Depois viajei por mais uma semana, até que resolvi que estava longe o suficiente, então cheguei à sua cidade... — Um lampejo de saudade passou pelos olhos de Augusta. — Percebi que ela era um lindo vilarejo e parada no tempo, nada de modernidade, portanto seria um bom lugar para me esconder e me estabelecer.

— A senhora foi muito corajosa, isso, sim!

— Era isso ou morrer nas mãos daquele homem.

— Foi igual à nossa fuga, bem que achei que a senhora era esperta demais — concluiu, dando aquele sorrisinho malicioso que a madrinha adorava.

— Sim. Quando você apareceu em minha casa, ressuscitou minhas lembranças. Eu sabia exatamente o que fazer, já tinha experiência.

— E a senhora não teve medo de que ele a procurasse?

— Muito medo. Eu só saía de casa para comprar comida, andava de cabeça baixa e olhava para as pessoas nas ruas achando que eram detetives me procurando, mas o tempo foi passando, me senti segura e resolvi abrir a quitanda, pois não aguentava ficar sem fazer nada.

Com o olhar triste, Augusta comentou:

— Poxa! Eu atrapalhei a senhora.

Olhando para ela como se a menina tivesse falado uma barbaridade, instantaneamente colocou um dedo nos lábios de Augusta.

— Nunca diga isso, meu amor! Quando você me procurou, tive certeza de que era o destino colocando você no meu caminho. Sabia que você seria minha missão.

Emocionada, a jovem perguntou:

— Mas a senhora não ficou triste por sair de lá?

— Nem um pouco. Não havia nada que me prendesse lá, e eu já sabia que havia herdado esta casa e o dinheiro do meu marido.

— Como assim? Ele encontrou a senhora?

— Ele, não, mas seu advogado me localizou depois de dez anos, informou que ele havia morrido e que em seu testamento eu era a única beneficiária.

— Então a senhora poderia ter voltado para cá?

— Poderia, mas não quis. Só tinha lembranças ruins desta casa, não conseguia lembrar de coisas boas, jamais esqueci das tragédias que passei aqui.

— Eu percebi que a senhora estava muito estranha no trem.

— Quando chegamos, o pânico tentou se apossar de mim, precisei me tranquilizar muito para prosseguir quando vi a escada que causou a morte do meu filho e que quase me matou. Queria sair correndo. Sabe o que me segurou?

— Não. — A tristeza tomava conta do semblante de Augusta. — Não sei.

— Olhei para você e percebi seu olhar admirado para esta casa. Você a estava vendo como ela realmente é: uma construção lindíssima! Então, através dos seus olhos, percebi que tenho que deixar para trás os momentos ruins e tornar esta casa novamente um lar para mim e para você. — Segurou-lhe as mãos com ternura. — Pode ter certeza de que seremos muito felizes aqui, minha querida. Nossa vida começa agora.

Dona Esperança abriu os braços, e Augusta se aconchegou em seu peito. E assim ficaram por um bom tempo, simplesmente apreciando a emoção daquele momento. Então, com um brilho diferente no olhar, a madrinha se levantou, puxando-a junto.

— Preciso mostrar outro lugar para você. — Levando-a pela mão, entraram na casa. Ela abriu uma porta e disse: — Seja bem-vinda ao paraíso, meu amor! — Entraram em uma sala com sofás, tapetes e estantes abarrotadas de livros de todo tipo e tamanho. Lágrimas instantaneamente alcançaram os olhos de Augusta, que ficou tão atordoada que não conseguia articular uma única palavra. — Esta é a biblioteca. É toda sua! Leia o que quiser, minha querida.

Augusta olhou para os livros, pegou-os, cheirou-os e disse:

— Realmente é o paraíso.

Capítulo 10

Nova vida

E A NORMALIDADE apareceu na vida de Augusta. Após tantos percalços, a madrinha a preparou para um teste na escola de moças. Augusta passou com louvor e estava realizando seu sonho: cursando Magistério para tornar-se professora.

A vida na cidade apresentava muitas surpresas que ela adorava e a convivência na casa da madrinha era recheada de bons momentos, amor e esperança. Porém, por mais que tentasse evitar, em muitos momentos, na penumbra de seu belo quarto, as lembranças do pai e da mãe invadiam seus pensamentos. Ela chorava de ódio do pai, que acabara com sua ingenuidade, e de saudades de sua mãezinha. Dona Esperança tentava conversar com ela sobre seus sentimentos em relação ao abuso sofrido, mas Augusta se recusava a tocar no assunto. Dizia que não se lembrava de praticamente nada e fingia que estava tudo bem.

Mergulhou nos estudos. Adorava o conhecimento que estava adquirindo e, mesmo que fosse por meio dos livros, estava conhecendo o mundo. E como isso a entusiasmava...

A vida não era perfeita, mas quase. Amava o curso e vivia em harmonia perfeita com dona Esperança, que a mimava com tudo que o dinheiro pudesse comprar. Vivia na biblioteca, seus livros amados eram seu refúgio preferido. Até que apareceu o amor em sua vida. A sensação que ela não imaginava que um dia sentiria chegou como um tsunami: tirando tudo do lugar.

Cristiano era o caçula de uma família de sete filhos, portanto foi o mais mimado, até porque era o mais bonito dos irmãos. O pai se perguntava como o menino podia ser tão lindo: loiro de olhos verdes e, aos treze anos, já era mais alto que todos da família.

E mais esperto também, logo mostrou a que veio. Com dezessete anos, percebeu que a esposa do açougueiro só faltava morrer por ele, convenceu-a a fugir com ele para a cidade grande, pois não aguentava aquela vida de miséria e de trabalho, tinha plena convicção de que viera ao mundo apenas para embelezá-lo. Força física e trabalho não eram para ele.

Parou em uma estalagem antes de chegarem à cidade, embebedou a dama, pegou os objetos de valor e todo dinheiro dela. Ganhou o mundo no meio da madrugada com a charrete da coitada. Obviamente, ela nunca mais o viu.

Chegou à cidade no dia seguinte e achou o terreno fértil para ganhar a vida à custa da sua beleza: mulheres endinheiradas e entediadas, sem o amor que as levaram a se casar com seus maridos.

Cristiano ganhou dinheiro. Hospedava-se em hotéis discretos, vestia-se muito bem com as roupas que ganhava de presente das suas amantes, tinha os melhores relógios e sapatos. Dizia que era estudante de Direito e filho de fazendeiros, frequentava a nata da alta sociedade local e gastava tudo que ganhava na farra. E ganhava muito. Mas, com o tempo, percebeu que os olhares masculinos se fixavam com desconfiança cada vez com mais frequência sobre ele. Resolveu ser mais discreto e se afastou das festas, alegando precisar de mais tempo para estudar.

Saiu à procura de uma casa para alugar, garantindo, assim, uma privacidade maior às suas convidadas. E eis que encontrou a casa perfeita, com uma saída muito discreta nos fundos dando para uma rua deserta. E é claro que, para o azar da nossa menina, a casa ficava em frente à mansão de dona Esperança. Cristiano estava gostando dessa vida mais tranquila, continuava recebendo suas amigas e contratou uma empregada para limpar, cozinhar e passar todos os dias. Vivia uma boa vida sem ter nada a fazer a não ser receber os cuidados de suas amigas. Gostava muito de passar o dia na varanda, observando o movimento da rua e admirando o casarão da frente. Pensava consigo mesmo: *um dia vou morar numa casa dessas.*

Em um desses dias, aproveitando o sol do meio-dia, viu uma garota linda entrar na casa. Levantou-se para ver melhor, perguntando-se quem era aquela beldade com uniforme de escola que ele nunca tinha visto. Claro que não a veria, já que passava as manhãs dormindo.

Deu umas voltas para observar melhor a casa e seus moradores, mas o portão impossibilitava a visão interna. Passou o resto da tarde à espreita, porém nada aconteceu.

No dia seguinte, ficou de plantão no portão desde as onze da manhã. Ao meio-dia, ela apareceu. Era realmente linda, entretanto devia ser muito tímida, porque só olhava para o chão. Quando ela chegou perto da casa, levantou os olhos e o viu. Ele balançou a cabeça respeitosamente, cumprimentando-a. Augusta respondeu ao cumprimento e entrou em casa correndo, com o coração acelerado. Ele nem imaginava, mas Augusta passava as tardes na janela de seu quarto, no andar de cima, admirando o rapaz bonito. Apaixonou-se à primeira vista, sonhava com ele e suspirava pelos cantos, mas não nutria esperanças. *Ele jamais iria querer alguém com o meu passado. Claro que um rapaz lindo como ele nunca iria se apaixonar por uma menina impura,* ela pensava, desconsolada. Mas, naquele dia, ele a viu e seu olhar admirado mexeu com as convicções da menina. Ela voltou a sonhar com a possibilidade de um futuro feliz.

Ah, se ela soubesse que os pensamentos de Cristiano eram de natureza bem diferente... Apesar da pouca idade, sua experiência lhe mostrava que a menina gostava dele. Conhecia aquele olhar, sabia que havia atingido o alvo.

Continuou à espreita e foi recompensado. Um senhor que trabalhava na casa, com o qual ele já havia trocado cumprimentos, saiu para varrer a calçada. Cristiano aproveitou para investigar.

— Boa tarde, senhor José. Tudo bem?

— Oi, menino Cristiano. Eu estou bem. E você?

— Estou bem, apesar de um pouco estafado. É muito estudo, mas está tudo em paz. E sua senhora, como vai?

— Está ótima, com a graça de Deus.

Cristiano, com toda a sua educação, respondeu:

— Graças a Deus! É uma ótima senhora, muito gentil. Prestou-me um grande favor me indicando a mocinha que trabalha lá em casa. Só tenho a agradecer.

— Não precisa agradecer, menino. Com tantas pessoas difíceis de trabalhar, a menina deu sorte de trabalhar com o senhor.

— Verdade, nem sempre a relação entre empregado e patrão é boa. Parece-me que o senhor tem uma patroa que lhe tem muito apreço.

— Sim. Dona Esperança é uma pessoa maravilhosa, nos tem como se fôssemos da família.

— Isso é muito bom. Ainda mais que são só ela e a filha, deve ser uma convivência muito harmoniosa, não?

— Sim, mas dona Esperança não teve filhos. A menina Augusta é afilhada da patroa.

— Ah! Pensei que fosse filha. Eu a vejo chegando da escola, parece ser uma moça muito boazinha.

— Com certeza. Augusta é uma flor, muito educada e estudiosa. Está estudando para ser professora.

— Que coisa boa. O mundo precisa de pessoas que gostem de ensinar. É uma profissão nobre.

Cristiano sentiu uma estranha sensação, como se alguém estivesse observando-o. José continuou com a conversa:

— É verdade! O senhor também terá uma bela profissão.

— Com certeza, senhor José. Quero ajudar os menos favorecidos, ter a possibilidade de ajudar as pessoas é muito bom, como o que sua patroa faz proporcionando educação para a afilhada. Que gesto bonito e louvável dela.

Sem nem imaginar, José entregou o ouro para o bandido:

— Para dona Esperança, a menina é como filha, a patroa dá de tudo para Augusta, não mede dinheiro nem esforços para agradar a afilhada.

Cada vez mais, Cristiano ficava animado com as informações. Recostou-se no muro e continuou sua investigação:

— Realmente, sua patroa deve ter um ótimo coração.

— Com certeza, menino Cristiano, é a melhor pessoa que existe. Ajuda várias pessoas que não estão em boa situação na vizinhança, não vê maldade em ninguém.

Essa era a informação que faltava. Cristiano já sabia o principal: a madrinha seria muito fácil de enganar. Com a mente fervilhando de ansiedade para traçar seu plano, despediu-se educadamente do caseiro:

— Infelizmente, tenho que me retirar, senhor José, os trabalhos da faculdade não me deixam descansar por muito tempo. É sempre um prazer conversar com o senhor.

— Eu digo o mesmo. Tenha uma boa tarde.

No momento em que estendeu a mão para o cumprimento final, Cristiano olhou furtivamente para a janela e percebeu claramente, atrás da cortina, alguém que o observava retirar-se rapidamente. Logo deduziu que era a menina.

Entrando em casa entusiasmado, começou a falar sozinho como sempre fazia quando estava empolgado:

— Não acredito tirei a sorte grande. A menina é rica e ainda por cima é linda! Chega de ficar com essas velhas gordas e arrogantes para poder ter uma vida digna, chega de ter medo de levar um tiro de algum marido ciumento, vou me casar com Augusta e morar nesse casarão maravilhoso. Conquistarei a madrinha e dormirei com a menina mais linda que vi na vida. Quando a velhota morrer, Augusta virá a ser a herdeira e eu ficarei rico!

Encantado com os projetos para o futuro, ele passou a tarde fazendo planos, repetia a si mesmo em intervalos regulares: *conquistarei a menina e me casarei com ela, será muito fácil.*

E foi mesmo. Augusta não teve a menor chance.

Antes de continuar a contar a vocês a história da nossa menina, caros leitores, sei como vocês devem estar indignados comigo. Sei que devem estar se perguntando: "Mas que horroroso é esse destino! Já não bastava o que a menina passou, tinha de colocar um cafajeste aproveitador na vida da garota?". Sim, sei que estão revoltados comigo, mas se lembrem de que nem tudo é determinado por mim. Com certeza, vocês já ouviram aquela frase:

"Nosso destino já está escrito quando nascemos". Pois bem, muitas vezes eu só obedeço o que já está estabelecido, não me crucifiquem e vamos ao que interessa.

No dia seguinte à conversa com o senhor José, Cristiano convenientemente passou pela escola de Augusta no momento em que ela saía. Mais convenientemente ainda, esbarrou nela, apressado, e derrubou os livros que ela segurava. Assustada, a menina levantou os olhos, que sempre mantinha baixos, e se deparou com seu príncipe. Instantaneamente, o rubor cobriu sua face. Ela começou a balbuciar algo, porém Cristiano não lhe deu tempo, tomou a dianteira, abaixou-se e recolheu os livros.

— Por Deus, moça! Desculpe-me. Como sou desastrado, perdoe-me. Machuquei você? — perguntou, demonstrando estar muito abalado pelo incidente. Vendo que ela não respondia, perguntou novamente: — Está machucada, senhorita?

Gaguejando, Augusta respondeu:

— Não... não, senhor. — Suspirou, nervosa. — E... eu estou bem.

— Perdoe-me, sou um desastrado. Vinha apressado, pensando em um trabalho da faculdade, e não a vi. Tem certeza de que está bem? — perguntou ao mesmo tempo em que esboçou um olhar intenso que amoleceu ainda mais as pernas de Augusta.

— Sim... sim. Estou bem... estou bem.

Apesar da afirmação, ela estava se sentindo desnorteada, com tontura. E ele se aproveitou disso:

— Desculpe-me, mas a senhorita não está bem, não. Pobrezinha! Assustei você. Deixe-me levá-la para tomar um refresco na confeitaria, logo ali na esquina.

— Não, senhor, não é necessário. Estou bem — apavorada, Augusta negou.

Insistindo, ele afirmou:

— Não aceito recusa. Causei um mal-estar que precisa ser resolvido, a senhorita está muito pálida. Vamos, venha comigo, por favor, precisa se sentar e se acalmar.

Cristiano colocou a mão em seu cotovelo e a guiou até a confeitaria, puxou a cadeira e a sentou delicadamente, chamando o garçom.

— Por favor, senhor, traga uma jarra com água e outra com refresco. — Interrompeu o pedido para perguntar: — De que a senhorita prefere?

— De limão — respondeu timidamente.

O garçom se retirou apressadamente, e Cristiano falou:

— Vai se sentir melhor em um instante, senhorita.

Após alguns segundos de silêncio, nos quais Augusta abaixou a cabeça e procurou acalmar-se, o garçom voltou, serviu a água e os deixou a sós. Cristiano esperou que ela bebesse a água e perguntou:

— Está melhor?

— Estou, sim, senhor. Não precisava se preocupar, não me machuquei, muito menos meus livros.

Diante disso, riram os dois e a tensão desapareceu. Aproveitando o momento, Cristiano olhou para ela atentamente, como se só nesse momento tivesse prestado atenção ao seu rosto.

— Espere, acho que já a vi antes. Um rosto como o seu não se esquece facilmente. — Claro que Augusta ficou vermelha e feliz com o comentário. — Já sei! A senhorita mora na casa de frente para a minha, eu a vi uns dias atrás.

Encabulada, respondeu:

— Sim, exatamente. Somos vizinhos.

— Mas que coincidência! Uma feliz coincidência, aliás. Assim pude conhecê-la pessoalmente e, se me permite... — Ele se aproximou mais de seu rosto. — Sinto-me honrado por poder dizer o quanto é bonita.

— Por favor, senhor. Não me deixe mais constrangida.

— Mas não fique constrangida — disse, servindo a limonada. — Fiquei impressionado no dia em que a vi, nunca havia visto uma moça tão bela.

Ele a encarou tão profundamente que Augusta se levantou abruptamente e derrubou a cadeira.

— Preciso ir, minha madrinha ficará preocupada.

Já em pé, Cristiano pediu:

— Desculpe-me, fui impetuoso e a deixei sem graça. Não vou mais constrangê-la, mas me dê a honra de terminar nossos refrescos e nos conhecermos melhor. Só mais alguns minutos, ainda estou nervoso pelo medo que senti com a possibilidade de tê-la machucado. — Em dúvida, Augusta apenas o olhava. Ele deu a volta na mesa, levantou a cadeira e fez sinal para que ela se sentasse. Instalaram-se novamente à mesa, e ele perguntou: — Então, que curso a senhorita faz?

— Curso Magistério.

— Que lindo! Será professora. A mais honrada das profissões. Parabéns pela escolha.

— Obrigada, sempre foi meu sonho. E o senhor, estuda o quê?

— Sou estudante das leis, pretendo ser advogado para ajudar as pessoas menos favorecidas.

E Cristiano, com sua conversa fácil e seu carisma profissional, acabou de vez com a inibição de Augusta. Conversaram sobre assuntos escolares como se fossem colegas de classe, até que Augusta percebeu que tinha se esquecido de ir embora.

— Meu Deus! — exclamou, levantando-se. — Preciso ir para casa, minha madrinha deve estar preocupada com minha demora.

— Não se aflija, vou acompanhá-la se me permitir. Não precisa se preocupar que não vou desviar do meu caminho apenas para levá-la.

Ambos deram risada e foram conversando alegremente até que chegaram à casa e viram dona Esperança aflita, José ao seu lado na calçada. Assim que a viu, a madrinha correu para alcançá-la.

— Querida, o que aconteceu? Eu já estava indo te procurar.

Abraçou-a, aflita.

— Desculpe, madrinha, foi apenas um incidente. Meus livros caíram no chão e...

Cristiano a interrompeu:

— Perdoe-me, senhora. Permita que eu me apresente, sou Cristiano, seu vizinho. Infelizmente, derrubei os livros da menina no chão e fiquei muito preocupado porque a assustei, então a levei até a confeitaria para que se recuperasse do susto. Perdoe-me pela demora, pois acabamos conversando um pouco.

Admirada com os belos modos do rapaz, dona Esperança respondeu:

— Muito obrigada, meu rapaz. Que bom que cuidou da minha menina.

— Não fiz mais que minha obrigação após tê-la assustado, peço desculpa para as duas. — Virando-se, estendeu a mão para cumprimentar José. — Bom dia, senhor José, tudo bem?

— Bom dia, Cristiano. Tirando o susto com o atraso da menina, está tudo bem.

Dona Esperança estendeu a mão para Cristiano.

— Então boa tarde para o senhor, vou dar almoço para Augusta.

— Boa tarde, senhora. E mais uma vez, desculpe-me pelo incômodo.

Entrando em casa, Cristiano pensou consigo mesmo: *foi mais que satisfatório, encantei a madrinha e a afilhada.* E foi para seu quarto tirar um cochilo para manter sua beleza.

No dia seguinte, convenientemente por acaso, Cristiano estava passando pela escola na hora em que Augusta estava saindo. Aparentando estar surpreso, ele falou:

— Nossa! Que feliz coincidência encontrá-la novamente.

Muito encabulada, porém feliz, Augusta respondeu:

— Parece que temos os mesmos horários.

— É verdade. Aliás, depois de toda aquela situação, me ocorreu que não nos apresentamos. Muito prazer, eu sou o Cristiano — dizendo isso, pegou em sua mão e pousou um beijo mais demorado que o usual.

Encantada com o gesto, ela lhe devolveu o cumprimento:

— Muito prazer, eu sou Augusta.

E começaram a rir da brincadeira.

— Já que vamos para o mesmo lugar, posso acompanhá-la?

Augusta olhou bem para aquele rosto de menino bonzinho e acreditou que não haveria mal algum. A conversa foi tão agradável que mal perceberam que haviam chegado. Com ar de desapontamento, Cristiano falou:

— Que pena! Sua companhia é ótima, muito obrigado.

— Eu que agradeço. Quando estou sozinha, demora mais para chegar — respondeu, tímida.

— Não me leve a mal, mas posso esperá-la todos os dias, assim o retorno para casa é bem mais agradável, com todo respeito, é claro. Você ficará mais protegida, é muito linda para andar sozinha por aí.

Corando até a raiz dos cabelos, Augusta respondeu:

— Creio que não haverá problema, mas falarei com minha madrinha. Até logo e obrigada pela companhia.

— Até logo, moça bonita.

VOLTAVAM JUNTOS todos os dias, a conversa fluindo com muita naturalidade. Sem demora, a amizade se solidificou. Depois de quinze dias, Cristiano achou que já era o momento de mudar o tom da conversa.

Ele a esperava no portão da escola, como todos os dias, porém se mostrou um pouco nervoso, quase não conversou. Claro que, após uma pausa mais longa, Augusta acabou perguntando:

— Você está estranho hoje, não está se sentindo bem? Está doente?

Ele demorou um pouco para responder, fazendo-se de tímido:

— Estou bem, está tudo certo.

Continuaram em silêncio, e Augusta começou a se afligir.

— Tem certeza? Nunca o vi tão quieto.

Então ele parou de caminhar e, segurando as mãos da jovem, olhou profundamente em seus olhos.

— Estou quieto porque procuro coragem para expressar meus sentimentos. — Ela arregalou os olhos, surpresa e assustada ao mesmo tempo. Cristiano prosseguiu: — Desde que a vi chegando da escola, eu me encantei por sua beleza. — Fez uma pausa para causar impacto. — E, agora que a conheço melhor, meu deslumbramento só cresceu, você é adorável!

Nervosa, ela pediu:

— Cristiano, pare... pare, por favor.

Surpreso, ele respondeu:

— Augusta, não tente me calar, por favor. Preciso tirar do meu peito a aflição que o silêncio tem me causado. — Com um suspiro profundo, prosseguiu teatralmente: — Estou completamente apaixonado por você e quero pedir permissão à dona Esperança para cortejá-la.

Com lágrimas escorrendo de seus olhos, que ele julgou serem de felicidade, Augusta tentava falar, mas não conseguia. A dor que se instalou em seu coração a sufocava, impedindo-a de falar. Mesmo com tudo que ela havia passado, essa sensação era a mais arrasadora de sua vida: amava-o, porém não se casaria com ele.

Preocupado com seu silêncio, Cristiano levantou seu queixo:

— Querida, fale alguma coisa, acabe com o meu martírio — pediu carinhosamente. — Aceite namorar comigo.

Despertando de seu desespero e de seus pensamentos conflitantes, enfim, sua energia e sua voz voltaram e ela gritou com toda a sua dor:

— Não! Não e não! Nunca vou namorá-lo.

Soltou-se violentamente de suas mãos e correu para casa, desesperada, deixando-o absolutamente desnorteado e confuso.

Vocês, meus queridos leitores, devem estar tão confusos quanto o *pobrezinho* do Cristiano, mas é muito fácil entender nossa heroína, agora que já a conhecemos melhor. Augusta não se sentia merecedora desse amor, não era pura para casar-se com um moço tão lindo e honrado. Sua retidão de caráter não permitia que fosse desonesta em sua integridade. Não se via como vítima da situação, muito menos como culpada. Simplesmente não era merecedora e pronto. Para ela, era assunto encerrado.

Dona Esperança estava no jardim enquanto esperava a sua afilhada chegar e pensava em quanto a vida estava sendo boa com ela. Augusta enchia sua vida de alegria, ela voltara para sua cidade e conseguira retomar a vida em sua casa, deixando seus traumas para trás. Não esperava muito da vida, apenas ser feliz e dar toda a felicidade que pudesse para sua menina.

Cuidava das suas adoradas rosas quando Augusta chegou correndo e chorando. Imediatamente, largou o que fazia e foi atrás da menina, que estava jogada no sofá, chorando copiosamente.

— Meu Deus, querida, o que aconteceu? — Augusta não respondeu, cobriu o seu rosto com uma almofada e continuou chorando. Os soluços que saíam do seu peito despedaçavam sua madrinha, que implorava: — Me diga o que aconteceu, querida. Alguém te machucou? Por favor, me deixe ajudá-la.

Mas Augusta continuava chorando. Dona Esperança se sentou no sofá, moveu a cabeça de Augusta para o seu colo e esperou que o pranto cessasse. Assim que se acalmou, Augusta levantou a cabeça e olhou tristemente para dona Esperança:

— Desculpe, madrinha, não queria assustá-la.

— Não tem importância, conte o que aconteceu. Se bem que suspeito que tenha a ver com esse coraçãozinho.

— Ah, madrinha, estou tão triste.

— O que foi que Cristiano te fez?

Augusta arregalou os olhos, surpresa.

— Como assim? Como a senhora soube?

Sorrindo, ela respondeu:

— Minha querida, na minha idade poucas coisas passam despercebidas. Sei que você está apaixonada por ele, só estava esperando você me falar.

— Estou apaixonada mesmo, madrinha. Desde o dia em que eu o vi pela primeira vez, mas tinha vergonha de falar com a senhora.

— Mas não deve ter vergonha, estou aqui para te orientar e te proteger. Agora fiquei preocupada. O que ele fez que te deixou tão infeliz?

Ameaçando chorar de novo, Augusta respirou fundo e contou:

— Ele não fez nada de errado. Pelo contrário, ele foi maravilhoso, mas me causou um grande sofrimento.

— Meu Deus, Augusta! Fale logo, estou agoniada.

Respirando fundo, lembrando-se das palavras que ele dissera, respondeu:

— Cristiano pediu para namorar comigo.

— Que coisa boa, minha querida, ele parece um ótimo rapaz.

— Ele é mesmo, respeitador, alegre e inteligente.

— Então o que te aflige?

Corando até a raiz dos cabelos, absolutamente sem graça, Augusta se levantou e andou pela sala, olhou para aquele ambiente que ela aprendera a chamar de seu lar, respirou fundo, ajoelhou-se diante da madrinha e tirou do coração o que estava lhe despedaçando:

— Madrinha, não posso me casar com ele, não sou digna dele, pois não sou moça pura.

Dona Esperança, chocada, abriu a boca, mas não encontrava as palavras. Tentou novamente, porém não sabia o que falar. *Que destino cruel*, pensou consigo mesma. *Essa menina se vê marcada como imprópria sem ter culpa nenhuma pelo que lhe aconteceu.* Respirou fundo para acalmar seu coração e, com todo o amor que sentia por Augusta, começou:

— Querida, você não quis mais conversar comigo a respeito do que seu pai fez a você e eu acatei seu silêncio, entretanto talvez seja o momento de procurar ajuda profissional.

Assustada, Augusta arregalou os olhos.

— Que profissional, madrinha? Eu posso estar doente porque meu pai mexeu comigo?

Procurando as palavras corretas para não assustá-la ainda mais, explicou:

— Sim. Mas não é uma doença do corpo. Existe um profissional que ajuda as pessoas a superarem seus traumas para viverem em paz, mesmo depois que coisas ruins aconteceram.

Sem compreender direito, tentou se defender:

— Mas eu vivo em paz, madrinha. Nem penso no que aconteceu.

Olhando-a carinhosamente, passou as mãos em seus cabelos.

— Então por que não namora Cristiano?

Foi a vez de Augusta ficar sem palavras, abaixou a cabeça e disse baixinho:

— Porque ele não vai me querer, pois não sou mais virgem. Eu sou suja, madrinha. — Levantando os olhos e o tom de voz, continuou: — Suja, suja, muito suja! Meu pai me estragou, eu nunca mais quero que ninguém faça essas coisas nojentas comigo.

E saiu chorando e correndo para o seu quarto. Chorando também, de tristeza por sua menina, Esperança procurou no catálogo telefônico o número de seu médico de antigamente, conseguiu uma consulta para a manhã seguinte após explicar a situação.

Na sala de espera do médico, Augusta roía as unhas. Nunca havia estado em um médico e não sabia o que lhe esperava. Após dez minutos de agonia, ela foi chamada a entrar no consultório com a madrinha.

Após pedir alguns exames clínicos para verificar a saúde da menina, o médico pediu que Augusta falasse sobre o que a afligia. Para surpresa de dona Esperança, sua afilhada contou sua situação para o médico, tirou do seu coração e de sua mente toda a tensão que lhe comprimia o peito. O desabafo a deixou com a sensação de que talvez houvesse possibilidade de um futuro com Cristiano.

— Entendeu, doutor, por que não posso me casar? Ele não vai me querer.

Exibindo um sorriso tranquilizador, o médico propôs:

— Quem está dizendo isso é você, não coloque palavras na boca de outra pessoa. Conte o que ocorreu para o rapaz e deixe que ele tome sua decisão.

— Não vou ter coragem de falar.

Dona Esperança interveio:

— Se não conseguir, eu falo com ele, Augusta.

Os olhos da menina ficaram marejados de gratidão. Ela sabia que precisava abordar ainda uma outra questão e, absolutamente envergonhada, perguntou para o médico:

— Será que eu vou conseguir... — Olhou para a madrinha, insegura. — Será que... — Colocou as mãos no rosto. — Ai, que vergonha... Será...

O médico a ajudou:

— Será que você vai conseguir ter relações sexuais? É isso que você quer saber?

— Sim — respondeu baixinho.

— Ter relações sexuais é natural, menina. Infelizmente, você passou por uma situação absurda e traumática, não houve amor no que aconteceu a você, apenas covardia, raiva e estupidez. — O médico a olhou, compadecido. — O ato sexual é uma confirmação do amor, é agradável e prazeroso quando ocorre com alguém em quem você confia. Esqueça o que seu pai lhe fez e não tenha medo, porque isso não vai acontecer novamente.

Sentindo-se um pouco mais à vontade, insistiu:

— Sim, doutor, entendo. Mas... e se eu não conseguir? — perguntou baixinho, baixando a cabeça.

— Augusta, não há como prever o futuro. Abra seu coração para esse moço, e, se de fato ele a ama, vai entender que o que você precisa é de amor e compreensão. Você não é culpada de nada, é uma vítima. Assimile bem isso: você não tem culpa. Está claro?

Aliviada, deixando as lágrimas correrem livremente pelo rosto, sorriu.

— Sim, doutor, muito obrigada.

Também com lágrimas nos olhos, dona Esperança agradeceu ao médico, abraçando-o:

— Obrigada, meu bom amigo.

— Eu que agradeço, querida. E marque um horário para realizar exames de rotina, precisamos ver como anda sua saúde. Foi muito bom revê-la. — Virando-se para Augusta, reafirmou: — Estou sempre aqui, pode vir sempre que quiser ou precisar conversar.

Emocionada, respondeu:

— Muito obrigada, doutor.

Saíram do consultório, e a madrinha convidou:

— Querida, vamos à confeitaria comer uns doces bem gostosos para alegrar nossa vida? Chega de tristeza e lágrimas. — Enroscou seu braço no da afilhada. — Tudo vai dar certo.

No mesmo dia, Augusta conversou com Cristiano. Dona Esperança se oferecera para falar com ele, mas ela dissera que precisava ser corajosa, que ela mesma resolveria o assunto. Sentaram-se de frente para o lago, no jardim. Augusta foi valente, chorou bastante, mas contou sua história e seus receios. Conforme ela pedira, ele não a interrompeu. Ficou visivelmente comovido e abalado pelo que ela havia passado.

"Comovido e abalado?", vocês devem estar se perguntando, queridos leitores. Lembremos que ele ainda era muito jovem. Até então, nosso menino bonito era apenas um aproveitador, não era um crápula, ele ainda tinha sentimentos.

Augusta finalizou sua narração e olhou bem nos olhos dele.

— Enfim, essa é a minha história. Saí correndo porque tenho essa mancha em meu passado, não me sinto digna do seu amor, afinal não sou mais pura. Chamei-o porque não poderia deixar de lhe dar uma satisfação à minha recusa ao seu pedido.

Ainda pasmo diante das revelações, ele raciocinou: *para mim, tanto faz se ela é virgem ou não, ela está se preocupando à toa, não é o sentimento amoroso que me move: é o financeiro.* Então segurou as duas mãos dela e começou seu teatrinho:

— Estou absolutamente chocado com o que me disse. O que seu pai fez a você foi uma atrocidade absurda. Você foi muito corajosa ao fugir com sua madrinha. Estou desolado pelo que você passou, mas isso não muda meus sentimentos. — Passando as mãos por seu rosto, prosseguiu: — Querida, como eu posso não lhe querer? Você é linda, meiga, educada e carinhosa. Eu continuo querendo me casar com você. A culpa do que aconteceu não é sua e você é a mesma garota maravilhosa por quem me apaixonei.

Suspirando aliviada, deixou as lágrimas correrem.

— Tem certeza disso, Cristiano?

Ele se levantou do banco e a levantou também, abraçando-a. Então disse em seu ouvido:

— Sim. Sim, meu amor! Quero muito me casar com você.

Capítulo 11

Enfim... a felicidade?

A PARTIR daquele momento, a felicidade invadiu a vida de Augusta. Como mandava a tradição da época, noivaram e se casaram em seis meses. A cerimônia foi simples, com poucas testemunhas. É claro que dona Esperança não permitiu que eles fossem morar em outra casa, já que ela possuía uma belíssima e confortável residência, o que era o plano de Cristiano desde o início. Foi reservado o terceiro andar inteiro para os recém-casados, e todos ficaram satisfeitos, principalmente a madrinha, que não saberia mais viver sem sua menina.

Cristiano se considerava um sortudo. Achava que sua vida seria muito fácil com uma mulher bonita e uma madrinha rica, faria qualquer coisa para agradar sua esposa. Após vinte dias morando na casa, durante um chá da tarde, como quem não quer nada, iniciou o seu jogo:

— Esta casa realmente é maravilhosa, dona Esperança. Deve ser bem trabalhoso para a senhora administrar tudo. Gostaria de poder ajudá-la se me permitir.

— Imagine, meu querido, não há trabalho algum. Meus empregados estão comigo a vida toda, sabem perfeitamente como cuidar de tudo.

— E cuidam maravilhosamente bem. Mesmo assim, há coisas que exigem ações do proprietário, como consertos, compra de itens que não são do cotidiano, pagamentos de contas, entre outras coisas.

— As compras eu adoro fazer. Amo sair com minha menina e comprar o que necessitamos e o que queremos. Os consertos ficam por conta de José.

Sentindo que a conversa não estava tomando o rumo desejado, Cristiano se inquietou.

— Eu amei o convite da senhora para morarmos aqui, mas me sinto mal em não contribuir com nada, gostaria de pelo menos ajudá-la com minhas despesas.

— Que despesa você me dá? — retrucou, indignada. — Alimentação já está na casa mesmo, você paga sua faculdade e deixa Augusta feliz. E isso é o que me importa.

Já meio nervoso, nem deu atenção ao último comentário.

— E quanto às contas da casa? A senhora tem que se deslocar para pagá-las, posso lhe ajudar com isso pelo menos.

Então o alarme soou na mente de dona Esperança, que não era nenhuma senhora bobinha e alienada como ele pensava.

— Ah! Isso meu advogado faz.

— Está aí algo que eu posso fazer para retribuir sua hospitalidade. Sempre ajudei meu pai com as contas na fazenda, não é necessário que a senhora pague os honorários de um advogado para fazer esse serviço. Eu me coloco à sua inteira disposição.

Ressabiada, ela se remexeu desconfortavelmente na cadeira.

— Não será necessário. Ele não cobra por esse serviço, cuida dos meus negócios e investimentos há mais de vinte anos.

— Mas a senhora confia nele o suficiente para administrar seus rendimentos? Já vi muitos advogados deixarem seus clientes sem nada. Se quiser, posso analisar suas contas para ver se está tudo correto.

Já irritada e preocupada com o rumo da conversa, mas esforçando-se para não deixar transparecer, concluiu:

— Agradeço muito sua generosidade, porém tenho tudo sob controle. Não se preocupe, meu querido. Vou dar as ordens para o jantar.

— Até mais, senhora. Vou ver se Augusta melhorou da indisposição.

Nervoso, retirou-se para o terceiro andar percebendo que não seria tão fácil enganar a madrinha de sua esposa, mas já pensando em outras estratégias.

Nessa noite, Augusta não quis jantar, pois continuava indisposta. A madrinha a chamou para darem um passeio pelo jardim, alegando que a brisa noturna lhe faria bem. Sentaram-se no banco de frente para o lago, e dona Esperança falou:

— Tirando a indisposição de hoje, como você está, minha querida?

— Muito feliz, madrinha. Tive tanto medo de nunca ter alguém ao meu lado que nem acredito que estou casada.

— Que bom, minha flor. E Cristiano? Tem tratado você bem?

— Sim, ele não sabe o que faz para me agradar.

— Fico feliz, você merece toda felicidade do mundo depois de tudo pelo que passou. E quanto ao seu medo das intimidades com seu marido?

Envergonhada, mas sorrindo, brincou:

— Essa foi a parte mais fácil.

Surpresa, a madrinha olhou para ela.

— Mas que danadinha. — Explodiram em risadas. — Quero que saiba que, mesmo você estando casada, terá meu apoio pelo resto da vida. — Augusta olhou para ela atentamente, percebendo que o tom da conversa mudara. — Sempre que você precisar de mim, estarei ao seu lado.

Estranhando a conversa, Augusta perguntou:

— Por que está falando assim, madrinha?

— Porque você é o amor da minha vida. E quando a trouxe para cá, prometi que nunca mais permitiria que alguém lhe fizesse mal, porém, para isso, preciso que você seja sempre honesta. Se não estiver feliz, quero que se abra comigo, não me esconda nada.

— Nossa, madrinha! Estou assustada.

Disfarçando com um sorriso, dona Esperança respondeu:

— Não fique, querida. É apenas precaução de mãe. Você é a filha que Deus me deu.

Abraçando-a, Augusta sorriu.

— E a senhora é a melhor mãe do mundo, mas agora eu gostaria de me deitar um pouco, estou cansada.

Levantaram-se e tomaram o rumo da casa.

ALGUNS DIAS depois, a indisposição se revelou uma gravidez. Augusta ficou muito feliz, mas ao mesmo tempo também ficou triste, pois teria de interromper seu curso de Magistério, precisaria adiar o sonho de ser professora.

Dona Esperança não cabia em si de felicidade e Cristiano mais ainda, achando que com uma criança seria mais fácil conquistar a confiança da madrinha. Ele continuava fingindo ir à faculdade, porém a cada dia ficava mais irritado por não conseguir enganar a esperta senhora. A casa era maravilhosa, comia e bebia à vontade, mas não via a cor do dinheiro. Ele gostava de vestir-se bem, sair e fazer suas farras, então voltou a fazer programas com as senhoras ricas da sociedade. Decidiu aguardar o nascimento da criança para insistir com dona Esperança, pois certamente ela estaria feliz e ocupada ajudando a cuidar do bebê e acabaria precisando delegar-lhe tarefas.

E assim se passaram os meses: com quase todos muito felizes. Chegou o dia do nascimento, Augusta não acreditava na intensidade das dores, mas, guerreira como sempre, aguentou firme até que a parteira chegou, então desabafou:

— Dona Aparecida, pelo amor de Deus, me ajude com essas dores. Eu vou morrer, mas não vou conseguir parir essa criança. Dói demais!

— Calma, menina. — Com toda tranquilidade, a parteira começou a tirar seus apetrechos da bolsa. — Você não vai morrer, não, é assim mesmo.

A madrinha, muito nervosa, rezava. E Cristiano fez o quê? Aproveitou que as mulheres estavam ocupadas e foi para uma festa.

Depois de horas de dor, a parteira anunciou que a criança estava pronta para nascer e orientou Augusta a fazer força. Após muitos gritos, ruídos e até xingamentos, veio ao mundo um lindo garoto, que fez o rosto de sua mãe ficar banhado em lágrimas.

Aconchegou o bebê em seus braços, roçou seu rosto no dele e teve certeza de que aquela era, com toda certeza, a maior emoção da sua vida. Ao olhar para aquela criança, percebeu que sabia de fato o que era amor verdadeiro. Extasiada, chamou dona Esperança:

— Madrinha! Meu filho é lindo demais.

Emocionada, ela passou uma toalha pelo rosto de Augusta, secando seu suor.

— Minha querida, ele é o bebê mais lindo que eu já vi, é perfeito! Deus abençoe essa criança.

Augusta deixou as lágrimas de felicidade rolarem ao observar dona Aparecida e a madrinha cuidarem do bebê e relaxou por alguns minutos. Repentinamente, um grito de dor agudo cortou o silêncio.

— Está doendo de novo, dona Aparecida. A dor voltou.

— Imagine, menina, é impossível! Quando a criança nasce, as contrações acabam.

— Mas eu estou com muita dor, alguma coisa está errada.

A parteira pediu que dona Esperança terminasse de lavar e agasalhar o bebê e foi examinar Augusta. Exclamou, assustada e sorridente:

— Valha-me Deus, querida! Tem mais um pequenininho aqui para nascer!

Atordoada, Augusta abriu a boca, surpresa, mas o que saiu foi mais um grito pavoroso:

— Está doendo muito! Mais do que antes.

Dona Aparecida ocupou novamente seu lugar e recomeçou o trabalho. Augusta, que urrava de dor e se sentia sem forças, perguntou:

— Vai demorar muito?

— Não, querida, agora será rapidinho.

Porém, após várias tentativas, a parteira percebeu que a criança estava com o cordão umbilical enrolado em volta do pescoço.

— Por Nossa Senhora do Bom Parto, essa criança vai morrer sufocada se não conseguirmos tirá-la logo daí.

— Não! — Foi o grito mais doloroso da noite. — Não deixe meu bebê morrer, por favor.

— Então você tem que me ajudar, menina. Faça força.

— Mas eu não estou mais conseguindo. — Agoniada, ela chorava. — Não tenho mais forças.

Dona Aparecida parou, olhou bem para Augusta e falou:

— Menina, ou você tira forças de onde não tem ou essa criança vai morrer dentro de você.

Com lágrimas escorrendo pelo rosto, Augusta buscou energia no lugar mais profundo do seu ser e, urrando como uma leoa, pariu a criança. O menino já estava muito vermelho, a parteira bateu várias vezes no seu bumbum, mas ele não chorava. Augusta se desesperou:

— Não deixe meu filho morrer! Meu filho não pode morrer! — gritou, descontrolada.

A parteira olhou para dona Esperança e fez sinal de negação com a cabeça, indicando que a criança havia morrido.

Então algo extraordinário aconteceu. Como se um anjo tivesse sussurrado orientações em seu ouvido, a madrinha encostou sua boca na da criança e puxou o ar, tentando reanimá-lo. Desesperada, puxou novamente com toda a energia do seu ser, e o menino chorou muito baixinho a princípio, mas, depois de um tapa no bumbum, botou a boca no mundo. A essa altura, as três mulheres se juntaram ao choro do bebê. Augusta estendeu a mão para sua madrinha.

— Obrigada! A senhora salvou meu filho. Já havia me salvado e agora salvou meu menino. — Beijou a mão da madrinha. — É um anjo que Deus colocou em minha vida.

Muito emocionada, a madrinha beijou a mão dela também.

— Você que é meu anjo, querida. Agora descanse um pouco enquanto cuidamos de seu menino.

Após alguns minutos, dona Aparecida trouxe os bebês limpos e vestidos para mamarem. Foi um momento de embevecimento. Augusta se emocionou vendo aqueles dois seres tão lindos, idênticos e indefesos se alimentarem do seu ser. Olhou para eles com paixão, até que percebeu que o mais novo tinha uma manchinha mínima na sobrancelha direita, um charme! Estremeceu de pavor ao pensar que ele poderia não estar ali. Não sabia de sua existência, porém o amou perdidamente assim que o viu.

Augusta cochilou e, quando acordou, perguntou por seu marido. Ficou muito triste quando soube que ele não estava em casa, queria que escolhessem juntos os nomes das crianças. E ficou mais triste ainda quando ele chegou pela manhã caindo de bêbado. Augusta chamou a madrinha e pediu que ela trouxesse as crianças. Após admirá-los e beijá-los até fartar-se, resolveu:

— Já que meu marido não está em condições, a senhora vai ser a primeira a saber o nome dos meus filhos.

— Que honra, minha querida. Mas será que Cristiano não ficará aborrecido por não participar deste momento?

— Ele deveria ter participado do nascimento dos filhos. — Seus olhos ficaram marejados. — Na verdade, eu já havia escolhido um nome, agora precisamos pensar em mais um.

— Ah, espertinha! Já sabia o nome e não contou a ninguém.

Rindo, Augusta revelou:

— Meu filho mais velho será chamado de Carlos Alberto.

— Que lindo, adorei! E o lindinho que quase nos matou do coração?

Pensativa, olhou novamente para os filhos.

— Queria que um nome combinasse com o outro para que eles se combinem também, quero que sejam muito amigos.

— Ótima ideia. Você não havia pensado em uma segunda opção?

— Eu já havia pensado em Cláudio, entretanto acho que não combina com Alberto.

— E não combina mesmo. Que tal Cláudio Sérgio?

Augusta fez uma careta.

— Não gostei. — Concentrada, começou a pronunciar: — Cláudio... Cláudio. — Seu rosto se iluminou. — Já sei! Cláudio Roberto. — Bateu palmas de satisfação. — Perfeito! Meu caçula será Cláudio Roberto. Carlos Alberto e Cláudio Roberto... está ótimo.

Quando Cristiano se recuperou da bebedeira, foi ao seu quarto e abraçou a esposa.

— Meu amor, nossos filhos são lindos! Que surpresa. Você não percebeu que eram dois?

Emburrada, ela demonstrou sua mágoa:

— Não tive como olhar dentro da minha barriga, quem sabe na próxima eu consigo.

Desacostumado a vê-la irritada, ele arregalou os olhos.

— Está brava?

— Não, querido. Estou feliz porque meu marido atencioso esteve ao meu lado segurando minhas mãos enquanto eu quase morria parindo seus filhos.

— Meu amor, não é isso que os homens fazem. Eles comemoram fumando charutos e bebendo com seus amigos.

— Ótimo saber que você estava feliz fazendo isso. Sabia que seu filho caçula quase morreu? E se fosse necessário chamar o doutor?

— O José estava aí, ele chamaria.

— O José não é pai do Cláudio Roberto.

Espantado, ele exclamou:

— Você já deu o nome para os bebês sem me consultar?

— Sim, pois o senhor não estava aqui. E quando chegou, estava sem condições de pensar em nomes de crianças, imagino os horrores que poderia sugerir.

Achando melhor apaziguar os ânimos, Cristiano nem discutiu.

— Está bem, querida. Não vamos brigar por isso, estou feliz porque você e os nossos filhos estão bem, não é hora para discussões. — Chegando mais perto e fazendo carinho em seu rosto, declarou: — Amo você ainda mais agora que me deu dois filhos tão maravilhosos e saudáveis. Me dê um abraço, meu amor.

E ela se derreteu toda, dando por encerrada a questão, enquanto Cristiano pensava: *agora dona Esperança terá duas crianças para cuidar e amar, com certeza vai amolecer o coração e me deixar cuidar de suas finanças.*

Contudo, mais uma vez Cristiano se enganou com a esperteza da senhora. Ela contratou uma babá para auxiliá-las, assim elas poderiam dedicar-se ainda mais às crianças, que se desenvolviam muito bem. Os meninos eram idênticos: cabelos muito loiros e olhos ainda indefinidos, ora azuis, ora verdes. Estavam rechonchudos e suas bochechas viviam vermelhinhas, pareciam dois anjinhos de presépio.

No dia em que seus filhos completaram um mês de vida, Augusta acordou pensando em seus pais, que nem sabiam que eram avós. Lembrou-se muito de sua mãezinha e no quanto ela adoraria aquelas crianças. E depois de muito tempo, chorou de saudades pela família que deixara para trás e pelo que seus filhos perderiam. Nesse momento, dona Esperança entrou no quarto, e a menina — será que ainda posso chamá-la de menina? Claro que sim! — olhou ternamente para o rosto tão querido de sua madrinha, deixando de lado a tristeza, ciente do quanto fora abençoada por ter tido quem a acolhesse e a amasse como filha.

— Por que chora, meu anjo? O que aconteceu?

— Choro de gratidão, madrinha, por tudo que a senhora faz por mim.

Sentando-se ao seu lado na cama, dona Esperança a abraçou carinhosamente.

— Não chore, meu amor, farei tudo por você e por seus filhos. Você é a filha que eu não tive.

Feliz por tudo que a vida lhe dera, sorriu para dona Esperança.

— Por esse motivo meus filhos serão seus netos, permita que eles a chamem de vovó assim que eles souberem falar.

Foi a vez de a madrinha chorar.

— Ah, menina! É tudo que eu mais quero, quanta alegria você me dá! — Com todo seu amor, levantou-se e disse: — Com licença, querida. Vou dar bom-dia para os meus netinhos. — E saiu toda feliz.

Enquanto as mulheres estavam felizes, Cristiano, amargurado, não conseguia conquistar a confiança da dona Esperança. Sempre que surgia uma oportunidade de abordar suas questões financeiras, o que era raro, ela o ignorava educadamente, até o dia em que a educação ficou de lado e ela foi curta e grossa:

— Não entendo sua curiosidade em relação ao meu dinheiro.

— Não é curiosidade, apenas quero pagar todo o cuidado que a senhora tem pela minha família.

— Apesar de ser uma senhora idosa, ainda estou em posse das minhas faculdades mentais e sei cuidar muito bem de mim. — Com a voz alterada e o rosto afogueado, prosseguiu: — Quer mesmo retribuir o meu afeto pela sua família, que também é minha? Cuide bem da sua esposa e seus filhos, pois me parece que o senhor tem estado bem ausente.

Virou-se e saiu da sala, deixando Cristiano furioso. *Quem ela pensa que é? Fiz o favor de casar com uma garota que já não era donzela e que ninguém ia querer. Se não fosse por mim, ela não teria seus amados netinhos! Onde já se viu?! Vou dar atenção é para quem me paga!*, pensou.

Saiu batendo a porta, e a partir desse dia Augusta começou a ver seu castelo ruir. Se Cristiano fingia ser um pai amoroso até aquele momento, mal disfarçava seu ressentimento. Quase não ficava com Augusta e com os filhos, perdia todo o dinheiro que ganhava com seu *ofício* na jogatina. Começou a furtar objetos de valor da casa para pagar algum credor furioso. Mas ainda desejava sua esposa, e após quatro meses do nascimento dos gêmeos Augusta se descobriu grávida novamente.

Dessa vez, Augusta não estava tão eufórica pela gravidez. É claro que uma nova vida era sempre bem-vinda, mas seu marido já não era mais aquele homem gentil e galante com quem se casara. Tentou conversar várias vezes com ele, porém ele se fechava e mandava que não lhe perturbasse. Ela não conseguia entender o que se passava com ele.

Quando soube da gravidez, nem fingiu estar contente. Entendam bem, meus leitores: para ele, tudo estava dando errado. Sua frustração aumentava a cada dia por ver seus planos de riqueza irem por água abaixo. Passou a beber e a jogar mais, consequentemente os sumiços de objetos de valor cresceram também.

Dona Esperança, que não era boba, já desconfiava e optou por conversar com Augusta:

— Querida, desculpe ser indiscreta, mas preciso perguntar uma coisa muito pessoal.

Com os olhos entristecidos e já sem aquele ar de menina que sempre encantara a madrinha, Augusta respondeu:

— Pergunte, madrinha, a senhora tem todo direito de perguntar o que quiser.

— Pois bem. Você e o seu marido ainda se entendem bem?

— Ah! — Meio titubeante, ela tentou ganhar tempo. — Acho que já não é igual a quando nos casamos... Mas deve ser assim mesmo, né?

— Não, não deve ser assim. Você está casada há pouco tempo e percebo que não está feliz.

— É claro que estou feliz, madrinha. — Acariciou a barriga de sete meses. — Amo meus bebês e agora vou ser mãe de novo. Como posso não estar?

— Querida, não me enrole. Você sabe que estou falando do seu marido, não dos seus filhos.

Augusta se levantou, olhou pela janela para acalmar-se e se sentou novamente perto da madrinha.

— Sei que Cristiano não é mais o mesmo, acho que ele está passando por uma fase difícil na faculdade, deve ser a pressão dos estudos.

Foi a vez de dona Esperança titubear. Já tinha ouvido rumores e desconfiava do fato de Cristiano estar cursando a faculdade. Também já estava desconfiada devido aos objetos sumidos. Entretanto, não deixaria Augusta saber por enquanto. Já estava decidida a ficar de olho em Cristiano, não poderia acusá-lo enquanto não tivesse provas.

— E você ainda ama seu marido tanto quanto amava quando se casou com ele?

— Claro que sim, madrinha. E sei que ele ainda me ama também, é apenas uma fase ruim.

— Uma fase meio longa, não acha?

Sem graça, Augusta baixou os olhos. A madrinha tocou o queixo da menina e, olhando para ela profundamente, disse:

— Não quero deixá-la triste, no entanto preciso que você preste muita atenção no que vou falar. — Augusta abriu mais ainda seus lindos olhos azuis. — Você sempre terá todo o meu apoio. Se a qualquer momento você achar que não quer mais viver com seu marido, saiba que eu a apoiarei. Estarei sempre do seu lado.

Surpresa, Augusta se levantou.

— Claro que quero viver com Cristiano, madrinha. Eu o amo e sei que ele me ama também.

— Sei disso, mas, entenda bem, se mudar de ideia, estarei ao seu lado.

— A senhora fala em desquite?

— Sim, querida.

— Mas, madrinha, o que as pessoas iriam dizer? Não quero ser uma mulher largada pelo marido.

Remexendo-se desconfortavelmente na cadeira, procurou as palavras certas para que Augusta não ficasse magoada.

— Eu não ligo nem um pouco para o que os outros falam. Já passei por isso e fiz o que tive que fazer para ser feliz, pouco me importou a opinião dos outros, Neste momento, a única coisa que me importa é que você e seus filhos estejam bem, nunca se esqueça disso.

Emocionada, Augusta a abraçou.

— A senhora foi um milagre na minha vida.

Também muito emocionada e preocupada, a madrinha a olhou com carinho.

— Você é que foi uma dádiva que Deus me deu, não fique chateada comigo por me preocupar com você. Não fui mãe, mas você é minha filha. — Para descontrair o tom da conversa, chamou, estendendo a mão: — E vamos ver os nossos bebês, que já devem estar morrendo de saudades de nós.

DOIS MESES depois, Augusta deu à luz uma linda menina, a quem chamou de Palmira. Tinha os olhos acinzentados e os cabelos cacheados mais lindos que já se viu. Desde o primeiro instante, foi a rainha da casa, todos paparicando a princesa, exceto seu pai, que mal lhe dirigia o olhar.

Na verdade, Cristiano mal falava com a esposa também, jogava para cima dela a raiva que sentia por ver seus planos fracassados: casou-se para ficar rico e viu os seus sonhos e ambições naufragarem. Tratava mal a todos da casa, e dona Esperança via com medo crescente a possibilidade de que Augusta passasse a viver como ela mesma vivera no passado: à mercê de um marido bruto e violento. Então prometeu a si mesma que Augusta não teria o mesmo destino que ela. Após contratar um detetive, estava ciente de que Cristiano nunca estivera em uma faculdade e que vivia de forma desavergonhada, mas sua maior preocupação era com o vício no jogo. Ela sabia que era um caminho sem volta e que levaria à destruição do casamento de Augusta. Infelizmente, aconteceu mais cedo do que ela imaginava e as consequências foram muito piores do que ela previra.

Capítulo 12

O castelo ruiu

SEIS MESES após o nascimento de Palmira, a vida do casal não poderia estar pior. Cristiano mal olhava para os filhos e tratava a esposa como se ela fosse um trapo velho. Bebia, jogava e fumava demais. Já não conseguia fingir ser um bom rapaz há muito tempo e seu rancor associado ao seu péssimo caráter fez dele o pior dos cafajestes.

Já havia cogitado matar dona Esperança, acreditando que Augusta viria a ser sua herdeira. *Quem ia desconfiar se a senhora tropeçasse na escada e quebrasse o seu pescoço?*, era o tipo de pensamento que ele cultivava. Porém, era necessário ter certeza quanto ao testamento, se é que havia um. Elaborava planos para encontrar os documentos da "velha" quando estava sóbrio, mas esquecia tudo após as bebedeiras. E foi nesse clima de guerra de foice que a vida de Augusta tomou outro rumo... novamente.

Devido à mudança das estações, os gêmeos adoeceram ao mesmo tempo em que os dentes de Palmira começaram a despontar. A casa estava um caos, mesmo com ajuda da madrinha e da babá. Augusta mal dormia há dias, estava absolutamente esgotada. Quando um dos filhos adormecia por algum milagre, outro berrava e acordava todos.

Em um desses dias, Cristiano chegou em casa mais irritado que o normal, pois havia perdido muito no jogo, e tentou inutilmente dormir. Após ser acordado várias vezes, entrou no quarto das crianças aos berros:

— Maldição, mulher! Que imprestável é você que não consegue controlar essas crianças? Não aguento mais tanto choro. Preciso dormir!

Apesar de saber que não deveria retrucar, mesmo estando em um estado desolador por cuidar dos filhos doentes há dias sem nenhuma ajuda do marido, a revolta foi maior e Augusta explodiu:

— Você precisa dormir? Você que estava na farra sabe-se lá com quem? É você que precisa descansar? — gritou e, batendo no próprio peito, continuou: — E eu não preciso descansar? Você não está vendo meu estado? A minha situação?

Surpreso, pois ela nunca havia falado com ele daquela forma, gritou mais alto ainda:

— Não grite comigo! Eu sou seu marido e você me deve respeito.

O sangue subiu à cabeça de Augusta no mesmo instante. Com o rosto incrivelmente vermelho, ela esbravejou:

— Respeito? Você acha que merece respeito? Vive na rua, chega bêbado todos os dias, nem olha para os seus filhos. Você é uma porcaria de marido, você é imprestável!

Nesse momento, dona Esperança, que havia ido buscar mamadeiras e escutava toda a gritaria, entrou no quarto a tempo de vê-lo avançando em direção à Augusta e se interpôs à sua frente. Ela havia jurado que jamais deixaria que batessem novamente em sua menina.

— Não encoste nela. — Cheia de ódio por tudo que sabia, o intimou: — Se fizer alguma coisa com ela, nunca mais pisará em minha casa.

Possesso, Cristiano levantou a mão e ameaçou:

— Eu vou arrebentar sua cara, velha chata!

Em desespero, Augusta se jogou em cima dele na tentativa de impedi-lo de agredir sua madrinha. Foi nesse momento que o pior aconteceu. Cristiano se desequilibrou e caiu na cama em que os gêmeos estavam, derrubando com um estrondo um deles no chão.

— Não! — Foi o rugido de uma leoa preocupada com sua cria. — Meu filho! O que você fez com meu bebê, seu desgraçado?! — Pegando Cláudio em seu colo, Augusta notou que ele estava muito vermelho e já não chorava. — Madrinha, acho que ele não está respirando. Meu filho vai morrer! — Com as lágrimas já escorrendo, entregou o filho para a madrinha. — Não deixe que ele morra, pelo amor de Deus.

Buscando tranquilidade sem saber onde, dona Esperança olhou para Augusta com serenidade.

— Calma, o desespero só vai atrapalhar.

Apalpou a cabeça do menino e levantou suas pálpebras. Notou que seus olhos estavam vidrados. Virou-o de costas e bateu no seu bumbum para ver se o fazia chorar, mas nada acontecia. Percebeu, aflita, que ele estava cada vez mais mole em seu colo.

Augusta começou a gritar, apavorada, quando dona Esperança se lembrou de um momento muito semelhante àquele. Encostou sua boca na do bebê e aspirou o ar. Não houve nenhuma mudança. Então fez massagem no seu peito e aspirou mais forte ainda. E, como um milagre, Cláudio começou a berrar. Lágrimas de alegria rolaram pela face de ambas. Augusta tremia tanto que não tinha condições de segurar a criança, que parou de berrar assim que dona Esperança colocou a mamadeira em sua boca.

Após se acalmar um pouco, ainda trêmula, Augusta olhou em volta à procura de Cristiano. Claro que ele não estava lá, saíra de fininho. Ela foi até a janela de seu quarto e olhou o movimento da rua. Notou que as pessoas passeavam felizes, como se não tivessem nada lhes afligindo, e invejou a serenidade que transparecia no semblante dos transeuntes. Respirou fundo várias vezes e então se dirigiu à cama. Sentou-se ao lado de dona Esperança e acariciou os cabelos do menino.

— Não gosto nem de pensar que a esta altura meu menino poderia estar morto. Foi a segunda vez que quase perdi meu filho, agora não seria por um desígnio maior, e sim pela irresponsabilidade do meu marido. — Olhando-a atentamente, a madrinha deixou que desabafasse o que a atormentava. — Não vou me arriscar a uma terceira oportunidade.

Pensativa, Augusta procurou dentro de si suas respostas. Sabia que estava vivendo um inferno e, ao olhar para o rosto do seu filho, sua decisão foi tomada: iria separar-se de Cristiano. Assim que essa ideia surgiu em sua cabeça, tomou força. Não precisava de um marido horroroso como ele em sua vida, pois tinha todo o apoio da madrinha. Além disso, o amor que ela sentira já estava totalmente pisoteado em seu coração.

Cláudio já estava no berço. Dona Esperança se levantou e se serviu de uma xícara de chá para refazer-se do episódio. Augusta fez o mesmo e puxou a madrinha para sentar-se à mesinha do quarto. Passou a mão ternamente nos cabelos da senhora, que ainda estava pálida.

— Me perdoe por fazê-la passar por isso. A senhora já teve sua cota de marido estúpido e imprestável. — Dona Esperança segurou as mãos da jovem, porém não se sentia pronta para falar, ainda estava muito assustada. Augusta prosseguiu: — Tomei uma decisão, não quero mais viver desta forma. Cristiano está descontrolado. Se a senhora realmente não se sente envergonhada por abrigar uma pessoa separada em sua casa, vou pedir o desquite ao meu marido.

Enfim, encontrando as palavras, exclamou com voz ainda frágil:

— Graças a Deus, minha filha! Eu não queria pressioná-la, entretanto situação nesta casa tem sido insuportável.

— É verdade, hoje quase ocorreu uma tragédia. Não posso deixar meus filhos à mercê de um pai irresponsável e que não tem nenhum amor por eles. Justamente ele, que tem a obrigação de proteger as crianças, as coloca em risco.

— Pode ficar tranquila, não ligo nem um pouco para o que os outros vão falar. A mim só interessa ver você e meus netos bem. — Suspirou, ainda para se recompor. — Meu Deus! Tremo só em pensar no que poderia acontecer com o pequeno.

Augusta se sentia dominada pela determinação e, resoluta, pousou a xícara sobre a mesa, levantando-se em seguida.

— Então eu vou falar com ele agora, não quero perder a coragem.

— Espere, menina. Não é melhor aguardar ele ficar sóbrio?

— Não. Quero aproveitar o calor do sangue que está em minhas veias.

De queixo erguido e pisando firme, seguiu pelo corredor com dona Esperança em seu encalço, abriu a porta do quarto e sua indignação apenas aumentou ao vê-lo roncando, como se nada tivesse acontecido. Há menos de meia hora, seu filho quase havia morrido.

Entrou no quarto e olhou para aquele rosto lindo que ela amara um dia. Naquele momento, não conseguia encontrar nenhum traço da paixão que a embalara por dois anos. Aproximou-se da cama e chacoalhou o marido, que nem se mexeu. Com mais energia, quase o derrubou da cama.

— Acorde, Cristiano, precisamos conversar.

Zonzo pelo efeito do sono e da bebedeira, encarou-a com uma expressão confusa.

— Mas que diabos você quer agora, mulher? — Ainda muito embriagado, ele demorou a concatenar as ideias. — Não vai me deixar dormir mesmo?

— Não, Cristiano. Não vou esperar você dormir porque o que eu tenho para falar é muito sério.

Ele então se sentou na beirada da cama e, bem desperto, perguntou:

— O menino já não está bem? Por que ainda quer brigar comigo?

Sabendo que era necessário controlar-se, ela respirou fundo e começou:

— Ele está bem, graças à minha madrinha, que o salvou. Mas poderia estar morto, e o culpado teria sido você.

— Mas ele não morreu — gritou, já enfurecido novamente. — Para que essa chatice agora?

Augusta sentia as pontas dos dedos formigando, tamanho era seu nervosismo.

— Essa chatice é apenas para avisar que não quero mais você nesta casa. Eu não vou mais arriscar a vida dos meus filhos, obrigando-os a viver com um pai bêbado e irresponsável. Eu não quero mais viver com um homem que me despreza. — A cada palavra proferida, mais Cristiano se assustava. — Não quero mais ver você na minha frente. Arrume seus pertences e vá embora. — Levantando o tom de voz, indicou com o dedo: — Saia da minha vida agora!

Ele a olhou fixamente por alguns segundos, então surpreendeu a esposa soltando uma sonora gargalhada, como há muito tempo ela não o via fazer.

Augusta apenas o encarou, incrédula.

— E você vai viver como uma mulher largada? Vai criar seus filhos sozinha, para eles crescerem sem pai?

— É muito melhor viver sem pai do que ter um pai imprestável como você.

— Você só pode estar louca. Mulher sem marido é massacrada na sociedade, você não sabe disso?

— Sei muito bem, e não ligo nem um pouco para isso. Só me importa a vida de meus filhos.

— E sua amada madrinha ficará como perante as outras pessoas?

— Ela me dará todo o apoio que eu necessitar.

Passando a mão pelos cabelos, ele se levantou, esbravejando:

— Eu sabia que tinha o dedo dessa velha no meio, é ela que está colocando essas ideias malucas na sua cabeça. Essa velha maldita está te jogando contra mim.

Augusta ficou indignada com sua falta de respeito com aquela que o abrigara em sua casa e perdeu de vez a paciência.

— Não seja ridículo! Eu é que não suporto mais viver com um bêbado que passa todas as noites na farra.

Possesso e temeroso por perder sua mordomia, ele deu sua cartada:

— Pois saiba que eu não vou sair daqui. Você vai ter que me aturar pelo resto da sua vida. Você se casou comigo e vai morrer comigo.

Rindo sarcasticamente, ela olhou para aquele homem que tanto amara com um desprezo que nem ele conseguiu ignorar.

— Como não vai sair? Não tem direito de morar nesta casa, que é da minha madrinha. Ela não te quer mais aqui, muito menos eu!

— Problema de vocês. Não saio daqui porque não quero. Não vou me enfiar em alguma pensão fedorenta enquanto você mora neste palacete.

Tentando não perder totalmente o controle, Augusta foi até a janela, abriu as cortinas e respirou fundo.

— Pare de se comportar como uma criança birrenta e entenda que o fato de ter se casado comigo não te dá o direito de morar aqui. A casa não é minha, é da minha madrinha. Você vai embora, sim!

— Não vou. Não saio daqui.

Nesse momento, dona Esperança entrou com uma pasta na mão.

— Vai embora, sim. Esta casa é minha e não te quero mais aqui.

Rindo nervosamente, Cristiano andou até ela e parou muito perto na tentativa de intimidá-la. Ela não se amedrontou, e ele a confrontou:

— Isso tudo é culpa sua, fica influenciando minha mulher contra mim. Estávamos muito bem até a senhora resolver acabar com meu casamento.

— Quem acabou com seu casamento foi você. Hoje, você ultrapassou todos os limites, quase bateu em mim e em sua esposa. Pior: poderia ter matado seu filho. — Seus olhos faiscavam, repletos de ira. — Saia já da minha casa.

Ele avançou ainda mais, ficando a menos de cinco centímetros do seu rosto, buscando acovardá-la. Dona Esperança se manteve impassível quando ele disse:

— Eu quero ver quem me tira daqui.

Sentindo-se segura com o que tinha em mãos, dona Esperança avisou:

— A polícia tira você daqui.

Rindo, ele se afastou e se virou para Augusta:

— É nessa velha burra que você confia para te proteger? Polícia não se envolve em briga de marido e mulher.

Dona Esperança olhou para ele sorridente antes de soltar a bomba:

— Mas se envolve em roubo...

Cristiano empalideceu, perdeu a pose de arrogante e gaguejou:

— Que... que roubo? Até parece que eu ia fazer isso. A senhora está esclerosada, não sabe o que diz.

Assustada, Augusta encarou a madrinha.

— Do que a senhora está falando, madrinha?

Dona Esperança, sentindo-se penalizada, foi até a cômoda onde Augusta estava encostada, segurou sua mão e pediu:

— Querida, fique calma. Infelizmente, tenho provas de que seu marido é pior do que pensávamos.

Atemorizado, antes que ela terminasse, Cristiano pegou Augusta pelos braços e afirmou, olhando em seus olhos:

— Ela é uma louca que quer nos separar, meu amor. Você acha mesmo que eu faria isso?

Sabendo que sua madrinha não mentiria para ela, Augusta explodiu:

— Meu amor? Agora vem me falar em amor? Tire suas mãos de mim! — Ela se soltou de suas mãos e se virou para a madrinha. — Pode falar. O que a senhora sabe?

Cristiano se sentou na beirada da cama, procurando controlar-se. Muito triste por fazer sua menina sofrer mais uma decepção, dona Esperança segurou e afagou sua mão.

— Querida, você sempre foi forte e já passou por muitas coisas, mas infelizmente não posso poupá-la. Gostaria muito que você não sofresse novamente, porém não é mais possível esconder a verdade de você. — Ela fez uma pausa para respirar e controlar-se. — Seu marido mentiu para você, ele não é estudante de Direito. Na verdade, ele nunca passou perto da faculdade.

Augusta, boquiaberta, virou-se para Cristiano.

— Como assim? Se você não estuda, aonde vai todas as tardes?

Tentando ganhar tempo, pois não sabia o quanto dona Esperança havia descoberto, ordenou:

— Pergunte para a dona sabichona, não sei do que ela está falando.

Ignorando propositalmente Cristiano, a madrinha continuou falando com Augusta:

— Eu sei aonde ele vai todas as tardes. Ele é um gigolô. Você conhece essa palavra? — Cristiano enterrou o rosto nas mãos e não falou nada. Augusta, com ar abobalhado, simplesmente fez que não com a cabeça. — Ele vende favores sexuais para mulheres.

Desorientada, Augusta não conseguia assimilar direito.

— Como assim, madrinha? O que são favores sexuais?

— Ele dorme com mulheres que pagam para ele satisfazê-las.

As palavras da madrinha tiveram o impacto de uma tempestade. Tudo que estava represado se rompeu, e, furiosa, Augusta se virou para ele:

— Então ainda por cima você me trai, seu cafajeste? — Ele continuou em silêncio, ponderando a melhor alternativa para sair daquela confusão. — Responda, Cristiano! Você me enganou todo esse tempo?

Tentando usar seu charme, pegou nas mãos da esposa novamente e falou:

— Querida, você não está vendo que sua madrinha está inventando tudo? Ela quer nos separar para ter você só para ela. Ela é uma megera, Augusta, não acredite nela.

— Eu não acredito é em você. E tire suas mãos nojentas de mim.

Já perdendo a calma, ele respondeu:

— Não acredita porque é uma burra.

Então dona Esperança interveio:

— Parem de discutir. Não é necessário que acredite ou não, pois eu tenho as provas.

Abriu a pasta e espalhou sobre o aparador várias fotos dele com mulheres desconhecidas. Chocada, Augusta pegou as fotos e seus olhos se encheram de lágrimas diante do fato incontestável de que seu marido era realmente um canalha. Olhou em transe para aquelas imagens, que acabaram de vez com seu sonho de amor.

— Sua velha intrometida, quem lhe deu autorização para me fotografar? Você mandou me espionar, sua louca? — berrou Cristiano.

— Você sempre achou que poderia me enrolar, não é? Louco para administrar meus bens, achando que eu era uma tonta. Saiba que de boba eu não tenho nada. Não demorou mais de um mês para eu perceber que você tinha se casado com ela para colocar as mãos no meu dinheiro.

Ainda muito chocada com a realidade incontestável, Augusta se sentou pesadamente na cama e encarou o marido.

— Então você nunca me amou? Foi tudo encenação...

Ela levou as mãos ao rosto e chorou. Ele ainda tentou safar-se, não queria perder a mordomia:

— Claro que não, querida! Eu a amei desde o dia em que te vi. — Foi até ela e tirou suas mãos do rosto. — Vamos esquecer tudo isso? Prometo procurar emprego e ficar mais tempo com você.

Augusta se sentia com vertigem diante de tudo que estava tentando assimilar em tão pouco tempo. Começou a andar de um lado para o outro, tentando acalmar-se para verbalizar sua decisão, que já estava mais do que tomada. Bebeu um copo de água, respirou fundo e declarou:

— Vá embora, Cristiano. Nosso casamento acabou. Na verdade, ele nunca existiu, foi uma farsa. Suma da minha vida e não apareça mais na minha frente.

Percebendo que não ia conseguir convencer a esposa, jogou a cartada final:

— Está certo. Se é isso que você quer, eu vou, mas levarei meus filhos comigo.

Horrorizadas, as duas mulheres se entreolharam. Dona Esperança se recuperou mais rápido do susto.

— Jamais permitirei que leve as crianças. Você não tem apreço nenhum por elas, mal olha para seus filhos. Não permitirei jamais.

— E vai me impedir como, sua bruxa? Eu posso não ter cursado a faculdade, mas não sou burro. Esta é uma sociedade patriarcal e o pai tem plenos poderes sobre os filhos, portanto seus adorados netinhos irão embora comigo.

Apavoradas, as duas mulheres perderam o rumo. Augusta, que esteve a ponto de desmaiar de nervoso, buscou seu lado guerreiro e declarou:

— Nunca permitirei que leve meus filhos.

Sentindo-se o todo-poderoso, Cristiano atacou:

— Criatura burra! Não ouviu o que eu disse? Quem manda nos meus filhos sou eu.

Dona Esperança argumentou:

— Cristiano, seja razoável, você me roubou. Posso chamar a polícia. Estou te dando a chance de não ir para a cadeia.

Rindo, ele gritou:

— Roubei mesmo! Esta casa é cheia de quinquilharias que valem um bom dinheiro, tinha dívidas de jogo e precisava pagar. E daí? Só peguei porcarias das quais a senhora nem se lembrava.

— Enganou-se, meu caro. Tenho o inventário de tudo que você roubou e, para o seu governo, já recuperei a maioria das peças.

Cada vez mais agressivo e desesperado, ele rebateu:

— E daí? O que isso prova? Seu detetivezinho não conseguiu tirar retrato quando eu pegava suas porcarias para vender? Onde estão as suas provas?

Augusta olhava de um para outro, implorando a Deus por uma solução.

— Não consegui os retratos, porém sei onde você vende seus roubos e é muito fácil reconhecer um homem do seu estilo.

— Esta cidade é cheia de estudantes com a mesma aparência que a minha, acha mesmo que alguém que vive na ilegalidade vai testemunhar a seu favor? Vai simplesmente dizer que nunca me viu na vida. Chega disso! Augusta, você tem dez minutos para pegar seus trapos e seus filhos se você quiser vir junto. Basta desta palhaçada, agora quem não quer mais viver nesta casa sou eu. — Desesperada, Augusta não conseguia acreditar que isso estava acontecendo. — Vou fazer minha mala e em dez minutos saio daqui com meus filhos.

— Não! — Foi o grito que se ouviu do âmago do coração de uma mãe desesperada. Ajoelhando-se, ela implorou: — Pelo amor de Deus, não faça isso. Ninguém vai te denunciar, refaça sua vida em outro lugar, mas não leve meus filhos embora. Você não os ama, só vão te atrapalhar.

— Deixe de ser patética, levante-se e faça o que eu mandei.

Arriscando-se a ser agredida, a madrinha se postou na sua frente:

— Cristiano, não faça isso. Vamos esquecer tudo, começaremos de novo. Vamos nos entender pelo bem de todos. Eu imploro.

Sentindo-se o dono da situação, declarou pausadamente:

— Eu não fico mais nesta casa, entendeu? E a culpa é toda sua, não tinha que se intrometer na minha vida.

Desesperada, ela continuou:

— Você está certo, me perdoe. Pense no que vai acontecer com sua esposa e seus filhos, que vida você vai dar a eles?

— A vida que eles merecem. E tudo por sua culpa, sua megera. Pouco me importa o que vai acontecer com eles, se vão passar fome ou frio. — Encarou-a intensamente, com ódio nos olhos. — Sabe o que me importa agora? É que a senhora sofra muito, que chore de saudades todos os dias de sua vida para aprender a nunca mais cuidar da vida alheia. E saia da minha frente ou eu não respondo por mim.

Desolada, sabendo que nada conseguiria persuadi-lo naquele momento, dona Esperança lhe deu passagem. Virou-se então para Augusta, que já estava arrumando suas malas. Com as lágrimas escorrendo vertiginosamente pelo rosto, pediu:

— Augusta, me desculpe, minha filha. Não imaginei que chegaríamos a este ponto. Estou apavorada.

— Madrinha, a senhora não tem culpa de nada — disse sem parar de fazer as malas e ciente de que não tinha alternativas. — Isso ia acontecer mais cedo ou mais tarde. Ele está descontrolado e acabaria fazendo algo pior. — Estranhamente serena, Augusta prosseguiu: — E é claro que vou com ele, jamais deixarei meus filhos à mercê desse cafajeste

Correndo de um lado para outro, foi guardando os seus pertences e os das crianças. Já não chorava mais. Sabia que era seu destino, tinha plena consciência de que ainda teria muito a sofrer na vida. Desde o episódio do abuso de seu pai e de ter de se afastar de sua mãe, aguardava pelo momento em que sua vida desmoronaria novamente.

E mais uma vez nossa guerreira simplesmente aceitou seu destino, pegou seus filhos e desceu as escadas seguida pela madrinha. Encontrou Cristiano saindo da biblioteca, com certeza roubando mais relíquias.

Dona Esperança desistiu. Sabia que não ia adiantar implorar, apenas deixou suas lágrimas correrem livremente e se despediu das crianças com abraços apertados. Tinha a falsa ilusão de que talvez pudesse guardá-los em segurança em seu coração.

Cristiano rispidamente tirou as crianças dela.

— Largue meus filhos. Augusta, ande logo com isso.

Com uma tristeza imensa, ela colocou as duas mãos nas faces da madrinha e olhou para ela demoradamente, querendo memorizar cada detalhe daquele rosto tão amado.

— Madrinha, me desculpe por ter te causado esse sofrimento. — Dona Esperança só sacudia a cabeça, negando. Não conseguia articular palavra alguma. — Nunca se esqueça de que os momentos vividos com a senhora foram os mais felizes da minha vida, vou amá-la pelo resto da minha existência. — Os soluços da madrinha eram a expressão maior da dor que ela sentia ao ver sua menina e seus netinhos irem embora. — Que Deus a proteja, e muito obrigada por tudo.

Augusta a abraçou e só então deixou as lágrimas, que estava tentando segurar, caírem. Como gostaria de não precisar afastar-se daqueles braços tão queridos, mas se afastou, virou as costas e saiu. A madrinha recuperou a capacidade de falar e gritou:

— Augusta, esta casa será sempre sua. Se precisar, volte a qualquer momento, este será sempre seu porto seguro.

Augusta a fitou com toda a ternura do mundo, porém, dessa vez, era ela que não conseguia falar. Juntou suas mãos em prece e sacudiu a cabeça em concordância, virou-se e foi embora.

Passou pelo seu querido jardim, despedindo-se de cada rosa e margarida que aprendera a amar. No portão, despediu-se de José e Teresa com abraços e agradecimentos, fechou o portão e olhou mais uma vez para aquele lar que lhe trouxera tanta felicidade. E partiu rumo ao desconhecido.

Capítulo 13

O início do calvário

E ASSIM começou o calvário de nossa querida menina. Preparem-se, leitores, porque não será nada fácil a leitura dos próximos capítulos.

Augusta seguiu Cristiano pelas ruas da cidade sem dizer uma palavra, ele também não falou com ela. Estava tão possesso que nem olhava para a mulher e os filhos, apenas gritava para que andassem mais rápido.

Chegaram a um local esquisito, que deixou Augusta amedrontada. Mandou que ela se sentasse em um banco na praça e aguardasse. Voltou após dez minutos, guardando um maço de dinheiro em sua carteira. Sentou-se ao seu lado e declarou, já menos emburrado:

— Faremos uma longa viagem. Iremos para a Bahia.

Augusta ficou pasma.

— É muito longe! Para que isso?

— Como é que você sabe onde fica?

— Aprendi na escola. Eu ia à escola, de fato estudava.

Com a sua tradicional risadinha irônica, zombou:

— E eu ganhava dinheiro.

Ignorando o seu comentário para não pensar em como ele ganhava esse dinheiro, argumentou:

— É um lugar atrasado, só há plantações. Não tem escolas nem hospitais. Não quero ir com meus filhos para um lugar desses.

— Você não tem que querer nada, mulher. Não entendeu ainda que quem decide sou eu?

Tentando convencê-lo, suavizou o tom de voz:

— Sei disso, meu marido, mas é um lugar perigoso. O que você quer fazer em um lugar onde homens se matam por terras?

— Nossa! Você é bem informada.

— Eu leio os jornais, Cristiano.

— Eu também leio, Augusta. Por isso sei que lá é a terra do dinheiro no momento. O cacau está valendo ouro, quem vai para lá volta rico. É isso que eu quero. Faço questão de voltar e esfregar meu dinheiro na cara da sua madrinha, serei mais rico do que ela.

Augusta duvidava muito disso, mas desistiu de argumentar ao ouvir que ele pretendia voltar. Já era uma esperança... Levantou-se resignada e disse:

— Então vamos logo, preciso cuidar das crianças.

Cristiano seguiu para uma pensão barata. Sentindo-se o todo-poderoso, saiu para providenciar a viagem e voltou dois dias depois, bêbado e com os bolsos cheios de dinheiro, provavelmente oriundo do jogo ou das mulheres. Ou dos dois.

Após uma viagem horrível por terra e mar, chegaram ao destino cinco dias depois da briga na casa da madrinha. O vilarejo onde desembarcaram era uma babilônia: pessoas maltrapilhas pediam esmolas em todas as esquinas; mulheres com roupas e maquiagem escandalosas andavam assediando os homens nas ruas; homens com jeito de cafajeste olhavam para Augusta como se tivessem encontrado um tesouro; crianças descalças e subnutridas pegavam nas roupas dos transeuntes, implorando por comida e dinheiro. Aqui e ali, ouviam-se alguém gritando "pega ladrão!", logo em seguida era uma correria para todos os lados. O cheiro de excrementos e tabaco nauseava os sentidos de Augusta, trabalhadores em filas imploravam aos coronéis que lhes escravizassem.

Augusta sabia o que a aguardava, mas não imaginava que o cenário fosse tão aterrorizante. Cristiano tentava disfarçar sua decepção para não ouvir reprimendas, porém elas vieram mesmo assim:

— Foi para isto que meu esposo me tirou da casa da minha madrinha?

— Mas já vai começar com choradeira? Acabamos de chegar, preciso pensar.

Mandou que ela esperasse no banco da praça e foi atrás de informações. Perambulou por vários lugares, disposto a informar-se a respeito de trabalho, pois a concorrência era grande. Procurou por um órgão municipal, porém não havia nenhum. Encontrou filas de homens com chagas nas mãos, esperando o transporte para irem às fazendas.

É claro que ele não queria ir trabalhar na terra, queria comprar sua fazenda, afinal não era um peão qualquer. Conseguiu se informar com um senhor que lhe disse que voltasse no outro dia, antes do sol raiar. Resolveu conhecer melhor o lugar e, após três horas, foi ao encontro de sua esposa.

De longe, ouvia-se o berreiro de seus filhos, e ele já chegou brigando com ela:

— Mas você não consegue mesmo fazer essas crianças calarem a boca?

Admirada com tamanha cara de pau, Augusta respondeu:

— Consigo fazer com que eles parem de uma forma muito simples: se eles comerem, param de chorar. Você nos deixou aqui no sol por mais de três horas, sem dinheiro nem comida. Como quer que eles fiquem quietos?

Cristiano não estava acostumado a ter de providenciar nada, esquecera-se desse detalhe. Agora, teria de se virar para cuidar de mulher e filhos.

O castigo está chegando: em que roubada se meteu o nosso Don Juan!

— Está bem, levante e vamos procurar uma pousada.

Seguiram no sol inclemente. Augusta segurando a caçula no colo e os gêmeos com um ano e meio caminhando agarrados à perna da mãe. É óbvio que o progresso era lento, o que irritou o marido.

Encontraram uma pousada que estava lotada. Indicaram outros endereços e a resposta era sempre a mesma: sem vagas. Cristiano não era o único achando que não valera a pena terem ido para Ilhéus.

Por sorte, no quarto estabelecimento que encontraram, uma senhora deu comida e leite para as crianças. Mesmo assim, não havia vagas para se acomodarem. Seguiram procurando abrigo, o sol já ia se pondo e Augusta não aguentava mais andar, seus bebês também estavam exaustos. Então, ao avistar uma igreja, avisou:

— Vou ficar aqui, Cristiano. Não aguento mais esta peregrinação.

— Mas ainda não encontramos lugar para dormir.

— Continue procurando, eu não tenho mais forças para andar. Esperarei aqui.

Concordando com a cabeça, sentiu-se aliviado por não ter de andar com Augusta e seu ar de recriminação às suas costas.

— Está bem. Assim que encontrar um lugar, volto para buscá-los.

Obviamente, sem a presença da esposa, parou no primeiro boteco e pediu uma dose para animar-se. Bebeu observando os matutos — claro que ele sabia que jogava melhor que todos. Pediu mais uma dose e foi chegando perto até instalar-se. Bebeu e jogou até o dia raiar. Em algum momento, lembrou-se de sua esposa sozinha em uma igreja com três crianças pequenas? Claro que não.

Na igreja, Augusta ia começando a desesperar-se. A noite chegou e nada de Cristiano voltar, as crianças já choravam de fome novamente e ela não sabia se esperava ou se ia atrás do marido. Então um moço com as vestes de sacristão apareceu para fechar a igreja.

— Boa noite, senhora, está no horário de fechar a igreja. — Augusta olhou para ele e não conseguiu conter as lágrimas que sufocara o dia todo. Vendo-a chorar, o moço se sentou ao seu lado no banco. — O que aconteceu, senhora? Não precisa chorar.

Mas as comportas se romperam. Tudo por que havia passado desde que descobrira quem era seu marido transbordou através dos seus olhos. As crianças voltaram a chorar e o caos se instalou novamente.

O sacristão, angustiado, falou:

— Não chore. O que posso fazer para ajudar? — Ela não conseguia responder, sufocada pelo pranto. — Vou buscar água para a senhora — avisou.

Quando ele voltou, Augusta já estava controlada, bebeu água e agradeceu. Penalizado, o moço perguntou: — A senhora não tem para onde ir, não é?

— Como o senhor sabe? — disse tristemente.

— Infelizmente, vejo essa situação constantemente. As pessoas ouvem dizer que aqui todo mundo enriquece, correm para cá atrás de promessas mentirosas e não conseguem lugar para morar nem para trabalhar. Os que arranjam ocupação são praticamente escravizados. Só os fazendeiros enriquecem, os tolos não conseguem nem voltar para sua terra natal, muitos deixam esposa e filhos e vão embora prometendo voltar para buscar a família, mas dificilmente retornam.

Assustada com definição tão cruel e realista, voltou seus olhos úmidos para ele.

— Eu não queria vir. Meu marido me obrigou.

— Pois explique a situação a ele. Isto aqui é terra de ninguém, o caos se instalou. Voltem para sua terra enquanto é tempo.

Com os olhos arregalados, Augusta revelou:

— Ele não me ouve, saiu procurando hospedagem e não voltou. Não sei o que fazer, o senhor vai trancar a igreja e eu ficarei na rua com meus filhos, que estão famintos.

O bom jovem se compadeceu.

— Acalme-se, senhora. Infelizmente, esta situação é recorrente e, apesar de ser contra as normas da igreja, vou deixá-la dormir nos bancos. Não tenho condições para fornecer colchões, mas tem uma panela de sopa quente que vai servir para alimentá-los. Venha comigo.

Agradecida e comovida, Augusta seguiu o sacristão e, após saciarem a fome, voltaram e se instalaram da melhor forma possível. Por sorte da nossa menina, dormiram instantaneamente devido ao cansaço e assim terminou o primeiro dia de Augusta em sua nova vida: um prenúncio do que a aguardava.

No dia seguinte, quando o sacristão abriu as portas da igreja, Augusta agradeceu novamente e, ao sair, quase tropeçou em seu marido deitado no primeiro degrau. Consternada com tamanha decadência, ajoelhou-se e o chacoalhou várias vezes até conseguir acordá-lo. Vendo seu ar contrariado, foi logo dizendo:

— Não me venha com recriminações. Eu estava ganhando dinheiro para nós, olhe aqui.

E mostrou um maço de dinheiro.

— Ganhando dinheiro no jogo, não é?

— E qual é o problema?

— Problema foi você ter me largado sozinha em uma igreja com seus filhos. Dormimos nos bancos de uma igreja enquanto você estava na farra.

Com a maior desfaçatez, recriminou-a:

— Você reclama demais. Poderia ser pior, pelo menos você estava abrigada, não é? Aposto que se virou para comer.

Boquiaberta, olhou para aquele homem sem acreditar em sua cara de pau. Mas decidiu não partir para a briga. Sua intenção era tentar dissuadi-lo de mais uma loucura.

— Cristiano, o sacristão me contou coisas horríveis sobre este lugar. É tudo ilusão, ninguém enriquece aqui. Eles tratam os empregados como escravos, vamos embora, por favor.

Ele recebeu suas palavras rindo, como se ela estivesse contando uma piada.

— Está louca, mulher? Os outros não enriquecem porque não são espertos. Já consegui um quarto nos fundos do botequim onde passei a noite jogando. Amanhã, eu vou para a fazenda propor negócio ao proprietário. Pretendo arrendar uma parte da terra. — E diminuindo o tom de voz, confidenciou: — Eu tenho dinheiro, sei o que estou fazendo.

Desanimada, Augusta ainda tentou:

— Então me deixe voltar com as crianças, Cristiano. Nós só vamos te atrapalhar, não quero ficar aqui.

Irritando-se, gritou:

— Voltar para sua madrinha? Jamais! Esqueça isso. Se depender de mim, você nunca mais vai ver aquela bruxa. Vamos para o quarto antes que o proprietário alugue para outro.

Com lágrimas nos olhos, Augusta o seguiu, resignada.

PASSOU-SE UMA semana sem que Cristiano definisse o rumo de suas vidas. Só resolveu procurar as terras das quais falara porque percebeu que sua sorte no jogo estava virando, os jogadores já estavam percebendo seus truques.

Então, num domingo à noite, Cristiano falou para que Augusta arrumasse as coisas, pois eles sairiam de madrugada.

Acordaram às três da manhã e ficaram na fila dos trabalhadores. Quando os caminhões começaram a chegar, vários motoristas dispensaram a família, alegando que só iriam para as fazendas os homens, pois as mulheres e as crianças atrapalhariam. Até que o capataz de uma fazenda, com o olhar cheio de cobiça para Augusta, deixou-os subir.

A viagem foi longa e dolorosa. Não se podia chamar os caminhos esburacados, pelos quais passaram, de estradas. O caminhão não oferecia conforto algum. A angústia de Augusta só aumentava ao perceber que cada vez mais ela se afastava da civilização e da possibilidade de voltar para São Paulo. A saudade de sua madrinha queimava no peito, ela se entristecia por saber que dona Esperança certamente sentia o mesmo.

Quando, enfim, chegaram, Cristiano e os outros trabalhadores formaram nova fila. Foi recomendado que Augusta se dirigisse à cozinha e ajudasse no que pudesse. Os trabalhadores, já acostumados à rotina, pegaram suas ferramentas e seguiram para a plantação. Então o capataz percebeu que Cristiano ficou para trás.

— Ei, rapaz, você aí! Veio aqui para admirar a paisagem ou para trabalhar?

— Desculpe, senhor. Nem uma coisa nem outra, quero falar com o dono da fazenda.

O outro capataz que estava por perto se juntou ao colega e começaram a rir.

— Olha só a ousadia desse garoto, Joaquim. Ele quer falar com o coronel.

Joaquim se dirigiu a Cristiano, carrancudo:

— Está louco, garoto? O coronel não fala com peão, não. Você veio aqui para trabalhar, não para prosear. — E com o cabo de uma espingarda, cutucou as pernas de Cristiano. — Ande logo que já está atrasado, não vê que todos já estão na colheita?!

Cristiano ainda tentou falar:

— Mas eu não vim aqui para trabalhar. Vim para propor um negócio para seu patrão.

Enfurecidos, mas ainda rindo da ingenuidade dele, avisaram:

— Se não veio aqui para trabalhar, pegue sua mulher e seus filhos e vá embora, aqui não é lugar de vagabundo.

Desnorteado, pois não havia previsto percalços, achou melhor ir para a lavoura e tentar encontrar o dono da fazenda pelo local. Obviamente, o proprietário das terras não estava por lá e Cristiano trabalhou naquele dia como nunca havia trabalhado na vida.

Conseguiram ficar no alojamento coletivo de empregados, comendo mal e dormindo no chão junto a várias outras pessoas, até que na sexta-feira o dono da fazenda apareceu para inspecionar a colheita pessoalmente, acompanhado de seus auxiliares. Já com o desespero batendo e sentindo dores no corpo todo, visto que não era acostumado ao trabalho, Cristiano audaciosamente interpelou o proprietário das terras:

— Com licença, senhor, preciso muito lhe falar.

Surpreso e já com os dois capatazes que o acompanhavam partindo para cima de Cristiano, o senhor Eurípedes, chamado por todos de coronel, como eram conhecidos os grandes fazendeiros naquela época, indignou-se:

— Quem você pensa que é para atrapalhar minha vistoria?

Com o coração aos pulos, olhando para as espingardas dos capatazes, iniciou seu discurso tantas vezes ensaiado:

— Me desculpe, senhor, com todo o respeito que lhe tenho, preciso muito lhe falar. Tenho um negócio a propor.

Coronel Eurípedes, rindo da ousadia do garoto, virou-se para os capatazes e ordenou:

— Deem uma surra nesse miserável e o joguem na estrada.

Já desesperado, Cristiano apelou:

— Por favor, coronel, o senhor é um homem inteligente e que sabe ganhar dinheiro, me deixe pelo menos explicar minha proposta. São só alguns minutos.

Lembrando-se dele mesmo quando era apenas um garoto atrevido, que tinha o sonho de enriquecer, resolveu escutá-lo.

— Pois bem, você tem cinco minutos — avisou. Virando para seus homens, ordenou: — Podem soltá-lo.

Soltando o ar que estava prendendo e respirando fundo para se acalmar, buscou em sua mente o discurso que ensaiava há dias.

— Senhor...

— Coronel, meu rapaz, me chame de coronel — foi interrompido imediatamente.

— Me desculpe, coronel. Como eu ia dizendo, eu quero propor uma sociedade. — O coronel arqueou as sobrancelhas, mas não disse nada. — Não quero ser apenas um trabalhador, quero ser seu colaborador. Quero ajudar o senhor a enriquecer ainda mais, quero um pedaço das suas terras.

No mesmo instante, Eurípides estava grudado no colarinho da camisa de Cristiano.

— Está louco, seu frangote? Quer morrer?

Nervoso, Cristiano elevou a voz:

— Calma, coronel, me deixe explicar. O senhor já ouviu falar em arrendamento?

— Não e nem quero ouvir! Vá embora da minha fazenda.

— Deixe que eu explique, o senhor me deu cinco minutos. — Olhando muito desconfiado para Cristiano, o coronel soltou o seu colarinho e permitiu que prosseguisse. — Eu vim de São Paulo, coronel. E lá os fazendeiros estão ganhando mais dinheiro, pois estão arrendando as terras para seus empregados mais capazes.

— E como é isso? — questionou, curioso.

— O senhor aluga uma parte de suas terras para mim, e, durante dez anos, metade de tudo que eu plantar nas minhas terras fica para o senhor. Eu terei os meus empregados e a minha plantação, sem o senhor ter trabalho. Quando eu colher, o senhor recebe sua parte.

Coronel Eurípedes não tinha estudo, porém sabia perceber uma oportunidade quando esta se apresentava.

— Estão fazendo isso lá em São Paulo?

— Sim, senhor. E dá muito certo.

— E por que você veio para cá então? Por que não ficou lá?

— Porque já tem muita gente plantando café lá, o que vale dinheiro agora é o cacau. Nós podemos ficar muito ricos com cacau, coronel.

O coronel permaneceu silencioso por vários minutos, até que se resolveu:

— Vamos tomar um café para conversarmos melhor sobre isso.

Dirigiram-se para a cozinha da fazenda, e a lábia de Cristiano convenceu o coronel a lhe deixar trabalhar em um bom pedaço de terra, no qual havia um casebre de madeira em péssimas condições, mas que serviria de moradia para eles até que as coisas melhorassem. Saiu da casa do coronel esbanjando felicidade. *Era isso que eu queria, serei fazendeiro e rico! Não vou trabalhar, vou fazer os outros trabalharem para mim. E quando estiver bem rico, irei para São Paulo esfregar meu sucesso na cara daquela bruxa. Mostrarei do que sou capaz,* pensou.

AUGUSTA NÃO estava nada bem. Sentia-se amargurada por ter um marido que se casara com ela por interesse, pelo qual não sentia mais amor, apenas desprezo e nojo por ter sido traída e enganada. Estava triste e com saudades da sua madrinha e da vida tranquila que levavam antes de Cristiano aparecer em seu caminho. Tinha vontade de ler e estudar, mas não havia nada naquele lugar sem civilização.

Por falar em civilização, esta passava muito longe. Moravam em um casebre cheio de goteiras e frestas, minúsculo e povoado por insetos e bichos do meio do mato. Não passavam fome, porém a felicidade não existia no coração de Augusta. Acostumara-se a uma vida diferente e sentia falta dela. Pensava no futuro do qual estava privando seus filhos e novamente se amaldiçoava. Culpava seu destino, que estava sendo cruel com ela.

Eu, novamente, sempre levando a culpa.

O único alívio que encontrava para acalmar esse momento pelo qual passava era o amor que sentia pelos seus filhos. Fazia de tudo para eles viverem felizes, apesar das condições de vida e do pai que tinham. Os gêmeos já estavam com quase quatro anos e Palmira com dois anos e meio. As crianças eram o único prazer da sua vida.

Após brincar de fazendeiro e perceber que o dinheiro demorava muito para chegar, Cristiano voltou a passar as noites na cidade, jogando e dormindo com prostitutas, para alívio de Augusta, que não precisava mais sujeitar-se aos prazeres carnais do marido.

Cristiano passou a ficar de olho nas esposas dos coronéis, que moravam em mansões na cidade e andavam com os pescoços lotados de joias e os dedos que mal se moviam pelo peso dos anéis. Viam seus maridos aos finais de semana, quando muito. Algumas ficavam meses sem a companhia dos esposos e a presença de garotos bonitos e jovens era um bálsamo em suas vidas sem graça. Pagavam muito bem, pois não sabiam mais com que gastar o dinheiro. Ambiente propício para Cristiano, que voltou a ganhar dinheiro fácil. Aparecia na fazenda uma ou duas vezes por semana para que o senhor Eurípedes não lhe causasse transtorno, acusando-o de abandonar a plantação.

E nesse ritmo Augusta foi levando a vida. Já não era mais uma mocinha sonhadora, e aquela amargura que conhecemos da Augusta adulta já se instalava em seu ser. E, por incrível que pareça, nossa menina quase se sentia feliz, já acostumada com a difícil vida que levava. Contudo, a vida estava prestes a lhe derrubar mais uma vez. A quase calmaria a abandonaria novamente, cedendo lugar a águas pantanosas. O avanço da amargura será inevitável, novamente pelas mãos de Cristiano.

Ganhando dinheiro sem trabalhar, o desinteresse pela sua plantação ficava cada vez maior. Para piorar esse quadro, a esposa de um dos homens mais ricos da cidade se apaixonou perdidamente por ele; pagava o suficiente para tê-lo com exclusividade. Definitivamente, era a vida que ele queria.

Voltava para casa uma vez por semana para levar os mantimentos de que sua família necessitava — ria consigo mesmo ao pensar nessa palavra. Família? Aquilo para ele não era família, eram uns molambos que teria de carregar pelo resto da vida: uma mulher que o desprezava e filhos que corriam para longe quando o viam chegar.

Certo dia, Cristiano apareceu na plantação e quis matar as saudades do corpo da esposa. Augusta ainda era a mulher mais bonita de todo o lugar. Enquanto as mulheres finas e ricas da sociedade se enchiam de maquiagem e joias para se fazerem desejáveis, para Augusta bastava respirar para atrair os homens. A maternidade lhe dera um corpo voluptuoso: seios cheios e empinados, quadris avantajados e nádegas que chamavam a atenção de qualquer homem. E, na cabeça de Cristiano, ela era sua por direito, era sua propriedade.

Chamou-a para o quarto e mandou as crianças irem brincar lá fora. Augusta já entrou emburrada e foi logo perguntando:

— O que você quer?

— Calma, mulher. Você vive azeda.

— Fale logo o que quer, porque eu tenho que cuidar dos meus filhos.

Cristiano, ignorando a rispidez da esposa, foi se aproximando de mansinho e disse no seu ouvido:

— Quero você, meu amor. Estou com saudades dessa delícia de mulher que você é.

Augusta se afastou bruscamente:

— Seu amor? Você nunca me amou, Cristiano, apenas me usou. Por favor, me deixe em paz.

— Não é bem assim, querida. É um pecado não aproveitar este corpinho maravilhoso que você tem. Você é uma obra de arte, meu bem. — Ele se moveu rapidamente e a puxou pela mão. — Venha aqui.

Tentando puxar a mão, Augusta percebeu que sua força era muito maior que a dela.

— Pare com isso, Cristiano. Não quero nada com você. Já tem mulheres aos montes para te satisfazer, não precisa de mim.

Ainda achando que ela estava só fazendo charme, correu suas mãos ávidas pelo belo corpo da esposa.

— Você é uma deusa perto dessas mulheres. Venha cá, meu amor.

E a puxou para a cama.

— Tenho mais o que fazer. Saia de perto de mim! — Augusta explodiu, enfurecida.

Então a ira se apossou de Cristiano. *Quem ela pensa que é? Eu que a sustento. Dou a ela um teto para morar e ela me despreza? Chega dessa palhaçada*, pensou.

Apertando ainda mais seus braços, ele a jogou na cama, tirando as calças rapidamente. Augusta olhava para ele com os olhos arregalados. Recordações de outro episódio abusivo invadiram sua mente e embotaram seus sentidos.

— Então você não me quer? Azar o seu, pois eu sou seu marido e tenho meus direitos.

Rasgou as roupas de Augusta enquanto ela implorava:

— Pare com isso, por favor. Eu não quero! Me deixe em paz.

Tentando livrar-se do peso do seu corpo, Augusta insistia para que ele a deixasse, o que somente fez sua fúria aumentar. Segurando seus braços com uma das mãos, com a outra apertava seus seios e beijava sua boca, mordendo-a. Instantaneamente, voltaram as lembranças que ela tanto lutara para trancar dentro de si. Todo o terror pelo qual passara pelas mãos do pai voltava pelas mãos do marido, porém ela não era mais aquela menina assustada. Reagiu ao ataque e o mordeu com a mesma intensidade, tirando sangue dos seus lábios. Cristianos revidou dando um tapa no seu rosto, deixando-a tonta.

— Sua vaca! Quem você pensa que é? É melhor me respeitar, ainda sou seu marido.

— Você é um ser desprezível! Não suporto olhar para sua cara!

Ela gritava e tentava sair de baixo dele, mas claro que a força dele era muito superior. Segurando a esposa pelos pulsos, forçou suas pernas a se abrirem, penetrando-a com força. Augusta tentava de todas as formas tirá-lo de cima dela, inutilmente. E ele exultava:

— Isto está melhor do que eu previa, brigue mesmo! Está me deixando ainda mais excitado, sua cadela, vadia.

Por mais que sua mente gritasse para ela não reagir, seu corpo se rebelou por instinto, mas Augusta não conseguia controlá-lo. E assim Cristiano terminou, urrando como um descontrolado. Então desabou o corpo sobre o dela e libertou suas mãos. Imediatamente, Augusta arranhou o rosto dele, fazendo sangue brotar no mesmo instante. Empurrou-o e correu para a cozinha, pegando a faca de carne. Voltou para o quarto e foi para cima dele, que pulou da cama. O brilho de fúria que viu nos olhos dela o alertou imediatamente.

— Calma, querida, largue essa faca! Eu sou o seu marido.

Descontrolada, ela brandia a faca com os olhos desvairados em fúria. Os cabelos suados da luta grudavam em seu rosto vermelho de raiva.

— Nunca mais toque em mim novamente! Não coloque suas mãos em mim ou eu te mato.

— Está bem, fique calma.

Augusta continuava avançando em sua direção, porém, vencido o torpor do susto, ele deu o bote: segurou seu pulso, torcendo-o com força, obrigando-a a deixar a faca cair. Então agarrou seus braços, mantendo-a imobilizada pelas costas, e gritou em seu ouvido:

— Você é uma estúpida! Sabe a burrada que fez? Nada estava lhe faltando, nem a você nem a seus filhinhos amados. Agora, prepare-se, porque sua vida mudará, sua mordomia acabou. Se quiser comer, trabalhe.

Largou-a e saiu, furioso, sem nem olhar para as crianças, já sabendo que nunca mais os veria. Sua decisão estava tomada: iria embora daquele fim de mundo, e ela que se virasse. O problema não era mais dele.

Capítulo 14

Amarga liberdade

UMA SEMANA após a violência sexual cometida por Cristiano, o coronel Eurípedes bateu à porta do casebre, furioso. Nem esperou resposta, foi logo entrando e gritando:

— Você sabe o que o imbecil do seu marido fez?

Assustada, pois ele sempre a tratara com muita educação, respondeu:

— Bom dia, coronel! Não sei, não. O que aconteceu?

— Ele fugiu com a mulher do todo-poderoso destas terras, o mais rico de todos. Já pode se considerar viúva, porque os jagunços estão atrás dele e, quando o encontrarem, não sobrará nada para contar história.

O coração de Augusta disparou e lágrimas vieram aos seus olhos, mas não eram de tristeza, e sim de alívio. Seu primeiro pensamento foi que poderia voltar para a casa de sua amada madrinha e deixar para trás tudo que havia passado aquele tempo todo. Mal teve tempo de comemorar e o coronel lhe jogou um balde de água fria:

— Nem perca seu tempo chorando por aquele canalha, não cabem sentimentalismos aqui. Quero saber quem vai pagar meu prejuízo.

— Como assim, coronel?

Respirando fundo para se controlar, afinal, pelo visto, a esposa não sabia das patifarias do marido, diminuiu o tom de voz ao falar:

— Seu marido descumpriu o acordo que fez comigo. Praticamente abandonou a plantação nos últimos meses, me deve o aluguel desta casa. Investi sementes nesta terra e não vou colher quase nada. E a senhora vai fazer o quê?

Chocada, sem saber dos acordos comerciais de Cristiano, ela não sabia o que responder. Não tinha entendido ainda o estado caótico de sua situação, só pensava em ir embora. Emudeceu, olhando para o coronel à procura de respostas. Buscou dentro de si uma forma de reagir e tomar as rédeas da situação.

— Coronel, peço desculpas, não sei dos negócios do meu marido, ele nunca me contou nada. — Puxou uma cadeira e pediu: — Sente aqui, coronel, e se acalme para que possamos nos entender. Vou fazer um café para nós.

Suavizando sua raiva, Eurípedes olhou para aquela mulher lindíssima e abandonada à sua frente e percebeu que na verdade a sorte estava a seu favor. Ele poderia ter uma beldade a seu dispor se soubesse conduzir a situação.

— Me desculpe, senhora, fui pego de surpresa e reagi mal. A senhora não tem culpa da canalhice do seu esposo, mas precisamos resolver esta situação, não posso arcar com o prejuízo.

Esperando a água ferver para tomar o café que lhe acalmaria e assentaria suas ideias, chamou as crianças, que ficaram assustadas com aquela explosão de fúria. Beijou-as e disse que fossem brincar lá fora, afirmando que estava tudo bem. Conseguiu até sorrir para eles. O coronel aproveitou para jogar seu laço, já com a armadilha pronta em sua mente.

— Seus filhos são muito lindos, dona Augusta. E muito educados também, a senhora está de parabéns.

— Obrigada, coronel. É por eles que eu vivo, só me interessa que estejam bem — falou enquanto coava o café.

— E não vai sentir falta do seu marido?

— Honestamente, foi um alívio saber que ele foi embora. Ele conseguiu se passar por um bom homem e me enganar. Caí em seu golpe. Sempre foi um patife. — Passando a xícara com o café para o coronel, sentou-se à sua frente e se desculpou: — Fico muito triste que ele tenha causado prejuízos ao senhor, mas espero que possamos resolver com calma e civilidade.

— Com certeza, senhora. Peço desculpas. A senhora não tem culpa de nada.

— Sim, coronel. Também me desculpo em nome do meu marido. Eu não sabia que ele pagava aluguel por esta casa.

Na verdade, não era cobrado nenhum aluguel, mas, já que Augusta não sabia de nada mesmo, ele aproveitou para aumentar sua dívida:

— Sim, está no contrato. E já me deve três meses desde que ele parou de tomar conta da plantação.

— E o que mais ele deve?

— O dinheiro gasto com as sementes e o prejuízo causado à terra, pois ele não colheu os frutos a tempo. E o pior, deve o salário dos empregados que estavam ao seu dispor. Não serei eu a pagá-los.

Já mais calma e raciocinando claramente, respondeu:

— O senhor não se preocupe. Tudo será pago devidamente. Só preciso escrever para minha madrinha, que mora em São Paulo, e ela me enviará o dinheiro. Assim que eu quitar a dívida de Cristiano, irei embora das suas terras.

Não era isso que ele esperava, não ligava para o dinheiro. Quanto mais olhava para Augusta, mais seu desejo crescia. Não podia deixá-la ir embora.

— E como vai fazer para enviar a carta? Não temos correio aqui. Mesmo se tivesse, também não temos banco para receber seu dinheiro.

Aturdida, Augusta precisou se controlar para encontrar uma solução.

— Eu posso ir para São Paulo e mandar seu dinheiro por meio de um mensageiro.

Rindo sarcasticamente, analisou seu semblante preocupado.

— Imagine. Não posso deixá-la ir embora. Quem me garante que a senhora me enviará esse dinheiro?

— Como assim, coronel? — Levantou-se rispidamente. — Sou uma mulher honrada e de palavra.

— Sente-se, continuemos conversando com calma, senhora. Ainda que eu acredite que a senhora cumpra com sua promessa, como a senhora conseguirá voltar para sua terra? Imagina o custo de uma passagem para a senhora e para seus filhos? Tem esse valor?

Mesmo tentando controlar-se, o terror estava se instalando em seu ser. Sentando-se pesadamente na cadeira, Augusta balbuciou:

— Meu Deus... não tenho... não tenho um centavo nesta casa. O dinheiro ficava com Cristiano. Meu Deus! — Afundou as mãos na cabeça, em desespero. — O que vou fazer? Preciso ir embora daqui. Nunca suportei morar nesta cidade. E agora que estou livre daquele infeliz não tenho dinheiro para voltar. — Foi impossível conter as lágrimas, mas lhe ocorreu uma solução: — O senhor não poderia me emprestar o dinheiro? Chegando lá, mando tudo que lhe devo e mais um pouco. O senhor não ficará no prejuízo. Confie em mim.

Rindo, o coronel se levantou e começou a andar pelo cômodo minúsculo.

— A senhora deve achar que sou um imbecil. Só pode estar brincando. Além de deixá-la ir embora sem me pagar, pede um empréstimo? Pelo amor de Deus! Está louca?

Aos prantos, Augusta ainda tentou convencê-lo:

— Não acho que seja um imbecil, mas creio em sua bondade, senhor. O que vai ser de mim e dos meus filhos?

Sentando-se novamente, olhou bem em seus olhos:

— O mesmo que acontece com muitas mulheres abandonadas por seus maridos nestas terras: trabalhará na colheita junto dos seus filhos para não morrer de fome.

— Mas meus filhos são muito pequenos. Palmira ainda é um bebê!

— Pois a senhora a levará amarrada junto de si, como todas as outras mulheres fazem. Só trabalhando conseguirá pagar suas dívidas. — Totalmente desorientada, sentiu uma vertigem a dominando. O coronel, percebendo que ela estava a ponto de desmaiar, ofereceu-lhe um copo de água e pediu que se acalmasse. Assim que ela melhorou, jogou sua cartada final:

— Na verdade, a senhora tem um trunfo. Não é igual às outras mulheres, podemos resolver isto de forma bem amigável.

Sem entender aonde ele queria chegar, Augusta sorriu, achando que ele estava sendo piedoso.

— Graças a Deus! O senhor se compadeceu da minha situação.

— Veja suas mãos. — Segurou-lhe as mãos educadamente. — Não são iguais às das mulheres da lavoura, que vivem calosas e sangrando. A senhora é de outro patamar, é uma mulher lindíssima, que qualquer homem quer ter, inclusive eu.

Percebendo do que se tratava, Augusta puxou rapidamente suas mãos, indignada:

— O que o senhor está imaginando?

— Estou lhe propondo um acordo. Eu perdoo sua dívida se a senhora me deixar feliz. Há tempos não aparece por aqui uma mulher educada e linda como a senhora, e não sou imune à sua beleza. Esqueço sua dívida, arrumo este casebre e a visito sempre que quiser para passarmos bons momentos. Nada vai lhe faltar. Terá a vida de uma rainha.

Com o rosto vermelho e o corpo trêmulo de indignação, Augusta gritou:

— Por quem me toma?! Não sou uma meretriz. Jamais me sujeitaria a esse papel.

— Nunca diga nunca. Sempre há uma primeira vez.

— Sou uma mulher honrada, vá embora daqui.

Chutando a cadeira para o lado, vermelho de raiva, o coronel gritou:

— Quem vai embora daqui é você! Esta terra é minha. Não seja estúpida, estou lhe propondo algo que todas as mulheres daqui querem, mas só você me interessa. — Puxou-a para si, passando as mãos pelo seu corpo. Ela se debateu, mas não conseguiu livrar-se de suas garras asquerosas. — Seja inteligente. Você terá o que quiser, basta me fazer feliz.

Tentou beijá-la, porém Augusta conseguiu libertar-se de suas mãos e lhe deu um forte tapa no rosto. Em vez de ficar mais bravo, ele prosseguiu com toda a calma do mundo, pegou seu chapéu e se dirigiu à porta. Parou antes de sair e olhou para ela:

— A proposta está feita. Pense bem. Você pode ter o mundo ou trabalhar na lavoura com seus filhos. E não se esqueça de que você está sem marido. Todos os homens a cobiçam e não será difícil que apareçam no meio da noite para se aproveitar da sua situação. Se aceitar minha proposta, estará sob minha proteção. Caso contrário, não me responsabilize pelo que lhe acontecer. Você foi alertada.

No dia seguinte, o coronel voltou ao casebre para saber da resposta. Com toda a educação que conseguiu demonstrar, bateu à porta.

— Com licença, dona Augusta. Podemos conversar?

Ela não dormira a noite toda. Por mais que procurasse opções para ir embora, não encontrara nenhuma. Sua situação era desesperadora. Sem marido, sem dinheiro, sem alguém para lhe ajudar e com três filhos para sustentar. Tentou convencer-se a aceitar a proposta do coronel, mas, no íntimo, sabia que não conseguiria nem tentar, pois tudo que lhe ocorrera pelas mãos de homens que deveriam amá-la fizeram com que ela tivesse horror ao espécime masculino e ao sexo. Tinha plena consciência de que não conseguiria dissimular o nojo e o desprezo que um contato íntimo com o coronel lhe causaria. Portanto, já tinha sua resposta quando ele chegou.

— Bom dia, coronel. Pode entrar.

— Bom dia, senhora. Antes de mais nada, peço desculpas por ter me excedido ontem.

— Está desculpado, coronel.

Simulando alívio e imaginando que seu plano teria sucesso, prosseguiu:

— Sei que está em uma situação muito difícil e gostaria muito de poder ajudá-la.

— Pois então me ajude, coronel. Sei que o senhor é um homem de bem e aceito sua ajuda. — Nesse momento, os olhos do coronel brilharam de contentamento, olhou para Augusta como um lobo salivando diante de sua presa. — Porém, não posso lhe dar em troca o que o senhor deseja.

Convencido de que ela aceitaria a proposta, pois não lhe restava opção, irritou-se:

— Como assim, não pode? Deixe de ser estúpida. Posso lhe dar de tudo, não lhe faltará nada. Nem ao seus filhos.

Pedindo que ele se sentasse e se acalmasse, sentou-se do outro lado da mesa:

— Coronel, eu fui violentada pelo meu pai e pelo meu marido. Eu não consigo nem pensar em me relacionar com um homem.

Fingindo-se de bonzinho, o safado falou:

— Ah, pobrezinha! É muito triste, mas pode ficar tranquila, eu jamais a tratarei com violência. Você será uma rainha em minhas mãos.

— Ainda tem outro aspecto: sou uma mulher cristã e honrada. Não sou uma meretriz, jamais me sujeitaria a isso.

— Vamos fazer pelo menos uma tentativa, querida — propôs, usando o que ainda lhe restava de paciência. — Vamos nos conhecer melhor aos poucos, conversaremos e nos tornaremos amigos. Quem sabe você não começa a gostar de mim?

Irredutível, Augusta enfatizou:

— Sinto muito, coronel. Minha resposta continua sendo a mesma. Não vou me prostituir.

Enfurecido, ele se levantou, derrubando a cadeira.

— Você se acha superior, não é? Só porque tem estudo e é bonita, se acha melhor do que as outras, sua cretina! — Assustada, mas já preparada, levantou-se e cruzou os braços em frente do peito, olhando para o coronel de forma autoritária. — A pobrezinha violentada pelo marido. Deixe de ser imbecil, seu marido tem direito de fazer o que quiser, ele é quem manda em você. Agora sei por que ele foi embora, você deve ser uma porcaria na cama. Agora quem não quer sou eu, não vou me humilhar para uma nojenta atrevida. — Ela continuava a encará-lo firmemente conforme ele dava o veredito final: — Pegue seus filhos e vá agora mesmo para a plantação ou caia fora da minha fazenda. Aqui, ninguém come de graça.

Calma e passiva, olhou para ele tranquilamente, já ciente de seu destino:

— Sim, senhor.

Ainda mais irritado pela aceitação dela, prosseguiu:

— E pegue também seus trastes e vá para o alojamento dos empregados!

— Sim, senhor. Já está tudo arrumado.

Ciente do que poderia lhe acontecer sozinha ali com seus filhos, o alojamento era a melhor opção. Totalmente indignado, o coronel virou as costas para sair, mas se virou novamente e disse:

— E fique feliz por eu deixá-la continuar morando aqui. A esta altura, você poderia estar no meio da estrada. Só deixei ficar porque eu sou um homem bom.

Na verdade, nós sabemos que ele não a expulsou da fazenda apenas por acreditar que a vida dura poderia fazê-la mudar de ideia. Mas ela não mudou, não abandonou seus princípios. Chorou escondido muitas vezes por ver seus filhos tão pequenos trabalhando sob sol e chuva. Chorou por ver sua menina amarrada por um colete ao seu peito enquanto ela trabalhava em vez de estar deitada em um berço quentinho e confortável. Chorou por dormirem em cobertores, pois o coronel não permitiu que levassem seus colchões. Ainda assim, fazia o possível para as crianças ficarem felizes. Falava para os gêmeos que eles estavam brincando de plantar, assim, quando eles crescessem, saberiam plantar em suas próprias fazendas.

O choro de verdade chegou quando, passados três meses, descobriu que estava grávida. Sim, o último dia em que ela vivera com o marido fora suficiente para Cristiano deixar um fruto em seu ventre. Fruto da violência de seu esposo cafajeste, mas que ainda assim era seu filho.

Augusta se desesperou. Sabia que, assim que o coronel percebesse que ela estava grávida, colocaria todos eles para fora da fazenda. Afinal, mais uma criança recém-nascida atrapalharia sua capacidade de trabalhar. Como poderia trazer mais um infeliz ao mundo quando suas crianças já apresentavam sinais de desnutrição, pois na fazenda faziam apenas duas refeições minguadas por dia?

Condenou a si mesma por não ter aceitado a proposta do coronel, mas logo em seguida se perdoou, pois obviamente seria descartada assim que aparecessem os sintomas de sua gravidez.

Desgastou seus neurônios procurando uma solução, pois não admitia fazer de si mesma uma assassina. Pior ainda, já amava aquele ser que estava em seu ventre, como poderia negar-lhe a vida?

Debateu-se consigo mesma por dias, porém se rendeu: não poderia estragar ainda mais a vida de seus filhos, não havia a menor condição de ter aquela criança, seria jogada na rua sem dinheiro nem teto. Pedindo perdão a Deus e chorando muito, tomou o chá de ervas indicado pelas mulheres da fazenda.

No momento em que teve certeza de que tudo havia se resolvido, sabia que nunca mais seria a mesma. Apesar de tudo pelo que havia passado, ainda tinha fé e esperança, mas, ao abrir mão daquela criança, sentiu-se uma homicida. Desprezou a si mesma profundamente e, consequentemente, estendeu seu desprezo para o resto da humanidade. Foi essa criança que ela não pôde pegar nos braços que moldou definitivamente a Augusta que conhecemos. Foi a partir desse evento que a amargura se apossou de vez de nossa menina e a fez acabar com a vida de todos ao seu redor.

E é a partir daqui que ela vai tentar se redimir, que ela colocará novamente nos trilhos do seu caminho o destino que lhe foi previsto originalmente. E que Deus a abençoe.

Capítulo 15

Enfim... a esperança?

APÓS CINCO anos, a vida continuava a mesma. Cláudio e Carlos estavam com nove anos, eram garotos alegres e engraçados que encantavam a todos. Não conhecendo outra vida, contentavam-se com o que tinham: o trabalho era a escola, a fazenda era o parquinho. E viviam felizes.

Palmira era a princesa da plantação. Linda e delicada como a mãe, mas carregava traços da personalidade do pai, para desgosto de Augusta. Sabia ser ardilosa para conseguir o que queria. Com oito anos, usava seu charme para trabalhar menos e fingia com naturalidade de atriz para comer e dormir mais que os outros, mas era um encanto, exatamente como Cristiano.

Augusta continuava linda por fora, mas já não era a mesma por dentro. Após ter abortado, tornou-se amarga e rancorosa com todos e consigo mesma. Seu primeiro pensamento todos os dias era o bebê que ela não permitira viver, e seu rancor se estendia para os filhos.

Amava-os incondicionalmente, mas deixou de tratá-los como bibelôs. A vida era cruel, e eles teriam de ser fortes e duros se quisessem ter uma condição melhor que a dela. Não se permitia ter amigos para não correr o risco de gostar deles.

Quando se mudara para o alojamento, dormira com a mão em sua faca de cozinha. Houve tentativas de vários homens para conseguir seus *favores*, porém, após alguns sustos, todos desistiram.

Relacionava-se apenas com suas crianças. Não ria, não brincava, não conversava, muito menos cantava.

Então veio uma notícia inesperada: coronel Eurípedes morreu. Foi assassinado por um vizinho com o qual brigava há anos por um pedaço de terra.

Longe de ficar alegre, como os demais, ficou preocupada. A vida na fazenda era péssima, mas ao menos tinha um teto e comida para os filhos. E agora? O que viria pela frente? E se vendessem a fazenda e os jogassem na estrada? Ali, viviam em regime de escravidão. Trabalhavam pela comida e continuavam sem ter um centavo no bolso.

A preocupação de Augusta só aumentou quando chegou à fazenda seu novo patrão. Alcides era filho do coronel e único herdeiro das terras. Nunca se interessou pela lavoura porque era advogado. Dotado de uma beleza máscula, media um metro e oitenta de altura. Com ombros largos, pele morena e olhos verdes, era avidamente assediado pelas mulheres. Fizera considerável fortuna em São Paulo, defendendo os ricos fazendeiros do café em seus embaraços fiscais e falcatruas. Era casado e tinha três filhos.

Apesar de estar mais do que bem estabelecido na vida, não era tolo de desperdiçar a fazenda. O preço do café caía vertiginosamente e muitos de seus clientes estavam falindo. Decidiu então contratar dois experientes barões do café falidos para cuidarem da fazenda herdada em sistema de arrendamento, como já era comum em São Paulo.

Andaram durante uma semana pelas terras e seus arredores, tomando conhecimento de tudo que deveriam saber, para então marcarem uma reunião com os trabalhadores no domingo, que era o único dia de descanso.

A reunião ocorreria na varanda da casa que era sede da fazenda, e, às dez horas da manhã em ponto, estavam os quase duzentos trabalhadores diante do novo patrão e seus sócios.

Alcides tinha o dom da oratória e por mais de meia hora garantiu que aqueles que trabalhassem com o mesmo empenho manteriam seus postos de trabalho. Prometeu melhorar as condições de vida e moradia de todos, explicando e detalhando as novidades que pretendia implantar. Prosseguia animado em seu discurso até que um vento mais forte fez as folhas secas se erguerem do chão e o lenço de Augusta, que ouvia atentamente seu novo patrão, voar de sua cabeça, alvoroçando os colegas, que pegaram o lenço no ar e o devolveram a ela.

Foi instantâneo. No momento em que Alcides viu seus cabelos loiros ao vento e seu raro sorriso de agradecimento, apaixonou-se. Prosseguiu com o discurso, mas não conseguiu mais se concentrar. Só enxergava aquela beldade à sua frente.

Não se iludam, queridos leitores. Não é o final feliz que vocês imaginaram. Alcides se apaixonava e desapaixonava o tempo todo, tinha amantes em vários lugares. Jamais imaginando encontrar uma mulher tão linda naquele lugar esquecido por Deus, abençoou sua sorte.

Terminou prematuramente sua fala e dispensou os empregados para que aproveitassem o dia. Circulou entre eles sem perder Augusta de vista. Notou que, enquanto os outros se reuniam em grupos, ela preferiu afastar-se e sentar-se sozinha à beira do riacho, colocando seus pés na água e levantando o rosto para o sol. O que deixou Alcides mais encantado ainda: *é uma miragem, uma deusa. Parece uma pintura*, pensou.

Disfarçadamente, chegou perto dela, que se levantou na defensiva assim que percebeu o movimento.

— Desculpe-me, senhora. Não quis assustá-la. Fique à vontade. Hoje é domingo. — Augusta olhava para ele, preocupada. — Não quero interromper seu descanso, estava apenas passeando um pouco.

Recompondo-se do susto, respondeu:

— Já ia me retirar mesmo.

— Ah! Não faça isso. Está uma temperatura ótima, e este riacho é convidativo. Na verdade, eu estava pensando em fazer o mesmo que a senhora. — Indicando a beira do riacho, perguntou: — Posso juntar-me à senhora?

Incrédula, Augusta imaginou o que aconteceria se a vissem com o novo patrão. Custou muito a se fazer respeitar pelos homens da fazenda e não ia permitir avanços nem mesmo com o dono de tudo aquilo, não queria reviver o problema que tivera com o coronel.

— Fique à vontade, senhor. Preciso mesmo me retirar. Com sua licença.

Já havia dado alguns passos quando ouviu, com surpresa, Alcides chamar:

— Espere! Qual é seu nome, moça?

Em pânico e amaldiçoando sua beleza, virou-se, trêmula.

— Augusta de Jesus.

Ele olhou para ela fixamente, avaliando a situação, e então a dispensou, notando claramente o medo em seu olhar:

— Está bem, Augusta. Tenha um ótimo domingo.

Durante a semana, Alcides tentou por várias vezes aproximar-se de Augusta, que, percebendo a intenção e conhecendo a fazenda melhor do que ele, sempre dava um jeito de se esconder, retirando-se para os cantos mais distantes para fazer seu trabalho.

Certo de que no domingo seria mais fácil, acordou animado. Porém, Augusta não saiu do alojamento dos empregados, que dançavam e cantavam, enquanto ela passava o dia recolhida, torcendo para que o interesse do patrão acabasse.

Logo nas primeiras horas da segunda-feira, o capataz procurou Augusta na plantação dizendo que estava sendo chamada na administração. Levou-a até o escritório do doutor Alcides e disse para bater à porta e entrar. Trêmula, Augusta fez o que lhe foi recomendado e se viu diante do patrão.

— Ah! Que bom que veio, senhora. — Conduziu-a até um sofá e se sentou ao lado. Percebendo o nervosismo da empregada, segurou suas mãos. — Fique calma, não há nada para preocupar-se. Quero apenas conversar com você. Posso chamá-la de você?

Puxando as mãos que ele segurava, respondeu:

— Sim, senhor.

Ignorando seu gesto imperioso, ele prosseguiu:

— Bem, então pode me chamar de você também.

— Imagine! Claro que não, senhor.

Brincando, ele perguntou:

— Por quê? Acha-me velho? Não tenho nem quarenta anos.

— Porque o senhor é o patrão e devo tratá-lo com o devido respeito.

Com toda simpatia e educação, ele continuou em sua investida:

— Faça como achar melhor, querida. O que me fez chamá-la aqui foi o desejo de conhecê-la melhor. Tentei encontrá-la a semana toda, mas não consegui. Você sabe se esconder, moça — brincou com um sorriso meio divertido nos olhos.

Menos nervosa, porém mantendo a seriedade, confirmou:

— Sei, sim, senhor.

— Percebi claramente. Mas me diga, por que se esconder? Uma mulher linda como você deve ser vista por todos.

— A beleza só me trouxe desgraça, preferia ter nascido feia e ter tido uma vida mais feliz.

Surpreso, tanto com sua resposta sincera e direta como pela forma com que ela se expressara, aproveitou a deixa:

— Você não parece feliz mesmo. Percebe-se que teve estudo e uma situação de vida diferente dessas pobres coitadas daqui. Como é que veio parar neste fim de mundo?

— Ah, doutor! Tanta coisa aconteceu em minha vida que seria difícil dizer exatamente qual episódio me trouxe até aqui.

Ele se levantou e lhe ofereceu café, que ela aceitou. Sentou-se novamente, olhando-a embevecido.

— Pois então me conte. Eu tenho todo o tempo do mundo e estou realmente intrigado para conhecer sua história.

Sabe-se lá por qual motivo, talvez pela necessidade de desabafar ou pela oportunidade de conversar com uma pessoa culta, ou até pela simpatia com que estava sendo tratada após tantos anos, Augusta falou. E falou por muito tempo, contou-lhe desde suas mais remotas lembranças, desenterrou do fundo de sua mente e de seu coração algumas alegrias e muitas tristezas. A cada recordação que narrava, aliviava seu espírito, tornando-se mais leve.

Alcides foi um ótimo ouvinte. Percebeu que rompeu uma barragem, praticamente não a interrompeu. Apenas murmurava exclamações de piedade ou raiva conforme ela prosseguia. Não ficou indignado quando soube que seu pai tentou tomá-la como amante, pois ele faria o mesmo, mas fingiu revolta.

— Sempre foi um desavergonhado. Minha mãe sofreu muito com ele.

E quando, enfim, Augusta terminou seu relato, levantou-se novamente, encheu dois cálices de licor e lhe ofereceu um.

— Depois disso tudo, precisamos de algo mais forte que café.

Ainda um pouco trêmula devido às emoções que desenterrara após tanto tempo, ela apenas agradeceu:

— Obrigada! — Bebeu o licor de uma vez e, voltando à realidade, a Augusta amargurada voltou junto. — Agora que já sabe da minha vida, posso voltar ao meu trabalho, patrão?

Ele se sentou de frente para Augusta, passou as mãos pelos seus cabelos e segurou o queixo dela, olhando-a intensamente:

— Augusta, você não voltará para a plantação. Não a quero mais lá.

O susto fez com que ela se levantasse.

— Por quê? Agora que sabe da minha vida não sou digna de ser sua empregada?

Ele arqueou as sobrancelhas interrogativamente.

— De onde tirou isso? Você é muito mais digna do pensei. Você é uma guerreira e merece todo o meu respeito.

— Então não me tire da plantação. É de onde consigo o sustento dos meus filhos.

— Acalme-se, querida. — Ele a fez sentar-se novamente. — Agora é minha vez de falar, e preciso que você me escute atentamente antes de brigar comigo. Pode ser?

— Sim, claro. — Suspirou, irritada. — Pode falar.

Tomando muito cuidado, pois sabia que não estava lidando com uma bobinha, iniciou seu discurso:

— Você não vai mais para a plantação porque lá não é seu lugar. Você merece muito mais que isso. É inteligente, íntegra e dedicada. Essa vida não é para você, Augusta. — Ela ameaçou argumentar, mas ele a silenciou, colocando um dedo em seus lábios. — Você disse que iria me ouvir.

— Me desculpe.

— No domingo, assim que a vi, fiquei encantado por você. Quando a vi no riacho, com a face voltada para o sol, meu coração galopou no peito e soube que estava perdido de amor. Mas, hoje, após tudo que você me contou, toda sua luta e tudo que você aguentou de cabeça erguida, apaixonei-me completamente. Não posso permitir que você continue nessa vida, por isso quero lhe fazer uma proposta. — O olhar de Augusta demonstrava sua irritação, pois sabia o que lhe aguardava. Mesmo assim, continuou em silêncio. — Venha comigo para o Rio de Janeiro, Augusta. Você terá tudo o que quiser: uma bela casa, roupas lindas, joias, empregados e um homem apaixonado a seus pés. Por favor, vamos comigo quando eu voltar.

Rindo ironicamente, ela disparou:

— Tal pai, tal filho.

Alcides se levantou, irado.

— Nunca me compare ao meu pai, ele era um homem sórdido, nojento e prepotente. Eu sou um homem apaixonado. Ele usava as mulheres e as descartava, eu quero amá-la e fazê-la feliz.

Olhando-o com um meio sorriso, constatou:

— Mas é tão casado quanto ele era.

— Na minha posição social, as pessoas não se casam por amor, Augusta. — Suspirou, sabendo que a batalha seria árdua. — Casei-me pela conveniência política que faria minha carreira alavancar. Eu e minha esposa não nos suportamos há anos e não temos nenhum relacionamento sexual. Eu praticamente não durmo na mesma casa que ela, apenas frequentamos o mesmo círculo social juntos para mantermos as aparências.

— Mas você vai traí-la do mesmo jeito.

— Não, querida. Não há traição quando não há amor. E ela também tem lá seus arranjos.

Enojada, Augusta pensou em Cristiano e no que ele fazia para viver. Bufou, indignada.

— E eu serei uma meretriz!

— Não, você será o meu amor. A minha rainha.

— Serei uma mulher vivendo fora do casamento. Vivendo em pecado.

— E o que o casamento lhe trouxe de bom, Augusta?

— Como assim? Trouxe meus filhos.

— E depois lhe trouxe à ruína. Pense então nos seus filhos. Que vida eles terão enterrados neste fim de mundo? Você estudou, mas não vai dar a eles a chance de estudar?

Com esse argumento, Alcides fez ruírem as barreiras de Augusta. Seus olhos se encheram de lágrimas ao pensar na vida que as crianças levavam. Visualizou perfeitamente seus meninos, tão trabalhadores desde pequenos. Sua menina tão viva e inteligente, que jamais frequentaria uma escola se continuasse naquela vida. Debateu-se consigo mesma: *mas é errado, ele é um homem casado. Independentemente da história que ele contou, é imoral viver com um homem casado. Não serei eu a estragar o casamento de alguém. E apesar de meu marido ter me abandonado, ainda sou uma mulher casada.*

Seus pensamentos voavam de um lado para o outro. Do certo para o errado, debatendo-se entre o céu e o inferno. Pensou no filho que não teve a chance de viver e sua revolta se renovou: *será que tenho o direito de jogar esta oportunidade fora e acabar com qualquer chance de que meus filhos tenham uma vida digna apenas para não perder minha dignidade? De que me serviu a honra até agora?*

Percebendo que ela estava pálida e trêmula, Alcides a levou até o sofá e a abraçou, passando a mão carinhosamente pelos seus cabelos. *Como é boa a sensação de receber carinho de alguém que não seja um dos meus filhos. Como é bom ser confortada e mimada. Mas será que conseguirei confiar minha vida novamente a um homem? E um que mal conheço? Jesus! Estou ficando totalmente desorientada!*, pensou.

Alcides a despertou de seus devaneios:

— Façamos o seguinte, querida. Você terá o dia de folga hoje. Avisarei aos rapazes para não lhe perturbarem. Pense em tudo que lhe falei. Reflita. Olhe bem ao seu redor e se lembre da vida que você tinha antes. Não quero lhe pressionar, mas vou embora na semana que vem e realmente gostaria de levá-la comigo. Estarei esperando, ansioso por sua resposta.

Ele se levantou, abraçou-a novamente e roçou seus lábios nos dela com ternura.

— Está bem. Farei isso. Assim que me decidir, darei a resposta.

AUGUSTA PASSOU a noite em claro, procurando dentro de si uma resposta que a convencesse. Não pesou os prós e os contras, porque só havia contras. Não havia uma solução correta. Qualquer que fosse sua resposta, ela estaria agindo errado. Era um duelo entre a razão e os princípios, mas sabia que precisava pender para um dos lados da balança. Então foram três contra um. A vida de três seres indefesos dependia unicamente dela, e, no momento em que tomou sua decisão, soube que estava agindo corretamente.

Saiu com as crianças para a plantação e os deixou ali, mas tomou o caminho da casa da fazenda. Encontrou Alcides tomando café na varanda. Quando ele percebeu sua aproximação, levantou-se e foi ao seu encontro.

— Que bom que veio. Espero que me traga uma boa notícia. Venha tomar café comigo.

Olhando ao redor e percebendo que vários de seus colegas observavam a cena, respondeu:

— Não seria conveniente. É melhor conversarmos no escritório.

— Hum... fiquei preocupado. Venha comigo.

Entraram no escritório, e, aflita para que as palavras saíssem da sua mente antes que se arrependesse, Augusta disparou:

— Eu vou com você para o Rio de Janeiro.

Soltando a respiração que retinha, ele segurou suas mãos e as beijou.

— Que ótimo, minha linda. Fico feliz que você tenha tomado a decisão mais sábia.

— Não creio que sábia seja a palavra correta. Briguei com meus princípios a noite toda, entretanto tenho que ser sensata pelos meus filhos. Não posso privá-los de uma vida melhor.

— Você está certíssima! Eles terão tudo do bom e do melhor. Estudarão na melhor escola de Ilhéus.

Atônita, Augusta recolheu as mãos e se afastou.

— Ilhéus? Você não disse que iríamos para o Rio de Janeiro?

— Exato! É para lá que vamos.

— Então por que acaba de dizer que meus filhos estudarão em Ilhéus?

Estrategista de fama renomada, Alcides já tinha todo o plano elaborado.

— Porque eles não vão para o Rio de Janeiro. Eu disse que nós iremos para o Rio de Janeiro. Eles ficarão aqui.

Chocada, Augusta abriu a boca várias vezes, tentando assimilar a situação, percebendo que tudo daria errado de novo. A esperança que trouxera deu lugar à raiva. De novo o destino lhe dava uma rasteira.

— Você está louco? Eu não vou deixar meus filhos aqui. Não vou sem eles.

Pegando novamente em suas mãos, Alcides a conduziu para o sofá e fez com que ela se sentasse. Pegou um café e pediu que ela bebesse para se acalmar, então prosseguiu:

— Augusta, eles não ficarão aqui, na fazenda. Tenho uma bela casa na cidade com uma governanta que ama crianças. Eles terão casa, conforto, comida, educação e amor. Amélia foi minha babá e é de inteira confiança.

— E por que eles não podem ir?

— Porque chamaria muita atenção. Uma mulher sozinha já desperta curiosidade. Sozinha e com três filhos o alarde estará feito. Sou um homem público, não posso me expor.

Forçada a reconhecer que seus argumentos faziam sentido, Augusta viu seu castelo de areia ruir mais uma vez.

— Você está certo, mas infelizmente encerramos nossa conversa por aqui.

— Como assim?

— Sem meus filhos eu não vou. Se você tivesse me falado isso ontem, não perderíamos seu tempo nem o meu.

Nervoso, ele persistiu:

— Se você ama tanto assim seus filhos, pense no futuro deles. É melhor eles viverem na cidade com uma pessoa de confiança ou com você na lavoura? Correndo o risco de serem picados por uma cobra ou de sofrerem um acidente no trabalho? Que segurança eles têm aqui, Augusta? — Abalada, ela sabia que ele tinha razão. Mas como poderia viver sem seus filhos? E eles sem ela? Aproveitando-se do seu flagelo, Alcides continuou: — Nós viajaremos para cá todo mês. Terei que acompanhar e fiscalizar o que acontece aqui. Você não ficará sem vê-los e, quando viermos para cá, ficaremos sempre de uma a duas semanas.

Era óbvio que ele estava mentindo. Queria que as crianças ficassem em Ilhéus para poder se desembaraçar dela com mais facilidade quando já estivesse enjoado da sua presença, mas prosseguiu com sua encenação.

Desnorteada, Augusta se levantou e se encaminhou para a porta. Rápido, Alcides a segurou pelos ombros e fez com que parasse, porém ela recuou.

— Não posso deixá-los com uma estranha. Eles já não têm pai, vou privá-los da mãe também? E se algo lhes acontecer? Como poderei vir buscá-los? Nunca mais verei meus filhos!

O desespero a dominava.

— Você não viverá mais como escrava. Terá seu dinheiro, deixarei sempre uma boa reserva com você caso precise buscá-los. Você viverá como uma rainha, nada lhe faltará.

Augusta procurava clarear seus pensamentos: *como posso confiar nesse homem se todos que conheci me fizeram mal? Aproveitaram de mim a seu bel-prazer!* Sentindo a mão de Alcides acariciar seu rosto, despertou de seus devaneios.

— Seja razoável, Augusta. Eles ficarão muito bem.

Com os olhos inundados de lágrimas, disse em um fio de voz:

— Como poderei viver sem eles?

— Não viverá, querida! Estaremos sempre por aqui. — Improvisando ao perceber que estava perdendo a chance de realizar seu desejo, sugeriu: — Podemos fazer o seguinte: encontraremos um lugar mais afastado para nós, com pouca vizinhança, e assim que for possível os buscaremos.

Esgotada, triste e revoltada consigo mesma por ter tido esperança, soltou-se dos seus braços, olhou-o com pesar e se afastou após dizer mais uma vez:

— Sinto muito, sem meus filhos não vou.

E voltou para seu trabalho amaldiçoando o destino. Brigando comigo e me xingando o tempo todo. Mas eu não tiro sua razão.

Alcides nunca tivera tanto trabalho assim para conseguir o que queria. Não estava acostumado a ser rejeitado. Quanto mais Augusta negava, mais ele a desejava.

Passou os dois dias seguintes esperando que ela voltasse atrás e já não sabia mais o que fazer para convencê-la. Virou uma questão de honra. Não viajaria de volta sem ela.

No terceiro dia após a recusa de Augusta, mandou o capataz chamá-la na plantação. Ela sentiu uma ponta de esperança de que talvez ele reconsiderasse e a deixasse levar as crianças. Infelizmente, logo percebeu que não era o caso.

— Chamei-a para saber se você mudou de ideia. Estou indo para a cidade amanhã de manhã. Ficarei uns dias resolvendo algumas coisas e então retornarei para o Rio de Janeiro — avisou com ar profissional, sem carinho nem súplicas. — Quis apenas avisá-la de que o prazo termina amanhã às dez horas. Caso você resolva ir comigo, esteja aqui no horário.

Estranhando seu tom distante e ciente de que ele com certeza estava muito bravo com sua recusa, Augusta se levantou e se aproximou dele a ponto de quase tocar seus lábios, olhou-o intensamente e disse quase com ternura:

— Agradeço muito pela sua proposta. Acredito que nos daríamos muito bem, porém não posso aceitar seus termos. Tenha uma boa viagem.

Inesperadamente, o abraçou. Não resistindo ao contato, ele a beijou com paixão, afagou seus cabelos carinhosamente, sentindo algo que raramente se permitia: piedade. Teve pena dela e realmente gostaria de tê-la e poder ajudá-la, mas era inadmissível que ela levasse os filhos. Queria apenas o prazer que ela poderia lhe dar. Como poderia conviver com os filhos dela se não suportava nem seus próprios herdeiros? Detestava crianças e a vida familiar, gostava apenas da parte física de um relacionamento, nada de emoções.

Distraído com essas reflexões, não percebeu que ela se afastava. Augusta recuou dois passos e se despediu:

— Faça uma boa viagem.

Virou-se e foi embora. Alcides suspirou, pesaroso, e pensou consigo mesmo: *é uma tola, porém é uma mulher íntegra. Qualquer outra já estaria de malas prontas.* Afastando os pensamentos, foi tomar suas providências, afinal tinha coisas mais importantes a fazer. *O que me move é apenas desejo, isso se resolve facilmente!* E saiu tranquilamente, assoviando uma bela canção.

Em contrapartida, Augusta voltou para o trabalho com os nervos à flor da pele. Estava praticamente sem dormir desde que tivera sua última conversa com Alcides. Nunca fora tão difícil tomar uma decisão. Estava em guerra entre razão e emoção. A razão lhe dizia que o certo era tirar seus filhos daquela vida miserável, aceitar que eles ficassem em Ilhéus, mas a emoção lhe trazia lágrimas aos olhos cada vez que imaginava viver sem eles. Como poderia? E agora ela tinha um ultimato. Teria de tomar a decisão mais difícil de sua vida.

O dia seguinte amanheceu esplendoroso, como se quisesse provocar Augusta em seu sombrio inferno interior. Obviamente, ela não fechou os olhos um minuto, seu dilema a torturara a noite toda.

Antes do dia clarear totalmente, ela viu seus colegas tomarem seu minguado café com pão, pegarem seus apetrechos e irem para a roça. Observou-os mais atentamente, percebendo em seus rostos cada ruga criada por anos de privação, dores e sofrimento. Quantos daqueles seres perderam seus filhos para a fome e falta de cuidados médicos? Quantas mulheres, bonitas ainda, tiveram seus sonhos despedaçados pela miséria da vida que levavam? Quantas dores causadas pelo trabalho árduo aquelas pessoas carregavam no corpo? Não viveriam muito, pois a exaustão e falta de cuidados deterioraria o físico. E a mente? Será que ainda se angustiavam com a frustração causada por terem visto seus sonhos se despedaçarem? Como viver quando já se havia perdido toda a esperança?

Augusta observou aquela massa compacta indo para o trabalho. Compacta, sim. Eram um só. Iguais em sua insignificância. Eram apenas braços, pernas e músculos que vieram ao mundo para enriquecer os poderosos e não esperavam mais nada da vida, apenas morrer de uma forma tranquila.

Levantou-se abruptamente. Não para segui-los, mas para tomar as rédeas de sua vida. Não veria seus filhos se juntarem a essa massa. Sua dor seria imensa, mas ela daria a eles um futuro melhor. Não os condenaria a uma vida humilhante, sem sonhos e aspirações. Sua decisão estava tomada.

Mandou que eles recolhessem seus poucos pertences e fizessem suas trouxas, tomassem seu café e esperassem ali, que logo estaria de volta. E partiu para a casa da fazenda.

Assim que a viu, Alcides soube que havia ganhado a batalha. Ela parou resoluta, a frieza em seus olhos demonstrando claramente sua revolta com a própria vida. Simplesmente avisou:

— Irei com você. Estarei aqui com meus filhos às dez horas. E que Deus não me castigue por isso.

Virou as costas e saiu sem esperar resposta. Não queria que ele visse as lágrimas caindo abundantes por seu rosto.

Capítulo 16

Ainda não foi desta vez

CHEGANDO À cidade, conheceram Amélia, a governanta da casa, que se encantou pelas crianças imediatamente.

Após tantos anos vivendo na fazenda, eles se sentiram em outro mundo, descobrindo cores e sabores diferentes e perguntando sobre tudo por onde passavam ao irem ao comércio comprar roupas. Alcides foi generoso. Augusta pôde comprar roupas, calçados e brinquedos. Pela primeira vez na vida, sua filha tinha uma boneca.

A matrícula dos filhos na escola foi efetivada e eles adquiriram uniformes e materiais escolares. Apesar de Augusta sentir seu coração pesar como chumbo, tentava se convencer de que estava fazendo a coisa certa. De que de fato era a única possibilidade de que eles dispunham.

A viagem para o Rio de Janeiro estava marcada para dali a dois dias, e ela passou todo o tempo possível com suas crianças, tendo de refrear as lágrimas teimosas, que a todo instante queriam derrubar sua convicção.

Chegou o dia da partida. Augusta acordou com o coração aflito. Dona Amélia já estava apegada às crianças, tratava-as com muito carinho. Tudo estava acertado e providenciado. Apenas o coração de Augusta não lhe dava paz.

Tomaram café da manhã na copa enquanto os empregados empilhavam as malas ao lado da porta. Era chegado o momento mais temido por Augusta, pois não teve coragem de contar-lhes seus planos. Eles, que estavam adorando a nova vida, não imaginavam que a mãe os estava abandonando para viver em outra cidade. Alcides os aguardava no sofá.

Assim que chegaram à sala e viram as malas, olharam para a mãe com ar interrogativo. Carlos, como sempre, foi o primeiro a perguntar:

— Alguém vai viajar, mamãe?

Augusta engoliu em seco, não conseguia falar nada, Palmira, toda feliz, exclamou:

— Oba! Nós vamos viajar! É para aquele lugar que a senhora falou que tem muita água salgada?

— Nós vamos viajar, mamãe? — insistiu, Carlos.

Alcides se intrometeu na conversa, dirigindo-se à Augusta:

— Você teve dois dias para falar com eles e deixou para a hora de partir?

Contrariada, ela pediu:

— Por favor, me dê privacidade. Preciso fazer isso sozinha.

Bufando, ele se retirou da sala. O silêncio se instalou. As crianças olhavam para a mãe, apreensivas. Cláudio, com os olhos marejados, declarou o que a mãe não conseguia:

— A senhora vai nos deixar, exatamente como nosso pai. A senhora vai embora e não vai nos levar.

No mesmo instante, Carlos e Palmira começaram a chorar. Em pânico, Augusta não conteve as lágrimas, que banharam seu rosto livremente. Ela puxou os filhos para si, abraçou-os e chorou compulsivamente. Até que Cláudio se soltou do seu abraço, enfurecido.

— A senhora é má. — Augusta arregalou os olhos, soluçando. — Dizia que nos amava, mas vai nos deixar aqui para ir embora com esse homem. É igual ao nosso pai, não nos quer. Eu odeio a senhora.

Foi o estopim que faltava para que ela reagisse, tomando o controle da situação. Ele fez força para escapar de seu abraço, porém ela o segurou com firmeza.

— Mocinho, não lhe dei permissão para falar assim comigo. Respeite sua mãe! Sei o que estou fazendo e vocês precisam entender que é para o bem de vocês.

Cláudio não recuava e continuou dizendo que odiava a mãe, fazendo com que seus irmãos se descontrolassem também. Palmira e Carlos a agarraram pelas pernas e braços, como se dessa forma pudessem impedi-la de ir embora. Os gritos e choro eram ouvidos pela casa toda. Augusta os abraçou e conseguiu acalmá-los o suficiente para que eles a escutassem.

— Prestem atenção. Eu não estou abandonando vocês. — As crianças a encaravam, assustados. — Estou deixando vocês com dona Amélia, que vai cuidar muito bem de cada um. Mas eu vou voltar. Estou indo com o senhor Alcides para outra cidade, porém voltaremos sempre para cá. Essa é a única maneira de vocês terem uma vida melhor. Vocês não querem ir para a escola? — Palmira e Carlos concordaram com a cabeça, mas Cláudio continuava emburrado. — Então, essa foi a única maneira de tirar vocês daquela vida da fazenda. Eu quero que vocês sejam felizes, não quero vocês trabalhando e passando fome. Quero vocês estudando e brincando, como deve ser. Estão me entendendo?

Palmira e Carlos concordaram com a cabeça, no entanto Cláudio ainda estava revoltado.

— A senhora está enganando a mim e a meus irmãos. Vai nos deixar aqui porque não nos quer. É uma mentirosa, não gosta de nós, por isso vai nos deixar aqui com gente estranha.

Cansado de tanta ladainha, Alcides voltou para sala e a apressou:

— Vamos logo, Augusta. O navio não vai nos esperar. Despeça-se logo.

Com o coração em frangalhos e os nervos à flor da pele, vendo aqueles rostinhos tão amados e tão dependentes dela, respirou fundo e finalizou a conversa:

— Vocês precisam confiar em mim. Estou fazendo o que é melhor para vocês. Só assim terão uma vida digna no futuro, por isso preciso deixá-los e é por amor que estou indo embora. Obedeçam à dona Amélia e sejam boas crianças.

Levantou-se sem dar-lhes um último abraço, pois sabia que se o fizesse não conseguiria soltá-los mais. O choro das crianças se intensificou. Carlos e Palmira soluçavam e gritavam, mas Cláudio correu para o quintal. Ela pensou em segui-lo, mas desistiu. Não tinha mais um pingo de coragem dentro de si. Precisava ir embora de uma vez.

Forçou os pés a se dirigirem para a porta. Virou-se uma última vez, e foi então que pelos lábios de sua filha eu interferi. Tantas palavras foram proferidas, mas apenas uma foi a responsável por demovê-la definitivamente:

— Mãezinha — disse Palmira e estendeu seus bracinhos para a mãe.

Augusta ficou estarrecida. Nenhum dos seus filhos a havia chamado assim. Sempre foram carinhosos, porém nunca haviam usado o termo "mãezinha". Exatamente como ela chamava sua mãe. Que saudades da sua mãezinha querida! Foi forçada a abandoná-la também e estava prestes a fazer o mesmo com sua menininha.

Augusta olhou fixamente para sua filha, então algo inexplicável aconteceu: uma vertigem fortíssima a fez sentar-se no sofá e ela se desligou de tudo.

Não estava mais naquela sala. Olhando ao redor, viu-se em um cais de porto, provavelmente em Ilhéus. Pessoas andavam apressadas; vendedores ambulantes apregoavam seus produtos; marinheiros vagabundeavam, aguardando a saída dos navios; bêbados cantavam e riam sozinhos; viciados perdiam o pagamento do mês para jogadores profissionais; moleques de rua, prostitutas e malandros sempre à espreita de oportunidades. Cenas comuns em cais de todo o mundo.

Augusta observava tudo, tentando descobrir como fora parar ali, até que alguns metros à frente uma cena chamou sua atenção: dois garotos idênticos, sujos e maltrapilhos, contaram moedas e as deram para o vendedor de lanches, que as jogou de volta, dizendo:

— Isto não dá nem para um pão murcho.

Um dos garotos prontamente respondeu:

— Nós traremos o resto depois. Estamos com muita fome. Por favor.

— Vocês são um bando de mentirosos, não sou seu pai para sustentá-los. Onde está sua mãe?

— Ela foi embora com um homem e nunca mais voltou.

Penalizado, mas não o suficiente para alimentá-los, o vendedor retrucou:

— É isso que dá colocar filho no mundo sem pensar. E os pobrezinhos é que pagam.

— Então, nos dê um lanche, tio! Estou com o estômago doendo de fome.

— Vão embora daqui! Vê lá... Se eu for sustentar toda criança abandonada pelos pais, vou à falência. Sumam daqui!

Augusta se adiantou em direção às crianças. Gostaria de ajudá-los. Ao chegar mais perto, observou atentamente seus traços e percebeu que tinham aproximadamente onze anos e eram lindos. Parou em frente a eles, que pareciam não vê-la, então caiu em si. Com a potência de um soco no estômago, veio-lhe a revelação: eram seus filhos, seus gêmeos. O horror se apossou dela, tentou tocá-los e não conseguiu. Falou com eles, mas não a ouviam. Era como se ela não estivesse ali, mas ela estava. Ou não?

Queria ajudá-los, porém não conseguia, então o pensamento mais angustiante de todos tomou posse de seu ser, invadindo sua mente e revelando a percepção da realidade: seus filhos passavam fome, viraram mendigos, moradores de rua. Foram abandonados à própria sorte. Lágrimas corriam abundantemente de seus olhos quando, para aumentar seu desespero, viu chegando perto deles a menina mais linda que Deus colocou na Terra: sua filhinha, sua Palmira.

Chegou toda faceira e sorridente, encostou ao lado do carrinho de lanches e pediu:

— Dá três cachorros-quentes para nós, tio!

Ressabiado, o vendedor perguntou:

— Dê o dinheiro, menina.

Com aquele ar desconfiado que já nasceu com ela, retrucou:

— Tá duvidando de mim, tio?

— Dá logo o dinheiro, Palmira. — Carlos entrou na conversa. — Estamos morrendo de fome.

Olhando carinhosamente para o irmão, a menina contou as moedinhas, guardou o restante e entregou o pagamento, pegando os lanches em seguida.

— Obrigada, tio.

Sentaram-se no chão sujo, tão sujo quanto eles, e comeram rapidamente aquela refeição. Ao terminarem, Cláudio mexeu com ela:

— Você é danadinha mesmo, hein, irmã?! Consegue ganhar mais do que nós dois juntos.

— É porque eu sou mais bonita, seus bobos. — Acabando de comer o cachorro-quente, Palmira sugeriu: — Vamos tomar sorvete?

Cláudio se levantou, pronto para a farra, mas Carlos, mais contido e responsável, negou:

— Não vamos, não. Sorvete não é comida.

— Mas eu tenho dinheiro — Palmira reclamou.

— Precisamos guardar dinheiro para comer. Amanhã pode ser que a gente não consiga nada.

Emburrada, mas sabendo que o irmão estava certo, concordou:

— Tá bom.

— Vamos procurar um lugar para dormir antes que o guarda queira bater na gente de novo.

Chocada com o que escutava, Augusta os seguiu e percebeu que eles se afastavam do centro. O sol se pôs e o crepúsculo se anunciou. Seu horror só aumentava ao ver que seus filhos andavam sozinhos à noite. Para onde será que eles iam? Algum abrigo?

O silêncio foi interrompido por Palmira:

— Hoje, aquela dona foi atrás de mim de novo.

Augusta apurou os ouvidos.

— Você devia fazer o que ela quer logo de uma vez. — Carlos olhou para a irmã de lado. — Pelo menos você teria uma casa para tomar banho, dormir e comer.

— Eu não quero ir.

— Porque é uma burra — insistiu Carlos.

— Eu não sou burra. Não vou porque eu não quero que ela seja minha mãe. Eu já tenho mãe.

O coração de Augusta falhou uma batida ao ouvir o lamento triste que ela proferira. Falhou ainda mais quando Carlos afirmou:

— Você não tem mais mãe, Palmira. Entenda isso: ela não vai voltar, ela não nos ama.

Aos gritos, Palmira teimou:

— Vai voltar, sim! Ela prometeu.

— Você é muito estúpida. Ela foi embora porque não quer a gente. Ela quis se livrar de nós.

Augusta se desesperou. Queria tanto poder falar que estava com eles, que não os deixaria sozinhos de novo. Mas eles não a viam, e isso a transtornava.

Cláudio se intrometeu para encerrar a discussão:

— Chega dessa conversa, vocês dois. Pare de chorar, Palmira. É hora de dormir.

E foi então que o desespero atingiu seu ápice. Quando ela os viu dirigindo-se para a areia abaixo do píer, deitarem e se cobrirem com papelões, seu pranto explodiu e ela caiu de joelhos no chão.

— Meu Deus! O que eu fiz com meus filhos? — Ela cobriu os olhos com as mãos e desabafou: — Eu só queria ajudá-los, e olhe só aonde eles vieram parar. Eles não têm culpa de nada, são anjos inocentes, não permita essa crueldade, Senhor. Que seja eu a pagar, mas não minhas crianças. — Soluçando, aos gritos, implorou: — Senhor, me ajude.

Então tudo congelou novamente. E ela já não estava mais na praia. Estava sentada na poltrona da casa de Alcides.

— Meu Deus! Meu Deus! — gritou ao recobrar a consciência.

Percebeu que Alcides, dona Amélia e seus filhos olhavam para ela, assustados. Correu para abraçá-los, ajoelhou-se e não os largou enquanto falava:

— Que bom! Obrigada, Senhor! Que bom que vocês estão aqui. — Beijava-os e os apertava. Não os deixaria jamais. Percebendo o rosto irritado de Alcides, levantou-se e declarou: — Não vou com você, Alcides. A não ser que leve meus filhos.

Possesso, ele gritou:

— Quer saber de uma coisa: chega! Você é uma imbecil. Cansei disso. Quem você acha que é? Eu lhe dei a chance de sair dessa vida ridícula que você leva. Agora basta! Estou indo pegar meu navio. — Mandou dona Amélia chamar o motorista. — Leve-os de volta para a fazenda. — Virando-se para dona Amélia, ordenou: — Dê as roupas e brinquedos que comprei para a caridade. Vocês vão embora daqui com a roupa do corpo. Entendeu, Augusta?

— Sim, Alcides. Entendi muita coisa.

O ar de felicidade de Augusta iluminava o ambiente. Não importava se passaria fome, se viveria trabalhando como um camelo, se morreria naquele fim de mundo, seu lugar era onde seus filhos estivessem; sem eles, nada faria sentido e por eles viveria até o fim de seus dias. Não entendeu o que havia sido aquele evento, mas não se importou em descobrir, bastava estar com suas crianças e fazer o possível para que eles fossem felizes.

A volta à fazenda não foi tão ruim como era de se esperar. A aceitação envolveu Augusta, levando serenidade até ela. Não era o ideal, mas era o que ela tinha a seu dispor. Se ficar ali para o resto da vida era o seu destino, ficaria de bom grado, desde que estivesse com seus filhos e pudesse fazê-los felizes na medida do possível.

Após terem ganhado roupas e brinquedos, era de se esperar que eles ficassem tristes por voltarem com a roupa do corpo, mas não foi o que aconteceu. Integraram-se à rotina naturalmente. Eram felizes ali, tinham uns aos outros e se amavam. Simples assim.

Capítulo 17

Conversinha com ele

E A VIDA seguiu seu rumo novamente. Até que, infelizmente, a paz acabou quando Cláudio foi picado por uma cobra. O desespero dominou Augusta. Não existia soro antiofídico na época, a cura se dava por meio de ervas. Ele teve febre altíssima por três dias. Sem saber se o garoto venceria ou não o poder do veneno, Augusta não saiu de perto dele um momento sequer, o que lhe causou sérios problemas com os capatazes da plantação, que eram impiedosos e exigiam que ela voltasse ao trabalho.

— Só sairei daqui quando meu filho se curar — ela disse.

— Vou mandar vocês embora — irritou-se o capataz.

— Paciência. Não vou deixar meu filho aqui para morrer sozinho.

Mas Cláudio sempre fora teimoso. Pela terceira vez em sua breve vida, driblou a morte e saiu vitorioso. E apesar das ameaças, ninguém os fez sair da fazenda.

Cada um ia tocando a sua vida com paz e tranquilidade. Então, exatamente dois meses após a volta deles para a fazenda, Augusta recebeu uma visita absolutamente inesperada. Ela estava trabalhando quando o capataz foi chamá-la:

— É para você ir ao escritório.

Já imaginando que era Alcides que voltava para lhe importunar novamente, perguntou:

— Quem é?

— E eu por caso sou seu secretário? Vá lá e descubra.

Apreensiva, dirigiu-se para a sede com o coração aos pulos. Será que ela seria mandada embora? Alcides não parecia vingativo e, desde que fora embora sozinho, não aparecera mais na fazenda.

Bateu à porta e entrou preparada para o pior. Ficou boquiaberta, com medo de acreditar no que seus olhos viam. Lágrimas brotaram instantaneamente de seus olhos, mas dessa vez eram a expressão da felicidade. Encarando-a com todo seu amor e sabedoria, dona Esperança se encaminhou para Augusta com os braços abertos:

— Minha menina, minha querida. Minha querida menina, não acredito que a encontrei.

Foi o melhor abraço que Augusta ganhou na vida e pelo qual mais ansiou. Sentia as mãos da madrinha acariciando suas costas e se perguntava se não estaria sonhando. Descansou sua cabeça na curva do ombro da sua amada madrinha e deixou as lágrimas fluírem naturalmente, estas eram de pura alegria. Enfim tinha algo a comemorar.

Após alguns minutos, afastaram-se, ainda emocionadas. Dona Esperança tomou a dianteira:

— Não acredito que realmente a encontrei. Achei que nunca mais a veria.

— E eu pensei que nunca mais ia sair daqui, madrinha. Cristiano foi embora e nos deixou sem um tostão no bolso e devendo para o coronel. Trabalhei todos estes anos para pagar uma dívida que nunca vai acabar, eu e as crianças vivemos como escravos.

— As crianças trabalham? — perguntou, horrorizada.

— Sim, madrinha. A pobre Palmira trabalha desde os quatro anos de idade.

— Que absurdo! Que exploração!

Curiosa, Augusta precisava saber:

— A senhora veio sozinha?

— Não, querida. Vim com o detetive que contratei e com um policial, para o caso de seu patrão não querer liberá-los.

Augusta suspirou aliviada. Receava que tivessem problemas, pois nunca vira nenhum trabalhador ir embora da fazenda. A não ser para o cemitério.

— Nossa! O investigador é bom mesmo, com tantas fazendas nesta região deve ter sido muito difícil nos encontrar.

Dona Esperança segurou as mãos da afilhada, apreensiva, e fez com que se sentassem no sofá. Passando a mão carinhosamente pelos cabelos e pelo rosto de Augusta, preparou-se para a notícia que precisava dar:

— Na verdade, foi fácil, querida. Tem algo que preciso lhe contar. Sei que será um choque, porém você é uma mulher forte e guerreira.

Empalidecendo, Augusta pediu:

— Diga logo, madrinha. O que houve?

Respirando pausadamente, contou-lhe:

— Você me disse que seu marido a abandonou. E você sabe com quem ele fugiu?

— Sim. Com a mulher de um dos coronéis daqui.

— Isso mesmo. Com a mulher do mais rico e cruel destas bandas. Ele cometeu um erro terrível indo morar em São Paulo.

— Não acredito! Que desfaçatez. A senhora o viu lá? Ele que lhe indicou minha localização?

— Não. Creio que, após passar anos escondido, cansou-se da vida pacata e foi atrás dos seus vícios. Foi reconhecido por pessoas que já estavam à espreita dele.

Augusta empalideceu, levou as mãos à face e exclamou:

— Meu Deus!

— Sim, querida. É o que você imaginou: Cristiano foi morto pelos capangas do coronel.

Chocada, Augusta nem tentou conter as lágrimas. Não o amava há muito tempo. Ele fora cruel, acabara com sua vida e seus sonhos, fora o pior dos pais, e mesmo assim ela se compadeceu por ele ter perdido a vida tão jovem. Entristeceu-se por ele ter tomado o rumo errado e lamentou muito pelo seu destino.

A madrinha tomou suas mãos e a consolou:

— Infelizmente, isso ia acabar acontecendo. Ele nunca quis ter uma vida respeitável. Perdeu-se no sonho da vida fácil.

Enxugando o rosto, Augusta deduziu:

— Então a senhora ficou sabendo e veio para cá?

— Sim. Aquele detetive que contratei para provar que Cristiano era um adúltero ouviu a história e veio me contar, imediatamente tomei as providências para buscá-la. Chegando à vila, foi só perguntar, todos sabiam da história, pois a esposa do coronel também morreu. Sabiam onde você estava.

Augusta refletiu por um momento, sinceramente entristecida pelo destino que a vida de Cristiano tomara, porém, com determinação, levantou-se.

— Pois bem! Ele trilhou seu caminho, e eu vou retomar o meu. Quero ir embora daqui o mais rápido possível.

Sorrindo, a madrinha se levantou e a abraçou.

— Já está sendo providenciado. Eu vim muito bem assessorada e estou louca para ver meus netos. Onde eles estão?

Augusta pediu para uma colega ir chamar seus filhos, não queria sair de perto da madrinha. Em menos de cinco minutos, as crianças irromperam no escritório, assustadas. Pararam ao ver quem estava com a mãe, mas, assim que dona Esperança se abaixou e abriu os braços, o reconhecimento veio e os gêmeos se jogaram em cima dela, derrubando-a no sofá.

— Vovó! Vovó! Que saudades da senhora.

A emoção foi geral e as lágrimas, abundantes.

— Eu também morri de saudades de vocês, meus queridos.

Palmira, que era um bebê quando viajaram, encostou-se na mãe, olhando-a interrogativamente. Augusta a levou até a madrinha e fez as apresentações:

— Palmira, essa é a minha madrinha. Aquele anjo de quem lhe falei muitas vezes.

— Ah! Mas ela não parece um anjo, mamãe. Parece uma senhora muito bonitinha.

Todos explodiram em risadas. Dona Esperança pediu:

— Posso te dar um abraço, minha netinha querida? — Palmira se jogou em seus braços e, atrevida, sentou-se nas pernas da avó, que a olhou longamente. — Como você é linda, Palmira.

Com seu sorrisinho nada tímido, fez todos rirem novamente:

— Eu sei.

— Cuidado, viu, madrinha?! Essa mocinha é da pá-virada — Augusta alertou.

Dona Esperança se dirigiu aos seus protetores:

— Está tudo resolvido? Podemos ir embora?

— Sim, madame — respondeu o policial. — Não há nada que os impeça de ir embora.

Segurando nas mãos dos gêmeos, dona Esperança se virou para Augusta:

— Então vamos para casa, de onde vocês nunca deveriam ter saído.

Augusta teve então a satisfação de algo que sempre se prometera nos dias em que estava extremamente deprimida: fez questão de ir embora sem nem olhar para trás.

A VOLTA foi tranquila e a adaptação das crianças, perfeita. Receberam a notícia da morte do pai com muita serenidade, visto que mal o conheciam. Foram matriculados na escola e a frequentavam muito animados.

Em uma semana, a vida já era outra. A tranquilidade tomou o lugar da angústia no coração de Augusta. Ainda parecia um milagre ter saído daquela fazenda depois de aceitar que provavelmente morreriam por lá mesmo. Voltar ao seu porto seguro ainda lhe trazia lágrimas aos olhos. Andava pela casa recordando seus momentos felizes, pegava seus objetos queridos e olhava para eles com afeto. Leu com avidez vários livros na primeira semana. Como sentiu falta de sentir-se culta novamente...

Beijou e abraçou José e Teresa tantas vezes que os deixou constrangidos. Passava suas tardes, período em que seus filhos estavam na escola, lendo na biblioteca ou conversando com a madrinha no jardim.

E foi após quinze dias de seu retorno, sentada de frente para o lago, sozinha, em uma linda tarde de sol, que ela sentiu o seu perfume. Imediatamente, olhou para as próprias mãos enrugadas e teve a confirmação.

— Pode sair de trás do banco, eu sei que você está aí. Quer brincar de esconde-esconde depois de velho? — ela diz sem olhar para mim.

— Como você sabe? É vidente agora? — brinco.

— Não sou vidente, é esse perfume enjoado que te entrega. Não dava para usar um melhorzinho, não?

— Então agora eu sou um velho fedido?

Augusta olha para mim debochadamente.

— Eu retiro o "velho", você até que é bem bonitão.

Rindo, sento-me ao seu lado.

— Boa tarde, madame Augusta. Como tem passado?

— Boa tarde, meu destino. Após tantos anos de provação, tenho passado muito bem.

— Imagino que sim. Você realmente passou por um mau bocado!

Refletindo sobre tudo pelo que passou, me olha com um olhar de gratidão.

— Sabe que eu já estava conformada? Achei que ia viver ali pelo resto da vida. Aceitei que era o meu castigo por quase ter abandonado meus filhos.

— Tecnicamente, você os abandonou.

Chocada, vira-se completamente para mim.

— Então aquilo que eu vi de fato aconteceu?

— Sim. Você agiu pelo bem deles e sua intenção era completamente nobre, porém a de Alcides não era.

— Eu nunca confiei nele. Eu me torturei por vários dias tentando acreditar que ele cumpriria com suas promessas.

— Tudo falso. Ele apenas queria se divertir com sua beleza e, quando enjoasse, deixaria você lá. Por isso insistiu em não levar seus filhos, seria mais trabalhoso se livrar de uma família inteira.

— Mas por que eles foram para as ruas? Eu os deixei com a governanta.

— Eles ficaram com ela por uns meses. Então chegou uma carta com instruções para que as crianças fossem mandadas de volta para a fazenda. Só que seus filhos são tão voluntariosos como você e resolveram que teriam mais chances ficando na cidade.

Indignada, ela se levanta do banco e me encara, furiosa:

— Não acredito. Que desgraçado! Por que fazer essa crueldade com as crianças?

E eu a encaro com tristeza.

— Infelizmente, os homens sabem ser cruéis. Ele já estava se cansando de você e ia deixá-la novamente na rua da amargura. É claro que se livraria dos seus filhos também.

— Coitados! Tão jovens tendo que tomar decisões tão difíceis.

— Pois é. Infelizmente, eles não conseguiram colocação. O lugar já estava lotado de menores abandonados e órfãos.

— Mas havia uma pessoa que queria adotar Palmira — Augusta fala ao se lembrar desse detalhe.

— Era a dona de um bordel. Palmira trabalharia na faxina até ter corpo para virar prostituta.

O horror estampa o semblante de Augusta.

— Meu Deus! Não gosto nem de imaginar.

— Que bom que você ouviu seu coração e conseguiu reverter a situação. Por isso você está aqui.

— Como assim?

— Por que você acha que apenas dois meses após sua volta para a fazenda dona Esperança te encontrou?

— Porque Cristiano morreu.

— Bem ali, pertinho de dona Esperança?

Augusta abre a boca, pensa por um instante. Abre de novo, mas não fala nada. Ela apenas me observa, tentando entender, até que a percepção a atinge.

— Muita coincidência, não é? — diz por fim.

— Exato. Coincidência é o nome que as pessoas dão muitas vezes a coisas que elas não conseguem entender ou explicar.

— Então coincidências não existem?

— Existem, sim. Em escalas menores. Quando a coincidência é muito forte, duvide. É o destino agindo.

— Agora você é exotérico também?

— Não, querida. Esse é apenas mais um nome inventado para tentar explicar o que não se sabe.

— Então se explique melhor, senhor sabe-tudo.

— Então preste atenção, dona engraçadinha. — Sorrimos um para o outro com cumplicidade. — Você não agiu de má-fé ao deixar as crianças; ao contrário, sua intenção foi apenas melhorar a vida deles. Porém, não deu certo, por culpa de outra pessoa. A culpa não foi sua, e eu sei que você está se remoendo por isso.

Com lágrimas nos olhos, ela concorda com a cabeça.

— É verdade. Tenho pesadelos à noite, e de dia fico recordando as imagens que vi.

— Então já pode parar com isso. A sua segunda chance foi perfeita. Você os levou com você e aceitou que aquele era o seu destino sem raiva nem rancor. Só havia amor e agradecimento em seu coração. E esse amor atingiu dona Esperança a milhares de quilômetros.

Incrédula, ela se levanta rapidamente.

— Espere aí! Agora você está forçando a barra. A madrinha me achou porque Cristiano morreu, era o destino dele.

— E o destino dele afetou o seu?

Novamente, ela abre a boca, chocada com o que sua mente começa a perceber.

— Sim, claro. E dos meus filhos também.

— Exatamente. Ele espalhou o mal, e esse mal retornou para ele.

Surpresa, Augusta enfim compreende.

— Ah! Então eu espalhei o amor e esse amor voltou para mim. É isso?

— Exatamente, sabichona — devolvo a provocação, bem-humorado. — Você espalhou o bem, e ele retornou para você.

— E o destino, como fica? — pergunta, arqueando uma sobrancelha.

— O destino mexe seus pauzinhos. Faz o universo se movimentar e atingir seus alvos.

Augusta reflete por mais alguns instante.

— Uau! Estou orgulhosa de você. Como você é inteligente. Por que eu nunca percebi isso antes?

— Porque você só espalhava rancor e amargura. — Ela se cala por vários minutos, e eu a deixo refletir. — Está mais calma?

— Sim. Muito obrigada.

— Quanta educação! — zombo, observando-a com carinho.

— Não se acostume, não. É porque ainda estou fragilizada.

— Vim apenas para lhe dar os parabéns. Por enquanto, você está cumprindo perfeitamente com nosso acordo. Continue sempre ouvindo seu coração, ele é seu melhor conselheiro.

— Ah! Não vá. Gosto de você.

Augusta assume uma expressão triste ao perceber que é chegada a hora de nos despedirmos mais uma vez.

— Você não tem exclusividade. Tenho muito mais a fazer.

— Que pena. Há anos não tinha uma conversa tão inteligente.

— Eu voltarei. — Sorrio e me levanto. — Você terá um período de calmaria, mas prepare-se. A paulada será forte. A violência será jogada no universo e infelizmente refletirá em milhares de pessoas inocentes.

— Milhares? — pergunta, assustada. — Mas...

— Nada de "mas" — interrompo. — Deixe de ser xereta.

Dou-lhe uma piscadinha charmosa e desapareço.

Capítulo 18

O retorno da guerreira

MUITOS ANOS se passaram e mais uma vez a vida seguiu seu rumo. Não reclamem por eu estar sendo repetitivo, eu amo essa frase e vocês ainda a ouvirão algumas vezes.

O período era de tranquilidade. Os gêmeos estavam com quase dezesseis anos e Palmira com catorze. Eram jovens espetaculares, integraram-se à vida urbana como se nunca tivessem saído de lá. Carlos e Cláudio eram garotos alegres, espirituosos e carinhosos. Absolutamente lindos com seus cabelos loiros cacheados e seus olhos cor-de-mel, eram muito assediados pelas meninas, o que deixava a irmã enciumada e irritada.

Palmira se revelou exatamente o que parecia ser desde criança: uma pimentinha. Vivia aprontando, pregava peças na família toda e nos empregados. Se safava da maioria dos castigos, pois, com sua carinha de santa, dava seu sorriso mais angelical e ninguém conseguia ficar bravo com ela.

Dona Esperança vivia feliz com a família pela qual lutara. Sua única preocupação era com Augusta, pois ela vivia reclusa, não gostava de se relacionar com ninguém, a não ser com sua família. E mesmo os amando muito, recusava-se a demonstrar excessivamente seu amor.

O aniversário de quinze anos de Palmira estava próximo, e dona Esperança tentava convencer Augusta a fazer uma festa de debutante para a garota. Estavam as duas sentadas no jardim de frente para o lago, a madrinha argumentava:

— Querida, não me conformo que você não queira fazer essa festa para Palmira. Ela é um doce de menina.

Rindo, Augusta brincou:

— Madrinha, "doce" e "Palmira" na mesma frase não combinam, "pimenta" cairia melhor.

Achando graça, dona Esperança retrucou:

— Ah! Não fale assim. Não conhece aquela bala que é azedinha, mas é deliciosa?

— É nossa Palmira. A senhora está certa, é um doce, mas nos deixa doidas.

— E merece ter uma festa, querida. Ela alegra nossas vidas, que seriam muito monótonas sem ela.

Olhando sorridente para sua amada madrinha, sabia que ia perder essa briga. Como poderia negar algo para a pessoa que salvara sua vida duas vezes?

— É verdade. Ela apronta o tempo todo, mas é um amor.

— Então, querida. — Segurou sua mão como sempre fazia quando queria que Augusta lhe atendesse. — Ela quer tanto essa festa... Por que você insiste em negar?

Suspirando pesadamente, olhou para o lago, as flores e os arbustos que tanto amava. Tentou buscar dentro de si a serenidade que seu semblante demonstrava.

— Quero fazer uma festa, madrinha, mas que seja só conosco. Só nós aqui de casa mesmo, como sempre fizemos.

— Mas ela tem amigos, Augusta. É uma menina popular. O décimo quinto aniversário de uma garota é um momento marcante para qualquer jovem. Ela quer seus amigos por perto.

Sentindo-se acuada, respirou fundo e confessou:

— Esse é o problema, madrinha. Detesto ter que conviver com as pessoas.

Surpresa, dona Esperança respirou aliviada.

— Ah, que bom. Pensei que você nunca fosse assumir seu problema.

— Como assim? Eu não tenho problema nenhum.

Mais surpresa ainda, Augusta se levantou. Dona Esperança, segurando a mão da sua afilhada de modo maternal, fez com que ela se sentasse novamente.

— Tem, sim, minha querida. E já te falei sobre isso de forma sutil várias vezes, e você nunca me deu ouvidos.

Irritada, ela protestou:

— Não vou discutir com a senhora, vou cuidar das minhas coisas.

— Augusta de Jesus — alertou usando o seu tom de voz mais autoritário. — Não se atreva a sair daqui. Hoje você vai me ouvir. — Claro que Augusta não ousou contrariá-la, jamais faria isso com quem lhe dava tanto amor. — Augusta, você realmente acha que vive de forma comum?

— Claro que vivo. E sou muito feliz com minha família nesta casa que amo.

— Há quantos anos você não sai de casa, menina? — Inquiriu em um tom um pouco mais alterado.

Sentindo sua cabeça começar a doer pela tensão causada pela conversa inesperada, Augusta se defendeu:

— Porque não preciso sair.

— Não. Porque tem medo. Não sai por medo, e isso não pode continuar assim.

— Mas eu sou feliz assim, madrinha. — A voz saiu carregada de tristeza, os olhos revelando sua angústia. — Tenho tudo que preciso aqui.

Tomando seu rosto com as mãos, a madrinha a olhou com todo seu amor.

— E seus sonhos, querida? Você queria conhecer o mundo. Queria ser professora. Aonde foram parar seus sonhos?

— Meu sonho é criar meus filhos para que sejam pessoas de bem e independentes. É só isso que me preocupa.

— Certo, concordo. Mas eles irão embora. Tomarão o rumo de suas vidas e a deixarão. E eu também a deixarei, querida. — Augusta fez menção de protestar, mas a madrinha levantou a mão, interrompendo-a. — E não vai demorar. Meu tempo aqui está se esgotando, e a última coisa que quero é que você viva solitária e amargurada.

— Não fale assim, madrinha. — Enfim, Augusta rompeu em prantos. — Não posso imaginar minha vida sem a senhora.

Encarando-a com todo seu amor, dona Esperança respondeu:

— E eu não posso imaginar deixar este mundo sem que você tenha resolvido seu problema. — Augusta abriu a boca, mas o olhar enérgico da senhora fez com que se calasse. — E preste muita atenção: você tem um problema, sim. — As lágrimas continuavam escorrendo pelo rosto de Augusta. — Nós duas sabemos que sua vida foi muito difícil, mas você precisa superar seus traumas, querida. Há médicos que sabem tratar os seus medos.

Horrorizada, Augusta se levantou.

— Credo! Não vou me tratar com médicos de doidos.

— Pode se sentar novamente, mocinha. Se estivesse estudando em vez de ficar enfiada nesta casa, não seria preconceituosa. Augusta, tem profissionais que podem ajudar. Eu logo vou embora, mas você tem a vida toda pela frente. Meu dinheiro será todo seu e das crianças.

— Pare de falar assim, madrinha. Eu não quero seu dinheiro. Nunca quis.

— E eu sei disso, mas você é a minha filha, a filha que o destino me deu, será minha única herdeira. Você nunca mais passará necessidade. Poderá viajar, estudar e fazer o que quiser. É jovem e bonita, não vou aceitar que você continue fechada para o mundo.

Cobrindo o rosto com as mãos e respirando fundo para acalmar-se, Augusta rompeu o silêncio de anos:

— A senhora está certa. Eu sei que está, mas não quero reconhecer. Na verdade, madrinha, acho que não saio daqui porque não quero conhecer pessoas. — A madrinha não se atreveu a falar nada por medo de que ela se recolhesse novamente em seu casulo. — A maioria das pessoas que conheci foram cruéis e desumanas. Acho que nunca mais vou confiar em estranhos. Então acabo preferindo ficar na minha segurança. Só isso.

Olhando-a afetuosamente e aliviada por ela ter desabafado, perguntou:

— Você acha que sentirá medo das pessoas que cruzarem com você lá fora?

Analisando a si mesma por alguns minutos, Augusta se levantou, foi até a roseira e tirou algumas folhas secas de seus galhos, distraindo-se enquanto ponderava. Então, virou-se para a madrinha.

— Creio que não. Apenas não me interesso por conhecer pessoas novas. Sou feliz com o que tenho, porém a senhora está correta, preciso voltar a ter uma vida comum.

Aliviada, dona Esperança sorriu.

— Sabe o que eu realmente quero fazer antes de morrer, querida?

Voltando a sentar-se no banco, seu semblante nublou.

— De novo essa conversa de morte? A senhora está me escondendo algo?

— Não, meu bem, mas meu coração enfraquece a cada dia. Meu médico vem acompanhando o processo de falência, que é inevitável, já estou com quase setenta anos. Vivi até demais em comparação com as pessoas da minha geração.

— Não suporto nem pensar nisso. — A voz embargada denunciou a sua emoção. — Como posso viver sem a senhora?

— Viverá muito bem — afirmou, dando-lhe tapinhas carinhosos na mão. —Mas quero falar do presente, não do futuro. O que eu quero é viajar com vocês.

Admirada, augusta sorriu.

— É mesmo? Não imaginava isso.

— Quero me divertir com minha família. Sair, passear e conhecer lugares novos. Você me dará esse prazer, minha filha?

Nesse momento, Augusta se lembrou de todos os momentos bons que a madrinha lhe proporcionara. Quantas risadas, conversas e carinhos trocados. Sentia dor no fundo da alma ao pensar em sua vida sem dona Esperança, então aproveitaria ao máximo o tempo que Deus lhe concedesse com essa pessoa tão bondosa.

— Claro que sim, madrinha. Vamos nos divertir muito, mas...

— Já vi tudo. — Sorridente, prosseguiu: — Mas...?

— Primeiro faremos uma festa linda para nossa princesa pimentinha.

Dona Esperança abriu a boca, espantada, pensou em como uma boa conversa é capaz de mover montanhas e se arrependeu por não tê-la tido antes. Ou talvez ainda não fosse o momento certo. O importante era que tinha dado certo. Levantou-se e abriu os braços para receber o abraço carinhoso daquela menina que aprendera a amar desde o momento em que a vira.

— Muito obrigada, meu amor. Você me deixou muito feliz, mas...

Sorrindo, Augusta levantou as sobrancelhas.

— Mas...?

— Podemos começar hoje?

— Claro que sim. Agora mesmo.

E partiram felizes para as compras. Augusta já nem se lembrava por que perdera tanto tempo trancada em casa.

O tempo é inexorável. Implacável. Inflexível. É muito comum que vocês, leitores, culpem a mim por seus erros, mas creio que o tempo é pior que eu. O tempo de uma vida passa com a velocidade de um raio, mas vocês só se darão conta quando já tiver passado.

Enquanto jovens, vocês acreditam que têm a vida toda pela frente. Desperdiçam seu tempo com futilidades. Dedicam-se à velocidade, querem abraçar o mundo com as mãos, porém não chegam a lugar algum.

Próximos dos quarenta anos, torturam-se porque não concretizaram seus sonhos e correm atrás do tempo desesperadamente. Mas é depois da metade da vida que aprendem a aproveitar o tempo e dar valor ao que realmente importa: os sentimentos, os laços afetivos, a felicidade nas coisas simples e na convivência com as pessoas que amam.

E foi assim por um tempo com Augusta. Após aquela conversa que redefiniu os rumos de sua vida, forçou-se a encerrar sua reclusão e voltou a ter uma vida ativa. Saiu várias vezes na semana para organizar a festa de Palmira, sempre com sua querida madrinha a tiracolo.

Sentiu-se invadida ao ver tantas pessoas em sua casa no dia da festa, mas se controlou e venceu sua aversão. A anfitriã de fato foi dona Esperança, pois conhecia várias pessoas presentes e esbanjou sua simpatia, fazendo da festa um sucesso.

Logo após a festa, viajaram com as crianças para muitos lugares. Foi um dos melhores períodos da vida de Augusta, durante o qual se permitiu demonstrar com mais naturalidade seu amor pelos filhos, pois se sentia feliz e confiante no futuro.

Infelizmente, como diz o ditado, tudo que é bom dura pouco.

Augusta começou a perceber que sua madrinha estava se cansando com mais frequência, dormindo mais e respirando com dificuldade. Apesar da insistência de dona Esperança para prosseguir com seus planos, Augusta interrompeu a viagem e voltaram para a capital. Imediatamente, o médico que já acompanhava a senhora há muitos anos foi chamado e sua avaliação foi das piores. Chamou Augusta e avisou:

— Dona Esperança está com o coração fraco há muito tempo, lutou muito para chegar até aqui. Recomendei repouso, porém ela insistiu em viajar. Disse que usaria o pouco tempo que ainda tinha para aproveitar a vida ao seu lado.

Augusta deixou as lágrimas caírem, que em vão tentara segurar enquanto procurava entender melhor a situação. A madrinha parecia tão bem. Ela dissera que não viveria muito, no entanto Augusta não sabia que era tão grave.

Olhando para o médico, em absoluto desespero, perguntou:

— É muito grave mesmo?

Tomando suas mãos entre as suas, ele a consolou:

— É, sim. Não há mais o que fazer, apenas esperar o momento dela.

Augusta agora soluçava. *Como viverei sem minha querida madrinha?*, pensou.

— Se eu soubesse que era tão sério, não teria viajado com ela.

Olhando-a bondosamente, o médico afirmou com ternura:

— E a teria matado antes da hora. — Augusta levantou as sobrancelhas. — Ela quis viver feliz o tempo que pôde. Não se culpe, foi o desejo dela.

— E não há mais nada a fazer, doutor?

Pesaroso, o médico fez que não com a cabeça.

— Só nos resta esperar e providenciar para que ela não sofra. — Ele segurou novamente as mãos de Augusta. — Lembre-se sempre de que ela morrerá feliz. Você trouxe vida à dona Esperança.

Sem condições de responder, Augusta apenas concordou com a cabeça. Após a saída do doutor, ela mandou que José providenciasse uma cama para que ela ficasse ao lado de sua madrinha no quarto dela. Os netos a paparicavam o tempo todo, e Augusta foi incansável. A pobre senhora estava lúcida, mas mal tinha forças para respirar. Augusta a alimentava, conversava com ela, que respondia sorrindo, evitando as palavras. Lia seus poemas favoritos. Deixava-lhe asseada e passava as mãos pelos seus cabelos até que ela adormecesse.

Então, algumas semanas após a viagem, a bondosa senhora não acordou mais. Morreu serenamente, sem dor nem pesar. Partiu sem sofrimento, morte mais do que digna para uma pessoa tão especial.

No dia seguinte ao funeral, o advogado procurou por Augusta para tratar das questões legais. Ela era a única herdeira do espólio. Augusta nunca pensara sobre o quanto de dinheiro dona Esperança possuía, então se surpreendeu ao saber que herdou várias propriedades, além daquela casa e dinheiro aplicado.

O advogado se prontificou a continuar administrando os bens, porém se surpreendeu ao ouvir Augusta dizer:

— O senhor poderá seguir conforme combinado anteriormente, mas quero me inteirar de tudo que acontece, portanto solicitarei que me apresente balancetes quinzenais sobre os investimentos.

Doutor Celso, o advogado, ficou pasmo.

— Como assim, senhora? Nunca ouvi falar de uma mulher que se envolva em finanças.

Sorrindo ironicamente, Augusta lhe informou:

— Não sou uma mulher comum há muito tempo, doutor.

— A senhora não confia em mim? — questionou, ainda surpreso.

— Não confio em nenhum homem que não seja filho meu. E, pensando bem, talvez nem neles.

— Mas... senhora...

— Nada de "mas", doutor Celso. — Augusta interrompeu. — Os homens com quem me relacionei só me fizeram perder a crença nessa raça. Nunca mais colocarei a minha vida nas mãos de um homem. Se estiver bom para o senhor, ótimo. Se não quiser seguir de acordo com meus termos, encontrarei facilmente outro advogado.

Pálido, ele apenas respondeu:

— De acordo, senhora. Será feito conforme a senhora deseja.

Após entender-se com o advogado, Augusta se dedicou ao seu luto. Por dona Esperança e por si mesma.

Culpava-se por todos os males do mundo, até pela guerra que destruía a Europa e assustava seu país. Não se conformava por ter desperdiçado um tempo precioso, que poderia ter passado com sua madrinha. E desencavou todos os "se" da sua vida: se não tivesse gostado de Cristiano e tivesse mantido o foco nos estudos, não teria se afastado da madrinha; se tivesse se planejado melhor quando ficara sabendo da vida oculta de Cristiano, teria buscado ajuda do advogado ou do delegado e não teria sido obrigada a segui-lo àquele lugar infernal. Agira por impulso e sacrificara várias vidas: a dela, a de sua madrinha e a de seus filhos, principalmente a do filho que não nascera. E, quando chegou nesse ponto, ela desabou de vez. Jamais se conformaria por ter tirado uma vida. Sonhava com o rostinho que não teve oportunidade de conhecer e com o corpinho que não chegou a embalar.

Fechou-se de novo em seu rancor e se banhou de amargura e arrependimento. Trancava-se em seu quarto e mal falava com os filhos, como se eles também não estivessem sofrendo.

Não aceitava mais uma perda. Perdera sua mãe, seus irmãos, seu bebê abortado e, agora, sua madrinha. E por esse motivo se afastou das crianças.

Já os amava demais, então optou por afastá-los, para sofrer menos caso algo lhes acontecesse.

Aqui voltamos a falar do tempo. Augusta chorava pelo tempo desperdiçado longe da madrinha, e estava repetindo o mesmo erro com os filhos.

Esse é o problema com vocês, meus queridos: erram os mesmos erros. Cometem os mesmos deslizes. Não seria mais fácil aprender com seus erros?

Infelizmente, Augusta não aprendeu. A cada dia, seu rancor aumentava, o que a impedia de perceber que o mundo estava se deteriorando ao seu redor.

A Segunda Guerra Mundial não era mais ignorada pelos brasileiros. Estocavam comida e fortificavam suas casas com receio de invasões. Desnecessário. A guerra não chegou ao país por meio de invasões e explosões, mas matou muitos brasileiros, destruindo suas famílias. E foi só então que Augusta saiu do seu torpor. Um mês após a morte de dona Esperança, em um jantar com as crianças durante uma conversa sobre o assunto que fazia de tudo para ignorar, ela despertou ao ouvir Cláudio falar:

— Pois eu estou dizendo: vou pilotar aviões.

— Vai nada. Deixe de ser besta — respondeu Carlos.

— Deixe de ser besta você. Se não me convocarem, vou me alistar.

Surpreendendo aos filhos, que já estavam acostumados aos silêncios da mãe, Augusta perguntou:

— Do que é que você está falando, menino?

Os três se entreolharam em silêncio, até Palmira falar:

— Estamos falando sobre a guerra, mamãe. A senhora sabe que há uma guerra cruel acontecendo?

Retomando sua postura de mãe, retrucou agressivamente:

— Fale direito comigo, garota. É claro que sei, mas a guerra é na Europa, o que temos a ver com isso?

Cláudio então se adiantou:

— Os brasileiros estão sendo convocados para se juntarem aos aliados.

— Mas o que é que temos com isso? Estamos em outro continente.

— Mamãe, a senhora não tem acompanhado pelo rádio, mas a situação é calamitosa. Os países da Europa estão sendo destruídos e a população, dizimada. Vários países estão sendo chamados para ajudar, lutando contra os alemães — Carlos, o mais sensato dos irmãos, explicou.

Augusta ficou pasma, já que estava vivendo em outra sintonia.

— Não acredito. É tão assustador assim?

Palmira, que era a mais atrevida e insolente, também era a mais carinhosa, e se levantou do seu lugar e foi sentar-se ao lado da mãe. Segurando-lhe uma das mãos, falou:

— Mãezinha, a senhora estava de luto pela vovó, por isso se recolheu na sua dor e não percebeu a mudança, mas o mundo está um caos. A situação é dramática. A guerra é na Europa, mas pode atingir todos os países.

Augusta olhou para a filha com amor. *Como é possível que essa menina, ainda uma criança, seja tão sensata? Bem mais que eu, que me afastei deles no momento em que mais precisavam, como se a minha dor não fosse a deles também*, pensou.

Percebendo que novamente errava, abraçou os filhos e pediu perdão por eles estarem vivendo aquela situação sem nenhum apoio adulto.

— E vocês ficaram sabendo disso pelo rádio?

— Sim, mamãe — respondeu Cláudio. — O repórter Esso fala o tempo todo sobre a guerra.

Terminaram o jantar e foram para a sala de estar. Em um dos raros momentos em que Augusta deixava sua amargura de lado e se permitia ser uma mãe adorável, sentou-se com seus filhos e conversou afetuosamente com eles, assustando-se com o rumo daquela guerra tão absurda.

A conversa corria muito bem, até que Cláudio falou novamente em ir para a guerra.

— Para que ir para a guerra? — Augusta perguntou, irritada.

— Para acabar com os alemães.

— Ele quer ir para pilotar aviões, esse bobo — retrucou Palmira.

— Você está louco?

— Estou, mamãe. Louco para ir para a guerra. Só estou esperando eles me convocarem.

Apavorada ante essa possibilidade, Augusta levantou a voz:

— Se te convocarem, você não vai. Eu não deixo.

Boquiaberto, Cláudio argumentou:

— Se eles me convocarem, eu tenho que ir.

— Por quê?

— Porque eles me prendem se eu não for.

— Pelo menos preso você não morre. Não deixo, levo você para o interior. Vamos morar no meio do mato.

Assustado com tamanha veemência por parte da mãe, esbravejou:

— E eu vou ser um desertor? Um traidor da pátria? Um homem sem honra? É isso que a senhora quer que eu seja?

— Eu quero que você viva. Você quase morreu três vezes! Você tem ideia de como me senti com você praticamente morto em meus braços? — Os olhos dela se encheram de lágrimas. — Por três vezes, Cláudio... Por três vezes eu quase o perdi. Agora você quer ir para a guerra para morrer como herói?

Incapaz de se conter, enterrou o rosto nas mãos e chorou. Palmira saiu de sua poltrona e correu para sentar-se ao lado da mãe, empurrando Carlos para o lado. Abraçou-a, passando as mãos em seus cabelos.

— Não chore, mãezinha. Não suporto ver a senhora assim.

Augusta a puxou ainda mais para si, abraçando-a fortemente. Deixou-se ser consolada por sua filha em um raro momento de desamparo. As duas choravam, e os meninos tentavam disfarçar as lágrimas que teimavam em molhar seus olhos. Assim que o pranto diminuiu, Augusta voltou à carga:

— Se vocês forem para a guerra, quem vai cuidar de nós duas?

— Eu não quero ir para a guerra — Carlos imediatamente exclamou. — Só esse doido que acha que vai derrotar a Alemanha sozinho.

Cláudio já ia contestando quando sua mãe fez um sinal para que ele se calasse.

— Venham aqui vocês dois, meus filhos. Sentem-se comigo, como nós fazíamos quando tínhamos frio naquela fazenda maldita — pediu e indicou que eles se sentassem no tapete, a seus pés. Automaticamente, os dois abraçaram as pernas das duas mulheres das suas vidas, e ela prosseguiu: — Sei que não sou a mãe mais amorosa do mundo. — Palmira fez menção de protestar, mas a mãe a impediu com um gesto. — Deixem que eu fale primeiro, antes que eu chore de novo. Um dia, vocês saberão de fatos da minha vida que me fizeram ser esta pessoa amarga e rancorosa. — A atenção dos filhos estava totalmente focada na mãe. — Por isso, infelizmente, há fases em que eu não consigo ser a mãe que deveria ser para vocês. — Ela olhou afetuosamente para cada um deles, passando as mãos em seus rostos e afagando seus cabelos. — A mãe que vocês merecem, pois vocês são filhos maravilhosos.

Palmira soluçava e os filhos nem tentavam mais impedir as lágrimas de caírem. Augusta continuou:

— Mas eu preciso que vocês memorizem muito bem o que eu vou falar: eu amo vocês mais do que tudo neste mundo. Vocês não têm noção de tudo que precisei fazer para tê-los comigo. Por tudo que passei para protegê-los, porque meu amor por vocês é imensurável. — Os filhos se agarraram a ela mais ainda. Os quatro estavam tão juntos que pareciam um só. E eram um só: uma família que se amava demais e que merecia ser feliz. — Não chorem, não chorem — Augusta pediu. — Apenas tentem me entender, eu não posso imaginar perder um de vocês. Já perdi tanta coisa nesta vida que vocês nem imaginam, porém não posso perder vocês. Não tenho um pingo de estrutura para ficar sem qualquer um de vocês, minha vida se acabaria. Eu simplesmente não teria como sobreviver a isso. — Respirou fundo. — Vocês entenderam?

Não se sabe de que forma, mas os três conseguiram responder:

— Sim, mamãe.

E ficaram assim, abraçados, amando-se mutuamente com o mais puro e forte amor, o amor que vem dos laços de sangue. Até que o pranto cessou e as emoções se acalmaram. Palmira, claro, foi a primeira a falar:

— Mamãe, hoje está muito frio, não é?

Os três olharam para ela, imaginando logo o que estava por vir:

— Sim, querida. Está muito frio. Por quê?

Com seu sorrisinho mais audacioso no rosto, pediu:

— Porque podemos dormir nós quatro juntos, bem abraçadinhos, para não passarmos frio.

Cláudio na mesma hora respondeu:

— Só que nós crescemos um pouco, né, irmãzinha?! Acho que não caberemos na mesma cama.

Palmira se levantou, empolgada, desfazendo o grande abraço em que estavam, e ficou de frente para eles.

— Mas nós não tínhamos cama naquela época, nem colchões.

— Ah! — exclamou Augusta. — Já sei aonde essa danadinha quer chegar. — Sorrindo, abraçou a ideia da filha. — Vamos juntar os colchões como nos velhos tempos.

— Sim! — gritou Palmira.

— Não! — gritaram Cláudio e Carlos ao mesmo tempo. — Eu não quero dormir com ele — apontaram um para o outro, também ao mesmo tempo.

E então os quatro caíram na risada.

— Sem problemas — Augusta falou. — Eu e Palmira ficamos no meio e vocês nas pontas, bem longe um do outro. Mas com uma condição. — Os três a olharam com apreensão. — Só se comermos muita pipoca e tomarmos muito chocolate quente antes de dormir.

— Oba! — dessa vez, os três gritaram ao mesmo tempo.

Capítulo 19

Dias de guerra

APÓS ESSA noite tão emocionante, o clima na casa mudou. Augusta guardou cuidadosamente seu luto para seus momentos particulares e passou a dedicar-se aos filhos como eles mereciam.

Durante duas ótimas semanas, fingiram que o mundo estava maravilhoso. Riam, brincavam e conversavam muito. Até que a guerra bateu à porta e em dose dupla. E, novamente, eu, o destino, apareci. Infelizmente, pelas mãos de um homem cruel, que ceifou milhares de vidas.

Era um sábado esplendoroso, o sol iluminava o lago e os bancos do jardim — agora havia dois bancos, já que a família estava maior. As rosas vermelhas estavam em seu esplendor e o aroma dos cravos perfumava o ar.

Augusta e as "crianças" faziam um piquenique no gramado, coberto por uma toalha xadrez vermelha. Ela admirava a harmonia entre seus filhos. Brincavam e zombavam uns dos outros carinhosamente. Carlos e Cláudio eram tão afinados que um completava a frase do outro e os dois perturbavam a irmã. Embevecida, Augusta contemplava a cena, emocionada. Observava os mínimos detalhes, arquivando-os em seu coração.

Infelizmente, meus queridos, era a calmaria que precede a tempestade. Sou obrigado a citar um dito popular: tudo que é bom dura pouco.

Augusta percebeu que algo estava errado assim que avistou o olhar de Teresa quando esta irrompeu pelo jardim. Em seu rosto estava estampado o medo. E Augusta imediatamente soube, seu coração a alertou de que vieram buscar seus meninos. Olhou mais uma vez para a cena do piquenique. Iria recordá-la incontáveis vezes ao longo da vida. *Como um momento tão mágico pode se evaporar em um segundo?*, pensou.

Os filhos rapidamente se levantaram ao notar o oficial vindo atrás de Teresa. Cláudio não conseguiu esconder seu entusiasmo, ao passo que Carlos sentiu o chão abrir-se sob seus pés. Palmira estendeu as mãos para que Augusta se levantasse, pronta para brigar, mas, a um olhar da mãe, calou-se.

Augusta assumiu a liderança da situação, estendendo a mão para o oficial.

— Bom dia, senhor.

O oficial lhe deu a mão e fez uma saudação cavalheiresca, tocando a borda do quepe.

— Senhora, desculpe interromper um momento familiar tão bonito. Mas, infelizmente, sou portador de duas convocações para que seus filhos se alistem imediatamente nas forças do exército.

Empalidecendo, Augusta não se conteve:

— Duas? — exclamou, assustada.

— Sim, senhora. Seus dois filhos estão em idade de alistamento. As forças aliadas necessitam do máximo de pessoas para vencermos a guerra.

Com o semblante carregado, encarou o oficial por longos segundos.

— Eu não tenho nada a ver com essa guerra — declarou com a voz dura. — Como vocês podem levar meus dois meninos de uma só vez?

Percebendo que Augusta estava prestes a se descontrolar, os meninos se adiantaram à mãe e pegaram as convocações.

Cláudio, exultante, falou:

— Mamãe, o oficial apenas está cumprindo seu papel, ele não tem culpa.

Ele entregou as duas convocações para a mãe, que as leu como se estivesse com duas granadas em mãos.

O oficial orientou:

— A senhora deve assiná-las, já que eles ainda são menores de idade.

Os olhos de Augusta brilharam, contestadores, com um sopro de esperança.

— Se sou a responsável por eles, tenho o direito de não assinar estes papéis? O que acontece se eu não autorizar?

Palmira, abraçada à Teresa, tremia descontroladamente. Provavelmente acostumado a dar a mesma explicação, recitou seu discurso pronto:

— Assim como a senhora é responsável por seus filhos, o governador do estado é responsável por todos que aqui moram. E isso inclui os convocados para a guerra. Ele tem plenos poderes para assinar pela senhora.

E lhe estendeu a caneta.

Augusta pegou os papéis e se sentou em um dos bancos do jardim. Olhou para o lago, buscando a serenidade de que necessitava. Suspirou resignadamente, sabendo que não tinha poderes para impedir o que estava por vir. Assinou as convocações e estendeu a mão. Ainda olhando para o lago, ouviu o oficial dizer para os meninos:

— Vocês devem comparecer amanhã, às dez horas, para realizarem exames médicos.

Ao ouvir isso, Augusta se levantou, livrando-se da apatia que a dominava e encontrando um resto de esperança.

— Carlos tem sopro no coração! Ele não pode ir.

Todos olharam surpresos para ela, inclusive Carlos.

— O médico o examinará e decidirá se ele está apto ou não. Com licença.

O oficial se despediu e se retirou educadamente. Carlos, logo que confirmou a saída do oficial, inqueriu a mãe:

— O que eu tenho, mamãe?

Aliviada com a possibilidade de poder livrar pelo menos um filho da guerra, explicou:

— Quando nós voltamos da fazenda, a madrinha fez questão de levá-los ao médico. E o médico percebeu um pequeno problema no seu coração, mas deixou claro que isso não o impediria de fazer nada, desde que com moderação. Como você nunca gostou de atividade física, não falamos nada para você. Mas creio que para uma guerra você não está qualificado.

O alívio que passou pelo olhar de todos foi perceptível. A diferença é que o alívio de Cláudio foi por si próprio, por não ter sido ele a ter sopro no coração.

Na manhã seguinte, os gêmeos compareceram ao serviço militar. Passaram o dia realizando exames, providenciando documentos e uniformes. No final do dia, a previsão de Augusta se concretizou. Carlos foi dispensado devido à falha cardíaca e Cláudio foi confirmado como soldado.

Chegaram à casa aliviados e decepcionaram a mãe, que esperava por um milagre. Na semana seguinte, Cláudio já estaria em treinamento e o dia da partida logo seria divulgado.

A partir desse momento, aquela mãe afetuosa partiu e a amargurada voltou. Ela não se conformava com a fixação de Cláudio pela guerra. Ela tinha dinheiro, poderia mandá-lo para qualquer lugar escondido até a guerra acabar, mas ele não aceitou sua opção. Disse que não seria um desertor, pois era um jovem de caráter. Porém, Augusta preferia ter seu filho vivo e, diante da sua teimosia, a raiva dela floresceu novamente.

Em vez de mimá-lo enquanto podia, passou a última semana infernizando a vida do garoto, insistindo em mandá-lo para bem longe.

Infelizmente, ela não aprendia a aceitar seu destino. Não me obedecia de forma alguma, então plantou em sua própria cabeça a ideia doentia de que Cláudio morreria na guerra. Ele quase morrera por três vezes; para ela, era óbvio que a guerra concretizaria os planos do destino de levar seu filho de vez. Estava desesperada e agindo irracional e estupidamente, procurando uma solução.

Na véspera da partida do filho, Augusta fez uma última tentativa. Pediu que Teresa fizesse um jantar com os pratos e doces preferidos dele. Manteve a conversa em tom ameno e ninguém tocou no assunto que afligia a todos naquela sala. Ela não queria que fosse um jantar de despedida, porém eles começaram a recordar todas as travessuras e momentos felizes, fazendo a emoção correr solta.

Quando se levantaram da mesa e se dirigiram aos seus respectivos aposentos, Augusta segurou na mão do filho e pediu que ele se sentasse no sofá ao seu lado. Abraçou-o demoradamente. Queria poder segurá-lo até dormir, como fazia quando era bebê, mas teve de soltá-lo e iniciou a conversa que jurou que seria sua última tentativa:

— Querido, sei que fui uma péssima pessoa durante esta semana. Em vez de aproveitar a sua presença, fiquei te perturbando com minha choradeira. Você me perdoa?

O rapaz pegou na mão da mãe e a levou aos lábios carinhosamente.

— Claro que perdoo, mamãe. Sempre a perdoarei.

— Me desculpe, filho, mas eu preciso perguntar uma última vez: você não quer mesmo ir para o interior? Fugir dessa guerra que não nos pertence?

— Agora a senhora usou a palavra que mexe comigo. — Respirou fundo e olhou para ela profundamente. — Fugir. Que espécie de homem eu seria se fugisse dessa responsabilidade, mamãe?

Começando a apavorar-se, Augusta se levantou e andou pela sala. Procurou palavras que fizessem com que ele reconsiderasse.

— Mas, filho...

— Mamãe... — antes que ela prosseguisse, ele a interrompeu. — Não se magoe com o que eu vou falar. A senhora nunca nos falou abertamente sobre nosso pai, mas nós não somos bobos e ouvimos muito bem.

Ela o olhou, surpresa.

— Cláudio... — começou, mas ele levantou a mão para silenciá-la novamente.

— Espere, mamãe. Deixe que eu fale, por favor. — Resignada, ela concordou com a cabeça. — Sei muito bem que meu pai foi um cafajeste de marca maior, e infelizmente eu tenho o sangue dele. Porém, eu jurei para mim mesmo que nunca na vida faria as coisas que ele fez. Eu me recuso a ser um desertor, porque o que eu mais quero na vida é ser um homem honrado. Quando me casar, quero cuidar da minha família. Como poderia olhar para meus filhos sabendo que fugi de uma convocação tão séria? Como vou encarar minha esposa sendo um covarde, mamãe?

Apesar de desesperada pelo destino que o esperava, o peito de Augusta se encheu de orgulho pelo filho que criara. Agora tinha certeza de que Cláudio não puxara ao pai.

— Você será um homem decente e honrado, meu filho, se sobreviver. Eu não vou mais insistir, vamos dormir que amanhã será um dia muito difícil.

Abraçando-a com todo amor, ele respondeu:

— Eu voltarei, mamãe. E a senhora terá muito orgulho de mim.

— Eu já tenho, meu querido. Nunca duvide disso.

Augusta não dormiu a noite toda. Levantou-se e foi para o lago na tentativa de acalmar-se. Ainda buscava uma forma de evitar a viagem que levaria seu filho sabe-se lá para onde.

A noite em claro só lhe fortaleceu a convicção de que seu filho morreria na guerra. Acreditava piamente que Cláudio estava predestinado a morrer jovem, pois a morte já o tentara antes.

Tomaram o café da manhã silenciosamente. A mala de Cláudio jazia preparada e encostada à porta. Haviam combinado de irem todos até a estação, mas, na hora de saírem de casa, Palmira abraçou o irmão e saiu chorando para o quintal. Ele fez menção de ir atrás dela, porém a mãe o impediu:

— Deixe... lá ela sofrerá mais.

Partiram. Augusta tinha a impressão de que o tempo estava correndo demais, logo seu menino não estaria mais com ela. Taciturnos, chegaram à estação. Cláudio não conseguia segurar a empolgação, enquanto ela e Carlos mal conseguiam falar.

Após acertar os trâmites legais, sentaram-se em um dos bancos da plataforma de embarque, aguardando a chegada do trem. Olhando para o lindo prédio de arquitetura colonial, com tijolos à vista e uma majestosa torre na qual um relógio anunciava o momento em que seu menino iria embora, Augusta lembrou-se do dia em que ela própria chegara, deslumbrada, àquela estação.

Tantos anos haviam se passado. Ela, ainda menina, pelo menos na idade, em busca de uma nova vida, um recomeço. Recordou-se perfeitamente do momento em que olhara admirada para a linda estação de trem e jurara para si mesma: *aqui serei outra pessoa. A menina da mãezinha, iludida e ingênua ficou para trás. Aqui terei outra vida, serei uma nova pessoa. A vida que eu tive ficou para trás, não existe mais. Estou a trocando por uma nova.*

E subitamente uma luz acendeu e iluminou suas ideias. *É isso. Achei a solução... outra vida... outra pessoa. Como não pensei nisto antes?! Trocarei os documentos, e Carlos irá para a guerra no lugar do irmão*, pensou.

Sim, queridos leitores. Vocês devem estar chocados, pensando que essa é uma ideia absurdamente desprezível. Com certeza, devem estar pensando que tipo de mãe teria a coragem de cometer tal atrocidade. Mas se lembrem de que estamos lidando com a mente tortuosa de Augusta, agravada pelo desequilíbrio do desespero. Em sua insanidade, ela realmente acredita que achou a solução ideal e que todos ficarão felizes e protegidos.

Augusta se levantou, puxou os meninos para um canto isolado, ainda na plataforma de embarque, e disse de forma alucinada:

— Escutem e não me questionem, eu sei o que estou fazendo.

— Do que a senhora está falando? — ambos perguntaram.

Olhando para os lados, ela pediu silêncio e mandou que eles entregassem suas carteiras de identidade.

Confusos, obedeceram.

— Meus filhos, por favor, não me julguem e prestem atenção. Cláudio, eu sei que você vai morrer nessa guerra, sei do fundo do meu coração. — Os meninos se entreolharam, confusos. — Por isso não vou permitir que você vá. — Ele abriu a boca para argumentar, mas ela não permitiu, silenciando-o com um gesto. — Carlos irá no seu lugar.

Os dois a olhavam, boquiabertos, e exclamaram ao mesmo tempo:

— O quê?

Ignorando-os, virou-se para Carlos:

— Filho, você não vai morrer. Não é esse seu destino. Eu sei. Mas, se seu irmão for, ele não voltará vivo. Portanto, você irá, será a salvação do seu irmão. — Olhou para ele de forma assustadora e desvairada. — Você será o salvador do Cláudio. O seu irmão, que você tanto ama, depende de você.

— Segurou firmemente nas duas mãos de Carlos. — A vida dele está em suas mãos.

Totalmente desorientados, os dois não sabiam o que fazer. Até que Cláudio reagiu:

— Mamãe, a senhora enlouqueceu. Que sandice é esta?

Levantando o tom de voz para lembrá-los de quem estava no poder, disse:

— Me respeite, menino. Não estou louca, não. Sei do que estou falando, você não pode partir. Carlos vai no seu lugar, porque a ele não acontecerá nada.

Carlos, que sempre fora o mais obediente, contrariando a si próprio, argumentou:

— A senhora só pode estar louca, sim. Eu não vou a lugar nenhum. Eu tenho sopro no coração, esqueceu?

Com o olhar tresloucado, o rosto de Augusta parecia o de uma bruxa de contos de fadas, mas ela insistia em sua insanidade:

— O sopro não vai te atrapalhar em nada. Não me questione.

Então ela ouviu o apito do trem se aproximando. Os três olharam para a plataforma, petrificados.

— Chega desta besteira — disse Cláudio. — A senhora passou a semana atormentando a minha vida. Eu vou para a guerra, e a senhora não pode me deter.

Incorporando perfeitamente seu lado cruel, Augusta declarou:

— Posso, sim, mocinho. Você é menor de idade, e eu sou a única responsável legal por você, portanto acate a minha decisão.

E era assim que as coisas funcionavam naqueles tempos. Pais intolerantes e autoritários mandavam e desmandavam em relação à vida de seus filhos.

As portas do trem se abriram e os oficiais encarregados começaram a pedir para os soldados entrarem. Augusta entregou para Carlos a identidade de Cláudio, e empurrou-o para o embarque.

— Vá, meu filho. Nada vai lhe acontecer.

Carlos, resignado, pegou a identidade do irmão. Olhou para a mãe e expulsou anos de ressentimento:

— Sempre soube que a senhora amava mais meu irmão. A senhora nunca soube disfarçar, aprendi a conviver com o fato de não ser o preferido. A mim, sempre foi mais importante o amor dos meus irmãos, já que com o seu não podia contar. — Surpresa, Augusta não sabia o que dizer. — Mas nunca imaginei que sua paixão fosse cega a esse ponto. Posso até voltar vivo, mas a senhora perdeu um filho. Nunca mais falarei com a senhora novamente.

A mágoa a atingiu profundamente, porém ela a ignorou e apenas o encarou, resoluta. Carlos devolvia o olhar intensamente, mas com uma mágoa palpável. Abraçou fortemente o irmão e se dirigiu para o trem, mas não entrou. Cláudio fez menção de seguir o irmão, mas Augusta o deteve com uma única palavra:

— Não.

Ele olhou para ela com o semblante carregado.

— Eu a odeio. Nunca vou perdoá-la por me privar do meu sonho.

Saiu de perto dela e se encaminhou para o irmão. Com as pernas trêmulas, Augusta se dirigiu ao banco de madeira próximo às portas do trem. Sentou-se e olhou para seus meninos fixamente. O trem emitiu seu primeiro apito, avisando para que todos embarcassem.

Subitamente, Augusta sentiu uma forte tontura e um zumbido ecoou em seus ouvidos. Desorientada, olhou ao redor, e então seu olhar foi atraído para o trem. Olhando para as janelas, percebeu uma cena desenrolando-se nitidamente diante de seus olhos. Viu a si mesma sentada no mesmo banco, ladeada por Cláudio e Palmira. A guerra acabara e Carlos voltava para casa.

O som do apito ao longe animou a todos os presentes. Mães, pais, parentes e amigos estavam alegres, comemorando a volta dos brasileiros. Era o fim da maldita guerra.

Os soldados saíam animados para abraçar seus entes queridos. Cláudio e Palmira se misturaram à multidão, ansiosos para abraçarem o irmão. Augusta permaneceu sentada, não esquecia as palavras de despedida do filho e, por isso, estava apreensiva.

Absorta em seus pensamentos, só então notou que a plataforma de desembarque estava praticamente vazia, apenas seu menino não havia saído. Será que ele estava ferido? Levantou-se e percebeu o olhar preocupado dos filhos.

Um oficial, com muitas medalhas em seu uniforme, saiu do trem e se dirigiu a ela:

— Bom dia, madame. É a senhora Augusta de Jesus?

— Sim, senhor. Onde está o meu filho? Está machucado? Não pode andar?

Comovido pela família, deu um passo à frente e disse:

— Sinto muito, senhora.

E antes que ele pudesse dizer mais alguma coisa, ela desabou de joelhos no chão no mesmo instante em que viu um caixão sendo carregado, coberto pela bandeira nacional.

Augusta cobriu o rosto com as mãos e emitiu o grito mais profundo da sua vida, saído do âmago do seu ser:

— Não!

Palmira se dirigiu imediatamente para a mãe e a levantou do chão.

O oficial continuou:

— Seu filho foi um herói. Salvou muitas vidas, mas infelizmente foi abatido no final da guerra.

Augusta não estava entendendo. Não era para ser assim. Deu tudo errado, ela estava desnorteada. Quando o oficial apressadamente se desincumbiu de tarefa tão desagradável, entregou em suas mãos a medalha de honra, concedida ao seu filho morto, e foi embora.

Ela se virou para seus filhos, chorando desesperadamente e olhando para o caixão a seus pés. *Isso não pode estar acontecendo.* Mal teve tempo de pensar quando Cláudio a segurou pelos ombros e a sacudiu.

— Está feliz agora? Veja o que a senhora conseguiu. Acabou com a vida do meu irmão. — Ela o encarava, desnorteada. — A senhora o matou. E matou a mim também, porque ele era a metade do que eu sou. Eu vivi em seu útero com ele. Meu irmão gêmeo. A senhora nos matou. A nós dois. Assassina! É isso que a senhora é. Uma assassina. — Cláudio pegou Palmira, que chorava copiosamente, e a puxou sob protestos em direção à saída da estação, gritando: — Esqueça de nós! A senhora não tem mais filhos, assassina.

Olhando seus filhos irem embora, deixando-a com o caixão de Carlos, Augusta se sentiu tonta repentinamente. Olhou em volta e não viu mais o caixão, notou que a plataforma estava cheia e os soldados estavam embarcando. Compreendeu então que recebera alguma espécie de aviso. Ainda ouvindo a palavra "assassina" em seus ouvidos, entendeu o absurdo que estava prestes a fazer. *Quem eu acho que sou para determinar a vida das pessoas?*, pensou. Viu ainda, diante de seus olhos, o caixão com o filho morto. *Será que ele realmente seria tão cruel?*, indagou em seu íntimo, refletindo sobre o destino.

Lutando para livrar-se da confusão que embaralhava sua mente, viu Carlos abraçando o irmão e preparando-se para embarcar.

— Não! Não! — Augusta gritou e correu para alcançá-los. Abraçou Carlos e o beijou repetidamente. — Perdão, meu amor. Perdão. Eu o amo tanto quanto seus irmãos. Me perdoe. — Ajoelhou-se aos seus pés e abraçou suas pernas. — me perdoe, por favor.

Ele se abaixou e levantou a mãe, abraçando-a carinhosamente.

— Fique calma, mamãe. Está tudo bem. É claro que a perdoo.

Chorando abundantemente, ela então se virou para Cláudio.

— Eu lhe peço perdão também, meu querido. Eu amo tanto vocês que estava perdendo a sanidade.

Empolgado, Cláudio quase não acreditou nas palavras que ouviu.

— Isso quer dizer que a senhora desistiu desta loucura?

— Claro que sim! — Olhou para os dois, que a fitavam desnorteados. — Fiquei enlouquecida pelo medo.

Ela estendeu a mão e pediu os documentos dos dois. Deu um beijo na foto da carteira de identificação de Cláudio, encostou-a no peito dele, devolvendo-a.

— Vá com Deus, meu filho. E volte para nós. — Virou-se para Carlos e também devolveu seu documento. Abraçou os dois, dizendo: — E que cada um cumpra o seu destino. Não sou eu que tenho o poder de decidir as suas vidas. Existe uma força maior para isso.

Emocionado, seu caçula se despediu:

— Eu voltarei para você, mamãe. Eu prometo.

Deu um abraço no irmão e na mãe e entrou no trem, partindo para o seu destino. Augusta ainda se sentia tonta e solicitou que Carlos buscasse água para ela enquanto aguardava sentada no banco. O trem emitiu um último apito e foi embora, levando consigo um pedaço dela.

Augusta fitou o vazio por um tempo, meditando e agradecendo. Dirigiu seu olhar ausente para a estação e, então, ela me viu do outro lado da plataforma. Eu, o destino, olhava para ela de volta. Fiz apenas um aceno de cabeça com um sorriso satisfeito e sumi na multidão. E ela soube, nesse momento, que seu menino voltaria para casa.

Capítulo 20

Enfim... a lucidez

OS PRIMEIROS dias após a partida de Cláudio foram extremamente deprimentes. Palmira sentia muita falta das piadas e dos abraços carinhosos. Carlos ficou totalmente perdido sem a presença do irmão. O fato de serem gêmeos os tornara dependentes da companhia um do outro. A ligação entre eles era intensa, ao ponto de um adivinhar as falas, atitudes e gestos do outro.

Estranhamente, Augusta era a menos triste da casa. Obviamente, sentia muitas saudades, porém o estranho sonho que tivera, antes de quase cometer a insanidade que havia imaginado, trouxera serenidade e conformismo. Tirou de seu coração a certeza de que o filho morreria na guerra, mas, caso o pior acontecesse, aceitaria que esse era o seu destino.

Passados os primeiros dias de saudades e preocupações, todos acabaram voltando à sua própria rotina. Carlos ia para a faculdade de Direito, adorava o curso. Seu sonho era ser o advogado mais justo do país. Palmira fazia o curso secundário, mas não queria fazer o Magistério, que era o que a maioria escolhia. Queria cursar Secretariado e Inglês.

Augusta cuidava da rotina doméstica e, quando acabava, ligava o rádio e passava a tarde ouvindo as notícias da guerra. Por mais que tentasse não se preocupar tanto, a agonia era inevitável.

Passados dois meses, chegou a primeira carta. Todos correram ao portão quando o carteiro gritou. Entraram e se sentaram juntos no sofá. Augusta abriu e leu a carta em voz alta:

Querida mamãe e irmãos amados!

Como sinto a falta de vocês. Estou feliz, pois fui aceito para pilotar aviões. Meu treinamento está acabando e logo estarei de fato na guerra.

Voar é absolutamente incrível. A sensação de liberdade é realmente maravilhosa. Obrigado, mamãe, por me deixar viver meu sonho.

Infelizmente, não há como vocês escreverem para mim, entretanto eu posso escrever-lhes uma vez por mês, e o farei com muito amor.

Palmira, espero que você esteja aprontando menos. Deixe a mamãe tranquila e seja uma menina boazinha, ou pelo menos tente, sua espevitada!

Carlos, meu irmão, estude por nós dois, porque provavelmente não vou querer estudar. Serei aviador.

Mamãe, acalme seu coração. Eu sei me cuidar e voltarei para casa para te dar netos. Fique em paz.

Amo muito todos vocês!

Cláudio.

Augusta tinha as mãos trêmulas e lágrimas que ela nem percebeu que havia derramado escorrendo pelas faces. Palmira e Carlos, emocionados, sentaram-se ao lado de Augusta e consolaram a mãe:

— Não chore, mãezinha — disse Palmira. — Ele está feliz.

— Fique calma, mamãe.

— Eu estou calma, crianças. Mas é difícil. Muito difícil. — Olhou para eles com ternura. — Ainda bem que tenho vocês comigo.

Abraçou-os, afinal ela não era a única que estava triste e com saudades. Assim que a comoção diminuiu, Palmira se levantou, irritada:

— Ele disse que eu sou espevitada. Que desfaçatez! Que injustiça!

Carlos riu e Augusta se levantou também, abraçando a filha:

— É verdade, meu amor. Isso foi uma grande injustiça mesmo. — Conduzindo-a para o jardim, chamou: — Hora do café, Carlos.

As cartas chegavam uma vez por mês e eram um bálsamo para a família. Entretanto, com o passar do tempo, a saudade castigava mais e as cartas diminuíam. As notícias trazidas pelo rádio eram aterrorizantes e a introspecção tomava conta de todos. Até mesmo Palmira estava quieta.

Ela passou a chegar mais tarde da escola e, quando entrava em casa, seu olhar era sempre apreensivo. Augusta não percebia alteração nenhuma na rotina, pois passava as tardes com o ouvido colado no rádio. Novamente não saía de casa e a tensão por não receber notícias há quatro meses acabava com seu estado de espírito. Aquela antiga amargura invadiu seu coração novamente.

Carlos se trancava em seu quarto com a desculpa de que tinha muita coisa para estudar. Na verdade, a saudade de seu gêmeo o deixava totalmente introspectivo. Sentia-se uma pessoa pela metade, tinha a impressão de que parte dele fora arrancada de seu ser.

A ausência de Cláudio acabou com a harmonia familiar, cada um ficava no seu canto fazendo suas atividades. Faziam as refeições juntos, mas mal acabavam e se retiravam para seus aposentos. A tristeza se instalou definitivamente naquele lar.

Quando completou um ano e meio que Cláudio estava na guerra, a bomba explodiu na casa de Augusta. Em uma segunda-feira, Palmira entrou em casa correndo e chorando. Subiu as escadas para seu quarto e trancou a porta.

— Filha, abra a porta. — Augusta a chamou, assustada. — O que está havendo? — Não obteve resposta. — Abra essa porta, Palmira. Fale comigo, filha!

— Me deixe só, mamãe. Não quero falar com ninguém.

— Não vou sair daqui até que você abra esta porta.

— Me deixe, mamãe. Por favor.

Augusta ponderou. Possuía as chaves de todos os aposentos, mas será que deveria invadir o quarto ou aguardar que a filha a procurasse? Optou pela segunda opção.

— Está bem, querida. Assim que você se sentir melhor, venha falar comigo.

Passaram-se duas horas e Palmira não se manifestou. Nem para o almoço tinha descido. Augusta pediu à Teresa que preparasse um prato, pegou a chave reserva e abriu a porta do quarto da filha.

Encontrou-a dormindo, os vestígios do pranto ainda em seu rosto. Encostou a mão em sua testa e verificou que a temperatura estava normal. Então, delicadamente, mexeu em seu ombro.

— Filha, acorde. Você nem almoçou ainda. — Palmira abriu os olhos. Ainda sob o torpor do sono, estranhou ao ver a sua mãe ali. — Trouxe almoço para você, meu amor.

Ao ouvir "meu amor", despertou completamente. O peso que havia em seu peito voltou a machucá-la e as lágrimas brotaram instantaneamente. Estava perdida, apavorada e desorientada. Ouvira aquelas palavras em um momento de sonho, que naquele momento se transformava em pesadelo.

Ao vê-la começar a chorar novamente, a mãe levantou a mão e acariciou seus cabelos.

— Pare de chorar. Primeiro coma o seu almoço.

Sem conseguir conter as lágrimas, ela respondeu:

— Não estou com fome, não quero comer.

— Palmira, de estômago vazio tudo fica pior. Coma para podermos conversar. Estou mandando.

Palmira olhou para a mãe interrogativamente, levantando uma sobrancelha. *Será que a mãe realmente ainda me vê como uma criança? Não percebe que já sou uma mulher, literalmente?*, pensou.

— Não quero comer, mamãe. Quero apenas seu abraço. Preciso muito mais dele do que de comida.

No mesmo instante, Augusta abriu os braços e aconchegou a filha.

— Ah, meu bebê. O que te aflige? Foi mal nas provas?

O pranto só aumentou. *Sim! A mãe realmente acha que sou um bebê. Como pode ser tão desatenta? Não percebeu os sinais?*, debateu consigo mesma.

Augusta permitiu que chorasse tudo o que precisava e, assim que ela se acalmou, pegou o prato novamente e pediu que comesse um pouco. Preferindo não contrariá-la, Palmira comeu um pouco de purê de batatas e pousou o prato no criado-mudo.

— Só isso? Coma mais pouquinho, pelo menos um pedaço de frango.

Bufando, Palmira pegou o garfo e o espetou num pedaço de frango, mas, ao levá-lo à boca, seu estômago se revirou e ela teve de correr para o banheiro, surpreendendo Augusta. *Essa menina nunca vomitou, nunca rejeitou comida. Ao contrário, come por dois.* E foi então que ela entendeu tudo. A luz clareou sua mente e ela compreendeu, horrorizada, que Palmira estava grávida. O choque a deixou desorientada, mas, ao mesmo tempo, possessa.

Quando Palmira saiu do banheiro, pálida e trêmula, a mãe se dirigiu a ela e segurou a bainha do seu vestido, levantando-o. Palmira tentou impedi-la, mas foi inevitável. Augusta constatou a barriga já ligeiramente arredondada e saliente da filha. E a esperada explosão aconteceu, apavorando Palmira ainda mais:

— Então é isso. Você está grávida, sua louca! Onde é que você estava com a cabeça? Você acabou com a sua vida e com a da sua família também. — Conforme a ira foi se apossando de Augusta, o tom de voz aumentava juntamente com o medo de Palmira, que foi andando de costas, afastando-se da mãe. — Agora você está com medo, Palmira? Está com medo de mim? Quando foi que eu te bati? — gritou, seu rosto absolutamente vermelho era assustador. — Algum dia eu bati em você? Ou em seus irmãos?

Apavorada, ela apenas negou com a cabeça.

— Minha filha está com medo de apanhar de mim — falou consigo mesma. — Como se eu fosse esse tipo de mãe. Eu sei que eu errei muito, mas isso?! — Apontou para a barriga de Palmira. — Isso é um absurdo! Não esperava isso de você. Esta traição! Você não pensou na sua família? Responda, menina. — Palmira não conseguia responder, a ira da mãe emudeceu seus lábios, ela simplesmente não encontrava a sua voz. — Como é que isso foi acontecer? O que é que as pessoas vão dizer?

Foi então que Palmira destravou. Estava errada, sim, mas não errou sozinha.

— A senhora está preocupa com quais pessoas? Não fala com ninguém, não se preocupa com ninguém, nem mesmo com seus filhos. — Augusta tentou interrompê-la, mas ela levantou a mão, impedindo-a. — Ou melhor, se preocupa com uma única pessoa: seu amado filho Cláudio. Os outros ficam de escanteio.

O rosto de Augusta deixou transparecer sua surpresa e, incrédula, falou:

— Como é que é? Você apronta e quer jogar a culpa para cima de mim? O que é que eu tenho a ver com isso?

Augusta andou de um lado para o outro no quarto, como um animal enjaulado. Palmira se mantinha prudentemente do outro lado do cômodo.

— Eu tenho culpa, sim, mas não sabia o que estava fazendo. Não tive orientação nenhuma da minha mãe, que há um ano e meio passa todo o seu tempo com o ouvido colado no rádio, achando que seu filho vai se materializar através do aparelho.

Enfurecida, Augusta não pôde acreditar na audácia da filha.

— Agora a culpa é do seu irmão? — Augusta, sendo ela mesma, estava sempre querendo eximir-se das suas responsabilidades. — Nem sabemos se ele está vivo ou morto.

Abrandando o tom de voz ao pensar no irmão, com as lágrimas de saudade retornando aos seus olhos, argumentou:

— Mamãe, todos nós estamos desesperados por notícias, mas nós estamos aqui com a senhora, que só pensa em Cláudio. Carlos vive enterrado no quarto, ele também precisa do seu apoio. Todos estamos sofrendo, não é só a senhora que está desesperada, nós também amamos Cláudio. — As lágrimas enfim caíram pelo rosto de Augusta, ela sentiu sua raiva abrandar. — Eu tentei falar quando conheci uma pessoa, sempre achei que poderia me abrir com a senhora, porém não tive sua atenção. Estava confusa, sem saber o que estava acontecendo... E a senhora, trancada em seu mundo, nos isolou da sua presença.

Augusta a encarou e enfim a enxergou. Viu uma mulher adulta e desesperada na sua frente, necessitando do apoio da pessoa mais importante da sua vida. Então o peso da sua culpa a atingiu: mais uma vez, ela fizera tudo errado e atingira sua filha sem nem imaginar. Novamente sua incapacidade de se doar causou estragos na vida de quem mais amava. Quando é que ela aprenderia?

Pior, meus amigos, é que ainda não será desta vez.

Pelo menos, por ora, ela fez o que era esperado e abriu os braços para receber a filha desesperada. Consolou-a e esperou que a filha se acalmasse, e então a convidou:

— Vamos para o lago conversar sobre isso com calma. Estou me sentindo claustrofóbica neste quarto. — Desceram as escadas e se sentaram no banco. Ficaram em silêncio por alguns minutos, sem saber por onde começar. Acalmando-se, Augusta perguntou: — Como isso foi acontecer? Conte tudo.

— Conheci Roberto quando fui com umas amigas na confeitaria após a aula. Ele esbarrou em mim, derramando meu doce no chão. Ele se desculpou muito educadamente e pediu ao atendente outro doce para mim. Então me olhou atentamente e disse que eu era muito linda. Eu acabei conversando com ele por muito tempo. As meninas foram embora, e então ele pediu para me acompanhar até aqui. — Com o olhar distante, ela se recordou da paixão instantânea que sentira por ele. — Ah, mãe, ele é tão lindo. Cabelos pretos e olhos azuis, eu me encantei por ele na mesma hora.

Augusta sabia como era essa sensação. Surpreendeu-se ao constatar como a história da filha era parecida com a dela própria. Ironicamente, conseguiu brincar:

— Sei como é. É melhor as mulheres desta família não irem mais à confeitaria.

Palmira se surpreendeu que a mãe estivesse conseguindo fazer gracinhas, mas preferiu não comentar, apenas prosseguiu:

— Roberto ia todos os dias à saída da escola e me acompanhava até o começo da rua. Então me dava um beijo na boca e ia embora.

— Vocês estavam namorando?

— Sim, ele dizia que me amava e que queria ficar mais tempo comigo. Passamos a ir a uma pracinha antes de vir para casa. Lá, ficávamos um tempo namorando, sempre escondidos, em um bosque.

— Mas você não pensou que podia ser perigoso? — Preocupada, Augusta não se conteve.

— Não, mamãe.

— Palmira, você não sabia que esse moço tinha que pedir a minha permissão?

— Não, mamãe. A senhora nunca me disse.

Exasperada, Augusta falou:

— Você sempre foi tão questionadora, por que não falou comigo?

— Eu tentei várias vezes, porém a senhora dizia para conversarmos depois e acabava deixando para lá. — Exasperada consigo mesma por reconhecer sua culpa nas palavras da filha, fez sinal com as mãos para que ela continuasse. — No início, ele só me beijava e me abraçava, então começou a fazer umas coisas diferentes. Eu achei estranho, mas estava tão apaixonada que pensei que era assim mesmo.

Irritada, Augusta perguntou:

— Por que não falou com suas amigas?

— Porque eu tinha vergonha. Como é que eu ia perguntar uma coisa dessas? — Aumentou o tom de voz: — Em um colégio de freiras, mamãe?!

O remorso envolvia Augusta como um abraço amoroso. Vendo sua filha, sua menininha querida, sofrendo por sua culpa, deixou a irritação de lado e jurou a si mesma que resolveria a situação, pois não era justo que sua filha pagasse por um erro seu.

— Bem, já entendi muito bem. — Pegou a mão da filha e a acariciou ternamente. — Há apenas uma coisa a fazer: apressar o casamento. Mande-o vir falar comigo. — No mesmo instante, Palmira cobriu o rosto com as mãos e começou a chorar novamente, assustando a mãe. — Não precisa chorar, filha. Vai dar tudo certo.

— Não, mamãe. Não vai dar certo, não haverá casamento. Quando ele percebeu que minha barriga estava maior, ficou muito bravo. Ele me chamou de burra e estúpida, e eu não entendia por que ele estava tão nervoso. Então ele me disse que eu ia ter um bebê. A senhora entendeu, mamãe? Foi assim que eu fiquei sabendo o que era uma gravidez.

Chocada com a própria irresponsabilidade, Augusta a abraçou e falou docemente:

— Não se preocupe, meu bem. Tudo será resolvido. Vamos até a casa dele. Falarei com os pais do garoto e acertaremos tudo.

Soluçando, Palmira jogou a bomba:

— Ele foi embora, mamãe. Quando eu entendi o que de fato havia acontecido, ele simplesmente disse que a culpa era minha e falou que estava tudo acabado entre nós. Eu nunca mais o vi.

Boquiaberta e pasma, Augusta indagou:

— Você não sabe onde ele mora?

— Não.

— Sabe o sobrenome dele?

— Não! — Palmira explodiu. — Não sei nada sobre ele, absolutamente nada.

Respirando fundo para tentar se acalmar, Augusta aguardou alguns minutos até sentir que suas mãos já não tremiam tanto.

— Meu Deus! Há quanto tempo você não o vê?

— Vinte dias.

Augusta se levantou, desorientada. Andou pelo meio das rosas, buscando concatenar as ideias. Algo precisava ser feito imediatamente, mas o quê? Então se lembrou do detetive que a encontrara anos atrás. Voltou para o banco, segurou as mãos trêmulas da filha e disse:

— Tenha calma, querida. Vamos ter que resolver esta situação. Vamos procurar o senhor Antônio e pedir que encontre esse moço.

— Eu preciso ir?

— Sim. Você precisa contar tudo o que sabe sobre ele.

Esperou Palmira se acalmar e partiram para o escritório do detetive. Muito envergonhada, Palmira contou tudo o que sabia, ou seja: quase nada. Ele prometeu entrar em contato o mais rápido possível.

Foram dias de agonia para as duas mulheres. Não contaram nada para Carlos, pois ainda não sabiam o que o senhor Antônio descobriria.

Augusta prometeu a si mesma dar mais atenção para os filhos. Carlos realmente estava muito quieto e preocupado com o irmão, passaram a ficar mais tempo juntos após o jantar.

Uma semana depois, o detetive as procurou. Elas o receberam na biblioteca.

— Pode se sentar, senhor Antônio. Fique à vontade — pediu Augusta, indicando o sofá.

— Obrigado, senhora. Infelizmente, não tenho boas notícias.

Palmira arregalou seus lindos olhos verdes e esperou, aflita.

— Na verdade... — prosseguiu o detetive. — Não tenho notícia alguma. Procurei por esta cidade toda alguém que se encaixasse na descrição, mas não encontrei ninguém. É como se essa pessoa não existisse.

Lívida, Palmira começou a chorar. Augusta reagiu desfavoravelmente:

— O senhor conseguiu nos encontrar na Bahia, em uma fazenda no fim do mundo, mas não encontrou esse moço? Como é possível?

— Senhora, há pessoas que são mestres em desaparecer.

— Como assim?

Constrangido, o detetive olhou pesaroso para Palmira.

— Pessoas que querem desaparecer porque se envolveram em enrascadas. Se é que a senhora me entende...

— Não, não entendo. Seja mais objetivo, por favor.

— Há golpistas de todo tipo nesta cidade: jogadores, malandros, aproveitadores, ladrões. São habituados a fugir dos seus delitos, se apresentam com nomes falsos, dão endereços que não existem e profissões que não exercem. Assim, conseguem sumir muito facilmente.

Muito nervosa, Augusta percebeu que suas suspeitas tinham fundamento: sua filha fora enganada por um aproveitador.

— Não há mais nada a fazer? Não podemos procurar em outras cidades?

— Se aqui não o encontrei, em outro lugar será praticamente impossível. Se eu tivesse sido procurado rapidamente, o encontraria. Porém, após vinte dias, ele já teria conseguido ir para qualquer lugar.

Ela sabia que a lógica do detetive estava correta. Se Palmira falasse antes, havia a possibilidade de encontrar o malandro. Naquele momento, com certeza ele não estava mais na cidade.

Pagou o detetive e o dispensou. Assim que ficaram sozinhas, Palmira se permitiu chorar à vontade. Augusta andava de um lado a outro, preocupada. Sabia que a situação da filha era crítica e que era culpada por não tê-la orientado, entretanto não adiantava mais ficar se lamentando. Tinha um problema a resolver.

A primeira e mais óbvia solução já estava descartada, então o que lhes restava fazer era algo que ela pensara que nunca mais iria sequer cogitar.

Apenas pensar no filho que abortara levava uma dor aguda ao seu ventre, e Augusta automaticamente levou as mãos à barriga. Ela sabia o quanto fora doloroso abrir mão da criança que já se agitava dentro de si, e agora sua filha teria de passar pela mesma situação ou então seria uma mulher arruinada. Mães solteiras eram pessoas escorraçadas pela sociedade. E seus filhos também. Palmira não teria direito a um casamento e filhos, não conseguiria se formar e muito menos ter uma profissão.

Augusta prometeu a si mesma que sua filha teria um casamento feliz com um marido que a idolatraria, que fosse muito diferente do que Cristiano fora. Não podia permitir que sua menina passasse por isso. Era uma garota popular, tinha amigos e sonhos. Como poderia ter essa criança e arruinar sua vida?

Tendo controlado razoavelmente seus pensamentos, sentou-se ao lado da filha e acariciou seus cabelos com suavidade. Após alguns minutos, as lágrimas cessaram e, levantando o rosto vermelho e angustiado para a mãe, perguntou:

— Mãezinha, o que vai acontecer comigo? O que será da minha vida?

Suspirando, explicou:

— Infelizmente você terá que tirar essa criança.

— Como assim? Ele já está dentro de mim, como posso fazer para sair?

Augusta percebeu o tamanho de sua negligência: a filha não sabia nada da vida. Então fez, embora tardiamente, o mesmo que sua amada madrinha fizera: teve uma conversa esclarecedora com sua filha. Palmira perguntou tudo que precisava saber por um longo tempo, para então declarar:

— Não posso tirar esta criança.

Estranhando, Augusta achou que ela não havia entendido.

— Claro que pode. Expliquei para você que o médico faz isso.

— E eu entendi, mas não vou deixar o médico fazer isso.

Boquiaberta, Augusta olhou para ela intensamente. Não esperava reação alguma. Achou que Palmira concordaria docemente com o aborto.

Serenamente, sentindo-se já como mãe, uma coragem inesperada apossou-se da menina:

— Entendi tudo o que a senhora enfim me explicou. — O comentário irônico e acusador não passou despercebido por Augusta, que preferiu ignorá-lo. — Eu tenho um ser vivo dentro de mim e, se eu tirá-lo antes dos nove meses, ele morrerá. E eu serei uma assassina, mamãe. Assassina do meu próprio filho. Não farei isso.

Respirando ruidosamente para controlar-se, Augusta pensou consigo mesma: *quem mandou eu explicar tão bem?* Ela se levantou e olhou para os livros, lendo seus títulos nas lombadas, conseguindo tirar o foco dos problemas por alguns minutos. Seus livros sempre a acalmavam.

— Minha filha, você tem noção do que será sua vida se você deixar essa criança nascer? Você acha que vai ser como brincar de bonecas? — Palmira não respondeu nada, temendo provocar a ira da mãe. — Mulheres que têm filhos sem marido são párias na sociedade, são banidas de qualquer lugar e situação. Você não terá um marido, porque homem nenhum se casa com uma mulher que tem um filho bastardo. E esse é o título que seu filho terá. Ele será um bastardo, não poderá frequentar a escola, porque nenhuma escola religiosa o aceitará. Você sofrerá e ele também, pois serão excluídos. — Olhando profundamente em seus olhos, perguntou: — É isso que você quer?

A cada palavra proferida pela mãe, Palmira empalidecia, no entanto se manteve firme:

— Por que isso aconteceria?

— Aconteceria, não. Acontecerá, se você deixar essa criança nascer. Porque a sociedade é assim. Os homens podem ter vários filhos fora do casamento e todos aceitam, mas a mulher na mesma situação é julgada e condenada à reclusão. Ninguém sequer se aproxima dessas mulheres. Se você tiver coragem de sair com seu filho às ruas, ouvirá todos falando mal de você. Você nunca mais irá a uma confeitaria ou loja. E a sua escola, seu sonho de ser secretária? Esqueça-o.

Palmira fez uma pausa significativa para assimilar tudo que a mãe lhe falava, respirou fundo e argumentou:

— Mamãe, eu já o sinto dentro de mim. Ele está vivo. Como posso matá-lo?

As palavras da filha atingiram Augusta como um tapa no rosto. Como ela pudera matar a criança que estava em seu ventre para garantir a sobrevivência dos irmãos? No dia em que abortara seu bebê, jurara para si mesma que protegeria seus filhos acima de qualquer coisa. E era isso que estava fazendo por Palmira, mesmo que ela não entendesse.

— Meu amor, meu sonho é que você se torne uma esposa e mãe maravilhosa. Que tenha um marido que a ame acima de qualquer coisa e que você seja feliz como eu nunca fui em meu casamento. Não posso deixar você ter essa criança, pois ela arruinará todas as chances que você tem de uma vida feliz. Haverá outras crianças legítimas que você amará, mas esse bebê você vai ter que tirar. Não há opção.

Resoluta, Palmira indagou com o queixo erguido em sinal de desafio:

— E se eu me recusar?

Mais uma vez, Augusta soube usar seu poder como única responsável pelos filhos:

— Não se esqueça de que você é menor de idade, eu sou a sua tutora. Perante a lei, você me deve obediência.

Naquele momento, Palmira percebeu que a mãe que ela idealizara a vida toda era um sonho seu. Uma visão distorcida de como ela via a própria mãe e de como sempre conseguira perdoá-la. Quantas vezes a mãe fora ausente e agira incorretamente? Mas Palmira não ligara para isso porque a amava incondicionalmente. Naquele momento, olhava para Augusta e a via como uma mulher cruel, calculista e senhora da razão.

Olhando profundamente nos olhos da mãe, Palmira se levantou e disse:

— Diga, dona Augusta...

— Por que está me chamando de "dona Augusta"?

— Porque não posso mais chamá-la de mãe, já que não posso chamá-la de avó. — Os olhos azuis de Augusta cintilaram de mágoa. Mas, se para garantir a felicidade de Palmira ela tivesse de perder o afeto da filha, aceitaria seu destino. Levantou-se também, confrontaram-se. Não eram mais mãe e filha. Eram duas oponentes em uma disputa. Palmira prosseguiu: — Quero saber, dona Augusta, se em algum momento a senhora pensou em me abortar.

Chocada, respondeu sem nem pensar:

— Claro que não, jamais!

— Porque agora que eu conheço seu ponto de vista sobre como deve ser fácil assassinar uma criança, estou pensando que, se a senhora tivesse me tirado do seu ventre antes da hora, eu não teria nascido. Eu simplesmente não estaria aqui, não seria nada. E a senhora não teria uma filha para amar. Se é que a senhora sabe o que é amar. — Cambaleando, Augusta se encostou na poltrona com as pernas bambas e viu claramente o ódio nos olhos da filha, que saiu da biblioteca após declarar: — Será feita a vossa vontade, majestade.

Sentando-se pesadamente, Augusta questionou se conseguiria viver sem o amor da filha, ou pior ainda: sem a filha. Mas, como sempre, a certeza de estar fazendo o certo invadia sua mente, afinal dera a si mesma em algum momento o título de rainha da sabedoria. Apenas ela era a detentora de todas as verdades.

Nervosa, olhou em volta e falou para uma filha que já não estava ali:

— Infelizmente, temos que pensar nos que estão vivos, e não nos que ainda nascerão.

NO DIA seguinte, Augusta acordou e foi direto para o quarto de Palmira, que ainda dormia.

— Palmira, acorde. Temos que sair, temos algo a resolver.

Desorientada, pois mal havia pregado os olhos durante a noite, demorou a entender o que estava se passando. Quando clareou as ideias, entendeu que a mãe realmente não havia se demovido de sua resolução.

Olhando longa e friamente para a mãe, recordou-se de todos os planos e artimanhas que tentara traçar para poder gerar seu filho, mas todos se revelaram incapazes de convencê-la. Pensou até em dar a criança para adoção, mas sabia que não conseguiria separar-se dela após ver seu rostinho.

Sem o poder econômico e atada à falta de maioridade penal, era obrigada a submeter-se às decisões superiores. Portanto, levantou-se sem proferir qualquer palavra. Sabia pelo olhar de Augusta que ela não voltaria atrás.

Arrumou-se e desceu as escadas. Encontrou a mãe tomando café da manhã e se dirigiu diretamente para a porta.

— Venha tomar café da manhã, filha.

Palmira não respondeu, simplesmente olhou para Augusta friamente, virou as costas e esperou na porta. A mãe desistiu de tomar café. Juntando-se a ela, tomaram o rumo da cidade.

Pelo endereço que lhe deram, Augusta sabia que o lugar não era muito bem frequentado, mas não pensou que fosse tão ruim. Bêbados e vagabundos as abordavam pelo caminho, chegando a segurá-las pelos pulsos, pedindo dinheiro. Lembrou-se das ruas do porto e da miséria que imperava em muitos lugares.

Ao chegarem ao endereço do médico, pensou que era engano, pois a fachada era de um restaurante. Um homem que estava parado em frente à porta olhou furtivamente para todos os lados e fez com que elas entrassem rapidamente por um corredor escuro, que fedia à comida velha e cigarros. Subiram uma escada e entraram em uma saleta minúscula com aspecto degradante: quatro cadeiras velhas e quebradas e um vaso de planta cheio de bitucas de cigarro eram a única decoração do lugar. Não havia janelas, a sala era pouco iluminada. O homem fez sinal para que se sentassem, e, nervosa, Palmira perguntou pelo banheiro. Ele a levou até a outra ponta do corredor e aguardou do lado de fora.

Palmira se assustou com a sujeira do local. O cheiro de urina velha a sufocava e manchas de sangue pelo chão e nas paredes fizeram com que ela desistisse de aliviar a bexiga.

Voltou e se sentou na cadeira mais distante de Augusta. Não dissera uma palavra para ela desde que acordara, mas sua mente estava em pânico. Não conseguia acreditar na crueldade da própria mãe.

Augusta observou o lugar e pela primeira vez começou a questionar seu julgamento. Tudo estava absurdamente sujo. Mas, também, o que ela esperava? Abortos eram proibidos no país, portanto eram realizados na clandestinidade por profissionais inescrupulosos e sem cuidados com a higiene.

Olhou para a filha e percebeu seu queixo tremendo pelo esforço de conter as lágrimas. Amava tanto aquela menina e sabia que a estava obrigando a interromper sua gestação para que ela pudesse ter uma vida plena e feliz posteriormente. *Mas e se ela não se recuperar? E se ficar traumatizada? E se ela morrer fazendo o procedimento neste lugar tão perigoso?*, pensou, extremamente nervosa.

Os pensamentos de Augusta povoavam sua mente, que já estava caótica, e, quando pensou no neto que não estava permitindo nascer, o tumulto emocional se consolidou: *Como eu posso matar mais uma criança? Como eu posso fazer minha filha passar pela dor que me persegue há tantos anos? Não há um dia sequer que eu não pense no anjinho que eu fui obrigada a deixar para trás, e agora estou obrigando minha menina a passar pelo mesmo martírio. Que tipo de mãe eu sou?*

O choque da análise que fez de si transpareceu em seu rosto. Estava horrorizada consigo mesma: *Meu Deus! Quem eu penso que sou para tomar decisões de uma vida que não me pertence? A vida é dela, e a estou obrigando a fazer algo que ela não quer. Que ser arrogante sou eu para achar que tenho o direito de destruir a vida dela? Fazê-la sofrer a vida toda como eu sofro? Não sou o destino!*

Repentinamente, sentiu-se invadida pela certeza de que estava errada. Sentiu seu coração leve ao constatar o quanto era bom conseguir admitir que estava, sim, errada.

Levantou-se, ajoelhou-se aos pés da filha, que a encarou com surpresa, e disse:

— Meu amor, você quer mesmo ter essa criança? Mesmo sabendo que sua vida será muito difícil? É isso que você quer, Palmira?

Com lágrimas de alívio escorrendo pelo rosto ao perceber que a mãe retrocedeu, falou pela primeira vez no dia:

— Sim, mamãe. A única coisa que quero na vida é ser mãe desta criança.

Chorando também, Augusta se ergueu e deu a mão para Palmira se levantar.

— Então vamos embora deste lugar. Se esse é o seu destino, assim será.

Palmira deu o abraço mais apertado de sua vida em sua mãe, sussurrando ao seu ouvido:

— Obrigada, mamãe. Obrigada!

Ficaram perdidas de emoção naquele abraço, que traduzia o imenso amor que havia entre elas. Soltando-se de Palmira rapidamente, Augusta pegou um maço de notas da bolsa, abriu a porta e as deu para o homem que as conduzira para aquele lugar horroroso.

— Desistimos. Estamos indo embora.

Sem demonstrar surpresa nenhuma, pois provavelmente era uma coisa comum para ele, apontou o caminho.

— Pois não, madame.

Assim que chegaram à rua, o dia lhes pareceu novamente maravilhoso. Olharam uma para a outra, rindo e chorando ao mesmo tempo, até Augusta lembrar-se de um momento muito... muito distante.

— Uma pessoa muito sábia me disse que nestas horas um docinho é a melhor coisa da vida. Vamos à confeitaria nos esbaldarmos.

E partiram abraçadas e felizes.

Capítulo 21

Uma nova vida

ASSIM QUE saíram da confeitaria, foram para o consultório do médico, que constatou que a gravidez estava correndo de acordo com o esperado.

Quando Carlos chegou da faculdade, almoçaram e então contaram para ele sobre a gravidez, omitindo o aborto que não chegou a ocorrer. Ele não proferiu uma palavra até que elas acabassem de falar, apenas permaneceu sentado ao lado da irmã, segurando sua mão. Augusta finalizou falando de sua culpa e do quanto se sentia mal com o que estava acontecendo. E por fim aguardaram o seu parecer.

Com seu semblante carregado de preocupação e amor por aquelas duas mulheres, falou:

— Minha irmã linda, tenho muito orgulho de você. É uma pessoa determinada e sabe o que quer da vida. Passaremos por isso juntos, você terá todo meu apoio.

As lágrimas de alívio invadiram o rosto de Palmira.

— Me perdoe por envergonhá-lo, meu irmão.

— Envergonhar? Jamais terei vergonha de você. O mundo pode ser preconceituoso, mas nós não temos que ser. E você terá um advogado para processar qualquer engraçadinho que tentar ofendê-la.

Abriu seus braços para que a irmã sentisse todo seu amor. Percebendo a comoção da mãe, sorriu para ela.

— Mamãe, não se culpe. Estamos todos sofrendo pela falta de notícias de Cláudio, cada um reage a seu modo ao sofrimento. A senhora se trancou em seu mundo e eu também, nós dois não percebemos a solidão de Palmira. A única culpada é essa guerra insana. — Emocionada com as palavras do filho, Augusta deixou suas lágrimas caírem também. — O que está feito, está feito. Não há como voltar atrás, olhemos para frente. Agora é o momento de darmos todo nosso amor a esse bebê que chegará.

Respirando fundo, Augusta se levantou e se sentou ao lado do filho, abraçando-o.

— Como eu consegui criá-los tão bem? Vocês são maravilhosos! Parece que eu fiz algo de bom na vida. Quanto orgulho eu sinto de vocês.

Palmira se levantou e passou as mãos pelos cabelos da mãe.

— E nós também nos orgulhamos muito da senhora. E a madame já assimilou que vai ser avó? — perguntou, colocando as mãos na cintura, dando aquele sorrisinho zombeteiro que era tão característico dela.

Olhando fixamente para ela, Augusta enfim se deu conta:

— É mesmo. Com tudo que está acontecendo, não cheguei a essa parte. —Levantou-se do sofá, colocou as mãos no rosto e exclamou sorridente: — Eu serei avó! Avó! Vou ter uma criança correndo pela casa me chamando de vovó. Que lindo.

Rindo, Palmira falou:

— Vai ser uma linda avó. Jovem e bela como é, ninguém acreditará quando disser que é vovó.

— E eu farei questão de dizer que tenho um neto. Começando agora. — Foi até perto da cozinha e chamou José e Teresa. — Venham, venham. Rápido. Tenho uma coisa muito boa para contar. — Olhou para eles e transmitiu a empolgação que estava sentindo. — Eu serei avó.

Teresa levou as mãos à boca e exclamou, surpresa, refazendo-se do susto:

— Parabéns, patroa.

José, que sempre fora mais dado a fofocas, perguntou logo:

— Mas qual dos filhos lhe dará um neto, patroa?

— Filha, José. Minha filha me dará um neto.

Chocado, José apenas exclamou:

— Ah!

— E eu quero que saibam que estamos muito felizes com isso — afirmou energicamente. — E, para que Palmira não se aborreça em sua gestação, é melhor que os acontecimentos desta casa fiquem apenas por aqui mesmo. Entendeu, José?

— É claro, patroa.

Teresa se aproximou da menina, passou carinhosamente seus dedos pelo rosto de Palmira e disse:

— Que criança linda você terá. Que Deus a abençoe, menina.

Palmira se levantou e a abraçou, comovida.

Percebendo o cansaço da filha, Augusta a pegou pela mão para conduzi-la em direção ao andar superior.

— Vamos todos descansar um pouco após tantas emoções. Você também, Carlos.

Sorrindo, ele as seguiu.

— Com certeza, mamãe. Lindas emoções.

Augusta se deitou, porém não conseguiu dormir devido à agitação. Saiu do quarto e foi para o jardim, mexeu um pouco nas suas roseiras e se sentou no seu banco preferido.

Há muito tempo não se sentia tão feliz. Não apenas por saber que seria avó, mas principalmente pela sensação de ter feito a coisa certa. Quase colocara tudo a perder, mas seu coração conseguira conduzi-la para o caminho certo.

Refletia sobre isso quando percebeu a temperatura do ar mudar. Estavam no inverno e repentinamente apareceu um sol incandescente para aquecer sua face.

E então ela soube que sou eu. Nem precisou sentir meu perfume enjoativo, como ela mesmo diz, para perceber minha presença. Eu trouxe o sol para aquecer ainda mais seu coração.

— Bom dia, Augusta. Como está? — cumprimento, parando em frente a ela.

— Bom dia. Estou ótima, e você?

— Muito feliz também. Você superou minhas expectativas em duas ocasiões cruciais. Meus parabéns.

— Uau! Primeira vez que você chega me elogiando.

Sentando ao seu lado, eu a olho bem nos olhos.

— Você foi perfeita em ambas as ocasiões. Chegou ao momento crucial, aquele que acabaria com a vida de seus filhos, mas soube retroceder e tomar a decisão correta. Estou orgulhoso de você

— Uau duas vezes. Estou emocionada com o todo-poderoso destino me elogiando tanto.

— Sua felicidade está conseguindo vencer seu sarcasmo, querida — brinco com ela. — Não adianta tentar me provocar hoje, muito menos arranjar briga. Hoje o dia não está para isso.

— É verdade. Até você está mais bonito hoje — Augusta declara.

— E quando eu fui feio?

— Ah! Em muitas ocasiões. De fato, esta não é uma delas.

— Por quê? — indago, franzindo a testa.

— Porque, desde que eu tive a honra de conhecê-lo pessoalmente, você tem esta aparência. Você é bonito pra caramba. E eu sempre esta velha enrugada, parecendo uma ameixa seca.

Não consigo conter a gargalhada sonora e espontânea.

— Você é uma figura, Augusta.

— Está até usando gírias. Que decadência. Aposto que a culpa é da convivência comigo.

— Dizem que a convivência contamina.

— Não sei se contamina, mas sei que gosto de conviver com você. E não fiquei feliz quando você não falou comigo após a partida de Cláudio.

— Eu estava muito ocupado. Em tempos de guerra, minha presença é muito solicitada.

— Por quê?

— Porque, em suas aflições, as pessoas tomam decisões muito conturbadas. Aí eu preciso… como é que você fala? — Penso por um instante. — Dar uma força.

Apesar de minha tentativa de fazer graça, o semblante de Augusta fica carregado.

— Quase fiz uma besteira imensa pelo medo de perder meu filho. E esse medo me invade todos os dias que passo sem notícias do meu menino.

— Acalme seu coração. — Seguro suas mãos e olho para ela de frente. — Não se esqueça de que você tomou a decisão correta. Agora é hora de você cuidar da sua filha.

— Sim. Eu fui negligente demais com ela.

— Mas fez dela uma guerreira como você.

Suspirando profundamente ao recordar-se da carinha assustada de Palmira, Augusta sorri amistosamente.

— Agora tudo que quero é cuidar dos meus filhos e neto. Passei tanto tempo com medo de demonstrar meu afeto por eles, para não sofrer caso os perdesse, e agora estou transbordando de amor por este serzinho que está vindo aí e que eu nem conheço.

— Será? — indago misteriosamente.

— Será o quê?

— Deixa pra lá — desconverso ao perceber que falei demais.

— Sou curiosa, agora fale.

Augusta se levanta impetuosamente.

— Esqueça, tenho coisas mais importantes para dizer.

Seguro em sua mão, fazendo com que se sente novamente.

— Você é muito chato — retruca, irritada.

— E você é muito nervosinha.

Ficamos em silêncio por um tempo.

— Eu notei que hoje, quando eu quase fiz Palmira abortar — percebo o tremor passar por seu corpo ao lembrar-se da besteira que faria —, não houve sonho nem nada parecido. Não consegui ver o que aconteceria. Por quê?

— Porque não precisou. Você evoluiu muito, Augusta. Esse foi um dos princípios do nosso acordo. Ao longo dessa trajetória de corrigir seus erros, você foi se humanizando. E por esse motivo você não conseguiu obrigar Palmira a abortar.

Os olhos dela se enchem de lágrimas.

— É por isso que estou chorando feito manteiga derretida? Eu era tão durona. Eu gostava de ser durona.

— E fazia tudo errado. Você não conseguirá mais voltar a ser megera, pode desistir.

— Nem queria mesmo — brinca, sacudindo os ombros.

— Pessoas que acham que estão acima do bem e do mal são as mais cruéis. — Sorrio carinhosamente para ela. — Aqueles que sabem deixar o coração falar mais alto tomam as decisões sábias. E você chegou nesse nível: deixou seu amor por sua filha prevalecer.

Augusta está emocionada, os olhos ainda marejados.

— E o que teria acontecido se eu prosseguisse com aquela loucura? — questiona, curiosa.

— Você quer mesmo saber?

— Sim, por favor.

Mais uma vez, faço o lago agitar-se e uma imagem aparece: Palmira, extremamente pálida, deitada em uma maca repleta de sangue, inconsciente.

Augusta coloca as duas mãos no rosto, angustiada.

— Meu Deus! Ela morreria?

— Não, mas quase. Ela perderia o útero.

Agito novamente as mãos e outra cena aparece: Palmira e Cláudio saindo de casa carregando malas, abandonando a mãe.

— Mas eu não tentei detê-los?

— Não, porque você era durona na época, lembra? Simplesmente achava que eles voltariam.

— E foi a partir daí que eu vivi sozinha?

— Sim.

— Mas eu não tinha nem quarenta anos — exclama, assustada.

— Pois é. E já havia destruído a vida de todos: Carlos morreu na guerra. Cláudio chegou a se casar, teve três filhos, mas nunca se recuperou da perda do irmão e teve depressão por toda sua vida, o que obviamente afetou a vida de seus filhos. Nenhum de seus netos conseguiu ter algo muito definido na vida, apenas pairavam na atmosfera depressiva da casa em que viviam. Um deles, inclusive, chegou a se suicidar. — Augusta chora copiosamente, e eu apenas aguardo que ela se recomponha um pouco para saber o destino da filha: — E Palmira não aguentou a culpa por ter abortado um filho. Pior ainda, por saber que nunca mais poderia ter outro. Recusou vários casamentos e viveu sozinha, afogando-se na comida, contraindo várias doenças. Morreu aos cinquenta anos de infarto.

— Ela praticamente se suicidou, então? — constata, aterrorizada pela imagem se formando em sua mente.

— Sim, ela buscou a própria morte inconscientemente.

Horrorizada, Augusta chora por um bom tempo.

— E tem mais ainda? — pergunta ao recuperar-se. — Eu consegui destruir mais alguém além de mim mesma e todos que amei, ou pelo menos pensei amar? — Levanta-se, começa a andar e a falar consigo mesma. — Meu Deus! Como eu posso ter sido tão cruel?

— Calma. — Faço com que ela se sente novamente. — Você precisa se lembrar de que seu começo de vida também foi cruel. Assim como você, outras pessoas também mexem seus pauzinhos e afetam não só o seu destino, como o das pessoas com quem convivem.

— Por quê?

— Porque não têm sabedoria. Todos passam por momentos bons e ruins, mas nem todos sabem conviver com as adversidades. Agora você aprendeu. Seu último teste foi com a gravidez da sua filha e você foi aprovada com honra e mérito. Está mais do que apta a seguir sua vida com amor e paz, guiada por seu coração.

— Então não vou cometer mais nenhuma asneira?

— Ah, vai. — Sorrio ironicamente para ela. — Claro que vai. Vocês, humanos, adoram fazer besteiras. Mas você terá discernimento para corrigi--las sem afetar de forma drástica a vida dos outros e a sua própria vida também.

— Isto é uma despedida? — questiona, pesarosa.

— Sim. Você não precisa mais de mim. Está pronta para seguir com sua vida.

— Mas por que você vai me abandonar? Sentirei sua falta — confessa.

— Eu voltarei. Ainda temos um trato, lembra?

— É claro que me lembro. Mas ainda falta muito para vê-lo novamente.

— Que nada. Vocês não dizem que a vida passa voando? — zombo. — Logo, logo nos encontraremos para o nosso acerto final. — Eu me levanto, trazendo-a comigo, e seguro suas mãos, olhando para ela profundamente. — Você foi meu maior castigo, Augusta. E meu melhor prêmio. Sinto orgulho da sua transformação. Agora é com você. — Seu olhar denota o desamparo que está sentindo neste momento. — Viva e seja feliz. Você teve a chance que muitos querem. Aproveite.

— Posso te dar um abraço por tudo que você me trouxe de bom? — pede, comovida, estendendo os braços na minha direção.

— Não se esqueça: seja feliz — sussurro ao aconchegá-la em meus braços.

E parto da mesma forma com que cheguei.

Augusta sentiu uma mão em seu ombro, sacudindo-a.

— Mamãe, está muito frio aqui fora. É melhor a senhora entrar. — Confusa, olhou para a filha pensando: *mas estava sol agora mesmo. Eu estava sonhando com um homem bonito que me fez chorar.* — Venha, mamãe.

Sentindo-se um pouco desorientada, Augusta olhou ao redor sem saber o que procurar. Então ela se levantou, e a filha passou o braço por seus ombros, conduzindo-a para dentro da casa. Ao entrar, a memória já havia apagado as emoções do seu encontro comigo.

E, claro, a vida novamente seguiu seu rumo.

TERCEIRA PARTE

O futuro

Capítulo 22

Nova vida chegando

PASSARAM-SE TRÊS meses, e o que ainda estava fora do prumo se orientou. Carlos voltou a ser o companheiro de todas as horas e cuidava da mãe e da irmã com todo seu coração. A gestação de Palmira, prestes a completar sete meses, seguia em perfeitas condições de saúde, a empolgação de Augusta com a nova vida que alegraria seu coração era esfuziante; a mesma que ela sentira quando gerara seus próprios filhos. Palmira encerrou seus estudos para dedicar-se à criança que nasceria.

O único fator que diminuía a felicidade da casa era a ausência de notícias de Cláudio. Falava-se muito que a guerra estava para acabar, mesmo assim a angústia dominava a todos, principalmente Palmira, que se preocupava com a reação do irmão ao vê-la grávida e solteira. Com cautela, abordava frequentemente esse assunto com a mãe:

— Não vejo a hora de rever meu irmão, mas tenho muito medo da reação dele.

Pacientemente, Augusta parou de tricotar mais um casaquinho para seu futuro neto e chamou a filha para sentar-se ao seu lado no sofá, na biblioteca.

— Querida, já pedi para parar de se torturar com isso. Seu irmão a adora independentemente de qualquer coisa, ele não deixará de amá-la por esse motivo.

Aflita, Palmira voltou seu olhar preocupado para a mãe.

— Mas será um choque para ele. A irmãzinha inocente que ele deixou está prestes a se tornar uma mãe solteira.

— Meu bem — passou a mão pelo rosto da filha, que estava mais linda ainda no auge de sua gestação: a pele acetinada e os olhos verdes ainda mais brilhantes —, ele deve ter visto tanta coisa nessa maldita guerra que duvido que vá se importar com algo que não seja o fato de estarmos bem.

Surpreendendo-a, Palmira se deitou no colo da mãe, que imediatamente passou a afagar seus cabelos. Chegando mais perto do fim da gravidez, Palmira estava carente e insegura.

— Tenho medo de que ele não aceite meu filho. — As lágrimas escorriam por seu rosto. — Que ele não goste mais de mim.

Penalizada, sentindo a mesma aflição da filha, resolveu distraí-la de seus receios de uma forma nada ortodoxa.

— Deixe de ser boba, menina. Sabe o que eu acho que você está precisando? De um belo sorvete. — Cutucou-a nos ombros. — Tire essa linda cabecinha do meu colo e vamos dar uma volta.

Sorrindo, Palmira se levantou com cuidado.

— A senhora sabe que isso é covardia, não sabe? Oferecer sorvete para uma grávida carente não é bonito.

— Não é bonito, mas é gostoso. — Estendeu a mão para a filha. — Vamos. O sol está lindo.

— Vou chamar o Carlos.

E saiu animada.

Augusta sentia que estava cada dia mais difícil controlar a ansiedade de todos. Fingia que estava calma, porém, quando se recolhia ao seu quarto, pegava a foto do filho e chorava até adormecer, pedindo a Deus um milagre.

Uma semana depois, o milagre bateu à porta.

Estavam os três tomando café da tarde em uma mesinha no jardim, algo que se tornara rotineiro nos meses agradáveis da primavera, quando ouviram a campainha tocar. Imaginando que seria um mascate, prosseguiram conversando, mas repentinamente Augusta sentiu uma sensação muito forte e boa no peito. Levantou-se imediatamente e olhou para a porta. No mesmo instante, levou as mãos ao rosto e as lágrimas começaram a escorrer.

— Meu filho! Meu filho voltou!

Carlos e Palmira se levantaram, assustados, a tempo de ver Cláudio passando pela porta. Ele largou a mala no chão e correu ao encontro da família. A mãe já estava no meio do caminho e se jogou nos braços do filho. Com a emoção embargando-lhe a voz, agradeceu:

— Obrigada, meu Deus. Obrigada.

Beijava Cláudio e o abraçava como se nunca mais pudesse soltá-lo. Os irmãos chegaram e se juntaram ao abraço, chorando e rindo ao mesmo tempo.

Após alguns minutos de abraços e beijos, enfim se separaram, emocionados. Antes que pudessem perguntar qualquer coisa, notaram a presença de uma jovem ruiva claramente grávida. Em seu rosto, percebia-se traços de beleza, porém apagados por rugas de preocupação e excesso de magreza.

Augusta olhou da jovem para Cláudio, que, apreensivo, declarou:

— Mamãe, esta é Hannah, minha esposa. — Augusta abriu a boca, olhou para a moça e se manteve calada, deixando que o filho continuasse. — Sei que pode parecer loucura, mas em tempos de guerra tudo é muito intenso, mamãe. Eu me apaixonei, porém ela estava praticamente condenada à morte por ser judia. Eu fiz o diabo para salvá-la. — Sem saber como continuar e temendo a reação da mãe, apenas mostrou com as mãos a barriga da esposa. — E agora ela carrega um filho meu.

Fez-se um momento de silêncio absoluto. Até que Augusta se virou para a moça, deu dois passos e abriu os braços, sorrindo.

— Seja bem-vinda, minha nora.

Com lágrimas de alívio, Hannah lhe deu um abraço demorado. Em seguida, Augusta puxou Palmira, que se encontrava meio distante, também muito apreensiva.

— Meu filho, como você disse, em tempos de guerra tudo é muito difícil, mas Deus me abençoou com dois netos. Não importa se houve casamento ou não. O que interessa é que teremos duas crianças lindas e saudáveis para amar. Sua irmã espera ansiosamente pela sua bênção.

Entendendo o recado e sem perguntas, Cláudio a puxou para um abraço.

— Sua boba, acha mesmo que eu vou deixar de amá-la algum dia? Nem com tudo que você aprontou quando criança, quase colocou fogo nos meus cabelos, pintou as unhas dos meus pés enquanto eu dormia... — Todos riram, lembrando-se das estripulias da caçula. — Nem assim deixei de amá-la, pequena. E amarei seu filho do mesmo jeito.

Aliviada, Palmira beijou seu rosto repetidas vezes.

— Como senti sua falta, meu irmão.

— E eu também — disse Carlos.

Augusta interveio:

— Todos nós sentimos demais sua falta, meu amor. Mas podem se sentar que a mesa está cheia de comida e minha nora precisa se alimentar. Está muito magrinha.

Rindo, tomaram café e se recordaram dos bons momentos, conversando devagar para que Hannah pudesse acompanhar, já que não entendia completamente o idioma.

Observando a harmonia e felicidade presente naquela mesa, silenciosamente Augusta agradeceu a oportunidade que estava tendo. Havia sido uma pessoa dominadora e por vezes cruel, porém conseguiu se reinventar e tornar-se melhor. Ainda não estava livre de cometer erros, mas o importante era ter a humildade e a sabedoria de desculpar-se e aprender a tomar decisões em conjunto com os filhos.

O crepúsculo apareceu, e com ele uma solitária estrela despontou no céu. Augusta a observou fixamente por minutos, nunca imaginou sentir-se tão feliz. Seu coração estava repleto de amor e, silenciosamente, mais uma vez ela agradeceu e chorou, dessa vez de alegria.

Augusta providenciou a alteração do quarto de Cláudio para uma suíte, eles tomaram banho e descansaram um pouco. Jantaram todos juntos, depois seguiram para a sala de estar e se sentaram nos sofás.

Palmira, claro, foi a primeira a perguntar:

— E então, meu irmão, conseguiu pilotar aviões?

Os olhos de Cláudio brilharam de empolgação.

— Sim! E vocês não imaginam como é fantástico voar.

— Deus me livre — Palmira resmungou.

— Que nada, irmã. É maravilhoso. A sensação de liberdade, o vento, estar na imensidão do céu... É bom demais!

Empolgado, Carlos quis saber:

— Mas não dá medo?

— Dá. Não nego que em muitos momentos dá medo, sim. — E uma sombra passou por seus olhos. — Principalmente nos momentos em que estão te perseguindo, tentando derrubar seu avião. A adrenalina atinge seu ápice e você só pensa em sobreviver.

— Meu Deus! — exclamou Augusta. — Isso é assustador.

— É, sim, mamãe. A guerra é assustadora, mas o pior era a crueldade dos inimigos, matavam por diversão, como se a vida não valesse nada. Quantos morreram sem nem saber por que estavam ali... — Cláudio se calou, revivendo o terror e o medo de ser mais um entre os milhares de mortos.

— Você deve ter visto coisas horríveis, meu filho.

Segurando a mão da esposa e beijando carinhosamente seus dedos, olhou para a mãe.

— Vi, sim, mamãe. Acho que nunca mais vou me esquecer do olhar das pessoas que vi morrer... — Involuntariamente, ele estremeceu ao lembrar-se. — Aquele instante em que a percepção de que suas vidas acabaram fica estampada nos olhos... É muito triste. — Palmira tremia, e Carlos se sentou com ela na poltrona, como fazia quando eram crianças, aconchegando-a em seus braços. Cláudio prosseguiu com o relato: — No começo, há uma empolgação muito grande. Achávamos que em uma semana teríamos acabado com a guerra e seríamos heróis. Quanta ingenuidade. Anos de destruição e mortes sem sentido.

Vendo o sofrimento passar pelos olhos do irmão, Carlos perguntou:

— Mas, afinal de contas, qual era o objetivo? O que esse louco queria?

— Ele queria dominar o mundo, meu irmão. Era realmente um louco que tinha o dom da oratória e convencia a todos com seus discursos inflamados.

— Por quê? — foi a vez de Augusta perguntar.

— Por poder. Ele queria ser o homem mais poderoso do mundo, para isso acabou com milhares de vida.

— Meu Deus — lamentou Palmira.

Todos se sentiam chocados. Por mais que acompanhassem as notícias pelo rádio e jornais, ouvir de alguém que havia estado naquele inferno tornava tudo muito real. Cláudio prosseguiu, tentando tirar de dentro de si todas as lembranças que o perseguiam, como se isso fosse possível:

— E o que ele fez com os judeus? Um absurdo total. Matava-os apenas por eles serem judeus. Tomava suas posses e os aprisionava em campos de concentração. Eram obrigados a trabalhar feito escravos comendo o mínimo para sobreviver. — Olhou com olhos amorosos para sua querida Hannah. — Vi muitos morrerem de fome, esqueléticos. Crianças totalmente desnutridas. E os que não tinham utilidade, principalmente os velhos, eram assassinados a sangue frio. — Ele fez uma pausa para acalmar-se e só então percebeu que todos choravam, assustados e horrorizados. — Desculpe, mamãe. Desculpem, não queria deixá-los assim.

Augusta se levantou do sofá e foi abraçar o filho. Choraram juntos por longos minutos, até que ela se afastou para olhar em seus olhos.

— Tudo vai passar, meu amor. Você ainda é o meu menino querido e estamos aqui para ajudá-lo a superar todo esse horror. — E para desanuviar a tensão, fez a declaração que todos esperavam: — Vou estourar pipocas.

— Oba! — Foi o coro dos irmãos, que fez com que Hannah achasse graça, mesmo sem entender.

Em alguns minutos, Augusta voltou com tigelas cheias. Sentaram-se bem em frente à lareira, brincaram como antigamente e riram de Hannah, que não sabia como comer pipoca, pois nunca havia experimentado. Então Cláudio contou a história deles:

— Nós nos conhecemos há oito meses. Eu estava indo para meu alojamento à noite, em uma rua deserta em Paris, quando virei em uma esquina e bati de frente com ela, que me olhou apavorada. Fiz sinal para que se acalmasse e falei que não ia lhe fazer mal, mas ela saiu correndo. Corri atrás dela e a alcancei, segurei-a pelos braços e fiz com que parasse. Apesar de estar esquelética, eu a achei linda. Porém, o que mais chamou minha atenção foi o pavor que vi em seus olhos. — Ele olhou para a esposa, sua voz embargada. — Ela parecia um animal ferido e acuado, totalmente apavorada, mas com um olhar tão profundo que me apaixonei imediatamente. E soube, naquele momento, que estava ali para protegê-la. — Ele olhou para sua família, que estava atenta a cada palavra. — Parece loucura, mas tive a certeza de que havia ido para a guerra para conhecê-la e garantir sua sobrevivência.

— Ah! Que lindo, meu irmão — Palmira não se conteve.

— É agora que você vai começar a rir de mim? — perguntou, sorrindo.

— Claro que não — ela respondeu com ar indignado. — Hoje vou poupá-lo.

Todos explodiram em gargalhadas.

— É bom ver que você continua sendo uma pimentinha.

— Mas eu estava falando sério. Continue contando, por favor. É uma linda história.

Sorrindo para a irmã, de quem havia sentido tanta falta, prosseguiu:

— Levei-a para um esconderijo na mata. Conversei com ela e pedi que me esperasse, pois eu ia buscar água e comida. Quando eu voltei, ela estava dormindo, parecia um anjo. — Todos olharam com carinho para Hannah, que não estava conseguindo acompanhar muito bem a conversa, mas sorria com agradecimento nos olhos. — Consegui escondê-la por dois meses, durante os quais dividia minhas porções de alimentos com ela. Então veio a notícia de que eu seria transferido para a Alemanha. Eu me desesperei, sabendo que não conseguiria levá-la comigo, a não ser que fôssemos casados. Consegui convencer meu capitão a permitir nossa união, porém, por ela ser judia, tudo ficou mais complicado.

— Mas qual é o problema de ela ser judia? É um ser humano como todos nós — protestou Palmira.

— Infelizmente, os nazistas viam os judeus como animais — interferiu Carlos.

— É verdade, meu irmão. Eu me casei com Hannah, porém ela não teve permissão para viajar comigo. Mas, como seu irmão nunca desiste fácil, convenci meus amigos a me ajudar a escondê-la no avião.

— Não acredito... que loucura — protestou Augusta. — Você podia ter morrido.

Cláudio a olhou intensamente nos olhos.

— Poderia mesmo, mamãe. Sabia dos riscos, mas morreria por ela.

— Ah! Que lindo — falou Palmira novamente. — Vai me fazer chorar mesmo?

Percebendo que todos estavam muito emocionados, Cláudio encerrou a narração:

— Enfim, chegando à Alemanha, encontrei um colega que voltou mais cedo para casa devido a um ferimento. Ele nos acolheu e conseguiu um ótimo esconderijo para Hannah. Assim que a guerra acabou, voltamos para casa. — Reativando seu lado brincalhão, completou: — Agora pode chorar, irmãzinha.

NA MANHÃ seguinte, após o café da manhã, Augusta ainda estava extasiada pela volta do filho, então o chamou para darem uma volta no jardim.

— Meu querido, estou preocupada com você. Ontem demorei a dormir, fiquei pensando em todas as coisas que você deve ter presenciado.

Olhando com carinho para cada cantinho do jardim, Cláudio se sentiu emocionado por estar de volta àquela casa que tanto amava e de que tanto sentira saudades.

— E foram muitas coisas mesmo, mamãe. Quanta crueldade, tantas mortes desnecessárias... — Distraiu-se momentaneamente, perdido em suas recordações.

— E é sobre isso que eu quero falar. Tenho receio de que as barbaridades que você presenciou afetem sua personalidade. Já ouvi falar que muitas pessoas jamais se recuperam.

Ele afastou as lembranças e olhou atentamente para a mãe. Ainda era tão jovem e bonita, mas parecia outra pessoa. Ele voltou para casa feliz, entretanto preocupado com a reação da mãe a respeito de Hannah e seu filho, porém foi surpreendido por uma mãe diferente, que recebera a nora com muito carinho. Mais surpreendente ainda, aceitara a gravidez de Palmira e lhe dava todo apoio. Parecia que a guerra, afinal, era capaz de dar bons frutos.

— Eu vi muitos colegas enlouquecerem, outros se tornarem alienados e até mesmo perderem o juízo e a razão. Alguns chegaram a se suicidar por não conseguirem conviver com a culpa de estarem tirando a vida de semelhantes, mas a senhora não precisa se preocupar comigo.

Horrorizada com as coisas que ele dissera, Augusta parou de supetão e perguntou:

— Como não? É impossível não se afetar por uma monstruosidade como essa. — Ela fez sinal para se sentarem no banco. — O que eu quero dizer é que talvez seja bom você se consultar com um médico especializado em situações traumáticas.

Ele pegou a mão da mãe e a beijou.

— Eu não vou precisar disso, mamãe. Sabe por quê?

Vendo o olhar apaixonado do filho, já imaginou qual seria a resposta dele.

— Não, mas imagino.

— Porque o que me manteve lúcido foi o amor de Hannah. No primeiro ano, ainda encarava tudo como brincadeira de adolescente: eu me sentia o invencível, nada aconteceria comigo. Quando comecei a me sentir realmente afetado e com ódio daquela maldita guerra, ela apareceu na minha vida e trouxe sentido à minha realidade. É como eu disse ontem: eu soube desde o primeiro momento que minha maior missão naquela guerra era garantir a sobrevivência de Hannah. —Emocionada, Augusta não conseguiu conter as lágrimas diante do relato do filho. — Ela me salvou, mamãe. Nós nos salvamos.

Augusta o abraçou, choraram juntos.

— Que bom, meu filho, que bom. — Pegou em seu queixo e fez com que olhasse para ela, como fazia quando ele era criança e ela queria saber se estava mentindo. — Quero que você preste muita atenção em si mesmo. Se perceber que não está bem, me avise. Por favor, não deixe de falar comigo se precisar de ajuda.

Ele aproveitou a deixa para falar sobre os planos que havia traçado durante a viagem:

— Na verdade, eu quero sua ajuda, sim. Agora que serei pai — Augusta sorriu ao vê-lo falar com tanta euforia —, preciso dar um rumo para minha vida.

— Mas você já tem um rumo. Precisa terminar sua faculdade.

Prevendo dificuldades, apresentou o discurso que já estava pronto em sua mente:

— Não quero voltar, mamãe.

— Mas já investiu tanto tempo na faculdade de Administração — exclamou, boquiaberta.

— Tempo que não será desperdiçado, porém não quero mais ficar sentado em uma cadeira de universidade ouvindo verdades prontas, regras e ensinamentos que consigo adquirir por meio da prática e observação. Eu aprendi a pilotar aviões com apenas duas horas de teoria, o restante foi prática e observação, mamãe. — Augusta apenas balançava a cabeça, atenta ao que ele expunha. — Depois de passar dois anos ao ar livre, literalmente, não quero mais ter que me sentar por horas ouvindo e escrevendo, quando posso estar trabalhando, produzindo, criando. O mundo mudou após essa guerra, a indústria está se desenvolvendo, quantos produtos novos estão sendo criados. — Os olhos dele brilhavam de empolgação. — Este será o século das novidades, mamãe. Da velocidade, da tecnologia. E quem tiver espírito aventureiro ganhará muito dinheiro.

Feliz por ver que ele realmente tinha projetos que poderiam fazer com que tocasse sua vida adiante, declarou:

— Está bem.

Preparado para a briga, ele a encarou, surpreso e desconfiado.

— Está bem... apenas? Sem recriminações? Sem negociações?

— Sim. Por que eu iria brigar? Se é o que você deseja, assim será. Desde que você esteja feliz, eu também estarei e te darei todo meu apoio.

— O que fizeram com minha mãe durante o tempo em que estive fora? — brincou com ela. — Colocaram outra em seu lugar e não me avisaram? Dona Augusta foi abduzida?

Ela deu um lindo sorriso tímido.

— Eu mudei. O medo de perdê-lo e de que você não me perdoasse pela monstruosidade que eu quase coloquei em prática fez com que eu me tornasse outra pessoa. Não quero mais ser a senhora da razão. Vocês cresceram e são capazes de tomar suas próprias decisões, e eu espero poder apoiá-los sempre que quiserem. — Passando a mão carinhosamente por seu rosto, concluiu: — Conte comigo para entrar na era da indústria.

Eufórico e ao mesmo tempo comovido, Cláudio olhava para a mãe com todo seu amor.

— Eu a perdoei no mesmo instante, minha mãe querida. Agora que já sinto o que é ser pai, sei mais ainda como a senhora se sentiu. Admiro e amo muito essa nova mulher que estou vendo.

Abraçou-a, emocionado, ouvindo-a brincar:

— Não tão nova assim, mas fazer o que, né?!

Voltaram abraçados e rindo, felizes por saberem que um futuro de amor, união e novas perspectivas estava diante deles.

Capítulo 23

Segredos revelados

EM MENOS de dois meses, Cláudio já estava trabalhando em seu projeto: uma fábrica de peças para automóveis. Augusta forneceu o capital, no entanto pediu que a empresa fosse dos três filhos. Ele adorou a ideia e se envolveu de corpo e alma. Saía às seis da manhã e voltava às oito da noite exausto, porém feliz.

Hannah estava integrando-se muito bem ao novo país e à nova família, que no momento era a única que tinha, pois seus pais morreram na guerra e seus irmãos menores haviam sido enviados para campos de concentração, ela não sabia o que acontecera com eles. Sentia-se muito agoniada por não ter notícias e ao mesmo tempo agradecia por ter sido tão bem acolhida em um novo país.

Palmira estava para entrar no nono mês de gravidez. Ansiosa e incomodada com os transtornos decorrentes de seu estado, irritava-se com facilidade e chorava à toa.

Em uma tarde de calor atípico, as três mulheres da casa tomavam café no jardim, conversando sobre amenidades. Palmira reclamou:

— Não aguento mais este calor, está insuportável. Estou passando mal.

Preocupada, Augusta perguntou:

— Está com dor?

— Não, mamãe, estou apenas irritada com o calor e com esta barriga imensa.

— Você não sabe o que é uma barriga imensa, menina. — A mãe sorriu, brincando.

— Nem quero saber. Deus que me livre! Como a senhora aguentou?

— Ué! E o que eu poderia fazer? Já que estavam lá, tinha que esperar que saíssem. O jeito era aguentar.

Hannah perguntou, curiosa, para a sogra:

— Quando eles nasceram, como a senhora soube quem era quem?

Emocionando-se com a lembrança de um dos dias mais lindos e ao mesmo tempo mais terríveis de sua vida, ela respondeu:

— Eu soube desde o primeiro momento. Carlos, sempre sossegado, nasceu tranquilamente. Foi a maior emoção da minha vida ver aquele rostinho sujo de sangue, chorando a plenos pulmões. — Palmira olhava atentamente para a mãe, sabendo que logo seria sua vez. — Mas o seu marido, mocinha, quase me matou de susto. Veio ao mundo mesmo para me deixar doida.

Hannah, que não sabia da história, assustou-se.

— Por quê?

Ciente de que estava com duas gestantes a ouvindo atentamente, não mencionou que Cláudio estava com o cordão umbilical enrolado no pescoço.

— Porque demorou para nascer e para chorar. Ficou roxo, eu estava desesperada... — falou com a voz embargada pela emoção das lembranças. — Que medo eu tive de perdê-lo.

Rindo, Palmira se levantou cuidadosamente e brincou:

— Sempre foi uma peste! — E foi nesse momento que aconteceu. Ela sentiu algo quente escorrer por suas pernas. — Nossa! Só esta que me faltava. Agora vou perder o controle da urina também.

A mãe olhou para ela, levantando-se rapidamente.

— Filha! Seu bebê vai nascer!

Palmira olhou assustada para a mãe, empalidecendo pelo susto.

— Isso não foi xixi, mamãe?

— Não, querida. — Uma emoção intensa tomou conta de Augusta. — Chegou a sua hora.

Empalidecendo, ela choramingou:

— Ah! Meu Deus! Estou com medo.

— Não tenha, querida! Vai dar tudo certo — garantiu, já a conduzindo para dentro da casa.

Fazendo com que ela se sentasse no sofá, falou para a nora:

— Fique com ela, vou buscar ajuda.

E no mesmo instante, começou a gritar por José e por Carlos:

— José, vá correndo chamar um automóvel de aluguel para buscar o doutor. — Subiu as escadas correndo e entrou quase atropelando Carlos, que já ia saindo para ver o motivo do barulho. — Filho, sua irmã vai ganhar bebê.

E a partir daí foi um pandemônio. Era difícil saber quem estava mais nervoso. Quando Cláudio chegou à casa, a loucura se intensificou. Ele não sabia se sofria pela irmã ou pela esposa, que logo estaria na mesma situação.

Augusta e Teresa foram as únicas a ficar no quarto junto com o médico. Augusta fez com que Cláudio levasse Hannah para o jardim, a fim de que ela não se assustasse com os gritos da cunhada.

Passaram-se cinco horas e nada de o bebê chegar. Vendo que a filha estava se entregando ao cansaço e à exaustão, Augusta começou a se preocupar seriamente. Palmira não tinha a sua garra e determinação. Era espirituosa, mas frágil. Implorava, gritando, para que a mãe desse um jeito de acabar logo com aquilo.

Nervosa, Augusta chamou o médico de lado.

— Doutor, há alguma coisa errada?

— Claro que não. A criança está prestes a nascer, mas Palmira não colabora o suficiente, está muito cansada. Precisamos que ela faça mais força.

Muito tensa, Augusta respirou fundo e se concentrou, buscando dentro de si sabedoria para ajudar sua menina. Então se aproximou da cama, passou um pano pela testa e rosto dela, segurou sua mão e fez com que ela prestasse atenção ao que ia dizer:

— Querida, você se lembra de quando me perguntou como eu consegui parir gêmeos? — Com lágrimas escorrendo pelo rosto, ela fez que sim com a cabeça. — Sabe por que eu consegui? — Não esperou pela resposta, tinha toda a atenção da filha. — Porque a coisa mais linda que pode acontecer na vida de uma mulher é ver o rostinho de seus filhos ao saírem de dentro dela. O amor que você sente invade seu peito no mesmo instante. Pegar aquele bebê lindo e saber que foi você que lhe deu a vida é a maior emoção do mundo. — Augusta beijou a testa de Palmira. — O melhor choro do mundo é o do nascimento de um filho. Não existe emoção maior. Está me entendendo, querida?

Emocionada com as palavras da mãe, Palmira concordou com a cabeça. Então Augusta prosseguiu:

— Então, meu amor, vamos fazer essa criança nascer. Você é uma guerreira. Precisa se animar, faça toda a força que seu amor por esse filho é capaz de lhe dar, esse por quem você lutou tanto. — Percebeu, pela expressão no rosto dela, que estava vindo mais uma contração e, colocando mais energia na sua voz, gritou: — Agora, Palmira! Força! Doutor, venha logo, que meu neto vai nascer. Força, Palmira!

E assim foi. Palmira recobrou suas forças e em menos de dois minutos um lindo menino veio ao mundo, chorando com toda a força dos seus pulmões.

O médico entregou o bebê para Augusta, que o levou para a bacia com água quente e limpou seu rostinho. Uma sensação estranha lhe invadiu à medida que ela ia percebendo seus traços. Foi dominada pela sensação de já ter visto aquele rosto, de já ter pego aquela criança nos braços, uma impressão de familiaridade imensa ao afagar seus cabelos. Nunca se sentiu assim nos nascimentos de seus filhos. Uma impressão de aconchego, de que aquele ser lhe pertencia e de que ela pertencia a ele. Sentiu-se estranha, mas logo deduziu que aquela era a sensação de quem se tornava avó.

Acabou de banhar e vestir o neto e o entregou para a filha, que olhava para ele embevecida e emocionada. Olhou profundamente para a mãe e agradeceu:

— Obrigada! Do fundo do meu coração, obrigada por ser essa mãe maravilhosa.

Sem conter as lágrimas, Augusta apenas suspirou profundamente e orientou:

— Descanse, minha querida.

AUGUSTA SE tornou uma avó absolutamente dedicada. O amor que sentia por Caio, nome escolhido por Palmira, fez com que ela passasse a maior parte do seu tempo ao redor do menino. A sensação de ser avó a deixava inebriada, passava horas olhando para o bebê atentamente, memorizando cada detalhe do seu rosto.

E para completar a felicidade da família, três meses depois nasceu Silvana, filha de Cláudio e Hannah.

Era impossível descrever adequadamente o clima de amor e harmonia que reinava naquela casa. Mas, no íntimo de Augusta, uma ideia vinha lhe incomodando há tempos e acabou desabrochando durante uma noite de São João em que estavam todos sentados em volta da fogueira, relembrando momentos da infância deles.

Repentinamente, Palmira ousou perguntar novamente sobre a infância da mãe, já esperando ouvir a famosa resposta: "Não gosto de falar sobre isso". Porém, para surpresa de todos, Augusta abriu seu coração. Olhando atentamente para os filhos, com um sorrisinho enigmático, falou:

— Eu tenho pensado muito em minha mãe.

Surpresos, os três olharam para ela em silêncio, com receio de que ela mudasse de ideia. Até que Palmira se arriscou:

— Faz muito tempo que a senhora não a vê?

Suspirando, emocionada, olhou para os filhos que tanto amor lhe davam e reconheceu para si mesma que uma parte de si estava incompleta. Por mais feliz que estivesse com a vinda dos netos e por ter novamente seus filhos junto de si e felizes, queria saber do paradeiro de sua mãe. A saudade estava lhe castigando, Augusta percebeu que estava, enfim, pronta para compartilhar sua história com eles.

— Sim, querida, muito... muito tempo.

— Nós pensávamos que ela estava morta.

Suspirando tristemente, falou:

— Talvez esteja mesmo. Há mais de vinte anos não tenho notícias dela nem de meus irmãos.

— Então nós temos tios? — questionou Carlos. — Nunca imaginei isso.

— Pois é, meu filho. Vocês têm tios e eu provavelmente tenho muitos sobrinhos, mas nunca me senti preparada para falar sobre minha infância com vocês. Recordar pode ser muito doloroso.

Seu olhar se tornou sombrio e angustiado momentaneamente, até que, aproveitando a oportunidade que eles esperavam desde que nasceram, Cláudio perguntou:

— E está com saudades do seu pai também?

Virando-se para ele, praticamente gritou, muito nervosa:

— Esse eu espero que o diabo tenha levado há muitos anos!

— Nossa, mamãe. O que ele fez para você?

Respirando fundo para se acalmar, encarou cada um atentamente. Como será que reagiriam? Será que tinham maturidade suficiente? Mas, depois de começar, ela não queria mais parar. Para amenizar o susto que eles levariam, começou de forma diferente:

— Na verdade, a avó que vocês conheceram, dona Esperança, não era minha madrinha. Ela foi um anjo da guarda que me salvou de um destino tenebroso. Eu nasci em uma cidadezinha pequena do interior do estado. Um lugar atrasado em que os pais tinham montes de filhos para trabalharem desde pequenos na plantação. Não havia nem escolas... — Uma paz de espírito imensa encheu seu coração, sentia que estava livrando-se de um peso que a oprimira por décadas. — Eu morava em um sítio com meus quatro irmãos e meus pais. Dona Esperança tinha uma quitanda no vilarejo.

— Uma quitanda em um vilarejo? — Foi interrompida por Cláudio. — Foi assim que ela conseguiu ficar rica? Não acredito.

Rindo da interrupção que a ajudou a descontrair, respondeu:

— Não, meu bem, não foi vendendo verduras que ela enriqueceu, mas essa é outra história, eu conto depois.

— Ufa! Que susto. Já pensei que estava no ramo errado.

Todos riram, e Augusta retomou:

— Meus pais vieram de Portugal achando que iriam enriquecer aqui, mas só conseguiram comprar mesmo o sitiozinho em que morávamos. Quando eles iam para a cidade vender as mercadorias, eu ficava na quitanda com dona Esperança e ela me ensinou a ler escondida.

— Por que escondida? — Desta vez quem interrompeu foi Palmira, indignada.

— Porque meu pai era um ignorante que achava que ninguém precisava ter conhecimento. Nunca gostou de mim porque eu era menina, minha mãe que não deixava que eles me levassem para a lavoura. No dia em que ele descobriu que eu sabia ler, tentou me dar uma surra, mas minha mãe não deixou. Tive que mentir, dizendo que aprendi sozinha, com medo de que ele fosse para cima da minha madrinha.

— Que não era ainda sua madrinha, certo? — Carlos perguntou.

— Sim, querido. Mas vamos chegar lá. A questão é que meu pai, que sempre me considerou um fardo e tinha raiva de mim, perdeu grande parte da plantação e passou a beber, descontava suas frustrações espancando a mim e minha mãe. — Augusta ouviu um arquejo indignado. — Até que um dia tive que bater nele com um pedaço de pau antes que ele a matasse.

Augusta se levantou e foi até a mesa pegar um copo de quentão, não porque estivesse com frio, mas porque precisava de coragem para chegar à parte final. Percebeu a revolta no semblante dos filhos e da nora, mas não ia parar agora. Sentou-se novamente e já ia prosseguir, quando Carlos se levantou para encher um copo de quentão para si também.

— Acho que também estou precisando me acalmar.

— Traga para mim também, irmão — pediu Cláudio.

— As meninas não podem — orientou Augusta. — Estão amamentando.

Palmira mostrou a língua para os irmãos, aliviando um pouco o ar pesado.

— Também não queria mesmo, seus bobos.

Dando risada, sentaram-se todos novamente e pediram que a mãe continuasse.

— Depois que eu abri um rasgo na cabeça dele, parou de bater em nós, mas creio que tenha sido pior, pois não extravasava mais suas neuroses. Represava todo seu ódio, que infelizmente explodiu sobre mim. — Augusta percebeu que sua voz já estava falhando. — Nessa altura, eu já era uma mocinha muito bonita e desejável...

Percebendo o nervosismo da mãe, Palmira se levantou e foi se sentar ao seu lado, segurando sua mão.

— Ainda é, mamãe. Minha mocinha, linda.

Agradecendo mentalmente pelo conforto que a filha lhe dava, beijou seu rosto e olhou para os meninos antes de continuar, tentando poupá-los do inevitável:

— Então, no mesmo dia em que ele descobriu que eu sabia ler, o que para ele era uma afronta, pois eu havia ousado ser melhor do que ele... — Ela respirava pesadamente. A mão que Palmira segurava, tremia, mas ela prosseguiu mesmo assim, com a voz embargada: — Ele... ele entrou em meu quarto e me violentou.

No mesmo instante, os gêmeos se levantaram derrubando os copos no chão.

— O quê?! Meu Deus! — gritou Carlos e começou a andar pelo jardim, proferindo palavrões.

Palmira chorava, abraçando a mãe como se não quisesse mais soltá-la. Cláudio, que havia ficado atônito, enfim despertou do seu torpor e começou a esmurrar uma árvore, fazendo com que Augusta se levantasse e o puxasse para si, impedindo que ele se machucasse.

— Não faça isso, meu amor. Vai quebrar sua mão. — Ele chorava e bufava feito um animal preso. — Tenha calma, filho. Isso foi há muitos anos, já não me machuca mais.

— Como pode não machucá-la, mamãe? Como esse desgraçado pôde fazer isso com a própria filha? — Olhando para sua bebê, sua Silvana, que ele jurara proteger com a própria vida, a revolta o dominou. — Isso é um absurdo! A obrigação dele era defendê-la.

Tendo conseguido controlar-se um pouco, Carlos foi até o irmão e o abraçou. Foi o suficiente para que Cláudio começasse a respirar com calma, buscando a tranquilidade por meio do apoio de seu gêmeo.

Notando que precisava terminar seu relato e acabar logo com a tortura, pediu:

— Fique calmo, Cláudio. Agora que comecei quero terminar de contar tudo de uma vez. — Levou-o para seu lugar junto à esposa, que imediatamente começou a afagar seus cabelos. Augusta se sentou novamente e abraçou Palmira, que ainda chorava muito. — Por isso demorei tanto a falar sobre minha infância. Além de ser muito difícil para mim, sabia que seria pior ainda para vocês.

Conseguindo diminuir seu pranto, Palmira enfim conseguiu perguntar:

— Ele a machucou muito, mamãe?

Enxugando as lágrimas da filha e acariciando seu rosto, respondeu:

— Sim, ele foi muito cruel e me machucou bastante, mas isso já está superado. Não quero que vocês fiquem assim. — Olhou dentro daqueles pares de olhos que tanto amava e ficou triste pelo que estavam passando. Gostaria de ter uma história bonita para contar, mas infelizmente aquela era a sua mais cruel narração e não tinha nada de bonita. Para desanuviar o ambiente, sugeriu: — Já sei, vou fazer pipoca quentinha, já volto.

Entrou na casa e foi para a cozinha, preparou a panela e, enquanto a pipoca pulava, chorou o que tinha para chorar. Seu pranto foi abafado pelo barulho do milho estourando. Demorou um pouquinho mais, dando um tempo maior para que seus filhos se acalmassem, e então os encontrou mais tranquilos.

Sentou-se novamente e as perguntas começaram. Claro que Palmira foi a primeira:

— Mamãe, seus irmãos não a defenderam?

— Não, querida. Meu pai os doutrinou muito bem, dizia que quem mandava ali era ele e quem o desafiasse iria embora para nunca mais voltar. Como eles não tinham como se sustentar, pois o pai lhes dava pouco dinheiro, não podiam se rebelar.

— Mas presenciar um estupro e não fazer nada? Como eles conseguiram? — Carlos perguntou.

— Não creio que eles perceberam, o desgraçado disse que, se eu gritasse, mataria minha mãe, então não houve barulho.

A tigela de pipoca passava de mão em mão, mas praticamente ninguém comia, os estômagos estavam revirados pelos nervos abalados. Impaciente, Cláudio não conseguiu ficar sentado, levantou-se e andou de um lado para outro.

— E a sua mãe?

Sabendo que soaria incoerente para eles a explicação que ouviriam, os preparou:

— Peço a vocês que não julguem minha mãe antes que eu termine de contar. Essa parte é muito difícil para mim.

— Não vai me dizer que ela foi a favor do calhorda?

— Palmira, não escutou mamãe dizer que vai ser difícil? Não dá pra ficar quieta? — irritou-se Cláudio.

Ela o fuzilou com seus belos olhos verdes, mas fez um movimento com a mão, demonstrando que ficaria calada. Antes lhe mostrou a língua, claro.

— Minha mãe cuidou de mim e, quando me viu melhor, disse que iria me mandar embora para a casa de uma tia porque não me queria mais em sua casa. — Palmira abriu a boca para protestar, porém o olhar do irmão a alertou para que ficasse calada. — Que eu não era mais sua filha e que não queria nem olhar mais para a minha cara.

Incapaz de se conter, Palmira se levantou, indignada.

— Não acredito! Então ela achou que a culpa era sua? Que absurdo!

— Foi exatamente o que eu pensei na época, mas, depois de muitos anos, analisando com calma o ocorrido e o caráter da minha mãe, entendi que o que ela fez foi para me salvar.

— Como assim, mamãe? — incrédula, Palmira interrompeu novamente.

Antes que Cláudio brigasse de novo com a irmã, Augusta pegou Palmira pela mão e fez com que ela se sentasse ao seu lado, afagou sua mão e a manteve dentro da sua. Olhando-a firmemente nos olhos, perguntou:

— Querida, você faria qualquer coisa para proteger seu filho?

— Claro que sim!

— Tem certeza disso?

— Ora, mamãe, que pergunta.

— Mesmo que para protegê-lo você tivesse que abrir mão dele? — Os olhos da menina ficaram marejados apenas por pensar em ficar longe do filho, ela não conseguiu responder. Augusta insistiu, falando mais veemente agora: — Responda, querida. Você deixaria seu filho para que ele pudesse ter uma vida melhor?

— Sim — ela respondeu praticamente em um murmúrio e então levantou a voz: — Sim. É claro que sim. Mas não vai me dizer que a senhora acredita que sua mãe estava tentando te proteger?

Suspirando pesadamente, Augusta olhou para os filhos e pediu forças para que eles entendessem o que nem ela conseguia explicar:

— Durante um bom tempo, pensei de minha mãe o mesmo que você está pensando, Palmira. Mas quando me tornei mãe, eu entendi a profundidade do amor materno e percebi o que ela tinha feito. Minha mãe me tratou mal para que eu tivesse raiva dela, porque sabia que eu não a abandonaria. Ficaria ali e continuaria sofrendo nas mãos daquele crápula. E ela não conseguiria impedi-lo. Então me afastou dela e abriu mão de mim. — Olhou bem fundo nos olhos de Palmira e disse: — Sim, dona Palmira teimosinha, para me proteger. Eu tenho certeza disso. Não sei por que, mas dentro de mim existe a convicção de que foi isso o que aconteceu e é por isso que eu quero muito encontrá-la novamente.

Palmira surpreendeu a todos, concordando:

— Está certo, mamãe. Se é o que a senhora quer, terá meu apoio.

— Então a senhora foi morar com sua tia? — olhando incrédulo para a irmã, Cláudio perguntou.

Com um sorrisinho no rosto, Augusta respondeu:

— Não fui nada. Não queria morar com uma tia que praticamente nem me conhecia. Após dois dias, quando eu já estava conseguindo andar — ouviu um arquejo abafado de indignação vindo de um dos filhos —, saí de madrugada e fui procurar dona Esperança para lhe pedir que me deixasse morar com ela. Contei para ela o que havia ocorrido. Coitada da madrinha, chorou muito. Ela adorou a ideia, mas percebemos que meu pai não concordaria de forma alguma, então... — Fez uma pausa para observar a reação dos filhos. — Nós fugimos.

Percebeu que os filhos ficaram boquiabertos. Entre aplausos, parabéns, vivas e outras demonstrações de alegria, apareceu o primeiro momento feliz desde que começara a contar sua história.

O mais sensato dos filhos, Carlos, logo perguntou:

— Como vocês conseguiram se ela era apenas uma quitandeira?

— Essa é outra história.

Augusta se levantou, sorridente, e deu a mão para que Palmira levantasse.

— Ah! Mas eu preciso saber do resto.

— Calma, menina. Já vai saber... Só que a temperatura diminuiu e está ficando frio para as crianças. Vamos todos para dentro e continuamos conversando perto da lareira.

Mais calmos e aliviados, seguiram a mãe. Já com as crianças acomodadas e a lareira acesa, sentaram-se no tapete, como faziam quando eram pequenos e a mãe contava histórias para eles. Augusta se acomodou em sua poltrona favorita e retomou:

— Assim que surgiu a ideia da fuga, a madrinha muito rapidamente elaborou um plano já para o dia seguinte: mandou que eu voltasse para casa e ficasse no quarto o dia todo sem falar com ninguém, fingindo que dormia. Foi o que eu fiz. Às três da manhã, conforme o combinado, ela estava na porteira com a charrete e eu saí por aquela porta... — A voz ficou embargada, Augusta se deu alguns segundos para se recompor. — Saí e nunca mais voltei, mas confesso que me senti muito triste, pois, antes de meu pai se tornar um bêbado nojento, eu era feliz ali. Tive uma infância boa com meus irmãos, adorava o sítio e minha mãe... Mesmo assim, fomos embora.

— Não teve medo de que eles a seguissem? — perguntou Hannah, que quase não falara até então, provavelmente recordando a angústia de sua própria fuga e os momentos terríveis pelos quais passara.

— Sim. Tivemos medo, mas estávamos com uma boa dianteira. Às cinco da manhã, quando a casa despertava, nós já estávamos no trem com destino a São Paulo. Eu sabia que, quando meu pai percebesse o que havia acontecido, seria tarde demais.

Cláudio pegou na mão da mãe e a beijou.

— Graças a Deus vocês conseguiram.

— Foi a minha salvação, meu filho — ela afirmou, acariciando seus cabelos. — E, quando chegamos aqui, dona Esperança achou melhor dizer que eu era sua afilhada, que meus pais morreram e que estávamos aqui para que eu estudasse. —Palmira já ia abrir a boca para perguntar, mas Augusta fez um gesto para que se calasse. — Calma, filha. Você já vai matar sua curiosidade. Estou com sede.

Antes que a mãe levantasse, ela já estava de pé.

— A senhora quer água ou refresco?

— Água mesmo, obrigada.

— Ela só foi buscar a água para que a senhora conte logo o restante — Carlos brincou.

— Será? Nem percebi! — Augusta zombou com um sorriso irônico, fazendo todos rirem.

— Sei muito bem que estão falando mal de mim, seus tontos — Palmira falou quando voltou com a água da mãe. — Mas nem vou brigar, pois a curiosidade está me consumindo.

Riram novamente, e Augusta prosseguiu:

— Depois de nos acomodarmos e descansarmos, a madrinha me contou sobre sua vida. Ela era filha de um homem muito rico e influente na sociedade. Estudou e, quando ficou moça, se casou com um embaixador francês por quem era muito apaixonada, porém, após alguns anos, ele se viciou em jogos de azar.

— Igual ao nosso pai. — Carlos bufou.

Surpresa, Augusta perguntou:

— Como você sabe?

— Sou quieto, mas presto muita atenção, mamãe. Desde criança nós sabemos que sua vida com meu pai foi muito triste.

Augusta os fitou, perplexa. Sempre procurou poupá-los, fingindo que tudo estava bem, até quando passavam fome. Mas estava óbvio que seus esforços foram em vão, eram espertos, claro que percebiam o que acontecia. Ela ainda pensava no que ia responder quando Palmira interrompeu seus pensamentos:

— Mas vamos deixar isso para depois, né? Agora estamos falando da madrinha.

Aliviada por não ter de desenterrar mais mágoas naquele momento, lançou um olhar agradecido para a filha.

— A madrinha então passou a ser espancada e... violentada pelo marido. — A reação dos filhos foi, obviamente, de indignação por aquela mulher que eles amaram como a uma verdadeira avó. Augusta explicou: — Infelizmente, os homens se intitulavam donos das mulheres e as tratavam como escravas. Mesmo que elas não quisessem mais ter relações com seus maridos, eles as obrigavam, pois eram consideradas sua propriedade.

Abraçando ainda mais sua querida Hannah, Cláudio protestou:

— Ainda assim é um absurdo.

— Claro que é. Mas na época a madrinha não tinha opções, pois o pai seguia a mesma linha de raciocínio do marido e ela era obrigada a suportar. Até que, depois de alguns anos, ela engravidou. — Todos ficaram surpresos. — No entanto, em mais uma noite em que o marido chegou bêbado e pronto para extravasar sua raiva na esposa, bateu nela e a empurrou, fazendo-a cair da escada.

— Meu Deus! Coitada da vovó — Palmira imediatamente explodiu com lágrimas nos olhos.

— E infelizmente ela perdeu o bebê e quase perdeu a vida, pois o desgraçado não a socorreu, simplesmente foi dormir. José e Teresa a encontraram na manhã seguinte, inconsciente. Ela passou dias no hospital. — A essa altura, os meninos também choravam. — Quando teve alta, pediu ajuda ao pai, mas é claro que ele a mandou embora. Então ela planejou a própria fuga e foi parar onde eu nasci, para minha felicidade e sorte. Com a morte do marido, ela ficou rica e só voltou para me ajudar.

Após uma pausa prolongada, Hannah, olhando intensamente para a sogra, declarou sabiamente:

— Não é sorte. Suas vidas se cruzaram para que ambas encontrassem a felicidade. Foi o destino. Vocês pertenciam uma à outra, não por laços de sangue, mas de amor.

Olhando para ela e absorvendo suas palavras, Augusta concordou com a cabeça, admirando ainda mais aquela guerreira que estava em sua frente.

— É verdade, minha nora querida. O que seria de mim sem minha madrinha? — Levantou-se e declarou: — Estou esgotada, crianças. Aliviada por, enfim, ter revelado meus segredos para vocês, mas tirar das gavetas tudo que estava guardado é exaustivo demais. Acho que todos precisamos nos recuperar de tantas emoções.

Os filhos se levantaram e a abraçaram, muito comovidos, mas felizes por saberem que conheciam completamente a mãe e entendiam os motivos que a levaram a ser uma pessoa amarga, rancorosa e, por vezes, cruel. Amavam-na ainda mais após saberem dos percalços pelos quais passara, mas não precisaram declarar esse amor em palavras, já que ainda estavam muito perturbados com tantas revelações. O abraço coletivo era uma declaração de amor. Nesse gesto, estavam todas as dores e angústias que Augusta despejara e foi ali que ela conseguiu a redenção: tinha o amor dos filhos, tudo de que necessitava.

E para demonstrar isso, assim que começaram a retirar-se para seus quartos, Carlos chamou:

— Só mais uma coisa. — Os outros se viraram para ouvi-lo. — Amanhã começamos a preparar a viagem.

Cláudio, distraído, perguntou:

— Que viagem?

— Para conhecer nossa verdadeira avó, é claro.

Surpresa, Augusta desceu novamente os degraus que já havia subido.

— Vocês vão comigo? — perguntou, feliz.

— Claro que vamos — respondeu Cláudio. — Estamos juntos, mamãe. Não a deixaríamos ir sozinha de jeito nenhum, somos sua família.

Sem condições para mais emoções naquela noite, ela simplesmente os admirou com amor e agradeceu com um sorriso. Subiu as escadas refletindo: *sim, eu tenho uma família*. Apesar de tudo, sua família era unida e feliz. Não podia ser mais abençoada!

Capítulo 24

Reencontro com o passado

SEIS MESES foi o tempo que eles resolveram esperar para que as crianças estivessem maiores e menos frágeis para viajar. Cláudio e Carlos, que eram diretores na empresa, deixaram os negócios com seus administradores de confiança.

A viagem se iniciou na estação de trem que despertava em Augusta tanto boas como más lembranças. Partiram ao amanhecer e após longas horas de viagem chegaram ao destino.

Os filhos se levantaram, entusiasmados, pegando seus pertences e sua prole. Ansiosos para saírem do trem, não notaram o olhar da mãe para a estação, até que a chamaram e perceberam a enormidade de emoções conflitantes estampadas em seu rosto. Palmira se sentou novamente no banco com Caio em seu colo e perguntou:

— Mamãe, a senhora quer desistir? Podemos voltar imediatamente.

Só então Augusta percebeu o olhar preocupado dos filhos. Esteve tão absorta em suas inquietações que mal notou que já estavam preparados para o desembarque. Levantou-se e fez sinal para que Palmira fizesse o mesmo.

— Desistir? De modo algum. Mas não nego que minha mente e meu coração estão fervilhando, pois as lembranças são muitas. Além do mais, não sei o que esperar. — Fez um gesto com a mão, pedindo para segurar Caio no colo. Ele sempre a acalmava. — Tanta coisa mudou.

Carlos perguntou carinhosamente:

— Tem medo da reação do seu pai?

Afagando a cabeça do neto, respondeu a mesma pergunta que fizera a si mesma durante aqueles seis meses de ansiedade:

— Não sei explicar como, mas, em meu íntimo, sinto que meu pai já morreu.

— Mas e se ele estiver vivo? — Palmira insistiu.

Sorrindo, olhou para Cláudio e Carlos.

— Se ele estiver vivo, não conseguirá me fazer mal algum, porque vim escoltada por dois fortes e belos rapazes, que me protegerão do lobo mau.

Ouviram o último apito para o desembarque do trem e saíram rindo e conversando alegremente. Após deixarem a plataforma, pararam e observaram o vilarejo. Augusta imaginava que, depois de mais de duas décadas, veria uma cidade com algum progresso, mas, para seu espanto, tudo estava praticamente como quando ela fora embora. As crianças não sabiam o que esperar, mas perceberam no rosto da mãe a sua decepção.

— Meu Deus! Este lugar parou no tempo. O progresso não chegou aqui! — Ela andou alguns passos e notou: — O posto de correios é o mesmo. As casas continuam iguais, apenas mais velhas. — Olhando ao redor, exclamou repentinamente, apontando para uma construção desgastada: — Olhem! Ali era a quitanda da madrinha! — E se dirigiu apressadamente para lá. Ao entrarem no estabelecimento, os olhos de Augusta imediatamente ficaram marejados. — O balcão é o mesmo. — Passou a mão pela peça, emocionada. — Aqui eu aprendi a escrever. Quantas emoções eu vivi neste lugar.

Percebendo que havia clientes, uma mocinha veio atendê-los:

— Boa tarde. Posso ajudá-los?

Augusta olhou para a menina e sentiu como se visse a si mesma anos atrás: o mesmo jeito educado e a mesma vivacidade. Carlos se adiantou:

— Boa tarde! Gostaríamos de saber se vocês possuem transporte coletivo aqui.

A menina o olhou sem entender, porém a curiosidade foi aguçada:

— O que é transporte coletivo?

Rindo, Cláudio explicou:

— Um veículo que transporta muitas pessoas ao mesmo tempo.

— Que legal! — respondeu com os olhinhos brilhando. — Mas infelizmente não temos, não. — Os gêmeos se entreolharam, apreensivos. — Porém, temos a charrete do senhor Merijo, que leva vocês aonde quiserem ir.

— E onde está o senhor Merijo? — perguntou Carlos.

Ela saiu de trás do balcão e os encaminhou para a porta, apontando para uma árvore frondosa, sob a qual um senhor dormia.

— Ali. Aquele senhor dormindo, podem acordá-lo. Ele será o serviço de transporte coletivo de vocês.

Rindo, agradeceram à moça e se dirigiram ao local indicado.

Após contratarem o serviço do proprietário da charrete, encaminharam-se para o sítio pela mesma estradinha encantadora pela qual Augusta fugira tantos anos antes. Era impossível para ela não se emocionar olhando para as árvores e flores à beira da estrada que tão bem conhecia. Seus olhos lacrimejavam e a concentração aos mínimos detalhes fez com que os filhos ficassem em silêncio, permitindo que ela aproveitasse a seu modo o momento que era tão seu.

Depois de aproximadamente meia hora, ao fazer uma curva repentina, avistaram uma grande porteira de madeira. O coração de Augusta galopava no peito ao recordar-se do momento em que olhara para trás achando que de fato nunca mais voltaria. Enquanto o senhor os conduzia, ela observou os detalhes da propriedade que tanto amara e teve a impressão de que havia menos árvores frutíferas e arbustos de flores. Não dava ainda para ver a casa por inteiro, mas se percebia o ar de desleixo e abandono.

Chegaram à porteira, e Cláudio desceu primeiro, deu a mão para a mãe sair e perguntou:

— A senhora prefere que eu vá na frente e veja se seremos bem recebidos?

Por mais que tivesse se preparado por meses para aquele momento, ela estava tensa e temerosa, afinal estava com sua família. Chegou a preocupar-se com o bem-estar deles, mas seu coração avisava para não temer.

— Não é necessário. Iremos todos juntos, mas peça ao senhor Merijo que nos aguarde.

Assim que todos desceram, com mãos trêmulas Augusta abriu lentamente a porteira, que não estava trancada. Respirando fundo para acalmar-se, deu o primeiro passo para entrar no lugar ao qual ela imaginara jamais retornar. Carlos colocou o braço esquerdo por cima de seus ombros, protegendo-a, e Palmira enganchou seu braço no dela. Caminharam de braços dados, com Cláudio carregando Caio e Hannah levando Silvana.

A casa ficava distante da porteira, aproximadamente cem metros, e no percurso ela ia olhando para tudo atentamente, mas não falava nada. As frondosas árvores ainda impediam a visão, até que, subitamente, uma clareira se descortinou e a casa apareceu nitidamente. E na varanda, imediatamente, Augusta a viu. Estancou subitamente e um arquejo rouco saiu de sua boca:

— Oh! — Colocando a mão no peito e deixando as lágrimas enfim correrem livremente, exclamou: — Eu sabia que ela estaria me esperando... eu sabia... sempre soube.

Com as pernas trêmulas, foi andando lentamente, absorvendo cada detalhe daquela figura que já aparentava enorme fragilidade, mas que ainda estampava a bondade no rosto, cuja beleza se perdera ao longo dos anos de desgaste e sofrimento.

A poucos passos, percebeu que a mãe cochilava, mas abriu os olhos, alertada pelo barulho. Augusta se libertou da proteção dos filhos e sozinha subiu a escadinha de quatro degraus, ajoelhou-se aos pés da mãe sem falar nada. Surpresa, Augusta sentiu as mãos da mãe apalpando seu rosto. Instantaneamente, Maria começou a chorar.

— Augusta, minha filha, você voltou. Eu tinha certeza de que não morreria sem vê-la novamente, minha menina querida! Por isso me sento aqui todos os dias da minha vida, te esperando.

Aos prantos, Augusta apenas disse:

— Mãezinha, minha mãezinha querida! — Passou também as mãos pelo rosto e pelos cabelos da mãe. — Quantas saudades eu senti.

Levantando-se, Maria estendeu os braços, nos quais imediatamente Augusta se jogou, como fazia quando era criança, deixando-se embalar pela mãe. Agradeceu silenciosamente por encontrá-la com vida e se deixou ficar por vários minutos naquele abraço que tanto lhe acariciava a alma.

Todos se sentaram nos degraus da varanda, assistindo à cena e chorando também, emocionados e felizes por Augusta.

Enfim, afastando-se, preocupada com a mãe, Augusta perguntou:

— A senhora está cega?

Suspirando, Maria respondeu:

— A diabetes comeu meus olhos, filha. Mas ainda enxergo um pouquinho, consegui ver seus olhos lindos. — Passou as mãos pelo rosto da filha novamente. Olhou em volta. — E também estou vendo que você trouxe uma família linda. Bonitos assim, só podem ser meus netos.

Rindo, subiram e abraçaram a avó, que chorava de felicidade. Ela fez com que eles entrassem assim que Carlos e Cláudio foram buscar as bagagens e dispensaram o dono da charrete.

Mesmo enxergando tão pouco, Maria fez café e serviu pães, bolos e frutas.

— Sentem, vocês devem estar famintos, meninos. Comam à vontade.

Eles de fato comeram fartamente e acharam tudo delicioso, porém Cláudio, que se tornara extremamente cuidadoso após a guerra, mal esperou que todos terminassem de comer para abordar o assunto que lhe afligia:

— Vovó, confesso que estou preocupado e preciso zelar pela segurança da minha família: seremos bem recebidos aqui pelo seu marido?

Com uma felicidade que não era de se esperar, ela declarou:

— Ah, meu filho, não se preocupe. Aquele desgraçado morreu faz muito tempo. — Ela deu risada ao ouvir suspiros de alívio. — Mas vou lhes contar tudo com calma assim que vocês estiverem descansados. Vocês não vão embora logo não, né?

— Ficaremos um tempo, mãezinha. Mas, antes de descansar, quero saber dos meus irmãos.

— Estão todos bem, ainda morando aqui, com suas casas e suas famílias. Estão tocando a vida como Deus quer. — Com a mesma naturalidade com que conduzia a casa antigamente, declarou: — Só Bárbara, uma neta, mora comigo aqui para me ajudar, então temos quatro quartos livres para vocês se acomodarem. Fiquem à vontade, meus queridos. Esperei tanto por este momento que custo a acreditar. Descansem e cuidem das crianças. Vou preparar um jantar delicioso pra vocês.

Augusta deu mais um abraço prolongado na mãe e prometeu voltar para ajudá-la. Entrou pelo corredor que levava aos quartos e não conseguiu conter um arrepio de pavor ao passar pela porta onde fora covardemente violentada. Sem notar a hesitação da mãe, Palmira estendeu a mão para abrir a porta, mas a mãe imediatamente segurou seu pulso.

— Não! — declarou veemente. — Não abra essa porta.

Percebendo o pânico no olhar da mãe, a jovem a abraçou.

— Ah, mamãe! Foi aqui, né? Não fique assim, esqueça isso e aproveite os bons momentos que terá com a vovó.

Respirando profundamente, aproveitou o carinho da filha para acalmar-se.

— Já esqueci há muito tempo, querida. Porém, foi impossível passar por essa porta e não sentir o mesmo terror de antes. — Afastando-se e olhando bem nos olhos de Palmira, suspirou e sorriu. — Eu te amo muito, viu?!

— Também te amo, mãezinha.

No final da tarde, já limpos e descansados da longa viagem, foram todos para a sala e então conversaram mais calmamente. Maria foi explicando tudo que acontecera após a partida de Augusta:

— Quando seu pai entendeu que você fugiu, depois que eu o enrolei por dois dias, virou uma fera. Quebrou praticamente toda a louça da casa. Seus irmãos chegaram no momento em que ele estava me espancando, furioso. E pela primeira vez o enfrentei diante dos meninos e contei o que ele fez com você. — Com a voz embargada, respirou pausadamente para prosseguir. — Eles ficaram indignados e arrependidos por não terem notado o que acontecia. Aliás, eles se sentem culpados até hoje.

— Eu imagino. Senti falta deles.

— E eles de você, filha. — Sentada ao seu lado, Maria segurou sua mão e a levou aos lábios. — Nunca a esquecemos. — Olhando para a filha com uma ternura imensa, fez a pergunta que lhe afligia há tantos anos: — Querida, você sabe por que eu disse aquelas coisas horríveis para você?

— Sim, mamãe. Eu sei que a senhora queria me proteger.

Soltando um suspiro contido por décadas, Maria chorou ao se explicar:

— Graças a Deus! Isso me perseguiu a vida toda, morria de tristeza com a possibilidade de você pensar que eu a rejeitei, mas eu tinha que tirá-la daqui. Aquele infeliz não ia deixá-la em paz, e eu sei que você não iria embora sem mim.

Feliz por saber que seu coração e seus instintos se afinavam, Augusta secou delicadamente as lágrimas de sua mãe.

— E não iria mesmo. Com o tempo, entendi que a senhora não me rejeitou.

— Jamais faria isso. Abrir mão de você foi a coisa mais difícil que eu fiz na vida. — Após uma pausa para controlar-se, Maria prosseguiu: — Mas, enfim, o que aconteceu a seguir foi que seu pai não aceitou que os filhos se rebelassem e resolveu sair à sua procura. Chegando à vila, contaram que dona Esperança tinha fechado a quitanda e ido embora, ele logo deduziu que vocês tinham fugido. E você não vai acreditar no que aquele louco fez.

— Diga logo, vovó. Não aguento suspense — salientou Palmira. — Já estou até me coçando de curiosidade.

— Eita, menina afoita! — disse Maria e gargalhou de felicidade por ter a família à sua volta. — Para provar que ele era um tremendo canalha, invadiu a quitanda e tomou posse, dizendo que, já que ela roubou sua filha, agora a quitanda seria dele.

— Não acredito! — Augusta exclamou, boquiaberta.

— Que pilantra — Cláudio soltou, exasperado, porém, olhando para a avó, desculpou-se.

— Não se preocupe, meu filho. Isso acabou sendo a melhor coisa que me aconteceu, pois ele resolveu morar lá e nunca mais me perturbou. Bebeu até morrer, três anos depois.

— Nossa, que coisa! — Carlos exclamou, andando pela sala para clarear seus sentimentos contraditórios em relação àquela história tão triste. — Que homem horroroso.

Ainda assimilando o que a avó contara, viram entrar pela porta a menina da quitanda, que parou abruptamente ao vê-los:

— Os forasteiros aqui em minha casa. Que legal! Se soubesse que vinham para cá, fechava a quitanda e pegava carona com vocês. — Olhando para a avó perguntou: — Quem são, vovó?

Adiantando-se, Augusta se apresentou:

— Eu sou sua tia, você deve ser Bárbara.

— Não acredito! — Olhou toda feliz para a avó. — Aquela tia que sumiu?

Dando risada, Augusta se defendeu:

— Não sumi, não. Só não consegui voltar antes.

No mesmo instante, seus irmãos entraram assustados na casa ao perceberem que havia visitas. Augusta se levantou e correu para abraçá-los. Foi um momento de imensa felicidade.

— Não acredito que você está aqui — disse um.

— Como você está linda, minha irmã! — comentou o outro.

— Essa pirralha voltou — brincou o irmão de quem ela mais gostava.

Chamaram as esposas e filhos. E eram muitos, ela não imaginava que tinha tantos sobrinhos.

Conversaram muito, queriam saber de tudo que acontecera com ela e como ela vivia. Choraram muito também ao pedirem perdão para a irmã por não terem conseguido livrá-la do carrasco, porém Augusta não sentia rancor nem mágoa, apenas alegria por poder estar com seus irmãos novamente.

OS DIAS que se seguiram foram de muita paz e harmonia, seus irmãos chegavam mais cedo da lavoura para poderem aproveitar o tempo com a irmã e os sobrinhos. O café da tarde virava jantar e a conversa nunca acabava. Perguntavam sobre a vida na cidade e as muitas coisas que eles nem sabiam que existiam.

Certa tarde, Augusta estava sentada na varanda com seu irmão mais velho quando lhe perguntou se não tinham vontade de sair dali e tentar uma vida melhor, dizendo que poderia ajudá-los a se estabelecerem na cidade grande, ao que seu irmão prontamente respondeu:

— Olhe para este lugar, irmã. Veja até onde seu olhar alcança. — Ela fez o que ele recomendou, respirando fundo para absorver o ar puro. Contemplou as árvores com frutos de várias espécies, olhou para as parreiras e para o riacho ao longe, contemplando o silêncio que só era quebrado por uma brisa leve e refrescante. Sorriu para o irmão, concordando com ele, pois sabia o que ele diria: — Temos tudo aqui: paz, harmonia, fartura e uma vida saudável. Para que iríamos embora?

Augusta estava feliz pela alegria que seu irmão encontrava na simplicidade da vida. Simplicidade que lhe fora roubada tantos anos atrás.

— Eu te entendo. Apesar do que me aconteceu aqui, este é o nosso lar, o lugar que amamos. — Aproveitando o clima de paz, avisou: — Vou conversar com mamãe, quero levá-la comigo.

Espantado, ele disse:

— Imagina se ela vai querer ir embora!

— Não estou falando que ela vai viver comigo para o resto da vida, mas fiquei longe dela por tanto tempo... Acho que mereço tê-la comigo também, mas a questão principal é que quero cuidar da sua saúde. Vamos deixá-la ficar cega de vez?

Suspirando tristemente, ele explicou:

— No ano passado, um doutor veio para cá por uns tempos e disse que não tem mais jeito.

— Mas em São Paulo tem mais recursos e médicos especializados. Acho que vale a pena tentar.

— Você tem razão. Precisamos cuidar dela, mas duvido que ela vá querer. Se prepare para a briga.

Sorrindo, voltaram para a casa. Após o jantar daquela noite, com toda a família reunida na casa, Augusta convidou a mãe para morar com ela e expôs seus motivos. Maria ouviu os argumentos em silêncio e então surpreendeu a todos:

— Até que enfim, Augusta! Pensei que eu ia ter que me convidar.

Surpresos, todos riram muito.

— E eu com medo, achando que ia ter que convencê-la, pensando que a senhora não ia querer sair daqui.

Suspirando, Maria olhou bem para todos antes de responder:

— É claro que sentirei muita falta da minha casa e de todos vocês — falou olhando com amor para todos. — Mas também quero ficar com Augusta e seus filhos por um tempo para nos conhecermos melhor, ainda temos muito a conversar. E para falar a verdade — deu um sorrisinho matreiro —, eu estou muito curiosa para conhecer a tal da modernidade.

— Mas que danadinha é a senhora — Cláudio brincou.

— Vai ficar uma senhorinha muito moderna, vovó — comentou Palmira. — Pode deixar comigo. O primeiro lugar em que vou levá-la será à confeitaria.

— O que é uma confeitaria? — perguntou um dos sobrinhos.

E a conversa seguiu tranquilamente com perguntas e mais perguntas sobre a vida na cidade grande, até que Augusta percebeu que Bárbara estava se segurando para não chorar. Levantou-se e foi sentar-se perto da sobrinha.

— O que houve, minha querida?

Sem conseguir conter as lágrimas, a menina falou:

— Eu cuido da vovó desde que tenho cinco anos. Meu pai me trouxe para dormir com ela um dia e eu nunca mais voltei para minha casa. — Olhando com muita dor para a tia, abriu seu coração: — Ela é a pessoa que mais amo no mundo, como vou viver sem ela?

Antes que Augusta falasse alguma coisa, Maria, que estava com os ouvidos aguçados e ouvira a conversa, manifestou-se, fazendo cessar a balburdia com sua voz imperiosa:

— Bárbara, minha filha, venha até aqui. — A menina obedeceu e se agachou para ficar na altura da avó e olhar para aquele rosto tão amado. — Você está achando que eu vou sem você, sua boba? É claro que não! Só vou se sua tia e seu pai me deixarem levá-la também.

— Eu deixo — exclamou mais que rapidamente Augusta. — Vou adorar.

— É sério, vovó? — perguntou toda sorridente.

— É claro que é sério. — Olhando para o pai de Bárbara, completou: — E nem pense em negar!

Ele levantou as mãos em sinal de rendição, mas se virou para a irmã.

— Tenho duas condições, irmã. Minha filha quer ser professora. Realize o sonho dela por mim — pediu, comovido.

Com lágrimas nos olhos, ela concordou com a cabeça.

— Também era meu sonho, que eu tive que interromper quando me casei. Pode deixar, meu irmão, vou cuidar para que sua menina seja a mais nova professora da família. E a segunda condição?

— Que você providencie para que ela venha nos visitar nas férias e sempre que for possível, ou então morreremos de saudades.

A garota correu para abraçar o pai e a mãe. A emoção e o amor os envolveram como um lenço de seda, sutilmente fazendo carícias em suas peles.

DEPOIS DE três dias, com todos os preparativos feitos, Augusta partiu de novo. Ao passar pela porteira, repetiu o gesto e olhou para trás, despedindo-se de sua terra novamente, porém, dessa vez, com o coração leve e a alma lavada, levando consigo a certeza de que o destino só lhe reservava coisas boas dali para frente.

Ao chegarem à vila, passaram por um senhor de terno muito distinto, que chamou a atenção de Augusta. A sensação de já tê-lo conhecido foi forte e ela o encarou com a mesma intensidade que ele. O homem tirou o chapéu da cabeça, cumprimentando-a, e seguiu seu rumo.

Pois é, meus queridos leitores, eu não consegui resistir à tentação de ver nossa menina indo embora, desta vez tão feliz. Para ser sincero, acho que no fundo eu estava com saudades dela.

Capítulo 25

A volta para casa

O DESEMBARQUE na cidade foi muito animado. Maria estava cansada, mas Bárbara tinha os olhos brilhantes diante de tudo que havia para admirar. Augusta via a si mesma pelos olhos da sobrinha. Tantos anos antes, ela sentira o mesmo entusiasmo diante das surpresas e novidades. E ainda sentia cada vez que algo novo aparecia. Passou os braços pelo ombro da menina e juntas admiraram a cidade que aprendera a amar.

Ao chegarem à casa, foi impossível para Augusta não rir com o semblante encantado da mãe e da sobrinha. Bárbara perguntou:

— Tia, você mora em um palácio? Como os dos contos de fadas?

— Não, meu amor. Os palácios são muito maiores.

— Não acredito! Maiores ainda que isto? — E mostrou com um gesto a imensa sala.

— Então você conhece os contos de fadas?

— Sim — respondeu animada. — Li muitos deles. Adoro ler!

Sentindo-se novamente como a garota de catorze anos que fora um dia, exultou por poder dar à Bárbara a mesma sensação de felicidade que sentira com a madrinha.

— Então venha comigo. Quero mostrar um lugar muito especial.

Pegando-a pela mão, levou-a para a biblioteca e se deliciou ao ver o rosto da sobrinha iluminar-se de euforia, dando pulos de alegria. Era uma sensação maravilhosa poder proporcionar à garota a mesma felicidade que ela sentira tantos anos atrás.

— Vou poder ler, tia?

— Claro que sim. Leia tudo que quiser.

O mesmo encanto ocorreu com Maria quando, após descansarem, foram para o jardim tomar café da tarde. Imaginando que não havia nada além dos cômodos que vira e das roseiras do jardim da frente, seus olhos se iluminaram pelo pouco que podia enxergar ao adentrar o jardim dos fundos.

— Que lugar maravilhoso, minha filha.

Andou até os pés de jabuticaba e de amora. Aspirou o aroma das margaridas e orquídeas e se deslumbrou com o pequeno lago, diante do qual se sentaram sozinhas depois do café.

— Sua casa é muito linda. E pensar que dona Esperança deixou tudo para você.

— Ela só tinha a nós, mamãe. Sofreu muito na vida também. Graças a Deus, conseguimos fazê-la feliz por muitos anos. — Com a voz embargada, pensou no rosto daquela a quem tanto amara. — Não tenha ciúmes pelo que vou dizer, mas a madrinha foi a minha salvação e eu a amei muito.

Segurando a mão da filha, Maria exclamou:

— Imagine se vou me enciumar. Nunca senti isso nem quando vocês ainda viviam lá e ela ficava eufórica toda vez que você chegava. Ela sempre te amou, mas isso não é de surpreender, não é? Como não amar você? — Sorrindo, Augusta deixou escorrerem suas lágrimas de saudades. Como sentia falta da madrinha! Segurando as mãos da filha carinhosamente, Maria disse: — Na verdade, eu sempre pedi por ela em minhas orações. O que aliviava meu coração era saber que você tinha um anjo em sua vida, minha filha.

Tentando afastar a tristeza, Augusta respirou fundo e abraçou a mãe.

— O importante é que agora a senhora está aqui comigo. E amanhã mesmo iremos ao médico.

— Mas já? Como conseguiu tão rápido? Lá leva anos para aparecer um médico.

— Pois é, mãezinha. Aqui tudo é muito rápido, é a terra do progresso e da velocidade. A senhora ainda tem muito para ver. Agora vamos entrar, porque a temperatura cai neste horário e não queremos que a senhora se resfrie.

No dia seguinte, foi a vez de Maria deslumbrar-se com o hospital. Nunca imaginara um lugar como aquele, com tantos médicos, enfermeiras e aparelhos. Admirou a limpeza e a forma educada com que todos tratavam os pacientes.

Fizeram vários exames e verificaram que a diabetes dela de fato estava muito alta, medicaram-na para que se estabilizasse e pediram que voltassem em uma semana. Período em que a ansiedade castigou Augusta, até que ouviram a boa notícia:

— É possível operá-la, sim. — O suspiro de Augusta foi audível. — Não posso garantir que ela recuperará toda a visão — o médico explicou. — Uma parte da córnea está bem comprometida, mas creio que no mínimo metade da visão retornará. — Virando-se sorridente para Augusta, o médico perguntou: — Podemos agendar a cirurgia?

— Com certeza, doutor. O mais rápido possível. — Olhou para sua mãe e perguntou: — Está com medo, mamãe?

— Imagine, menina. Só tenho medo de onça, o resto é fácil de encarar.

Maria fez os dois rirem.

Quinze dias depois, Maria saiu do hospital com setenta por cento da visão recuperada. Augusta jamais esqueceria o ar de felicidade de sua mãe quando as ataduras foram retiradas de seus olhos. Parecia uma menininha vendo o mundo pela primeira vez.

— Filha, você continua linda demais! Agora consigo ver seus olhos azuis e essa boca rosada, mas... olhando bem, também estou vendo uns fiozinhos de cabelo branco.

Rindo, ela retrucou, feliz:

— Pois é, mamãe. O tempo passa para todos. — Agradeceram muito ao médico e ouviram as recomendações, inclusive a de que Maria deveria usar óculos escuros por trinta dias. Ao saírem, Augusta enroscou seu braço ao de Maria e avisou: — Vamos buscar Palmira para que a senhora conheça a cidade.

Claro que o primeiro lugar foi a confeitaria, onde almoçaram, mas evitaram os doces para que Maria não se sentisse tentada com tantas guloseimas. Partiram então para os pontos turísticos e compraram tecidos para que Maria renovasse seu guarda-roupa, claro que com objeções quanto ao dinheiro que a filha estava gastando. Em um raro momento de sobriedade e sabedoria, Palmira convenceu a avó:

— Vovó, dinheiro é para gastar. Existe para nos dar felicidade, e, já que temos, por que não podemos aproveitar?

Maria olhou bem séria para a neta, como se fosse lhe dar um sermão, então sorriu e disse:

— Sabe que você tem razão, sua danadinha?! Vou deixar vocês felizes então, vamos para a costureira.

Augusta não se aguentava de felicidade. Tinha novamente a mãe para si e uma sobrinha que já amava. Bárbara estava cursando o ensino médio e destacando-se em suas avaliações. Os filhos e netos estavam ótimos e com saúde, a fábrica estava trazendo muito lucro e Carlos enfim estava namorando. Ela sabia que a vida não era perfeita sempre, mas, naquele momento, ela estava maravilhosa.

Até que Palmira começou a perturbá-la para que ela comemorasse seus quarenta anos. E quando sua filha cismava que tinha de fazer algo ninguém conseguia fazê-la desistir.

— Mas, mamãe, quarenta anos não são quarenta meses. Temos que fazer uma grande festa para comemorar.

— Você já falou isso pelo menos vinte vezes, Palmira. Não gosto de festas, você bem sabe disso. Faremos um bolo e salgadinhos aqui em casa, como sempre. E basta!

— Não basta, não, mãezinha. Você é a mãe mais linda do mundo, como posso não querer te dar uma grande festa?

— Não adianta ficar me adulando. Festa pequena eu concordo, mas festa grande não. Até porque nem temos tantas pessoas para convidar.

— Temos, sim, senhora. Os meninos têm amigos da fábrica. Há diretores bem bonitos e da sua idade, mamãe. Não pense que eu não vi os olhares de admiração para a senhora quando estivemos lá. Quem sabe a senhora não arruma um namorado, está mais do que na hora.

Esse era mais um assunto com o qual Palmira vinha lhe atormentando.

— Está louca, menina? Vê lá se eu quero namorado! Nem pensar.

Mudando o tom do discurso, Palmira pegou Caio do colo da mãe, no qual ele dormia profundamente, e o deitou no berço. Sentou-se ao lado dela e perguntou:

— Do que a senhora tem tanto medo, mamãe? Não é porque meu pai e meu avô foram horríveis que todos os homens serão. Há pessoas muito íntegras e honestas no mundo. Quero tanto que a senhora seja feliz, mamãe.

Suspirando, Augusta repetiu o que já falara várias vezes:

— Eu sou extremamente feliz. O destino me abençoou demais, não preciso de um marido para viver bem.

— Sei que a senhora é feliz, mas pode ser ainda mais.

Augusta não gostava de pensar no assunto. O amor só lhe trouxera dissabores, não confiava em homens e reconhecia isso para si mesma. Não queria passar por tudo novamente, preferia não se arriscar a ter sua felicidade e estabilidade destruída. Percebeu claramente por que Palmira queria uma festa com pessoas de fora e aproveitou para negociar:

— Vamos fazer o seguinte: nada de namorados, mas podemos fazer uma festa muita bonita. Vou providenciar para que meus irmãos e sobrinhos venham todos. A casa estará cheia com certeza.

O rosto de Palmira se iluminou.

— Que ótima ideia! Mas será que eles virão?

— Claro que sim. Já devem estar morrendo de saudade da vovó e da Bárbara.

— Adorei! Uma festa só pra família, vai ser demais.

Parecendo uma criança, começou a falar dos preparativos, e com isso Augusta conseguiu sua paz de espírito de volta.

EXATAMENTE UM mês depois, a casa realmente estava lotada. Seus irmãos e sobrinhos vieram. E é claro que Palmira acabou convidando alguns amigos dos meninos e alguns diretores da empresa também. Ela não iria desistir facilmente.

Augusta se surpreendeu com a habilidade da filha. A decoração estava fantástica, toda em tons de lilás, rosa e preto. Desde as toalhas de mesa de linho até as peças de decoração e os inúmeros vasos de flores. A comida e a bebida eram abundantes e deliciosas. E havia até uma pequena banda, que fez com que todos dançassem muito. Enfim, foi uma festa maravilhosa, Augusta gostou e se divertiu muito. A melhor parte era que os irmãos e sobrinhos passariam a semana seguinte hospedados na casa, ela estava ansiosa para passear muito com eles, para que conhecessem a cidade.

Assim que todos foram embora e sua família se recolheu para descansar, ela se retirou para seu banco no jardim, de frente para o lago, aproveitando a sensação de bem-estar e refletindo sobre tudo que vivera até ali.

Tantas coisas boas e ruins. Tantos momentos incríveis e outros horrorosos. Sentiu uma lágrima escorrer quando pensou no filho que não tivera. Esse era um fato do qual ela nunca conseguiria se recuperar. Superou os estupros do pai e do marido, superou a fome e a vida que tivera naquela fazenda horrorosa e superou até mesmo o fato de quase ter abandonado os filhos com a intenção de protegê-los. No entanto, sabia que jamais esqueceria a criança a qual não dera o direito de nascer.

Estava prestes a se levantar quando ouviu um barulho e percebeu que era Palmira chegando. Espantou a tristeza rapidamente e deu os parabéns para a filha:

— Querida, a festa foi um sucesso. Foi sensacional, estou admirada com sua habilidade.

— Obrigada, mamãe, a senhora merecia uma festa linda. É uma pessoa especial, uma guerreira. — Com a voz embargada, prosseguiu: — A senhora não imagina o orgulho que eu sinto, e agradeço a Deus por ser sua filha. — Emocionadas, abraçaram-se ternamente. Ao se afastarem, Palmira perguntou, sorrindo graciosamente: — Qual é a sensação de completar quarenta anos, dona Augusta?

Refletindo sobre a pergunta, Augusta suspirou e se voltou para dentro de si, refletiu por alguns minutos e encontrou a resposta:

— A sensação é de felicidade, afinal de contas viver é um presente muito lindo que nos é dado e que devemos saber aproveitar. — Rindo, completou: — Mas também é uma sensação assustadora.

— Por que assustadora?

Augusta esfregou as mãos no próprio rosto, gesto que lhe é característico quando está aflita.

— Porque passou muito rápido. Meu Deus! — Rindo e chorando ao mesmo tempo, olhou bem fundo nos olhos de Palmira. — Filha, aonde foram parar esses quarenta anos?

Então, uma brisa leve soprou e levou vinte anos embora como uma nuvem de poeira.

Prestem atenção, queridos leitores, não se distraiam. Ah! Vocês achavam que eu não estaria ali? E perder a festa? Até parece!

Capítulo 26

É o tempo passa...

— MAMÃE, aonde foram parar esses quarenta anos? — perguntou Palmira com as mãos no próprio rosto, rindo e chorando ao mesmo tempo.

— Qual é a sensação de completar quarenta anos, Palmira?

— É assustadora! Mas de uma felicidade imensa.

Rindo com a resposta da filha, tão parecida com a que ela mesma dera em seu quadragésimo aniversário, Augusta argumentou:

— Eu é que deveria estar assustada, em alguns meses completo sessenta.

— E será a sexagenária mais linda do mundo. Pena que continua solteira.

Augusta riu, irônica.

— Quem precisa de namorado é você, garota! Caio já está com vinte anos e você nunca teve ninguém durante todo este tempo, filha. Você me acusou de ter medo de confiar em homens, mas e você? O que te impede de ser feliz?

— Vou dar a mesma resposta que a senhora me deu vinte anos atrás: eu sou feliz.

— Mas pode ser muito mais.

Rindo, Palmira brincou:

— Para uma quase sexagenária a senhora até que tem uma memória impressionante.

— Tá pensando que eu vou ser uma velhinha caduca? Com a quantidade de livros que leio, minha memória é excelente — ponderou, rindo.

Palmira riu junto com a mãe e bocejou. Percebendo o cansaço da filha, deu um beijo em seu rosto e a empurrou para dentro de casa.

— Vá descansar, você trabalhou muito, a festa estava maravilhosa.

— Estou exausta mesmo, mas já estou pensando na sua festa.

— Ah! Meu Deus! Vai começar tudo de novo.

— Não pense que vai escapar.

De fato, Palmira organizou a festa de seu próprio aniversário primorosamente. Ela adorava envolver-se com os preparativos e todas as festas dos sobrinhos eram de responsabilidade dela.

Sorrindo para si mesma, Augusta ponderou: *como minha filha é amorosa! Estou sendo injusta, todos são. Carlos e Cláudio não medem esforços para me agradar.*

Sozinha e aproveitando o seu momento de satisfação diante do aniversário da sua caçula, percebeu o quanto continuava sendo uma pessoa de sorte, não podia reclamar do destino. Parecia que fora ontem que tivera essa mesma conversa com a filha, e de lá para cá tanta coisa acontecera.

Cláudio teve mais dois filhos, Maurício e José Carlos, com sua Hannah. Que nora fantástica ela era. Carlos também se casou muito bem. Thaís era o nome de sua esposa, uma joia rara e mãe maravilhosa de três lindas meninas: Bruna, Adriana e Rita.

A fábrica da família já tinha várias filiais e era impossível não lembrar que ela e seus filhos um dia passaram fome. Os três filhos eram diretores e administravam de forma exemplar a empresa e seus bens.

Nem tudo foram flores, infelizmente. Caio tivera uma meningite que quase o matara, mas graças a Deus não ficara com sequelas. Não poderia negar que ele era o neto mais querido, não conseguia explicar a conexão que os ligava desde o momento do seu nascimento. Claro que buscava justificativas: *ele mora comigo desde que nasceu, portanto convivo mais com ele. É o meu primeiro neto e tem uma paixão imensa por mim*. Obviamente, fazia o possível para ser a mesma avó para todos e claro que conseguia.

Bárbara nunca foi embora. Incorporou para si a vida da cidade grande, era uma verdadeira cidadã urbana. Fez sua tão sonhada faculdade de Pedagogia. E não é que Augusta se empolgara e fizera o curso com ela? Realizaram o sonho juntas e fora maravilhoso. Tinham uma escola, que administravam com eficiência. Bárbara era uma diretora exemplar.

Teresa e José se aposentaram e decidiram morar no interior.

Infelizmente, Maria, mãe de Augusta, falecera há cinco anos, mas ainda viveram quinze maravilhosos anos juntas antes que ela partisse. Passava parte do tempo na cidade e parte com os outros filhos, no sítio. Augusta nunca mais deixou de ter contato com os irmãos.

É... não posso me queixar da vida. O destino foi muito maravilhoso comigo, pensou ao lembrar-se de tudo que vivera até ali. Repentinamente, Augusta sentiu um arrepio de frio e falou consigo mesma:

— Acho que estou ficando caduca mesmo, Palmira tem razão: está frio e eu aqui sozinha com meus pensamentos.

Levantou-se, já sem a mesma agilidade de antes, e se dirigiu para a porta, mas antes deu uma última olhada em seu amado jardim e sorriu, satisfeita com tudo que conquistara.

Olhem só, meus amigos, como são as coisas: fui promovido de destino cruel para maravilhoso. Estou até emocionado, mas vamos ao que interessa.

Vocês já sabem que eu adoro citar ditados populares e o que mais se enquadra neste momento na vida da família é: o mundo dá muitas voltas. E entre essas voltas, reapareceu um fantasma do passado.

Aos domingos, a família se reunia na casa da mãe. Eram os dias preferidos de Augusta. A harmonia de todos enchia seu coração de paz e felicidade, adorava a bagunça que as crianças faziam e amava mais ainda o entrosamento entre seus filhos e noras. Bárbara sempre aparecia para o café da tarde, mas, nesse dia, ela tinha outro compromisso.

Em um desses deliciosos domingos, Augusta ouviu a campainha tocando. Imaginando tratar-se de algum vendedor e vendo que a empregada estava atarefada, resolveu atender o portão. Ao olhar pelas frestas, percebeu que não estava diante de um trabalhador, pois o homem à sua frente estava muito bem-vestido, mas, apesar de aparentar boas maneiras, percebia-se certa tensão em seu semblante. Augusta olhou para ele, sentindo-se desconfortável.

— Desculpe incomodá-la, senhora. Gostaria de saber se mora nesta casa uma moça de nome Palmira.

Augusta abriu a boca, surpresa, e seu instinto de mãe percebeu imediatamente de quem se tratava. Travando uma batalha consigo mesma entre confirmar ou mentir, olhou para ele profundamente, avaliando-o. Era um homem muito bonito, sem dúvida. Mas era um cafajeste que já causara sério estrago à vida de sua filha. Como poderia simplesmente dizer que sim e deixar esse canalha entrar novamente na vida de sua menina?

Abriu a boca para mentir, porém lembremos que a nova Augusta aprendeu que o destino dos outros não lhe pertencia e, apesar de contrariada, confirmou:

— Sim. Palmira mora nesta casa. — Querendo ter suas suspeitas confirmadas, indagou: — E quem é o senhor?

Nervoso, com gotas de suor aparecendo em sua testa, olhou para os lados.

— Gostaria de falar com ela. Posso entrar?

— Perguntei quem é o senhor — irritou-se.

Desorientado com o tom de voz dela, ele gaguejou:

— Meu nome é Roberto... e... eu... eu preciso muito falar com Palmira.

— Ah! Roberto... já ouvi falar muito de você.

Entendendo que estava diante da mãe de Palmira, ficou ainda mais nervoso e passou as mãos pelos cabelos.

— Sei que a senhora tem seus motivos para me tratar com desconfiança, mas preciso muito mesmo falar com sua filha.

Augusta abriu a boca para enxotá-lo, mas a fechou com muito esforço, lembrando-se que jurara para si mesma nunca mais intervir na vida dos filhos.

Estava ali apenas para dar-lhes conselhos se eles pedissem. Abriu o portão e fez um gesto para que ele entrasse. Indicou com a cabeça para que ele se sentasse em um banco na varanda e, fazendo um esforço muito grande para conter-se, avisou:

— Vou chamá-la. Por favor, aguarde aqui.

— Muito obrigado, senhora — agradeceu, soltando um suspiro de alívio.

Ela entrou na casa com as pernas tremendo, encontrou Palmira jogando cartas com os irmãos e com Caio. Procurando aparentar tranquilidade, chamou a filha:

— Querida, preciso de sua ajuda na cozinha.

— Oba! — Ouviu Cláudio rindo. — Se sair, perdeu! E você não vai deixar de ajudar a mãe, né?!

Olhando irritada para o irmão, virou-se para a mãe em seguida.

— Não posso ir agora, mamãe. Eu preciso ganhar desse presunçoso. Prometo que ajudo já, já.

— Tem que ser agora — enfatizou, tensa.

— Por favor, mãezinha. Chame uma das meninas.

— Vá logo, irmãzinha. Quem mandou nascer mulher?! — Carlos brincou.

— Deixe de ser machista, seu tonto.

Controlando-se para que ninguém percebesse seu nervosismo, Augusta incorporou a antiga mãe mandona. Tirou as cartas da mão da filha, pegou-a pela mão, fazendo-a levantar-se:

— Venha comigo — seu tom de voz fez com que os meninos rissem. —, querida.

É claro que Palmira seguiu a mãe, mas falando por sobre o ombro:

— Eu já volto para a revanche, não pensem que vocês ganharam.

Augusta a conduziu para a sala e se sentou com ela no sofá, olhando-a carinhosamente. No auge dos seus quarenta anos, Palmira ainda era uma mulher lindíssima. Seu corpo mais cheio pelo passar dos anos a tornou curvilínea, herdara a genética da mãe. Cuidava-se e mantinha seus cabelos e pele muito bem hidratados. Adorava maquiar-se e o fazia com perfeição. Era uma mulher que chamava a atenção por onde passava. Naquele momento, usava um vestido amarelo primaveril que a deixava encantadora. Percebendo o olhar da mãe, brincou:

— Xiii... Agora estou ficando nervosa. Está brava comigo, mamãe?

— Não, querida. Chamei-a porque preciso te dizer algo muito importante e quero que você se lembre de que sempre terá meu apoio.

— O que aconteceu? — perguntou, assustada.

Respirando pesadamente, respondeu para não deixar a filha ainda mais ansiosa:

— Você tem uma visita, pedi que ele esperasse lá fora para você não ser pega de surpresa.

— Quem é, mamãe? Quem poderia ser em um domingo? — Então ela entendeu o nervosismo da mãe e seu ar apreensivo, ficou pálida e sentiu o ar lhe fugindo. — Não pode ser quem eu estou pensando!

— Mas é. Roberto está aí e quer falar contigo.

Palmira empalideceu instantaneamente, esfregou as mãos no rosto, ficou atônita e começou a tremer.

— Meu Deus! O que eu faço, mamãe?

Contrariando a si mesma, que ainda desejava escorraçar o sujeito dali, aconselhou:

— Faça o que seu coração mandar.

— Neste momento, meu coração está galopando freneticamente. Não estou conseguindo pensar. — Respirando fundo, avisou: — Estou zonza.

Segurando suas mãos firmemente, Augusta olhou em seus olhos.

— Você chegou a pensar que este momento aconteceria?

— Sim — respondeu imediatamente. — Sempre quis que isso acontecesse, não sei exatamente o porquê, mas não acreditava que aconteceria. Eram apenas devaneios.

— Bem... creio que no fundo você desejava este encontro — Augusta ponderou.

— Mas agora não sei se quero, mamãe.

A mãe se sentiu à vontade para falar:

— Acho que você deve falar com ele. Ouça o que ele tem a dizer. Dê isso a si mesma, será muito melhor do que não ir e se arrepender depois. Se não for, ficará se torturando para saber do que se tratava.

Palmira se levantou, agitada.

— Mas e se ele quiser ver o Caio? Se ele quiser levar meu filho embora?

— Palmira, fique calma. Você não está raciocinando. Caio está registrado apenas em seu nome. Roberto não tem como fazer nada a respeito, não tem direitos de pai.

Tremendo um pouco menos, sentou-se novamente.

— A senhora tem razão. Claro! Ainda bem que contei toda a verdade para Caio, nunca menti sobre sua origem.

Augusta se levantou e pegou um copo de água para a filha.

— Beba. Fique tranquila e resolva isso de uma vez. Você nunca foi covarde, filha.

Sorriu para a mãe.

— Sim. A senhora tem razão. — Tomou o restante da água. — Vou lá descobrir o que me aguarda. — Levantou-se e abraçou a mãe. Respirou fundo uma última vez e se dirigiu para a varanda, pedindo à mãe: — Não deixe que Caio venha para cá, por favor.

— Pode ficar tranquila.

Vendo a filha dirigir-se empertigada e de queixo erguido a um encontro inesperado, imaginou se os tempos turbulentos estariam voltando, ponderou sobre que desastres poderiam sobrevir daquela conversa.

Saiu da casa para o jardim e procurou Caio com o olhar. Encontrou-o brincando com os primos menores e seu olhar se enterneceu. Ele era dono de um rosto perfeito, olhos e cabelos negros, alto e musculoso. Era um menino de ouro. Extremamente amoroso e dedicado com todos. Prometeu a si mesma que não deixaria que a volta do pai danificasse toda a educação e princípios que a família lhe incutira.

Ele já era um homem e cursava faculdade de Engenharia. Mesmo estudando muito, fazia questão de trabalhar em meio expediente na fábrica. Amava a mãe e tinha adoração pela avó, com a qual tinha uma sintonia inexplicável, que se manifestou ao sentir-se observado por ela. Sentindo um arrepio, deixou as crianças e se dirigiu para onde Augusta estava, percebendo um sorriso frágil em seu rosto.

— A senhora está bem, vovó?

— Estou, meu querido. E você?

— Tudo ótimo. — Abraçou-a e falou em seu ouvido: — Sabe que eu a amo demais, não sabe?

Sentindo-se reconfortada pelo abraço, olhou-o nos olhos.

— Sei, sim, meu amor. E pode ter certeza de que eu te amo ainda mais.

Rindo, ele declarou:

— Isso é impossível, dona Augusta. — Percebeu os priminhos agarrando suas pernas e a beijou no rosto. — Vou cuidar destes pirralhos, vovó.

E correu atrás das crianças, que gargalhavam, felizes.

Augusta se voltou para a mesa em que os filhos estavam sentados e se preparou para dar a bombástica notícia, pois naquela família nada era escondido, a união familiar era um princípio básico.

Sentou-se e olhou para seus filhos tão queridos. Como os amava! Como fora prazeroso vê-los se tornarem homens de bem. Tão idênticos na aparência, mas tão diferentes em temperamento: o que faltava em um, sobrava no outro, e era assim que se complementavam. Se fossem um só, seria o ser humano perfeito. Possuíam uma ligação absolutamente intrínseca e inexplicável. E eram maravilhosos, cada um a seu jeito. Como os conhecia muito bem, sabia qual seria o primeiro a perguntar.

— A senhora está bem, mamãe?

Sorrindo, ela respondeu:

— Sim, Carlos. Estou bem. Mas precisamos conversar

— O que aquela fedelha aprontou? — Cláudio inquiriu.

Com um suspiro alto, sabendo o que estava por vir, respondeu:

— Ela não aprontou nada. Escutem o que eu vou falar e permaneçam calmos — Observou seus semblantes surpresos, então tirou o pino da granada: — O pai do Caio está aqui.

No mesmo instante, Cláudio se levantou, derrubando a cadeira e pronto para ir atrás da irmã. Carlos, que já estava preparado para essa reação, segurou seu pulso e, com olhar enérgico, ordenou:

— Fique sentado! Não escutou o que mamãe disse?

Apesar de ser explosivo, sempre acatava as ordens de Carlos, pois sabia que o irmão era mais sensato que ele. Sentou-se vagarosamente, olhando para a casa.

— Mas ela está sozinha com ele.

— E sabe se cuidar muito bem — Augusta afirmou. — Quem tem que resolver isso é ela. Não vocês.

— Mas e se ele fizer alguma coisa com ela? Se a maltratar? Ele é um cafajeste e não sabemos qual é a intenção dele. — Fez menção de se levantar da cadeira novamente. — E se ele for louco?

Augusta apenas lhe dirigiu um gesto, indicando que ele não se levantasse.

— Ninguém sai desta mesa, Cláudio. Não vamos alarmar Caio, pois não sabemos o que esse desgraçado quer.

Emburrados, eles passavam a mão pela testa, os cabelos já rareando e as barrigas mais proeminentes denunciavam que não eram mais meninos há muito tempo. Estranhamente, Augusta sentia uma paz vinda não se sabe de onde. Pressentia que algo de bom sairia da conversa que estava se realizando na varanda.

Após quase uma hora, Palmira retornou e se sentou, vermelha e acalorada, à mesa com a família. Vendo o aspecto iluminado da filha, Augusta percebeu que seu pressentimento estava correto. Cláudio imediatamente exigiu:

— Conte logo. O que esse canalha queria?

— Ei! Calma aí, mandão. Pegue um suco pra mim com bastante açúcar, estou precisando.

Bufando, ele foi providenciar o suco.

— Você está bem? — Carlos afagou a mão da irmã carinhosamente.

— Sim. Já vou contar tudo. — Olhou para a mãe. — Caio não percebeu nada?

— Não, querida. Está jogando bola com as crianças.

— Que bom.

Cláudio voltou com o suco e esperou, impaciente, que ela terminasse de beber e começasse seu relato. Palmira olhou para a família e agradeceu em pensamento pelo amor e preocupação que tinham por ela. Para não afligi-los ainda mais, iniciou:

— Assim que me sentei, ele me pediu perdão. Foi a primeira coisa que falou. Muito emocionado, disse que nunca deveria ter me abandonado naquela situação. Reconheceu que era um garoto mimado que achava que podia fazer o que bem entendesse, chamou a si mesmo de cafajeste e inconsequente. Confesso que adorei ouvir isso.

— E foi mesmo — explodiu Cláudio.

Ignorando o comentário do irmão, continuou:

— Ele falou que não imaginava que eu era tão inocente, que foi criado para não se preocupar com prevenção porque quem devia se cuidar era a mulher.

— Esse era o pensamento da época — Carlos atalhou. — E pior que ainda é.

— É verdade, meu irmão. Ele me disse que ficou atormentado depois de ter me deixado sozinha. — Uma nuvem de tristeza passou por seus olhos ao lembrar-se de quanto aquela conversa, há mais de vinte anos, deixara-a abalada. — E, após alguns dias tentando acreditar que aquilo não traria grandes consequências, ele se consultou com seu pai, que, percebendo suas dúvidas e querendo livrar o filho de alguma situação embaraçosa, o mandou para a Itália para viver por uns tempos lá, com familiares.

— Nossa! Esse tempo foi longo, hein?! — Carlos exclamou, indignado.

— Pois é. Agora vem a segunda parte. Ele acabou morando lá por mais de vinte anos. — Augusta abriu a boca, espantada, mas nada comentou. — Abriu filiais dos negócios do pai por lá e enriqueceu.

— E se casou? — inquiriu Carlos.

— Sim. — Ela soltou um suspiro exasperado. — Disse que aconteceu a mesma situação. Engravidou uma moça e, como não queria carregar o peso da culpa novamente, se casou para reparar seu erro.

— Então Caio tem um irmão! — Augusta exclamou, chocada.

— Não, mãezinha. Não tem. — Palmira fez uma pausa para comer um pedaço de bolo que estava sobre a mesa.

— Isso é hora de comer, Palmira? Estamos curiosos para saber o resto — reclamou Cláudio, indignado.

— Estou com fome, menino. Calma!

— Quer mais um suco, filha?

— Não precisa. Já vou continuar. — Olhando com cara de brava para Cláudio, prosseguiu: — A criança nasceu morta.

— Ah! Que pena! — Augusta se sentiu pesarosa por seu neto.

Cláudio fez cara feia.

— É o castigo dele, mamãe.

— Não estou falando por ele, Cláudio. Penso em Caio, que adoraria saber que tem um irmão.

— Caio já tem muitos primos.

Palmira olhou com cara feia para o irmão.

— Se é castigo, não sei, mas o que ele me falou foi que o casamento dele foi um desastre. Foi um casamento de fachada e eles não se suportavam. Disse que durante todos estes anos nunca deixou de pensar em mim. — Sua voz ficou embargada. — Que queria muito voltar e me procurar, mas que não podia deixar sua esposa, pois já lhe bastava a culpa de ter arruinado a vida de uma pessoa.

— Falando assim, dá quase para acreditar que é um homem honrado — Cláudio ironizou.

Olhando também com cara feia para o filho, que não parava de interromper, Augusta perguntou:

— Mas o que mudou então, já que ele está aqui?

— A esposa dele teve câncer e faleceu.

— Nossa! — Carlos, que estava quieto ouvindo, enfim se manifestou. — Que vida triste. — Olhou com ternura para sua esposa, que estava na sombra de uma árvore conversando com Hannah. — Deve ser muito ruim viver com alguém que não se ama.

— E quanto a Caio? — Augusta perguntou, apreensiva.

— Ele ficou muito feliz por saber que eu tive a criança. Disse que essa curiosidade o corroeu por todos estes anos. Ele me pediu para conhecer o filho.

Enfim explodindo, Cláudio se levantou irritado, derrubando a cadeira.

— Mas é muito pilantra mesmo! É muito fácil chegar aqui e encontrar um garoto bem-criado, honesto e íntegro, prontinho para chamá-lo de papai. Faça-me o favor!

— E como você está se sentindo em relação a isso, querida? — Augusta afagou a mão da filha carinhosamente.

Olhando atentamente para sua família que tanto amava, Palmira se sentiu confusa e insegura. Não estava detalhando tudo que acontecera. Não contou que ele lhe dera um beijo na hora de ir embora, que a deixara atordoada. Não mencionou que ficara com as pernas bambas enquanto ele a olhava apaixonadamente e pedia uma chance de reconquistar seu amor. Não lhes contou também que ele a achara deslumbrante e ainda mais linda do que antes. Ainda não se sentia pronta para abrir seus sentimentos, pois ainda não os conhecia realmente, e por isso preferiu esquivar-se:

— Não sei, mamãe. Ainda estou meio desnorteada com essa aparição inesperada. Acho que preciso descansar um pouco, vou para meu quarto. — Olhou para os irmãos. — Assim que conseguir entender meus sentimentos, nós conversaremos, está bem?

— Claro que sim, querida — responderam os dois irmãos ao mesmo tempo, fazendo-a rir.

— Isso ainda acontece mesmo depois de tanto tempo. Coisa de gêmeos!

A tarde seguiu como de costume: os netos menores dormiam em espreguiçadeiras, exaustos de tanto brincar, os adolescentes assistiam à televisão e os adultos conversavam.

Thaís e Hannah, que tinham uma folga, já que as crianças dormiam, juntaram-se aos maridos e ficaram a par do acontecimento do dia. Todos concordaram que apoiariam o que Palmira decidisse e que a prioridade maior era Caio.

Palmira não havia descido e os irmãos foram embora sem despedir-se dela, sob protestos de Cláudio, obviamente.

Após a partida da família, Caio se recolheu e Augusta foi ao quarto da sua caçula, que conforme ela imaginou não estava dormindo.

Mal viu a mãe entrar no quarto e a puxo pela mão. Sentaram-se no sofá.

— Como eles demoraram para ir embora hoje. Eu estou aqui agoniada, querendo falar com a senhora.

Rindo, pois já havia previsto que ela não contara tudo na presença dos irmãos, perguntou:

— Conseguiu dormir, filha?

— Claro que não! Imagine se eu conseguiria relaxar com os nervos em polvorosa.

— Eu já esperava por isso. Agora conte a versão não censurada, querida.

Palmira arregalou seus lindos olhos verdes e deu risada.

— A senhora é danadinha, né?!

— Sempre!

E riram juntas.

— Apenas sua sabedoria consegue me acalmar, será que um dia serei assim?

— Será com certeza. A idade ensina muitas coisas. Mas diga, como você está se sentindo em relação a essa volta do Roberto?

— Eu estou eufórica! — Augusta arregalou os olhos, sorrindo diante de tanto entusiasmo. — Nas nuvens.

— É mesmo, filha? Percebi claramente que você estava animada, mas não imaginei tamanha empolgação.

— Eu nunca deixei de pensar nele, mamãe. Preferia não tocar no seu nome para não me chatear, porém sempre alimentei o sonho de que ele voltasse, nem que fosse para poder dizer todas as amarguras que guardei durante tantos anos.

Recordando-se de quanto se preocupara com Palmira por não se abrir a respeito, Augusta se sentia aliviada por enfim sua filha desabafar.

— Eu bem que tentava conversar sobre ele, mas você se fechava, nunca me deu muita abertura.

— Eu sempre pude contar com a senhora e sei que, se dissesse que ainda o amava, teria seu apoio. A questão é que eu não queria assumir que a paixão ainda estava em mim. Se eu admitisse meus sentimentos para qualquer pessoa, estaria reconhecendo que era apaixonada por um homem que me abandonou e que provavelmente nunca mais veria.

— Entendo. Por isso você nunca namorou ninguém?

— Sim. Nunca te escondi nada e a senhora sabe que cheguei a sair com algumas pessoas, mas não conseguia passar do primeiro encontro. E tinha também a questão do preconceito. Percebia que, por mais que tentassem não demonstrar, o fato de ser mãe solteira não fazia de mim um bom partido, ou seja, adorariam sair comigo para uma brincadeira extra, mas não cogitavam a possibilidade de me levar a sério.

— Isso é muito triste, ter tido um filho sem ser casada é um absurdo para essa sociedade hipócrita e preconceituosa. O seu caráter e idoneidade não são levados em conta. E a culpa foi minha!

Com ódio de si mesma, Augusta ficou com lágrimas nos olhos. Sua filha era uma pessoa maravilhosa, porém, aos olhos dos homens, só servia para o prazer.

Abraçando a mãe, Palmira protestou:

— Não fique assim, mãezinha. Não existe culpa nessa história, porque eu tenho o filho mais maravilhoso do mundo. O que seria de nossas vidas sem o Caio?

— Você é muito boa para ser minha filha.

— A senhora é que foi muito boa comigo. Quantas garotas são jogadas na rua com seus filhos por pais e mães antiquados, com vergonha do que os outros vão falar? Mas agora isso acabou. — Com um sorriso enorme nos lábios, declarou: — Meu filho vai conhecer o pai e, se ele quiser, receberá o sobrenome de Roberto.

Arqueando uma sobrancelha, Augusta perguntou:

— Ele disse isso?

— Sim! — Com os olhos brilhando intensamente de alegria, Palmira parecia uma adolescente. — Ele quer conhecer o Caio, e não é só isso... — Ajoelhou-se no sofá, virando-se para ficar totalmente de frente para a mãe. — Ele quer se casar comigo.

Augusta já havia pressentido isso, mas ficou surpresa mesmo assim.

— Nossa! — Soltou um suspiro. — Quantas novidades.

— E não é só isso! Disse que nunca deixou de me amar, que pensava em mim todos os dias. — Colocou as mãos no rosto para tentar acalmar o calor que lhe cobria a face. — Ele me beijou, mamãe. Várias vezes. E foi maravilhoso!

Feliz, porém preocupada, Augusta tentou fazer a filha voltar ao lado objetivo da situação:

— Que bom, filha. É muito bom te ver feliz, porém creio que você deve ir mais devagar. Ele se justificou, mas isso não apaga todos estes anos em que você criou seu filho sem a presença do pai. Quem nos garante que ele está sendo verdadeiro e sincero agora? E se foi apenas uma artimanha para se aproximar do filho, que é o único que ele tem?

Palmira se levantou do sofá e bebeu um longo gole de água. Abriu um pouco as janelas, pois se sentia muito acalorada devido às emoções. Respirou profundamente o ar noturno carregado do aroma das rosas do jardim. Por um momento, permitiu-se apenas sentir essa sensação maravilhosa de contato com a natureza, então se virou e pegou um envelope que havia guardado no armário. Ela o abriu, tirou uma grande quantidade de cartas e as mostrou para a mãe.

— Ele me deu isso, mamãe. São cartas que ele escreveu ao longo dos anos e que nunca teve coragem de enviar. — Enfim, derramou as contidas lágrimas de emoção. — Em todas declara seu amor por mim e pelo filho. Além da vontade de deixar tudo para trás e me procurar.

Augusta olhou boquiaberta para o conteúdo que a filha depositava em suas mãos. Percebia-se que eram datadas de muitos anos até chegar ao ano anterior. Algumas com envelopes endereçados à sua casa, outras sem envelopes, e algumas até amassadas.

— Posso? — Olhando para a filha, pediu permissão para pegar uma carta.

— Por favor.

Passou os olhos por um papel já bem amarelado, palavras de amor escritas em uma letra caprichada. Pegou outra carta que se percebia ser mais recente, novamente palavras de amor e arrependimento. Rendendo-se e, ainda com lágrimas nos olhos, abraçou a filha.

— Minha querida — sussurrou em seu ouvido. — Enfim você vai ser feliz.

Curtindo o abraço da mãe, Palmira sussurrou em resposta:

— Vou, mamãe. Ou pelo menos vou tentar muito.

Capítulo 27

O retorno do amor

NO DIA seguinte, Palmira saiu para jantar com Roberto. Ela e a mãe concordaram que era necessário esperar o desenlace do encontro para conversarem com Caio.

Apesar de estar entusiasmadíssima, Palmira sabia que não tinha de pensar apenas na parte amorosa, o jantar seria para tratar principalmente de Caio. O jovem aceitar o pai seria essencial para que ela se casasse com Roberto.

Conversaram muito e decidiram, seguindo o conselho de sua mãe, que deveriam namorar por um tempo até se conhecerem melhor, já que mais de vinte anos se passaram, não eram mais os mesmos.

No dia seguinte, após o jantar, Palmira contou a Caio que o pai havia voltado.

— O quê?! — exclamou, surpreso e um tanto indignado. — O que ele quer após todos estes anos desaparecido?

Augusta o pegou pela mão e fez com que se sentasse ao seu lado no sofá.

— Querido, sei que é algo totalmente inesperado para todos nós, mas acalme-se e ouça sua mãe. Ela tem como explicar por que seu pai demorou tanto para procurar vocês.

— Desculpe, vovó, mas é difícil me acalmar. Eu me acostumei a vida toda que não tinha pai e nunca saberia quem ele é. — Levantou-se novamente e começou a andar pela sala. — E nunca me fez falta, para falar a verdade. Meus tios foram ótimos pais para mim quando precisei de conselhos e me deram todas as respostas para coisas que não podia perguntar para vocês. Agora, a esta altura da vida, não preciso de um pai.

Surpresa com a reação do filho, Palmira ficou desconcertada. Não esperava essa revolta de um garoto que sempre fora tão cordato e tranquilo. Talvez seus sentimentos em relação à ausência do pai não tenham sido percebidos pela família, pois sempre o viam calmo e feliz. Respirou fundo e, olhando profundamente em seus olhos, declarou:

— De fato, você não precisa dele, mas ele precisa de você. — Percebeu seu olhar oscilar entre irônico e surpreso. — E eu preciso muito que você tenha calma e me deixe explicar, meu amor.

Vendo o olhar angustiado da mãe, Caio se arrependeu imediatamente por deixá-la exasperada ao apresentar uma reação tão atípica e seu coração amoleceu. Era tão amado por aquelas duas mulheres maravilhosas que estavam ansiosas à sua frente que se acalmou rapidamente, jamais conseguiria contrariá-las, porque elas não mereciam. Abraçou a mãe e a apertou em seus braços.

— Desculpe, mamãe. É claro que vou ouvi-la. — Virando-se para a avó a fim de deixar claro que o verdadeiro Caio já estava de volta, brincou: — Acho que a senhora precisará fazer uma bacia gigante de pipoca, vovó.

Os três deram risada e o ambiente harmonioso estava de volta.

— Já estou indo!

Levantou-se em direção à cozinha, mas, ao passar por Caio, ganhou um abraço apertado. Ele falou em seu ouvido:

— Te amo.

— Também te amo muito, meu neto lindo.

Entrou na cozinha agradecendo por ter esse menino tão especial em sua vida. Demorou um pouco mais que o normal para que eles tivessem um momento só deles, e, ao retornar com as pipocas, percebeu que a conversa já estava adiantada e ambos tinham os olhos marejados.

A mãe contou tudo e mostrou as cartas de Roberto. Era impossível não perceber a sinceridade e o amor que estavam naquelas linhas, bem como o desejo desesperado de um pai para conhecer seu filho.

Palmira deixou claro que sempre amara Roberto, mas sua prioridade era o bem-estar do filho.

— Você é meu bem maior e não farei nada que te contrarie. Se você não quiser conhecê-lo, aceitarei sua decisão. Ouça seu coração e não se precipite. Você tem o tempo que quiser para refletir.

Olhando intensamente nos olhos de sua mãe, Caio percebeu que de fato havia um brilho diferente em seu olhar. Ele se levantou e olhou para o jardim através da janela, refletindo sobre essa revelação inesperada, que com certeza causaria uma reviravolta em sua vida considerada feliz. Precisava de um pai? Queria ter um pai a essa altura da vida? Ouviu um suspiro trêmulo de ansiedade por parte de sua mãe e tomou sua decisão. Ela o criara de forma maravilhosa. Ele nunca se sentira como um filho indesejado, ao contrário: foi absolutamente amado. Nunca se vira como inferior em relação aos colegas que tinham pai, porque sua mãe incutira em seu caráter o amor-próprio e o orgulho por ele ser quem era. Como podia negar a essa mulher que o amava acima de tudo a chance de ser feliz se até aquele momento sua dedicação fora exclusiva ao filho? Jamais lhe causaria infelicidade. Com lágrimas nos olhos ao pensar em tudo que sua mãe lhe dera, virou-se e foi até o sofá, estendeu a mão para que Palmira se levantasse e a abraçou ternamente.

— Pode marcar o encontro, mamãe. Amanhã, se quiser.

Surpresa com a aceitação tão rápida, acariciou o rosto do filho.

— Tem certeza, meu amor? Podemos esperar até você se acostumar com a ideia.

— Não preciso esperar, quero que a senhora seja feliz logo. Já perdeu muito tempo sem um amor em sua vida.

Emocionada, brincou:

— Mas quem disse que eu não tive um amor em minha vida? O maior amor de todos está me abraçando. — Fez um movimento para que Augusta se juntasse a eles. — Na verdade, meus dois maiores amores.

No dia seguinte, Roberto pontualmente tocou a campainha da casa da família às oito horas. Muito apreensivo, porém extremamente feliz, foi recebido por Palmira com um beijo e um abraço prolongado.

Assim que entrou na sala, procurou o filho com o olhar, mas não havia ninguém no aposento. Seu semblante se nublou no mesmo instante, olhou interrogativamente para Palmira.

— Ele mudou de ideia?

— Não. Claro que não. Está chegando do trabalho a qualquer momento.

Com um suspiro de alívio, admirou a beleza e bom gosto do lugar. Em menos de um minuto, Augusta saiu da cozinha para recebê-lo, estendendo-lhe a mão, que ele prontamente apertou.

— Seja bem-vindo à nossa casa.

— Muito obrigada, dona Augusta. Quero, antes de qualquer coisa, pedir perdão por tudo o que aconteceu e por todo o transtorno que causei.

Arqueando a sobrancelha, Augusta demonstrava certa indignação.

— Você está enganado. Não tive transtorno nenhum, só tive alegrias com minha filha e meu neto. Em nenhum momento eles atrapalharam minha vida, ao contrário: só me deram amor.

Sentindo-se constrangido, Roberto se desculpou:

— Eu me expressei mal. Sinto culpa por não ter tido a maturidade necessária na época, sei que fui um cafajeste e me arrependo muito. Poderia ter tido uma vida maravilhosa ao lado de Palmira e Caio.

Indicando o sofá, Augusta se sentou ao seu lado.

— Não se recrimine tanto, cada um tem seu destino e o seu era esse. O que passou... já passou. O importante é que agora você quer retomar o que ficou para trás e eu admiro isso, pense apenas nos bons momentos que você terá daqui para frente.

Emocionado pelas palavras, ele a elogiou:

— Bem que Palmira me disse que a senhora era uma mulher muito sábia.

— Às vezes ela mente. — Sorrindo, Augusta descontraiu o ambiente.

— Mamãe! — Palmira repreendeu, sorrindo.

— Mas é só às vezes! — Deu uma piscadela para o futuro genro.

Estavam os três rindo quando Caio entrou. Imediatamente, Roberto se levantou, apreensivo, e Caio parou por um segundo ao vê-lo de pé. Pensou sobre esse encontro durante todo o dia e nas várias maneiras de se apresentar para seu pai, mas no momento ele se esqueceu de todas. Sentindo o clima tenso e determinado a não deixar sua mãe infeliz, simplesmente estendeu a mão para Roberto.

— Muito prazer em conhecê-lo.

Na mesma hora, percebeu que fora muito frio, mas não tinha como voltar atrás. Era uma situação inusitada e inesperada em sua vida, não havia um manual de instruções com que pudesse se orientar, o melhor era deixar-se guiar pelos sentimentos.

— Muito obrigado por me deixar conhecê-lo, meu filho.

Tentando aliviar a tensão, beijou e abraçou a mãe e a avó, como fazia sempre que chegava a casa. Então se dirigiu à Augusta:

— Acho que uma panela de pipoca gigante não vai ser suficiente, vovó. A senhora precisará fazer duas.

Sem entender a piada, Roberto os acompanhou na risada mesmo assim, pois estava achando muito bonita a harmonia entre eles.

— Sabe, até que pipoca de jantar pode ser uma boa opção — Palmira brincou.

— E deixar toda aquela comida gostosa que eu fiz estragar? — reclamou Augusta. — Nem pensar. Já vou trazer o jantar.

Assim que ela se retirou, Caio explicou para Roberto:

— Em momentos de tensão ou de tristeza, minha avó sempre faz pipoca para descontrair o ambiente.

— E algo tão simples assim funciona?

— Pior que funciona.

Augusta entrou com as travessas de comida, e Caio imediatamente foi para a cozinha ajudá-la. Roberto, admirando a solicitude de Caio para com a avó, falou para Palmira:

— Ele realmente é um ótimo garoto.

— O melhor de todos.

Apesar de ser um acontecimento constrangedor e todos estarem inibidos, a tensão logo se dissipou graças a Augusta, que conduziu a conversa de modo a deixar todos à vontade. As perguntas dirigidas a Roberto não eram de cunho pessoal, falaram sobre a Itália e sobre suas empresas.

Após o jantar, sentaram-se na sala de estar e tomaram licor. Augusta não se conteve e comentou sobre a semelhança entre pai e filho. Estava na hora de a conversa seguir para o que realmente interessava.

— Estou impressionada! Caio, você é muito parecido com seu pai. Olhando para Roberto, dá para imaginar você daqui a vinte anos.

Veio à sua mente a vontade de dizer que a semelhança era apenas física, porém ele se conteve, pois não queria magoar a mãe. Nunca a vira tão feliz e animada.

— Até parece, vovó. Eu sou mais bonito.

Eles riram, e Roberto aproveitou a deixa:

— E é mesmo. Eu não era tão bonito na sua idade e infelizmente não tinha também o seu caráter e integridade. — Sua voz assumiu um tom mais grave, percebia-se claramente seu nervosismo devido a necessidade de ser aceito pelo filho. — Não fui tão bem-criado como você. Meu pai era um homem rico e poderoso, achava que dinheiro comprava tudo. Acabou me criando como um *playboyzinho* inconsequente, e com isso tomei decisões muito erradas. — Respirando fundo por um longo momento para controlar suas emoções, agradeceu em pensamento por ninguém o interromper e, olhando intensamente para o filho, prosseguiu: — Eu lhe peço perdão, meu filho. Agi de forma absolutamente errada e não dá para alterar o que ficou para trás, mas gostaria muito que você me aceitasse como seu pai e me desse a chance de ser o melhor pai do mundo para você a partir de agora.

A emoção era palpável naquele lar. Palmira tinha as mãos trêmulas e Roberto, os olhos marejados. Augusta olhava tranquilamente para o neto, pois o conhecia como a palma de sua mão e sabia qual seria sua resposta.

— Não vejo necessidade da palavra "perdão", porque fui muito feliz e amado por minha família. Nunca me faltou nada: desde dinheiro a afeto e carinho. Então não se sinta culpado por mim, porque eu não o culpo por nada. Creio que teremos um longo caminho pela frente para nos conhecermos e nos tornarmos realmente pai e filho, mas estou completamente disposto a que isso aconteça. — Soltando a respiração, Roberto deixou que suas lágrimas corressem livremente por seu rosto. Vendo que Palmira também chorava, emocionada, Caio se levantou, foi até a mãe e beijou sua mão. — Não chore, mamãe. Tudo vai dar certo. — Sorrindo, brincou: — Não se esqueça do que você sempre me disse: chorar traz rugas.

— Estou chorando de orgulho por você, meu amor. — Sorriu para seu filho tão amado. — Muito obrigada!

Levantou-se e abraçou o filho, apertando-o em seu peito, transmitindo todo seu amor nesse gesto. Roberto também se levantou e pediu:

— Sei que isso pode ser prematuro e não me ofenderei se você recusar, mas sonhei com um abraço seu por mais de vinte anos.

Ainda abraçado à mãe, Caio sentiu certo desconforto, porém o venceu e abraçou o pai, que chorava copiosamente. Apesar de querer ficar naquele abraço por horas, sabia que o filho não sentia o mesmo amor que ele, então se afastou para não correr o risco de irritar o garoto.

— Nós vamos fazer isso dar certo, tenho toda a fé do mundo nisso, meu filho.

Olhando-o com certa gravidade, Caio falou:

— Desde que o senhor faça minha mãe feliz, terá todo meu empenho e apoio.

Roberto trouxe Palmira para junto de si.

— Ela será a mulher mais feliz do mundo, pode ter certeza.

Após um silêncio mais prolongado, Augusta desanuviou o ambiente:

— Não vou fazer pipoca, mas estou doida para comer a sobremesa.

— Até que enfim! Também estou doido por um docinho — brincou Caio, seguindo a avó até a cozinha para ajudá-la.

O tempo é o relógio da vida: tem o poder de curar as feridas e ensinar a amar. Por isso eu digo novamente, meus queridos leitores: aproveitem a vida, os bons e nos maus momentos, porque nem tudo são flores. Para Augusta, o tempo das tormentas estava prestes a voltar.

Roberto, Palmira e Caio cumpriram muito bem o que combinaram entre si: passaram bastante tempo juntos para se conhecerem melhor.

Roberto e Palmira fizeram reviver a chama do amor. Apesar das atribuições do dia a dia, passavam todas as horas de folga juntos.

Caio e Roberto aprenderam a se respeitar e se admirar mutuamente, esse era o caminho para que Roberto ganhasse a afeição do filho. Obviamente, o amor paterno teria de ser conquistado através dos anos vindouros, mas a afeição e o carinho se instalaram muito tranquilamente no coração de Caio.

Cláudio e Carlos apresentaram certa resistência natural devido ao cuidado e proteção com que sempre blindaram a irmã, porém a convivência mostrou a eles que Roberto era digno de confiança e estava realmente empenhado em recuperar não só o tempo perdido, como também o amor de Palmira e o afeto de todos os seus familiares.

E após seis meses, em um domingo tradicional na casa da família, Roberto pediu a atenção de Augusta e de Caio e oficialmente pediu Palmira em casamento. Augusta se emocionou muito pela felicidade da filha e não conteve suas lágrimas. Imediatamente, os votos de felicidade foram feitos com abraços e beijos dos sobrinhos, cunhadas e irmãos.

— Que Deus te abençoe, minha irmã. Seja muito feliz. — Emocionado, Carlos a abraçou.

Cláudio beijou várias vezes a irmã e reclamou com o cunhado:

— Você deveria pedir a minha permissão também, quem sempre aguentou essa fedelha irritante fomos nós. — Apontou para Carlos.

— Eu nunca fui irritante, você que era um bobo!

— Eu? — retrucou Cláudio. — Olhe só para a mamãe. Está chorando até agora de felicidade porque enfim você vai dar sossego para ela. Vai desencalhar.

— Deixe de ser abusado, garoto. — Augusta abraçou demoradamente a filha. — Eu vou é sentir falta da minha menina, minha companheira. Mas está mais do que na hora de você realizar seu sonho, querida.

— Está vendo! — Cláudio gritou para se fazer ouvir em meio à balburdia. — A senhora acabou de falar que já estava mais do que na hora.

Dando um tapa de mentirinha no filho, brincou:

— Que menino terrível! Dê sossego para sua irmã. Vá lavar a louça, Cláudio.

Roberto então anunciou:

— A senhora não vai ficar sem sua filha, dona Augusta. Nós compramos uma casa a seiscentos metros de distância, aqui mesmo na avenida. Palmira disse que só casava se morasse perto da senhora.

Começando a chorar de novo, Augusta abriu os braços para a filha, que a abraçou:

— Não fico um dia sem vê-la, mamãe.

— Não vai dar sossego pra mãe mesmo, né? Puxa-saco.

— Fique quieto, Cláudio! Pare de perturbar Palmira.

— Por quê? É tão bom irritar essa chata.

Hannah então o pegou pela mão e o arrastou para a cozinha.

— Vamos acatar a sugestão da minha sogra: você lava a louça e eu enxugo.

— Não! Eu quero ficar aqui.

Mas, percebendo o olhar da esposa, obedeceu prontamente, para alívio de todos, que queriam começar a discutir os preparativos do casamento.

Em dado momento, Palmira percebeu que Caio estava muito calado. Apesar de ter demonstrado sua alegria pela felicidade da mãe, manteve-se distante e pensativo.

— O que houve, meu querido? — Sentou-se ao seu lado. — Por que está tão acabrunhado? Você não concorda com meu casamento?

Seu semblante mudou, e ele se virou, surpreso.

— Claro que concordo, mamãe. Estou muito alegre por vocês, quero que a senhora seja muito feliz com meu pai.

— Então o que está te incomodando? — Ele já ia negar quando ela fez sinal para que ele não falasse. — E eu sei que alguma coisa está te incomodando. Já disse e repito: só fico com seu pai se estiver bom pra você também.

Segurando e beijando a mão da mãe, gesto tão característico dele, dirigiu seu olhar repleto de amor para ela.

— Eu gosto do meu pai, não é nada disso. Ao contrário, está sendo muito legal saber como é ter um pai, ainda mais um bacana como ele. — Fez uma pausa, sem saber como falar o que lhe afligia. — É que... não sei como falar, mamãe. Não quero magoá-la.

Aflita, Palmira reclamou:

— Fale logo, garoto!

Esfregando uma mão na outra nervosamente, ele declarou seu dilema:

— Eu queria saber... se a senhora vai ficar muito triste se eu não for morar com vocês.

Palmira ficou boquiaberta.

— Como assim, meu filho? Nós somos uma família, temos que morar juntos.

— Eu sei disso. Mas não quero deixar a vovó sozinha aqui. Eu gostaria de morar com ela, mamãe.

Sorrindo, Palmira respirou aliviada.

— Eu devia ter imaginado isso. Não desgrudou dela a vida inteira.

— A senhora também não.

— É verdade. Confesso que eu já estava com o coração apertado pensando nela sozinha aqui. Cheguei a falar com Roberto e ele não se importou, mas sei que ela não iria conosco. Sempre respeitou a privacidade dos filhos.

— Então... é uma boa ideia. A senhora também terá mais privacidade e a vovó não ficará sozinha. Além do mais, vocês morarão muito perto, estaremos sempre juntos.

Mais uma vez admirada pelo filho que criara, abraçou-o.

— Você está certo. Como sempre. Mas tenho uma condição.

— Xiii... que medo.

Rindo, ela fez uma careta.

— Até parece... Quero que você tenha seu quarto e que durma em nossa casa uma vez por semana. Quero ter o prazer de tomar café da manhã com meu filho.

— Hum... pode ser interessante. Pode ser no final de semana? Assim a vovó não ficará preocupada se eu chegar tarde.

Rindo, Palmira o abraçou novamente.

— Ai, Caio, você não existe... Claro que pode ser no final de semana. Mas a vovó vai se preocupar do mesmo jeito.

— Mas pelo menos ela não vai ficar vigiando a porta.

— Até parece que ela faz isso! — zombou.

— Claro que não — brincou Caio. — Nunca fez.

Levantaram de mãos dadas e foram comunicar a decisão para Augusta, que obviamente contestou, mas foi voto vencido. Os filhos e netos também não queriam que ela vivesse sozinha e o arranjo ficou perfeito para todos.

APÓS DOIS meses, Palmira e Roberto se casaram em uma cerimônia simples, com a presença da família e de alguns amigos na casa de Augusta. Palmira fez questão de organizar a própria festa, algo que ela sempre gostou de fazer.

Foi tudo perfeito. A decoração estava linda, a casa repleta de flores do campo, comida e bebida em abundância, e a música ambiente suave como deve ser um dia tão especial.

A noiva trajou um vestido longo de corte reto na cor salmão. Os cabelos estavam presos em um belo penteado e a maquiagem suave apenas acentuou sua beleza. Estava radiante ao enfim dizer "sim" ao único homem que amou na vida, e ele estampava o orgulho e o amor em cada olhar que lhe dirigia.

Augusta não cabia em si de felicidade, não apenas pela filha, mas também por sentir que cumprira sua missão. Os filhos estavam muito bem casados e felizes com suas famílias, apesar de todos os transtornos pelos quais passaram. Olhou em volta e só viu pessoas felizes, mas no fundo de seu peito doía a ausência daquele que seria seu caçula.

Percebendo a avó sozinha em um canto, com um olhar meio ausente, Caio se dirigiu para lá.

— A senhora está bem, vovó?

Ela imediatamente espantou a tristeza.

— Estou, sim, querido. Agora seremos só nós dois nesta casa imensa, hein?

— Pois é! Vamos fazer muita farra aqui. Filmes e pipoca toda noite.

— E chocolate.

— E sorvete.

— Vamos acabar ficando diabéticos e gordos.

— Mas felizes, vovó!

— Isso sempre fomos, meu amor. Graças a Deus!

Capítulo 28

A chegada de um anjo

E O tempo passou mais um pouquinho. Após uns meses, Palmira e Roberto anunciaram que a família aumentaria mais uma vez, para a felicidade de todos.

E vocês devem estar achando que eu estou caduco, pois disse que os tempos ruins estavam voltando e só contei coisas boas até agora. Pois lá vamos nós...

Palmira parou de trabalhar na fábrica quando engravidou, afinal já estava com quarenta e dois anos e o médico achou melhor que ela se poupasse um pouco. Os meses de escolha do enxoval do bebê foram muito alegres, ao contrário da gestação de Caio, em que, apesar de ter sido muito amado, havia o fantasma da ausência do pai em uma sociedade bastante conservadora.

Enfim chegou o dia da cirurgia cesariana, procedimento que fora escolhido pelo médico devido à idade de Palmira. Às sete horas da manhã, já havia uma verdadeira comitiva dirigindo-se para o hospital, pois Caio, Augusta e Roberto fizeram questão de acompanhá-la.

O parto transcorreu normalmente, Angélica nasceu rechonchuda e gritando a plenos pulmões. A emoção de ver aquele rosto rosadinho fez com que Palmira chorasse muito, era a filha que ela desejou a vida toda. E para completar sua felicidade, a presença de Roberto tornava tudo especial.

Mas infelizmente a vida de Augusta virou do avesso novamente, os dias ruins voltaram. Ao levar a criança para os procedimentos de pós-parto, o médico percebeu que a menina era diferente. Seus olhinhos eram oblíquos e as palmas de suas mãos revelaram imediatamente uma anomalia. Ela tinha síndrome de Down.

Consternado, o médico saiu da sala, mas deixou instruções para que Palmira descansasse e que as enfermeiras não levassem a bebê para o leito da mãe até que ele falasse com o pai.

Assim que ele saiu para o corredor, a família quis saber se tudo tinha corrido bem. Doutor Wanderley os conduziu ao seu consultório, acomodou-os em cadeiras, sentou-se atrás da mesa e suspirou. Esse sempre era um momento que ele detestava. Adorava dar boas notícias, mas se acovardava diante das ruins. Percebendo que o silêncio estava se prorrogando, Augusta perguntou:

— O que está havendo, Wanderley? Algo aconteceu com minha filha ou com a criança? — Angustiada, ela se levantou. — Diga logo o que aconteceu!

— Acalme-se, Augusta, sua filha passa bem e a menina também.

— Uma menina! — exclamou Roberto, muito feliz, abraçando a sogra e o filho.

— Uma irmãzinha, vovó.

Augusta abraçou Caio e se sentou, pesarosa. Conhecia o doutor Wanderley há muitos anos, ele sempre cuidara de sua família. Ela sabia que algo estava errado.

— Ande, Wanderley. Diga o que está acontecendo.

— O parto correu conforme o esperado e Palmira descansa neste momento. — Olhou consternado para sua amiga. — Porém, sua neta nasceu com síndrome de Down.

Augusta sentiu um zumbido na cabeça devido ao susto, notou que sua espinha estava gelada e a cabeça pesada. Remexeu-se na cadeira e percebeu que Caio e Roberto empalideceram.

— Minha filha é mongoloide? — desnorteado, Roberto perguntou.

Olhando para o pai da criança, o médico lhe deu uma bronca:

— Essa é uma palavra preconceituosa para designar uma falha genética. Sua filha tem síndrome de Down, o senhor não deve pensar nela como uma incapaz.

Muito nervoso, ele retrucou:

— Eu sei o que é essa síndrome, doutor. Conheci uma criança assim, e é algo muito triste de se ver. Por Deus, como isso foi acontecer com minha filhinha?

Irritado com Roberto, o médico se dirigiu à Augusta, que não conseguia articular uma palavra sequer.

— Fique calma, Augusta. Isso não é o fim do mundo. Caio, sua irmã ficará bem.

Augusta se levantou, pegou um copo de água para Caio e outro para Roberto e se serviu de café. Ao sentir o efeito da cafeína em seu organismo, encontrou sua voz:

— Fale sobre isso, doutor. — Sentou-se ao lado do neto, segurando sua mão. — Por favor.

— O que seu genro quis dizer é o que ele provavelmente ouviu, são crianças com aparência física um pouco diferente: possuem olhos amendoados e menores, cabeça mais achatada, orelhas menores e mais algumas diferenças.

Lembrando-se de algo, o médico pediu licença e foi até outra sala. Augusta aproveitou para falar com Caio, que não havia aberto a boca.

— Querido, precisamos manter a calma. Fale comigo, você está mudo.

Respirando fundo na tentativa de concatenar suas ideias e recuperar seu habitual bom senso, olhou para a avó.

— Estou bem, vovó. Não se preocupe.

Wanderley voltou com um álbum e mostrou fotografias de crianças sorridentes e tranquilas, porém com traços físicos nitidamente diferentes.

Os três olharam para as imagens e se enterneceram com as feições amistosas daquelas crianças.

— Não são aberrações, são crianças que têm um pouco mais de dificuldades que as outras, com condições de saúde mais delicadas, mas que conseguem ter uma vida satisfatória dentro de suas limitações.

— E quais seriam essas limitações? — Roberto perguntou.

— A língua é um pouco maior, o que faz com que a pronúncia não seja tão clara como a nossa. Hoje temos fonoaudiólogos que conseguem desenvolver a fala a um nível praticamente normal.

— E o que mais, doutor? — Caio enfim se pronunciou.

— Infelizmente a visão e a audição também não são tão boas como as nossas, entretanto há tratamentos auditivos que trazem grandes resultados.

Sem conseguir conter-se, Roberto se levantou e reclamou:

— O senhor está floreando. Convivi com um garoto nessas condições que vivia internado com problemas cardíacos e respiratórios, morreu com doze anos.

— Jesus! — Augusta arregalou os olhos e levou as mãos à cabeça, assustada.

— Calma, Augusta — o médico pediu e se virou para Roberto. — Em qualquer doença há graus diferentes. Há pessoas diabéticas que tomam insulina diariamente e outras que apenas com uma dieta saudável ficam bem. Há pessoas que contraíram a poliomielite e jamais andarão, enquanto outras se viram muito bem com muletas. E assim é com a síndrome de Down, alguns têm problemas de saúde mais graves e outros são perfeitamente tratáveis. — O médico se virou para Augusta. — Você não se lembra do susto que Caio nos deu quando teve meningite, querida? Pois ele se curou da doença sem nenhuma sequela enquanto muitos não tiveram a mesma sorte.

— É verdade, Roberto. A meningite matou muitas crianças, e nosso menino saiu ileso.

Desorientado, Roberto olhou para Caio. Não gostava nem de pensar na hipótese de que Caio não estivesse neste mundo. Amava-o com todo seu coração.

— E como vamos saber que problemas minha irmã pode vir a apresentar?

Levantando-se também para pegar um copo de água e respirar mais aliviado, agora que todos estavam um pouco menos nervosos, o médico tomou um longo gole e continuou:

— Faremos os exames necessários e acompanharemos sua evolução. É um longo caminho que nem sempre será fácil. O aprendizado é mais devagar...

— Mas eles conseguem aprender? — Augusta interrompeu, surpresa.

— Sim, claro que sim!

Roberto, que estava perdido em seus pensamentos, sentou-se, passando as mãos pelos cabelos nervosamente e olhando para a sogra e o filho.

— Desculpem! A culpa é minha — pediu perdão e pegou na mão de Caio. — Eu abandonei você, meu filho, e estou sendo punido, isso é um castigo pela minha covardia, eu...

— Nada disso! — O doutor imediatamente interrompeu. — Não tem nada a ver com culpa, isso é muito comum em mulheres que engravidam após os quarenta anos. Infelizmente, faz parte da biologia humana. Roberto, não se culpe. Apenas ame muito essa criança, porque ela te dará muito amor. São seres especiais e extremamente carinhosos. — Virou-se para Augusta. — Minha querida, sua neta lhe trará muita alegria. São crianças iluminadas que, quando têm um bom acompanhamento, levam vidas praticamente comuns: estudam, cursam universidades, namoram e até se casam.

Emocionada com as palavras de seu amigo, deixou as lágrimas correrem.

— É verdade mesmo, Wanderley? Não está apenas querendo me animar?

— Não. Conheço você há tempo suficiente para saber que proporcionará à sua neta todos os recursos existentes para que ela se desenvolva perfeitamente dentro de seu quadro clínico. Temos a sorte de ter nesta cidade um grande centro de pesquisas e apoio em várias diretrizes de tratamento para crianças com necessidades mais específicas.

Olhando para o genro, segurou sua mão.

— Com certeza faremos tudo que você recomendar. Minha neta terá tudo que estiver ao nosso alcance.

— O mais importante ela já tem: muito amor. Crescendo em um ambiente familiar com harmonia, sendo estimulada a aprender a ser independente, será com certeza uma grande mulher apesar de suas limitações.

— Como será o tratamento, doutor? — perguntou Caio, ainda muito preocupado.

Levantando-se novamente da cadeira, dirigiu-se ao garoto que ele colocara no mundo tantos anos atrás.

— Por que não vamos ao berçário para que vocês possam conhecê-la? Hoje vocês sofreram um grande baque, podemos deixar outras informações para depois. Estarei sempre à disposição de vocês, mas acho que agora vocês merecem conhecer aquela bonequinha. — Dirigiu-se ao pai. — Aliás, qual será o nome da mocinha?

Sorrindo pela primeira vez, Roberto disse com a voz carregada de orgulho:

— Angélica.

Augusta sorriu também.

— Muito apropriado. Será um anjo em nossas vidas.

Apoiando a mão no ombro de Augusta, o médico os conduziu para o corredor.

— Pode ter certeza disso, minha amiga. Você não imagina como essa menina lhe trará felicidade.

Partiram os três de mãos dadas para ver a princesa que viera ao mundo para iluminar suas vidas. Emocionaram-se ao ver a linda menina. Augusta se sentiu invadida por uma alegria imensa e prometeu a si mesma que faria o impossível para que sua neta tivesse tudo de que necessitasse para ser feliz. Virou seu olhar para os dois homens lindos que olhavam através do vidro, encantados. Segurou a mão do genro, olhou-o profundamente nos olhos e disse:

— Tire a palavra "culpa" do seu vocabulário. Não se responsabilize, porque Deus está nos dando uma dádiva. Cuidaremos dela como um presente especial em nossas vidas. É uma anjinha que merece todo nosso amor. — Segurou também na mão de Caio. — E faremos isso unidos. Sempre unidos.

Com as lágrimas escorrendo, Roberto abraçou a sogra, emocionado, e Caio se juntou ao abraço triplo que selava um compromisso, não com a tristeza, e sim com a felicidade.

E vocês, meus amores, conseguem deixar as tristezas e desgostos para trás e simplesmente seguirem em frente? Vocês amam revoltar-se com o passado e as mazelas pelas quais passaram e se esquecem de curtir o presente e o futuro, porque deixam de valorizar o que está por vir. A vida é um presente... brindem a ela!

Capítulo 29

Criança abençoada

—ANGÉLICA!—gritou Palmira.—Pare de lamber o glacê do bolo, menina!

Saindo de trás de uma mesa repleta de enfeites de princesas e doces de todos os tipos, uma garotinha loira de olhos negros e sorriso maroto, com um vestido de tule cor-de-rosa e tiara na cabeça, reclamou:

— Mas eu quero comer bolo. Tá gostoso — afirmou lambendo os dedos. — Por que eu não posso comer?

Tentando fazer cara de brava, Palmira pegou a filha pelas mãos e se sentou com ela no sofá.

— Porque ninguém quer ver uma princesa porquinha, com a cara suja de chocolate.

— Eu sou uma princesa mesmo, né?

— A mais linda de todas, meu amor.

Passando os bracinhos rechonchudos pelo pescoço da mãe, Angélica lhe deu um beijo estalado no rosto.

— Eu te amo mais que tudo, mamãe.

— E eu te amo mais ainda.

— E eu sou um príncipe sortudo com duas princesas lindas na minha vida.

Roberto se sentou ao lado delas e as olhou carinhosamente. Não conseguiu conter a emoção por ver suas duas meninas lhe sorrindo com tanto amor. Demorara tanto para ser feliz, mas fora recompensado imensamente. Tinha mais amor do que em toda sua vida pregressa.

— Ainda bem que você desceu, tome conta dela, tenho que terminar umas coisas antes que os convidados cheguem.

— Pode deixar, querida. Fique tranquila.

Assim que Palmira se dirigiu para a cozinha, Angélica deu seu sorriso mais encantador.

— Papai, a mamãe não me deixou comer chocolate.

Ele fez sinal para que a filha ficasse quieta e sorrateiramente pegou um brigadeiro. Os olhos dela se iluminaram e ela bateu palmas, comendo o doce com entusiasmo.

Palmira gritou da cozinha:

— Roberto, eu sei o que você fez! Se ela sujar o vestido, você estará encrencado.

Pai e filha se entreolharam e fizeram cara de medo um para o outro, para em seguida rirem às gargalhadas. No mesmo instante, a porta foi aberta por Caio e Augusta, e a menina correu para abraçá-los.

— Oba! A vovó chegou.

— Mas foi só a vovó que chegou, sua chata?

Pulando no colo do irmão, abraçou-o pelo pescoço.

— Você que é chato, mas eu te amo mesmo assim — brincou e se dirigiu para Augusta: — Vovó, a senhora sabia que eu tenho seis anos hoje?

— Sabia. — Beijou a neta ainda no colo do irmão. — E você sabia que trouxemos presentes para você?

— Quero ver tudo! — disse já pulando para o chão.

Caio foi até o pai e o abraçou. A essa altura, depois de tantos percalços e preocupações com Angélica, a relação dos dois tinha se solidificado, amavam-se genuinamente, sem cobranças e mágoas. Em um dos piores momentos, quando contaram para Palmira que a filha nascera com síndrome de Down, estavam juntos e em todos os outros episódios difíceis também.

E foram muitos. Angélica apresentou algumas doenças comuns ao seu quadro clínico, que geraram grande preocupação, por esse motivo ficou internada em hospitais algumas vezes. Com o passar do tempo, fortaleceu-se graças a um acompanhamento eficaz do doutor Wanderley, além do apoio de profissionais capacitados: fisioterapeutas, fonoaudiólogos, preparadores físicos, entre outros. A família não media esforços para seu desenvolvimento, tanto físico quanto intelectual, haja vista que ela estava prestes a ingressar na primeira série do ensino infantil já alfabetizada por Augusta e Bárbara, que fizeram de tudo para que a menina não ficasse atrás das outras crianças.

Sua dicção ainda causava muitas dificuldades de entendimento. Estava longe de ser perfeita e talvez nunca fosse, porém todos que conviviam com ela conseguiam compreender tranquilamente o que ela falava.

A previsão do médico foi extremamente acertada: ela encantava a todos com quem convivia. Era um doce de criança e espalhava seu amor incondicionalmente. Era a caçula e a princesa de todos.

A porta se abriu novamente, e ela correu para abraçar as pernas de Cláudio, pois sabia que ele a pegaria pelas pernas e faria aviãozinho com ela de ponta cabeça, para desespero de Augusta e Palmira.

— Largue a minha filha, seu doido! Ela vai vomitar.

— Vai nada, sua chata. Tá acostumada. É pra parar, pirralha?

— Não...

Após três minutos de agonia para a mãe, Cláudio a colocou no chão e ela correu novamente para a porta com a chegada do tio Carlos, que obviamente não deixou a menina de cabeça para baixo, mas a segurou no colo e a abraçou apertado várias vezes.

— Mais abraço? — ele perguntou.

— Sim!

E assim se passaram alguns minutos, até que ela se sentisse devidamente apertada.

Augusta e os filhos se reuniram em volta da mesa de aniversário e admiraram a decoração belíssima que Palmira fizera. Pequenos jardins de papel e papelão formavam cenários espalhados pela sala em que Branca de Neve conversava com Rapunzel. Bela Adormecida e Cinderela se sentavam preguiçosamente ao sol à beira de um riacho em que corria água, como disse Angélica, de verdade. Balões coloridos espalhados nas paredes não podiam faltar. Encantada com a beleza da sala de Palmira, que morava em uma casa grande e moderna, Augusta elogiou:

— Está tudo perfeito, filha. Como sempre.

— Ela até que sabe fazer essas coisinhas de festa, né?!

— Deixe de ser mal-agradecido, Cláudio. Todas os aniversários de seus filhos fui eu que organizei.

— Por isso eles são traumatizados, aqueles palhaços horrorosos e super-heróis esquisitos deixavam as crianças apavoradas.

— Esquisito é você. Eles adoravam — contestou, dando um tapa na sua cabeça, agora totalmente careca.

Puxando-a para um abraço, ele enfim falou sério:

— Claro que adoravam, querida. Você é muito talentosa, e eu te amo muito.

— Também te amo, seu chato.

— Também quero um abraço e também te amo, maninha — reclamou Carlos puxando-a para si.

Emocionada, ela falou alegremente:

— Vocês são os melhores irmãos que alguém pode ter.

O coração de Augusta se enternecia nesses momentos. Tiveram uma infância tão difícil, sem pai e praticamente passando fome, trabalhando como escravos, e mesmo assim viraram pessoas íntegras e honestas. Vendo Angélica brincar com os primos, Augusta perguntou para Palmira:

— Está preparada para deixar sua filha na escola segunda-feira?

Palmira deu um suspiro profundo de consternação, mas também de resignação.

— Claro que não. Nunca fiquei mais de uma hora longe dela. Agora vou ter que passar meio período sem minha menina, como vou sobreviver?

— Ai, quanto drama, Palmira. Você vai sobreviver — Cláudio brincou.

— Claro que vou, e estou muito feliz por ela ter se desenvolvido tão bem a ponto de frequentar a escola, mas meu coração vai ficar apertado. Ainda bem que ela vai para a melhor escola de todas, né, mamãe?

— A melhor, com certeza. Estarei de olho nela, como fiz com todos os meus netos.

— Sei disso, mas confesso que me preocupo com as outras crianças quando eles perceberem que ela é diferente.

— Por quê? — Carlos olhou para ela atentamente.

— Tenho medo de que eles zombem dela, que a tratem como diferente.

Surpresa, Augusta declarou:

— Imagine, filha, criança não tem preconceito. Eles gostam muito de novos amigos, todos são muito bem recebidos.

— Mamãe, quantas crianças com síndrome de Down a senhora tem em sua escola?

— Nenhuma, mas eu adoraria ter várias.

— Sabe por que não tem crianças assim em sua escola? Porque os pais têm medo de que seus filhos sejam hostilizados.

Indignada por estar vendo um fundo de verdade no que ela falava, repreendeu-a:

— Credo, Palmira, claro que não. Que absurdo!

— E onde estão essas crianças?

Pensativa, Augusta refletiu sobre a pergunta.

— Provavelmente nos centros de reabilitação e apoio. E lá eles estudam também.

— Então! Essa é a questão: lá eles estão entre os seus. Todos têm características semelhantes e se veem como iguais, por esse motivo se respeitam.

Cláudio interveio:

— Espere aí, irmã. Acho que você está apenas tendo a síndrome do filho que vai pra escola. Ela é um amor, vai se dar bem com as crianças do mesmo jeito que se dá com os adultos.

— Será? Crianças sabem ser muito cruéis, meu irmão. E, lá no meio de tantas, ela será a única diferente. Só estou a deixando ir para a escola porque sei da responsabilidade e cuidado que Bárbara e mamãe têm, mas me preocupo, sim.

Carlos, que até então apenas ouvia e analisava atentamente, entendeu e concordou com o posicionamento da irmã:

— Talvez o problema não sejam as crianças... Meu medo é dos pais. Uma criança não nasce preconceituosa, ela aprende a ser. E ela não aprende na escola, aprende em casa.

Chocada e sentindo seu ânimo arrefecer com a entrada da neta na escola, Augusta ponderou e percebeu que, por mais que lesse e pesquisasse sobre o problema das crianças com Down, ainda havia muito para aprender. Sentiu seu coração doer por tantas Angélicas que estavam por aí, sem uma educação satisfatória, ou pior ainda, sem nenhuma educação.

— Só posso lhe garantir que ficaremos muito atentas a isso, filha.

— Tenho certeza disso, mamãe. Confio totalmente na senhora. — O clima tenso amenizou quando Palmira perguntou: — Cláudio, existe mesmo a síndrome do filho que vai para a escola ou você inventou?

Fazendo cara de ofendido, ele retrucou:

— E desde quando eu sou homem de inventar? Quando foi que vocês me viram fazer isso?

Os outros três explodiram em uma sonora gargalhada e deixaram as dúvidas para depois, pois estavam ali para curtir a festa.

Mas prestem atenção, meus queridos, na fala de Carlos. Mais um provérbio para vocês: sábio é aquele que fala pouco, mas sabe muito.

A manhã de segunda-feira foi de apreensão para Palmira, mas para Angélica foi de festa. A menina estava animadíssima com seu material novo e com o uniforme. Tendo convivido no meio familiar e terapêutico até então, não se relacionava com muitas crianças e, ao ver a quantidade imensa de garotos e garotas entrando na escola, surpreendeu-se:

— Mamãe, de onde saíram todas essas crianças?

Olhando ao redor, Palmira percebeu que ninguém estava prestando atenção em sua filha.

— Das casas delas, querida. Todas querem aprender e serem inteligentes que nem você.

— E elas vão querer ser minhas amigas?

— Algumas, sim.

— E como eu faço para elas ficarem minhas amigas?

Segurando as lágrimas que umedeciam seus olhos, pensou em dizer para a filha que sendo ela mesma já teria todas as crianças a amando, pois ela era absolutamente carismática e carinhosa. Porém, sentou-se em um banco no jardim da escola e puxou a filha para o colo.

— Você pode começar dizendo seu nome e dando seu sorriso lindo, mas não saia abraçando todo mundo, porque tem pessoas que não gostam.

— É mesmo? Mas é tão legal. Eu quero abraçar minhas futuras amigas.

— Mas...

— Nada de "mas", prima — foi interrompida por Bárbara, que já estava procurando pelas duas há alguns minutos. — Acalme seu coração.

Pulando no colo de Bárbara, Angélica perguntou:

— Eu posso abraçar você, prima?

— Sempre que você quiser, meu amor.

— Mas a mamãe disse que eu não posso sair por aí abraçando todo mundo. Como vou saber quem eu posso abraçar?

— Vou te ensinar. Primeiro você conversa, isso você sabe fazer bastante. — Palmira deu um sorrisinho, mais aliviada. Bárbara tinha um jeito especial de lidar com Angélica. — E deixe a pessoa conversar também. Lembra do que te ensinei?

— Tenho que deixar a pessoa completar a frase, não posso ser *ofoita*.

— Isso. Não seja afoita. Depois que você conversar várias vezes e perceber que a criança gosta de você, pergunte se pode dar um abraço nela e, se ela deixar, está tudo certo. Entendeu?

Beijando-a várias vezes no rosto, declarou:

— Sim! Eu amo você, prima.

— E eu te amo quanto? — Bárbara olhou sorridente para aquela criança que adorava.

— Do tamanho do universo — respondeu abrindo os bracinhos.

— Isso! E agora vamos dar tchau para a mamãe, porque ela já estudou, não quer ir para a escolinha. Vou levar você para sua sala de aula.

Levantaram-se, e Bárbara deu um abraço na prima.

— Aquiete seu coração. Vai dar tudo certo. Sua mãe pediu para você ir falar com ela.

Nervosa a ponto de não conseguir falar, apenas balançou a cabeça e abriu os braços para despedir-se da filha, que saiu pulando de felicidade. Ela ficou uns dez minutos observando o entra e sai e percebeu que não era a única que estava apreensiva, várias mães estavam com os olhos úmidos por deixarem seus pequenos ali pela primeira vez. Alguns se agarravam nas suas pernas, implorando para não entrar, outros só entravam com a mãe junto. Um deles estava agarrado com tanta força ao portão que acabou derrubando a mãe, que se esforçava para que ele entrasse. Viu-se como uma igual a todas aquelas mulheres, com a mesma dor no coração de deixar seus pequenos com outras pessoas, e pensou: *tomara que minha filha também consiga se sentir uma igual.*

Tomando o rumo do gabinete de sua mãe, já entrou um pouco mais calma.

— Sobreviveu? — Augusta brincou.

— Sim — respondeu abraçando a mãe. — Mas foi difícil. Não é melhor eu ficar aqui para o caso de algo dar errado?

— Não! Você não vai ficar aqui. Se algo der errado, Bárbara resolverá.

— Mas eu não tenho nada para fazer em casa, mamãe. Estou me sentindo abandonada.

Entregando um café para a filha, fez com que ela se sentasse no sofá.

— Eu andei pensando nisso depois da festa do aniversário de Angélica, no sábado. Sua filha agora passará boa parte do tempo na escola e você não terá muito que fazer…

— Eu não vou querer trabalhar aqui! — avisou mais do que rápido.

— Não seja *ofoita*, menina. — Ambas deram risada. — Na verdade, eu pensei em utilizar esse dom que você tem para organizar festas e transformar isso em um negócio. — Palmira arqueou uma sobrancelha. — Você poderia ter um local para as pessoas fazerem festas organizadas por você, com decoração, música, brincadeiras, palhaços e outras coisas, como sempre fez.

Olhando atentamente para a mãe, sentiu suas ideias se iluminando muito rapidamente.

— Isso me interessou, mas eu ainda tenho meus compromissos médicos com Angélica.

— Você pode cuidar das suas coisas enquanto ela está na escola. Além disso, contratará auxiliares.

Empolgada, sorriu para a mãe.

— A senhora é danadinha. Como pensou nisso?

Passando carinhosamente a mão pelo rosto da filha, como sempre fazia, filosofou:

— A melhor coisa da vida é fazermos o que gostamos. E você ama trabalhar com festas. Por que não?

— Fale mais, mamãe. A empresária aqui é a senhora, estou amando a ideia.

Conversaram durante boa parte da semana na escola enquanto Palmira fingia que só estava com a mãe para ouvir seus conselhos e não para cuidar da filha caso acontecesse algo.

A verdade é que a ideia se plantou na cabeça de Palmira como uma trepadeira. Procurou lugares, pesquisou tendências, analisou a parte burocrática com Roberto, que se prontificou imediatamente a fornecer-lhe os recursos financeiros, apesar de Augusta e os meninos se oferecerem também.

Porém, sua maior preocupação era o medo de não conseguir conciliar o trabalho com a assistência que dava à filha. Sua meta principal continuaria sendo o bem-estar de Angélica, que após duas semanas de aula continuava empolgada como no primeiro dia e perfeitamente adaptada ao convívio escolar.

Infelizmente, nem tudo que é bom dura para sempre, meus queridos leitores. A história mostra que quem estraga o mundo são os homens. Nesse caso mais específico, as mulheres.

Capítulo 30

Uma bomba sendo armada

CERTO DIA, ao final do primeiro mês de aulas de Angélica, durante o café da tarde, ela fez uma pergunta que deixou a mãe desnorteada:

— Mamãe, o que é ser mongoloide?

Palmira ficou lívida. Apesar de todo o entusiasmo com a ideia de trabalhar com festas e o fato de Angélica estar indo bem na escola e se relacionando com os coleguinhas, ela sabia que esse momento ia chegar, porém não estava preparada para ver o castelo de sua princesa ruir. Respirando profundamente para se acalmar e conversar com a filha sem assustá-la, perguntou:

— Onde você ouviu essa palavra, querida?

A menina levantou seus olhinhos para a mãe.

— Na escola.

— E o que falaram?

— O Renato falou que a mãe dele disse que eu sou mongoloide, mas ele não sabe o que é mongoloide, então ele perguntou para mim, mas eu também não sei. Eu sou mongoloide, mamãe?

Palmira se levantou da mesa, tirou as xícaras e começou a guardar as coisas de geladeira. Sem saber o que falar, tentou distrair a menina:

— Vá colocar aquele vestido azul que você ganhou do Caio. Ele está morrendo de saudades de você. Vamos na casa da vovó?

Ela deu um pulou da cadeira na mesma hora.

— Oba! Estou indo.

Assim que ela subiu as escadas, Palmira se sentou pesadamente na cadeira com as pernas ainda bambas. Temia esse dia mesmo sabendo que ele chegaria e seu coração doía ao pensar que não conseguiria poupar sua menininha da maldade alheia.

Angélica desceu em menos de cinco minutos, então se dirigiram para a casa de Augusta, que ficava a menos de dez minutos a pé. Achou que a filha tivesse esquecido, mas, assim que avistou a avó, perguntou:

— Vovó, eu sou mongoloide?

Surpresa, Augusta olhou para a filha e em seguida para a neta.

— Claro que não, anjinha.

— Mas o Renato falou que a mãe dele disse que eu sou.

Sentando-se no sofá, pegou a neta no colo.

— É porque ela não sabe o que é mongoloide. Ela confundiu.

Angélica fez aquela carinha engraçada que sempre fazia quando demorava para processar uma nova informação.

— Ah, então ela é burra, né? Eu sou mais inteligente que ela — disse, sorrindo.

— E mais inteligente que o filho dela também.

Para alívio de Palmira, Caio chegou e ela correu para jogar-se nos braços dele.

— Verdade que você estava com saudades de mim?

Olhando desconfiado para a mãe e a avó, respondeu:

— Eu sempre estou com saudades de você.

— Então vamos jogar bola?

— Vamos. Vá lá no meu quarto buscar. — Dando um beijo nas duas, perguntou: — Aconteceu alguma coisa?

— Sim, filho. Por favor, distraia sua irmã para que a gente possa conversar sem ela ouvir. Depois explicamos. — Angélica já voltava com a bola, e eles se dirigiram para o jardim. Desabando pesadamente no sofá, Palmira colocou ambas as mãos no rosto, desolada. — Eu sabia que isso ia acontecer. Por isso tive tanto medo de mandá-la para a escola.

Sentando-se ao lado da filha e pegando em sua mão, Augusta falou:

— E o que você sugere? Deixar sua filha sem estudar?

Dirigindo seu olhar absolutamente assustado para a mãe, afirmou como se fosse o óbvio:

— Não. Ela pode continuar estudando com a senhora e a Bárbara.

— E quando ela quiser ir para a faculdade?

Como se a mãe tivesse dito uma bobagem, ela declarou:

— Até parece que ela vai para uma faculdade!

— É claro que ela vai para a faculdade! — Indignada, Augusta soltou a mão da filha. — Por que não iria? Tem os mesmos direitos que os outros e muita capacidade. Não acredito que você falou isso, Palmira! Eu não te criei assim.

Olhando para o ar de censura da mãe, deixou as lágrimas escorrerem livremente.

— Desculpe, mas estou apavorada. Sei que ela vai sofrer e não há nada que eu possa fazer.

— Aí é que você se engana. Ela vai sofrer, sim, e nós vamos ensiná-la a enfrentar esse sofrimento. Você não pode guardá-la o resto da vida como uma boneca em uma caixinha, sem sair de casa para não correr o risco de que alguém aponte para ela na rua ou zombe dela. É isso que você quer para ela?

Palmira se deitou no colo da mãe, que imediatamente afagou seus cabelos.

— Claro que não! Por que ela teve que nascer assim, mamãe? Eu não quero que minha filha sofra, que se sinta diferente dos outros.

— Ela nasceu assim porque era o destino dela e o seu. Ela foi abençoada por ter nascido de você e não de uma pessoa ignorante que poderia, inclusive, rejeitá-la.

— Sei disso, mas dói demais não poder protegê-la.

— Se você sufocá-la, impedirá seu crescimento. — Abrandando o tom de voz, continuou: — Meu amor, eu também não consegui poupá-la de tudo, chorava escondida naquela maldita fazenda vendo vocês trabalharem de sol a sol. Todos nós temos uma missão, não estamos aqui à toa. Pode ter certeza de que a sua será fazer de Angélica uma mulher feliz e independente. Mesmo que ela passe por maus momentos, precisará aprender a superá-los.

Sentando-se novamente, Palmira agradeceu:

— Será que um dia terei essa sabedoria toda?

— Terá, sim! Mas para isso você precisará estar tão velha quanto eu.

Rindo, abraçou a mãe.

— Até parece que a senhora é uma velhinha frágil e senil.

— Ainda não sou, mas chegarei lá com certeza. E não vou querer atrapalhar a vida de ninguém, podem escolher um bom asilo e me internar.

— Que horror! Até parece que faríamos isso.

— Não seria ruim, vai que eu arrumo um velhinho caquético, mas bonitinho.

— Só a senhora mesmo para me fazer rir em uma situação como esta.

— É assim que se vive, meu bem. Enfrentando os problemas, mas sempre com alegria no coração. Assim que chegar à escola amanhã, tomarei minhas providências.

De fato, assim que entrou pelo portão da escola, Augusta procurou por Bárbara e explicou o ocorrido.

— Já pedi para a professora da sala me trazer as avaliações diagnósticas dos dois e de outros três alunos que se destacam.

— Para usar como argumento?

— Sim. Não quero criar alarde nem constranger ninguém, mas acho que devemos conversar com a mãe do menino de forma diplomática.

— Concordo com você, tia. Em vez de brigarmos, devemos explicar o que é a síndrome de Down.

— Sim. O melhor caminho é sempre o da informação.

— E como a Angélica está?

— Conseguimos distraí-la, mas duvido que tenha esquecido.

Ouviram uma batida à porta, e a assistente entrou com as avaliações solicitadas e saiu. Augusta espalhou os papéis sobre a mesa e confirmou o que já havia previsto:

— Quer argumento melhor que esse? Ela tem as melhores notas, apenas em Matemática seu desempenho é básico, nas outras matérias ela se destaca.

Orgulhosa, Bárbara exultou:

— Fizemos um bom trabalho, não é?

— Com certeza, querida. No dia de seu nascimento, eu prometi a mim mesma que a minha neta teria os melhores professores e as mesmas oportunidades que as outras crianças. E você foi a melhor de todas.

Segurou a mão da sobrinha por cima da mesa em agradecimento.

— Eu e a senhora — corrigiu. — Não fiz nada sozinha.

Augusta se levantou de sua mesa e se serviu de café para aplacar sua tensão.

— Peça para chamar a mãe do garoto. Vamos enfrentar a fera.

APÓS DUAS horas de ansiedade para Augusta, Vanessa, a mãe do menino, entrou esbaforida na sala de direção.

— O que houve? Meu filho se machucou? Aconteceu alguma coisa?

Bárbara, entrando logo após, indicou a cadeira de frente para Augusta e se sentou ao seu lado.

Respirando fundo, Augusta declarou:

— Fique calma, dona Vanessa. Seu filho está perfeitamente bem e na sala de aula. Está tudo certo com ele.

Abrindo os braços, indicando indignação, reclamou:

— Então por que a senhora me chamou aqui? Eu estava em um tratamento estético.

Com dificuldade, Bárbara conseguiu não bufar.

— Precisamos conversar com a senhora sobre uma palavra que seu filho usou em sala de aula.

Colocando as mãos na cabeça, assustou-se.

— Ah, meu Deus! Ele falou palavrão? Vou arrebentar ele quando chegar em casa.

Percebendo o nível da pessoa com quem estava lidando, Augusta se levantou para pegar mais um cafezinho. Ofereceu a bebida quente à dona Vanessa, que aceitou sem agradecer.

— Ele não falou palavrão. É um ótimo menino. O problema é que ele falou para uma aluna que ela era mongoloide.

Respirando aliviada, a mãe declarou:

— Que susto! Era só isso? — Percebendo então os olhares consternados à sua frente, reclamou: — Foi por isso que vocês me chamaram? Qual é o problema? A menina é mongoloide mesmo, dá para ver na cara dela.

Com anos de aprendizado aprendendo a se controlar diante de situações difíceis, Augusta simplesmente perguntou:

— E o que é uma pessoa mongoloide?

— A senhora é a dona desta escola e não sabe? Mongoloide é uma pessoa retardada.

Bufando com gosto, Bárbara se virou para ficar completamente de frente para Vanessa.

— Vamos às definições: o que as pessoas leigas, ou seja, sem conhecimento como a senhora, chamam de retardado é uma pessoa com atraso intelectual, chamado em termos médicos de deficiente intelectual. Mongoloide é a pessoa que nasceu na Mongólia, com capacidade intelectual igual a de qualquer ser humano do planeta. — A mãe claramente ficou assustada e irritada diante da explicação de Bárbara. — O que temos aqui é uma criança com síndrome de Down, que não é retardada e muito menos mongoloide.

Levantando-se da cadeira, Vanessa enfim perdeu a pose:

— E o que é que eu tenho com isso?

Bárbara se levantou também.

— Tem que a senhora está ensinando seu filho a ser preconceituoso. Esse é um nome que gente ignorante usa apenas para designar aqueles que têm olhos puxadinhos e pequenos, assim como os nascidos na Mongólia.

Antes que Bárbara continuasse, com um olhar imperioso, Augusta fez sinal para que ela se sentasse e pediu para Vanessa se sentar também.

— Vamos nos acalmar. O que minha diretora está dizendo é que uma palavra dessas não deve ser usada em uma escola que pretende formar cidadãos conscientes em vez de covardes preconceituosos.

Perdendo a pose totalmente e revelando-se de vez, Vanessa explodiu:

— Quer saber de uma coisa? Vou denunciá-la à secretaria da educação. A senhora está errada em aceitar na sua escola, que é tida como uma das melhores da cidade, uma pessoa retardada, com deficiência ou mongoloide, seja lá que nome for. Não é certo colocar crianças com problemas junto dos outros. Quem tem problema que fique em casa.

Olhando muito severamente para Bárbara para que ela não se manifestasse, Augusta prosseguiu:

— Minha escola está entre as melhores porque eu respeito os direitos e valorizo os deveres das crianças e de seus pais. Eu tenho aqui duzentas e cinquenta e seis crianças, sendo duas delas deficientes físicos, ou como, infelizmente, a senhora provavelmente deve chamar, “aleijados”. Todas as minhas crianças aprendem a respeitar seus colegas e jamais vou privar uma criança de seu direito de estudar apenas porque ela tem uma síndrome.

Rindo de forma debochada, Vanessa gritou:

— Agora a senhora vai querer que eu acredite que essa retardada tem a mesma capacidade de aprender que o meu filho?

Chegando ao ponto que Augusta estava desejando muito abordar, ela sorriu.

— De fato, ela não tem a mesma capacidade que o seu filho. — Tirando as provas das duas crianças, apresentou para que Vanessa conferisse as notas. — A capacidade dela é maior que a de seu filho, conforme a senhora pode ver.

Analisando atentamente os papeis à sua frente, Vanessa ficou com o rosto absolutamente escarlate de raiva.

— Como a senhora ousa comparar essa garota com meu filho?

— Não sou eu que estou comparando, são as notas que ele tirou. O rendimento dela é, sim, superior ao de Renato.

Levantando-se e derrubando a cadeira, com o rosto transtornado e os olhos chispando de raiva, declarou aos gritos:

— As crianças deficientes que estudam aqui não fazem mal a ninguém, mas essa garota pode agredir alguém. Ela é retardada, não sabe o que faz!

Sem conseguir se conter, Bárbara explodiu:

— Ela não é retardada! Não é uma aberração para ser banida de uma escola.

Gritando mais alto ainda, Vanessa devolveu:

— Ela tem problema!

Segurando Bárbara pelo braço e fazendo com que ela se sentasse no sofá, com toda a calma do mundo, Augusta orientou:

— Ela não tem problema. É a criança mais feliz que eu conheço, pois é cercada de muito amor em sua família, quem tem problema é a senhora. — Vanessa abriu a boca, chocada. — Faça o favor de tirar seu filho da minha escola.

— Que história é essa de que eu tenho problema? Que problema eu tenho?

Olhando com firmeza em seus olhos, Augusta respondeu:

— Infelizmente, um problema que a senhora compartilha com grande parte da humanidade: a ignorância.

Apenas após a saída tempestuosa de Vanessa, Bárbara e Augusta conseguiram respirar normalmente.

— Que mulher horrorosa, tia!

— Infelizmente, ter uma situação econômica favorável nem sempre é sinônimo de educação.

— Verdade. A senhora acha que ela acatará sua ordem?

Augusta ponderou e revisou a cena em pensamento.

— Se ela fosse uma pessoa sensata, tiraria seu filho da escola, porém creio que teremos problemas. É uma mulher que gosta de aparecer, ela vai causar tumulto. Mas não é com ela que estou preocupada agora. Nossa psicóloga está na escola hoje? — Sem precisar consultar um calendário, pois sabia de tudo a respeito da escola, Bárbara respondeu prontamente que não. — Veja se ela consegue vir para cá no período da tarde, por favor.

— Vejo, sim. O que a está preocupando, tia?

Com o semblante bastante carregado, Augusta espalmou as duas mãos no tampo da mesa, respirou fundo e se levantou para dar uma volta na escola.

— Nós compramos uma briga e precisamos preparar Palmira e Angélica para o que está por vir. Está na hora de nossa anjinha saber da sua condição.

— Concordo com a senhora. Posso estar presente na reunião?

Abraçando a sobrinha e enlaçando seu braço no dela para saírem da sala que a estava sufocando, respondeu:

— Pode, não. Deve. Eu jamais faria isso sem você, minha querida.

A reunião foi marcada para as três horas, e Augusta convidou a filha e a neta para irem almoçar no shopping. Antes, conversou com Palmira sobre o ocorrido e explicou o que pretendia. Apesar de assustada, ela concordou, pois sabia que mais cedo ou mais tarde isso teria de acontecer.

Quando Palmira conversou com Roberto pelo telefone, ele desmarcou seus compromissos e fez questão de comparecer.

Assim que Angélica entrou na sala da avó e viu seu pai e Tatiana, a psicóloga da escola, exibiu seu sorriso mais lindo.

— Quanta gente! Que legal.

E correu para se sentar no colo do pai, beijando-o várias vezes.

— Queremos conversar com você, princesa. E precisamos que você preste muita atenção.

Olhando mais séria para o pai, perguntou:

— Aconteceu alguma coisa?

— Sim, meu amor. Aconteceu uma coisa muito linda — ele respondeu. — Deus nos mandou uma criança muito especial para nos deixar mais felizes há seis anos.

Angélica gritou, levantando os braços acima da cabeça:

— Eu!

— Isso mesmo. Você! E hoje nós queremos te explicar por que você é tão especial.

Palmira estava tão tensa que mal respirava, Augusta se levantou de sua cadeira e foi se sentar no outro sofá, segurando a mão da filha.

Tatiana então assumiu a situação, explicando de forma exemplar e na linguagem que Angélica seria capaz de entender o que era a síndrome de Down e que consequências ela poderia trazer para sua vida. O rostinho da menina se transformou várias vezes conforme a explicação, mas, como pertencia a uma família de guerreiras, em nenhum momento chorou. Fez algumas perguntas normais para uma menina da sua idade, por exemplo se poderia continuar tomando sorvete e comendo chocolate, fazendo todos rirem.

Palmira, que se manteve em silêncio durante toda a conversa, sentia-se mais aliviada e chamou a filha para se sentar ao seu lado.

— Você entendeu tudo, filha?

— Sim, mamãe.

— Entendeu que, se alguém chamar você desses nomes, não é para você ficar triste?

— Não vou ficar, mamãe. Vou explicar para eles que eu sou especial e que eles são burros.

— Não. — Rapidamente Tatiana retornou à conversa. — Não use a palavra "burro", diga apenas que eles não sabem o que é a síndrome de Down, você pode dizer que eles são desinformados.

Gargalhando, ela respondeu:

— Eu sei que não pode chamar ninguém de burro! Só queria assustar vocês.

Abraçando-a, Palmira mais uma vez agradeceu pela menina tão especial em sua vida. Sabia que passariam por muitos momentos difíceis, mas tê-la como filha era um prêmio.

Capítulo 31

O estopim aceso

AUGUSTA ERA sempre a primeira a chegar à escola e, no dia seguinte, para sua surpresa, já havia uma pequena aglomeração de mulheres conversando, claramente alteradas. Notou que a maioria eram mães da sala de Angélica, obviamente Vanessa se destacava.

Augusta estacionou seu carro e se dirigiu ao grupo.

— Bom dia, senhoras. Em que posso ajudá-las?

— Queremos conversar com a senhora sobre a presença de uma criança retardada na escola — disse uma mãe.

Suspirando, ela recomendou:

— Sem problemas. Vamos para a minha sala.

Vendo que Vanessa também ia, levantou a mão para barrar sua entrada.

— Já conversamos ontem.

— Mas eu não aceito sua decisão. Por que tenho que tirar meu filho da sua escola se ele não fez nada de errado?

— Porque não quero ter que conviver com a senhora.

— A senhora não tem o direito de me obrigar a levar Renato para outra escola. Ele gosta daqui.

— Na verdade, tenho o direito, sim. Porém, a senhora já deixou claro que não quer seu filho estudando com uma criança com síndrome de Down, então por que insistir neste assunto?

— Porque quem tem que sair é a menina.

Aproximando-se mais de Vanessa, olhou intensamente em seus olhos e disse:

— A menina é minha neta. Ela não sairá da escola.

Vanessa ficou boquiaberta e começou a alarmar as outras mães. Bárbara, percebendo que alguns pais, que até então estavam de fora, já estavam a prestar atenção na discussão, conduziu-as para a diretoria, inclusive a criadora do problema. Acomodou as mães para prosseguir. Vanessa imediatamente atacou:

— Então é essa a questão: a menina é sua neta! Por que não me disse ontem?

— Porque não lhe devo satisfações. Já conversei com a senhora, agora gostaria de poder dar atenção para as outras mães.

Vanessa tentou continuar, mas uma das mães ordenou:

— Deixe dona Augusta falar, queremos ouvi-la também.

Virando-se educadamente para as mães, Augusta fez questão de não dirigir o olhar para a mãe de Renato.

— Obrigada. Antes de mais nada, quero deixar bem claro que o fato de Angélica ser minha neta não lhe dá privilégios em relação ao demais. Ela não apresenta riscos porque não é uma criança com deficiência mental, é uma menina que sabe o que deve e o que não deve fazer. É educada, respeita seus colegas e a professora, bem como todos os funcionários da escola. Ela tem o desenvolvimento intelectual mais lento, por isso precisa se esforçar mais e é mais cobrada também. Está praticamente alfabetizada, inclusive já se destaca entre os colegas. Não vejo motivo algum para que ela não frequente a escola.

As mães se entreolharam, inseguras. Bárbara acrescentou:

— Pelo estatuto da educação do país, crianças com condições de acompanhamento intelectual têm direito à educação escolar formal em qualquer escola pública ou particular.

— Então por que não vemos essas crianças nas escolas? — uma das mães perguntou.

Suspirando para conter-se, Bárbara continuou:

— Por conta da ignorância dos próprios pais, que acham que seus filhos não têm condições de desenvolvimento e optam por simplesmente deixá-los em casa. Infelizmente, sentem vergonha e preferem escondê-los.

— Não é bem assim, existem centros especializados para essas crianças. É lá que elas têm que ficar — declarou outra mãe.

— Sim. Esses centros são ótimos e crianças com dificuldades maiores podem e devem frequentá-los, porém aqueles que têm condições de frequentar uma escola comum estariam tirando a vaga de outras crianças com dificuldades físicas e intelectuais mais graves.

Sentindo-se inseguras diante de explicações tão lógicas, as mães começaram a conversar entre si, as opiniões estavam divididas, causando um burburinho.

— Ainda acho um absurdo.

— Creio que não é bem assim.

— A senhora tem que tirar a menina da escola, não interessa que seja sua neta.

— Mas a menina tem direito de estudar aqui também.

Aproveitando as opiniões contraditórias, Augusta decidiu encerrar a conversa. Levantou-se da cadeira e orientou:

— As senhoras têm o livre-arbítrio. Há várias escolas particulares tão boas quanto a minha. Tenho muito prazer em ter seus filhos nesta escola, entretanto fiquem à vontade para pedir a transferência de suas crianças, porque eu não vou impedir minha neta ou qualquer outra criança de aprender. É o direito mais sagrado que elas possuem. — Estendeu a mão para cumprimentá-las, sutilmente as mandando embora. — Agora, por favor, eu tenho uma escola para administrar e providências a tomar, creio que as senhoras também têm coisas muito importantes para ocupar o seu tempo.

Vanessa aproveitou a deixa:

— Estão vendo? Ela é arrogante! Não podemos aceitar isso, a menina tem que sair da escola, sim.

Abrindo a porta da sala, Bárbara fez um gesto com as mãos, pedindo para que elas se retirassem.

— Já demos as orientações necessárias. Não podemos fazer mais nada pelas senhoras. Por favor, precisamos trabalhar.

O grupo, composto por oito mulheres, saiu da sala. Augusta se deixou cair pesadamente em sua cadeira de couro marrom.

— Ufa! Que perturbação.

— A senhora acha que elas voltarão?

Olhando intensamente para a sobrinha, fez um muxoxo:

— Sim. Elas ainda farão muito barulho.

De fato, no mesmo dia, no horário do término das aulas, outras mães entraram na conversa e aderiram ao pedido de saída de Angélica.

Na manhã seguinte, o grupo contava com doze mães segurando faixas e cartazes solicitando a exclusão da criança "mongoloide". Dessa vez, Augusta decidiu que não iriam mais recebê-las.

Indignadas, dirigiram-se à diretoria de ensino, onde receberam as mesmas orientações, porém, ainda insatisfeitas, levaram seus cartazes e faixas para o conselho regional da educação. Então Augusta foi convocada para uma reunião formal que ocorreria três dias depois.

Vocês, meus amores, seres mortais imperfeitos, esquecem-se de que uma atitude sempre pode gerar consequências. O barulho das pobres mães ricas chegou a outras pessoas. E não é que no dia seguinte duas mães apareceram de maneira um tanto tímida, solicitando matrículas para suas crianças? Uma com leve deficiência cognitiva e a outra com síndrome de Down.

Augusta exultou de felicidade, aceitou as matrículas e contratou uma enfermeira. Algo em que já pensava há um tempo, para que todos os alunos pudessem usufruir de cuidados especializados caso se acidentassem em suas brincadeiras.

No dia da audiência com o conselheiro, Augusta havia contratado também uma psicopedagoga pós-graduada em crianças com necessidades diferenciadas, pois mais duas crianças com síndrome de Down se matricularam. Já eram cinco alunos com necessidades diferenciadas.

Foram recebidas pelo conselheiro no horário combinado. Com toda sua simpatia e diplomacia, serviu-lhes pessoalmente o café.

— Augusta, minha querida. Que bom revê-la.

— O prazer é meu, Ivan. Não nos vemos desde a cerimônia de premiação de minha escola como a mais bem classificada no ano passado.

Sabendo que elas obviamente viriam muito bem preparadas, ele também já tinha traçado suas estratégias.

— Realmente, foi um prêmio absolutamente justo. Sua escola está em um patamar superior, pena que talvez o resultado não seja o mesmo neste ano, já que você está implantando mudanças.

Sentada confortavelmente com um sorriso no rosto, como se não estivesse nem um pouco tensa, Augusta retrucou:

— Imagine! Para implantar mudanças eu precisaria ter sua autorização. Eu apenas estou seguindo a lei de diretrizes e bases da educação, que com certeza você conhece tão bem quanto eu.

— Conheço-as ao pé da letra — ele imediatamente se defendeu.

— Então sabe que não estou fazendo nada além de segui-la... — Dando ênfase, completou: — Ao pé da letra.

Bárbara não conseguiu disfarçar um sorrisinho irônico.

Dirigindo-lhe um olhar amigável, o conselheiro se reclinou mais na cadeira e cruzou as mãos no colo.

— Com certeza, querida. Você sempre trabalhou seguindo rigorosamente as regras e muito a admirei por isso, tanto é que, quando soube que a audiência que as mães solicitaram era sobre sua escola, fiquei surpreso, pois nunca havia tido problemas com vocês — disse, olhando também para Bárbara, que até então não havia se pronunciado.

Motivada pelo seu olhar, que pretendia intimidá-la, assumiu a próxima fala:

— E continua não tendo problemas, conselheiro. A escola está funcionando perfeitamente. Na verdade, melhor ainda, pois contratamos uma enfermeira plantonista para nos auxiliar com as crianças novas.

Desorientado pelo plural, levantou uma sobrancelha, dirigindo-se à Augusta.

— Crianças? Não era apenas uma? Que por sinal é sua neta.

— Era apenas Angélica, minha neta, porém outros pais me procuraram e neste momento contamos com cinco alunos com necessidades diferenciadas.

Ivan se levantou um tanto quanto intempestivamente. Ansioso e preocupado, andou pela sala. Achou que seria fácil demovê-las, porém percebeu que a situação estava se complicando.

— Você pediu autorização para matricular essas crianças?

Bárbara prontamente respondeu:

— Não consta do estatuto de matrículas que seja necessário pedir autorização para admitirmos alunos novos.

— Mas esses são casos especiais!

— Não há no estatuto nenhuma referência a casos especiais.

— Por que nunca foi necessário, vocês poderiam ter entrado em contato e conversado a respeito.

— Me desculpe, conselheiro, mas quem redigiu o estatuto não pensou que um dia poderia haver casos especiais? — Bárbara perguntou ironicamente.

Respirando pausadamente para não perder o controle da situação, sentou-se novamente de frente para elas.

— Não. Porque crianças especiais simplesmente não vão para a escola. Ficam em casa com suas mães.

— E essas mães não precisam trabalhar para sustentar seus filhos, senhor? Pelo amor de Deus, não estamos na década de vinte, o mundo está mudando e temos que evoluir com ele.

Percebendo que Bárbara estava chegando em sua zona de perigo, Augusta lhe dirigiu um olhar de alerta e imediatamente assumiu a conversa:

— Ivan, não estamos procurando problemas, apenas queremos fazer o que é justo. Eu nasci em um sítio no meio do nada, não havia escolas, mas minha madrinha me ensinou a ler. Quando meu pai percebeu que eu estava lendo, me espancou. Simplesmente porque eu queria saber das coisas! Eu queria ter o conhecimento. Como você pode querer que eu negue esse mesmo conhecimento a alguém?

Talvez tentando distraí-la com sua beleza, afinal era um homem muito charmoso, com cabelos grisalhos e belos olhos azuis, olhou para ela intensamente.

— Você precisa ponderar muitas coisas.

Seu charme não atingiu o alvo.

— Não preciso, não. É inadmissível para mim, como educadora, impedir o acesso em minha escola a quem queira aprender.

Tentando mudar de tática, ele se sentou ao seu lado e segurou a sua mão.

— Augusta, você é uma das pessoas que mais respeito na área da educação, não quero que você se prejudique. Já pensou que essa situação pode denegrir a imagem da sua escola? Que muitos pais podem realmente tirar seus filhos de lá e que isso vai causar um prejuízo financeiro que pode abalar sua estrutura?

Sorrindo, Augusta respondeu com toda sua aparente tranquilidade:

—- Eu nunca me preocupei em ganhar dinheiro com minha escola, até porque eu tenho dinheiro para viver por muitas gerações. Sempre desejei ser educadora. O que me importa é formar bem meus alunos. O que me traz orgulho é vê-los médicos, engenheiros, advogados e em tantas outras profissões, bem-sucedidos e donos de suas vidas. E por que eu não poderia fazer isso também por aqueles que têm potencial para chegar lá apesar de suas dificuldades?

— Entendo que você queira proteger sua neta, mas você acha mesmo que essas crianças têm condições de se tornarem alguém na vida? Você está comprando uma briga inútil. Está perdendo seu tempo.

— Protegerei minha neta e todas as crianças da escola como sempre fiz até agora. E acredito, sim, no potencial deles. Mesmo que alguns não cheguem ao curso superior, terão aprendido o suficiente para terem pelo menos um emprego digno.

— E quem vai lhes dar empregos?

Incapaz de conter-se, Augusta se levantou, indignada, e alterou seu tom de voz:

— Pessoas que não são preconceituosas como você. Você é um conselheiro da educação, se atualize. — Ela foi até a janela e, exasperada, abriu a cortina, indicando com o braço os prédios do lado de fora. — O mundo mudou, Ivan. O mundo hoje é vertical e seu pensamento ainda está na horizontal, na inércia. Na década de cinquenta, o país tinha cinquenta milhões de habitantes e a quantidade de deficientes era bem menor do que hoje, obviamente. Estamos na década de oitenta, com quase cento e vinte milhões de habitantes. E você quer deixar estas crianças na rua?

— Há centros de atendimento especializados para eles, Augusta.

— Há, sim. A mesma quantidade que havia quando foi criado o primeiro, em 1950. E quantos milhões de habitantes temos hoje mesmo, senhor conselheiro?

Percebendo que a situação estava saindo de controle, porém ciente de que ele estava em seu território, ordenou:

— Melhor você se sentar, Augusta. E se acalme. — Respirando pesadamente para se recompor, Augusta se sentou novamente no sofá. Tomando um grande gole de água, Ivan lhe deu seu olhar mais condescendente. — Vamos fazer um acordo: continue com as crianças que você já matriculou, mas não pegue outras por enquanto. Minha sugestão é que você faça uma sala de aula separada para eles, assim eles se sentirão melhores e não atrapalharão as mães que se sentem incomodadas com suas presenças.

Boquiaberta, Augusta olhou para Bárbara, que estava desesperada para se manifestar.

— O senhor leu no artigo oitavo, inciso primeiro do estatuto, que nenhuma criança com capacidade cognitiva pode ser excluída de uma escola, seja pública ou particular? O que o senhor nos sugere é uma sala de exclusão? — Virou-se para a tia. — Acho que entendemos errado, dona Augusta, o senhor conselheiro quis dizer inclusão. Nós é que entendemos errado, com certeza.

Derrotado e percebendo que subestimara suas adversárias, Ivan preferiu render-se momentaneamente para alicerçar-se melhor na guerra. Sim. Seria uma guerra. Não restava dúvidas. Dispensou-as educadamente:

— Está certo. Vocês estão agindo perfeitamente dentro da lei e não vou tomar mais o seu tempo, apenas peço que ajam com prudência e bom senso.

Levantaram-se e deram as mãos, formalizando a despedida.

— Como sempre agimos, senhor conselheiro. Tenha uma boa tarde! — despediu-se Augusta.

Bárbara, por sua vez, apenas meneou a cabeça e saiu da sala.

O rastilho de pólvora foi aceso e não havia mais como apagá-lo. Em quinze dias, a escola de Augusta recebeu mais dez pedidos de matrícula para alunos com deficiências.

A psicopedagoga realizava uma avaliação detalhada, pois era de fundamental importância não gerar falsas expectativas nos pais e nas crianças. Infelizmente, havia alunos que não possuíam condições neurológicas para aprender em uma escola comum. Nesses casos, eram direcionados aos centros de apoio.

Vários pais tiraram seus filhos da escola por não aceitarem que convivessem com as novas crianças, ao passo que pais modernos apoiavam completamente a iniciativa de Augusta.

A proprietária de outra conceituada escola particular do bairro apoiou e aderiu à inovação. Com o auxílio de Bárbara, também estava aceitando matrículas de novas crianças. Infelizmente, a aceitação ao desconhecido era algo muito lento e a associação de proprietários de escolas particulares entrou com uma medida cautelar contra as duas escolas, que, após três meses, já contavam com mais de vinte crianças intelectualmente deficientes cada uma.

Além de as escolas particulares pressionarem Augusta, o poder público também a pressionava. Realizaram uma visita surpresa na escola em busca de irregularidades e não encontraram absolutamente nada, pois Bárbara era impecável em sua administração.

As duas escolas que participavam da iniciativa forneceram a cota de bolsas de estudos para pais em situação menos favorável, pois todos queriam que seus filhos tivessem as mesmas oportunidades, porém a quantidade de crianças nessa situação, que estavam fora das escolas, era muito grande. Duas escolas representavam um esforço de formiga contra um exército de gigantes.

Então surgiu uma associação de pais carentes cobrando do poder público que as escolas gratuitas cumprissem com sua obrigação de ofertar educação àqueles que possuíam condições de aprender. Apresentaram um documento oficial, que foi ignorado por um mês, ao fim do qual uma comissão composta por trezentos e poucos associados realizou uma passeata em frente ao ministério da educação, que foi televisionada para o país todo. Faixas anunciavam: "Também queremos nossos filhos na escola"; "Nossas crianças também têm direito de aprender"; "Inclusão de deficientes nas escolas públicas, urgente!". E outras mais eram erguidas por crianças e adolescentes com síndrome de Down, além de outros tipos de deficiências.

O rebuliço estava feito. Aquilo que começou com a matrícula de uma garotinha linda de seis anos virou um estardalhaço que estava abalando as estruturas do que até então se tinha como sistema educacional eficiente de ensino.

E nossa Augusta, como estava? Absolutamente exultante! Sua felicidade em ver tantas crianças, que estavam escondidas em suas casas, saindo às ruas e exigindo seus direitos lhe dava uma sensação de justiça que fazia muito bem ao seu coração. Porém, encontrava-se em um dilema: a associação de pais, que só crescia, estava sendo requisitada para dar entrevistas em vários veículos de comunicação e solicitou a ajuda de Augusta para fortalecer o movimento. Estavam com uma entrevista marcada para dali a três dias na maior emissora do país e queriam muito que ela comparecesse, pois, mesmo sem querer, era o ícone da causa deles.

Augusta os recebeu e prometeu pensar a respeito. No almoço de domingo, ela expôs o assunto aos filhos. Eles a ouviram atentamente, pois sabiam que quando o assunto era sério a mãe detestava ser interrompida. Assim que ela se calou, Palmira pegou sua mãe e a beijou.

— Antes de mais nada, mãezinha, preciso dizer que sinto um orgulho imenso de ser sua filha.

— Sabia que ela ia ser a primeira a puxar o saco — Cláudio reclamou. — Nós todos estamos muito orgulhosos de você, mamãe.

— Estamos mesmo — Carlos falou com os olhos marejados.

— Dona Augusta arrebentando tudo! — Cláudio obviamente brincou. — Abalando os alicerces.

— Pare de ser doido, menino — Palmira reclamou. — Não está vendo que ela está nervosa?

— Por isso mesmo estou brincando. É pra relaxar.

— Até parece! É porque você é doido mesmo.

Rindo e de fato sentindo-se menos tensa após a interação entre os filhos, que ela tanto gostava de presenciar, falou:

— Sosseguem, crianças. Preciso realmente da ajuda de vocês. — Fingindo cara de brava para Cláudio, completou: — E você, mocinho, preste atenção porque isso é sério.

— Eu sei que é, mamãe. Como a senhora está se sentindo em relação a isso?

— Estou muito preocupada. Não planejei nada disso, apenas fiz o que era correto. Jamais quis me tornar um ícone de coisa alguma, ao contrário: a vida pública me apavora. Nunca quis chamar a atenção, mas agora me vejo no olho do furacão.

Palmira imediatamente falou:

— Então não vá, mamãe. A senhora não é obrigada.

Olhando para ela muito séria, balançou a cabeça em negativa.

— Será, Palmira? Será mesmo que não sou obrigada, moralmente falando? Fui eu que comecei toda essa história, como posso simplesmente deixar essas pessoas na mão?

— Mas a senhora quer fazer isso? — Cláudio inquiriu.

— Não. Não quero. Por outro lado, sei que preciso ajudá-los. Já doei materiais e dinheiro, os orientei com a parte jurídica para que eles não se prejudiquem, mas agora eles pedem a minha presença para fortalecer o movimento e eu estou muito dividida.

Carlos, que até então apenas a analisava, sugeriu:

— A senhora sempre nos disse para ouvir a voz do coração, mamãe.

Dando um sorriso débil, confessou:

— Isso eu já fiz e ele me deu duas respostas diferentes. Agora quero ouvir meus corações. — E apontou com os braços para os filhos.

Caio, que estava sentado sob uma árvore próxima fazendo uma das primas menores dormir e ouviu toda a conversa, resolveu intervir:

— Vovó. — Todos se viraram para ele. — Entendo que a senhora não queira se expor, mas essa causa é sua. A senhora começou esse movimento lindo. Ele te pertence, mesmo que não tenha sido proposital. É tão fruto seu quanto seus filhos. — Augusta sentiu os olhos marejarem. — O que será de uma guerra sem seu general? A senhora é o alicerce dessa batalha. Se jogue, vovó! Foi uma guerreira a vida toda, um pouquinho de exposição não vai lhe causar dor alguma. A senhora sobreviverá tranquilamente, não tenho a menor dúvida.

Percebendo que a avó se emocionou, calou-se e sorriu com toda a profundidade de seu amor. Fez-se um silêncio prolongado, até que Cláudio o rompeu:

— Caramba! Quem ensinou esse garoto a ser assim? — Virou-se para o sobrinho. — Precisa fazer os outros chorar, pirralho?

Caio apenas sorriu.

— Também te amo, tio.

Conversaram mais um pouco e ficou resolvido que Augusta iria à entrevista acompanhada de Carlos, como seu advogado, porém seu comprometimento com a causa seria analisado a cada passo.

A ENTREVISTA foi um sucesso e teve imensa repercussão. A associação se manifestou de forma exemplar, sem acusações ao poder público, porém cobrando sua responsabilidade.

Houve apenas um momento de tensão para Augusta, quando o repórter perguntara se sua motivação teria sido entrar para a vida política. Sua resposta fora imediata:

— Jamais! Minha inspiração, como todos sabem, foi a evolução educacional da minha neta, que foi alfabetizada por mim e por minha sobrinha.

Quando a levei para minha escola, não imaginei que alguém se incomodaria com sua presença.

O repórter insistira:

— Mas a senhora acabou mobilizando a população de um país.

Dirigindo-lhe seu olhar mais intenso, respondera com naturalidade:

— Não fui eu que mobilizei. Foram as mães que se sentiram incomodadas e quiseram tirar o direito de uma criança de frequentar a escola. Eu não fui a causadora deste tumulto, apenas agi de acordo com a lei. Fui uma criança impedida de cursar a escola, apanhei quando meu pai soube que eu havia aprendido a ler escondida. — Empertigando-se e olhando profundamente nos olhos do entrevistador, perguntou: — Como eu poderia negar para alguma criança aquilo que me foi negado?

Capítulo 32
A explosão da bomba

DOIS DIAS após a entrevista, chegou uma nova convocação para Augusta comparecer à secretaria da educação, dessa vez com a presença do prefeito. Bárbara e Carlos a acompanharam.

Esbanjando sua simpatia e carisma, o prefeito entrou na sala e abraçou Augusta.

— Minha querida, que bom revê-la. Já faz algum tempo, não é?

— Sim. Nos encontramos na inauguração da nossa nova fábrica, no ano passado.

— Isso mesmo. Aliás, que instalações magníficas. Um orgulho para nossa cidade. Mas podem se sentar, fiquem à vontade.

Bem menos receptivo, Ivan cumprimentou a todos e iniciou sua apresentação:

— Augusta, chamamos você aqui para pedir sua ajuda. Esta situação fugiu de controle, estamos sendo bombardeados por todos os lados. Os proprietários de escolas particulares têm sido ameaçados; o governador do estado está possesso; governantes de outros estados estão preocupados que este problema os atinja; os pais de crianças carentes estão causando um rebuliço na mídia, e pior, contando com sua participação. Nunca imaginei que você fosse se envolver com este tipo de coisa.

— Com este tipo de *coisa*... — Fez um ar de quem não estava entendendo. — Você quer dizer... educação? Pelo que me consta, eu sou uma educadora.

— E das melhores, sem dúvida — Ivan prosseguiu. — Sua escola é impecável, mas o sistema educacional não é a sua escola. Garantir educação para milhares de crianças é um trabalho muito complexo, a quantidade de problemas que aparece todos os dias é imensa. Inserir essas crianças nas escolas públicas não é tão fácil como na sua escola, que tem menos de trezentos alunos. Você já ponderou que essas crianças podem necessitar de cuidados específicos, de enfermeiros, por exemplo?

Arqueando a sobrancelha para demonstrar toda sua ironia, explanou:

— Tanto pensei que contratei uma enfermeira. Não só por causa dos alunos deficientes. Crianças correm, pulam e se machucam, a presença de um profissional da saúde é fundamental.

Percebendo que Ivan havia dado um tiro no pé, o prefeito mudou o rumo da argumentação:

— Augusta, as escolas teriam que receber modificações, instalações diferenciadas e contratar profissionais especializados, a cidade não tem condições financeiras para isso.

Mais uma vez, sua sobrancelha se arqueou. Virando-se para Carlos, perguntou:

— Meu filho, quanto mesmo nós pagamos de imposto ao Estado no ano passado?

Procurando não rir da cara de espanto que o prefeito fez, Carlos informou:

— Mais de trinta milhões.

— E isso só de nossas empresas. Imagino quanto mais se arrecada nesta cidade, não é mesmo, senhor prefeito? O senhor quer que eu acredite que não há dinheiro?

Procurando não demonstrar sua contrariedade, usou sua lábia política:

— Minha querida, questões de dinheiro não são o alvo da nossa conversa, estamos falando de educação. E para nos entendermos de vez, eu preciso que você me ajude a parar essa locomotiva desgovernada. Prometo que vamos estudar com calma as possibilidades para essas crianças, mas não dá para ser com essa pressão toda.

Respirando profundamente para conter sua irritação, Augusta perguntou:

— E o que o senhor quer que eu faça?

— Que não dê mais entrevistas. Que converse com essa associação de pais para pararem com as manifestações. Diga que essas coisas não se resolvem a toque de caixa, que eles tenham paciência. Vamos providenciar tudo a seu devido tempo. Você é influente junto a eles.

Sentindo-se incomodada, Augusta se remexeu no sofá de couro.

— Isso é uma promessa, senhor prefeito?

— Sim, minha querida, com certeza.

Deixando-os boquiabertos, respondeu:

— Por isso mesmo é que não vou falar nada para eles.

Nervoso, Ivan se levantou.

— Como assim?

— Promessas eles já ouviram a vida inteira. Não serei eu a iludi-los agora.

— Augusta, Augusta. — Começando a demonstrar sinais de irritação, mas ainda mantendo a postura, o prefeito lhe dirigiu um olhar firme. — Não entendo por que você está se envolvendo com essas pessoas, não precisa disso. Você é de outro nível.

Augusta mão conseguiu segurar uma risada irônica.

— Acredite, senhor prefeito, essas pessoas com certeza já tiveram um nível muito melhor que o meu. Eu passei fome. — Adorou perceber o ar de surpresa que os dois apresentaram. — O meu filho — apontou para Carlos — já trabalhou em regime de semiescravidão em fazendas de cacau. — Olhou para o prefeito tão intensamente que ele desviou o olhar. — Se eu tiver que optar por um lado, não será o lado de quem nasceu em berço de ouro, porque eu nasci em berço de palha.

Fingindo estar comovido, o prefeito comentou:

— Não sabia disso, Augusta. Lamento muito que você tenha passado por maus bocados, mas o nosso problema persiste.

— Eu não tenho problema nenhum! — de forma abrupta, ela o interrompeu. — Porque eu valorizo a responsabilidade social em minha vida. Não é porque hoje sou rica que esqueci como é não ter ninguém para me ajudar. — Nesse momento, ela se emocionou ao se lembrar da criança que abortara e de quanto se sentiu abandonada à própria sorte, o que fez com que se levantasse, perguntando rispidamente: — Já posso ir embora?

Percebendo que estava perdendo tempo e irado por ter se indisposto com a dona de uma das maiores montadoras de automóveis do país em vez de uma reles dona de escola particular, o prefeito se levantou também e apertou sua mão por mais tempo do que o necessário.

— Obrigado por ter vindo.

Augusta, Carlos e Bárbara resolveram tomar um café em uma lanchonete ao lado do prédio para eliminarem um pouco da tensão causada pela conversa por meio da cafeína.

— Mamãe, a senhora é quem deveria ter sido a advogada da família, eu fui apenas um coadjuvante.

Estavam rindo quando perceberam que Ivan entrava na lanchonete. Surpreso ao vê-los, ele deu uma ligeira desequilibrada no passo, mas os cumprimentou com um aceno de cabeça e se dirigiu ao balcão. Assim que seu café chegou, tomou a decisão que amadurecia em sua mente e foi até a mesa de Augusta. Muito educadamente, pediu:

— Posso me juntar a vocês?

Bárbara bufou e Carlos se adiantou à mãe:

— Desde que não seja para fazer mais pressão.

— Claro que não. Estamos em uma lanchonete, não no gabinete. E, na verdade... — Fez uma pausa e respirou fundo. — Acho que quero apenas me acalmar um pouco.

— Então fique à vontade. — Augusta sorriu e apontou para a cadeira. — Estamos fazendo a mesma coisa.

— Você deve estar sofrendo uma baita pressão, não é? — Carlos, sempre compassivo e compreensivo, sorriu.

Com um sorriso cansado, concordou com a cabeça.

— Por todos os lados. É um verdadeiro bombardeio. — Fez uma pausa. — Mas sabe o que é pior?

— Diga.

Procurando as palavras adequadas para não se comprometer, Ivan se ajeitou melhor na cadeira e olhou fundo nos olhos de Augusta.

— Pior é ter que apoiar o que está errado. — Augusta arregalou os olhos. — Você está absolutamente correta, e eu a admiro muito por defender sua causa. E digo mais: invejo você por poder defender seus princípios em vez de se render ao inimigo. — Aumentou o tom de voz sem perceber. — Você é íntegra, honesta e quer fazer o que é certo. Eu adoraria estar do lado certo, só para variar — finalizou dando uma tapa na mesa. — Fez-se um silêncio estupefato. Até Bárbara ficou quieta, olhando-o com outros olhos. Percebendo o silêncio constrangedor e prolongado, pediu desculpas: — Sinto muito, me excedi.

Recuperando-se, Augusta declarou com um sorriso penalizado:

— Não gostaria de estar em seu lugar.

— Nem eu — Bárbara concordou.

Correndo o risco de expor-se ainda mais, porém necessitando muito de um desabafo, Ivan continuou:

— Augusta, eles vão protelar a entrada das crianças na escola por muitos anos. A intenção é que os pais acabem desistindo e tudo fique por isso mesmo.

Apesar de não gostar de Ivan, Bárbara estava admirada por ele se expor tão declaradamente e decidiu arriscar um gesto de confiança:

— Mas está na legislação a obrigatoriedade de dar vagas àqueles que querem e podem aprender.

Ele explicou melhor:

— Está em um estatuto, que pode ser cumprido... ou não.

— Ah! — Bárbara exclamou. — Então eles podem negar o direito ao aluno?

— Sim. E com certeza muitos pais já procuraram escolas para seus filhos e receberam respostas negativas. Agora, com todo este estardalhaço, a orientação é adiar até que os pais desistam.

Muito sério, Carlos se pronunciou:

— Eles são espertos. Estatuto não tem poder legal e ninguém se interessou por transformar isso em lei, obviamente.

Pensativa, Augusta olhou para o filho.

— E se fosse lei?

— Leis têm que ser cumpridas, pois estão sujeitas a penalidades.

— Multas?

— Multas, detenções, cassações etc.

— Então esse é o caminho. — Os olhos de Augusta brilharam de empolgação. — Precisamos transformar esse item do estatuto em lei.

Sorrindo tristemente para a mãe, Carlos explicou:

— Não é tão fácil assim, mamãe. Só um parlamentar pode apresentar uma proposta de lei.

— Eu sei, meu amor. Basta conseguirmos o apoio de um deputado.

Ivan sorriu, admirando-a ainda mais.

— Seu entusiasmo é contagiante, mas sinto desanimá-la: a câmara é uma máfia, infelizmente a corrupção impera.

Olhando atentamente para aquele belo homem, viu sinceridade em seus lindos olhos azuis. Já havia percebido pelo tom com que ele se pronunciara nas duas audiências anteriores que não compactuava com o rumo dos acontecimentos, apenas cumpria ordens recebidas. Ela confiava em sua capacidade de julgamento e estava convicta de que podia confiar em Ivan. Tomou sua decisão.

— Você é honesto, Ivan.

— Claro que sou! — Estranhou seu comentário. — Mas não sou deputado.

— Mas pode vir a ser.

Todos olharam para ela, desconfiados. Bárbara foi a primeira a perceber a intenção da tia e começou a rir.

— A senhora é terrível! Que mente diabólica!

Ivan olhava para cada um deles interrogativamente, e Carlos formalizou, surpreso e encantado, as intenções da mãe:

— Mamãe, a senhora é muito ousada! — Olhou-a com seriedade, segurando a vontade de beijar e abraçar aquela mulher fantástica que havia lhe dado muito mais que a vida. — E seu plano é perfeito.

Incomodado, Ivan reclamou:

— Por que só eu não estou entendendo nada?

— Porque você não convive com dona Augusta de Jesus — Carlos respondeu com os olhos brilhando.

Os três riram e enfim ela explicou para Ivan:

— Eu vou precisar de um deputado estadual para conseguir que a lei de inclusão de deficientes intelectuais aconteça, correto?

— Sim — respondeu, intrigado.

— E teremos eleições daqui a alguns meses, certo?

— Sim.

— Então, não se assuste, fique calmo e apenas ouça meu plano. — Ela fez uma pausa antes de prosseguir: — Eu quero que você seja meu candidato a deputado, aquele que vai fazer com que a lei aconteça. — Ele ficou boquiaberto, abriu a boca duas vezes e a fechou, sem saber o que falar. Ela também não lhe deu nem tempo para falar e continuou: — Você é honesto. Conhece tudo na área educacional, é trabalhador e competente. Será um ótimo deputado.

Pasmo, ele olhou para Carlos.

— Ela é sempre assim?

— Sim! — Bárbara e Carlos responderam juntos, sorrindo.

Recuperando-se do susto, Ivan argumentou:

— Querida, você se esqueceu de que eu já tenho um emprego?

— Do qual você não gosta. — E o olhou com aquele ar sapeca de empolgação que só a família conhecia.

— A campanha é muito cara!

— Eu banco. Patrocino tudo.

Desorientado, ele se levantou e foi até o balcão pedir mais um café para lhe clarear as ideias. Enquanto esperava, procurou se acalmar e refletiu sobre sua insatisfação profissional: *tenho um ótimo salário, porém há tempos sinto que vendo a alma ao diabo. Formei-me como professor de Biologia, portanto sei das dificuldades enfrentadas nas escolas públicas, causadas principalmente pelo descaso dos governantes. Eu me sinto como um traidor por compactuar com irregularidades e desmandos, mas acabo sempre seguindo o fluxo do rio, mesmo descontente. Quem sabe esta não será a oportunidade de mudar o rumo da minha vida? Estou com cinquenta e cinco anos e ainda poderei fazer muita coisa boa por meu país.*

Concentrado, nem percebeu que o café estava esfriando no balcão. Tomou-o e voltou para a mesa. Sentou-se e percebeu que os três o encaravam com expectativa.

— Augusta, você me deixou desnorteado, mas confesso que sua proposta mexeu comigo. — Ela respirou aliviada. — Mas já pensou que podemos não vencer a eleição e, nesse caso, eu ficarei desempregado?

Carlos imediatamente respondeu:

— Se isso acontecer, você terá um alto cargo à sua disposição em nossa fábrica. Sempre precisamos de pessoas capacitadas e honestas e garanto que você ganhará mais do que recebe hoje. Concorda, mamãe?

Orgulhosa pela autonomia e iniciativa do filho, declarou:

— Sim. Totalmente de acordo.

Surpreso com a rapidez com que eles pensavam, brincou:

— Nossa! Isso é uma família ou uma máfia?

— Você ainda não viu nada. Vá se preparando! — rindo, Bárbara declarou.

Augusta retomou a seriedade da conversa:

— Ivan, temos tudo para ganhar. Estamos dentro do assunto mais polêmico do momento. A população está mobilizada, sua bandeira será a inclusão escolar de crianças e adolescentes com deficiência intelectual, com meu total apoio. Você será o defensor e criador da lei. Não há como perder.

Da forma como a proposta foi apresentada, parecia loucura recusar, mesmo assim, havia muito a discutir.

— Talvez eu já nem tenha mais um emprego mesmo, visto que estou conversando em local público com o inimigo. — Olhou para Carlos. — Caso eu aceite, mesmo confiando em sua palavra, quero formalizada a proposta de um cargo na montadora.

Sem titubear, seu rosto transparecia uma empolgação que ele raramente demonstrava.

— Com certeza! Como também constará em contrato a sua obrigatoriedade de criar a lei e batalhar exaustivamente pela sua implantação.

Ivan concordou e estendeu a mão para apertar a de Carlos.

— É justo também. Você é um ótimo advogado.

Sorrindo, Carlos olhou carinhosamente para Augusta.

— Sou filho da dona Augusta.

Fingindo-se de brava, ela deu um tapinha no braço do filho.

— Ele vai achar que eu sou uma megera.

Mais aliviado e muito tentado, Ivan entrou na brincadeira:

— Jamais. Minha admiração por você só cresce. Estou muito tentado a aceitar sua proposta, mas peço o final de semana para pensar. Na segunda-feira, irei à escola às nove horas e resolvemos isso.

Augusta se levantou e estendeu sua mão.

— Combinado.

É claro que Ivan aceitou a proposta. Só um tolo não aceitaria. E, sem saber, Augusta novamente alterava o destino de outra pessoa, desta vez para melhor. Seu caminho para a redenção tem sido espetacular. Estamos todos orgulhosos, não é mesmo?

Capítulo 33

A educação vence a ignorância

— VOVÓ, meu cabelo está bonito?

Angélica parou em frente à Augusta, que acabava de entrar na casa da filha, e virou a cabeça para os dois lados, sacudindo os cabelos loiros.

— Está divino, boneca. — Abraçou-a e se afastou um pouco mais para admirar o figurino completo. — Você está maravilhosa.

De fato, a menina estava linda em um vestido longo e azul, bordado com lantejoulas. Com uma maquiagem leve que destacava seus olhinhos oblíquos, o corpo com curvas avantajadas e seu sorriso sempre nos lábios a tornavam uma linda jovem. Linda e feliz.

— Minha formatura será muito legal, não é, vovó?

Abraçando-a novamente, Augusta concordou:

— Com certeza, anjinha.

No mesmo instante, Roberto desceu as escadas e cumprimentou a sogra, virou-se para a filha e assoviou:

— Uau! Que princesa! — Ela deu mais uma volta para que o pai a visse. — Podemos ir, filha?

— Sim.

Ivan, que estava estacionando o carro, entrou na sala. Angélica, imediatamente, correu para abraçá-lo.

— Eu quero ir com você e a vovó!

Sorrindo pela adoração que ela tinha por Ivan, Roberto brincou:

— Está dispensando seu velho pai?

Ela pensou por uns dez segundos, mas logo resolveu a questão:

— Vamos todos juntos!

Estendendo a mão para cumprimentar Ivan, Roberto respondeu:

— Em minha casa, quem manda são as mulheres. Vamos todos juntos.

Saíram rindo e brincando para a formatura de Angélica.

Eu sei, eu sei... fiquem tranquilos. Seu livro não está com páginas a menos. Muita coisa aconteceu mesmo, porém eu optei por contar um pouco mais rápido porque esta história já está ficando muito longa, e, honestamente, estou ansioso para chegar ao final.

Vamos lá, temos muitas atualizações pela frente, mas vou começar por aquela que está matando as mulheres de curiosidade: sim, Ivan e Augusta se casaram. O envolvimento de Augusta na campanha política os aproximara bastante e os levara a perceber que tinham muita afinidade e carinho um pelo outro. Daí para o amor fora um percurso muito curto.

Posso até ouvir os suspiros apaixonados das meninas. Enfim, Augusta era feliz no amor. Ivan a paparicava e era o marido perfeito: atencioso e apaixonado.

A campanha para a eleição fora extremamente tumultuada. Os membros da prefeitura e do governo se posicionaram como inimigos de Ivan. Fizeram acusações falsas, buscaram em vão fatos comprometedores, tentaram acabar com sua imagem, porém a plataforma eleitoral dele era muito forte, pois baseara sua campanha no direito de inclusão das crianças deficientes nas escolas. E, com o apoio de Augusta, abalaram os alicerces da educação no país.

A sociedade se dividira e debatera o assunto em casa, nas feiras livres, mercados, comércios, empregos... Ou seja, em todas as esquinas.

Ivan fora um dos candidatos mais votados no país, demonstrando que a ignorância e o preconceito retrocederam ao longo dos anos.

Lamentavelmente, a vitória nas urnas não fora o suficiente para que os governantes viabilizassem o acesso dos alunos deficientes à educação, dificultando tanto quanto possível a vida dos pais. O primeiro ato do novo deputado federal fora apresentar o projeto de lei, que já estava elaborado, à câmara. Novamente a população se mobilizara, principalmente a favor de sua aprovação, porém, após uma década, a lei ainda não tinha sido aprovada, os opositores criaram mecanismos que adiavam sua execução.

Enquanto o projeto tramitava pelas esferas superiores, Ivan criara um comitê e contratara advogados para darem apoio jurídico e gratuito aos pais que não conseguiam matrícula por meios comuns. Por meio do esforço empreendido pelo comitê, centenas de alunos, todos os anos, conquistaram a possibilidade de vislumbrar um futuro melhor.

É como vocês gostam de falar: parece mentira que se passaram onze anos. Augusta estava com oitenta e cinco anos e Angélica, com dezoito. A jovem estava eufórica pela sua formatura e por ter sido aprovada para a faculdade de Belas Artes. E eu tenho de dizer para vocês: foi lindo acompanhar seu desenvolvimento. Houve muitos momentos difíceis, ela era mais suscetível a doenças, seu sistema respiratório era muito frágil e por duas vezes a família achara que a perderia. Entretanto, ela sempre foi valente e dedicada, pois sabia que precisava esforçar-se mais que os outros. Vir de uma família de guerreiras também ajudara muito.

Ela incentivava seus colegas a darem o melhor de si, e o resultado foi além das expectativas: dos vinte alunos que ingressaram na escola no mesmo ano que Angélica, dezoito estavam se formando, dez deles já estavam matriculados em universidades após terem prestado vestibular. Apenas dois desistiram.

Os alunos com deficiência intelectual eram o orgulho da escola. Mudaram a mentalidade retrógrada de muitas pessoas, todos conviviam no ambiente escolar de forma harmônica. Integraram-se tão bem que nenhum aluno se lembrava de suas dificuldades. Era a sociedade transformando-se, evoluindo e aprendendo a conviver com as diferenças.

Nesses onze anos, a família passara por seus dissabores também, mas permanecera unida como sempre.

Caio não morava mais com Augusta. Casara-se e seu primeiro filho já estava a caminho. É claro que ele só saíra de casa após ter certeza de que Ivan cuidaria muito bem de sua avó.

Carlos e Cláudio continuavam formando uma dupla invencível: a calma e sabedoria de Carlos aliada ao empreendedorismo e eterna juventude de Cláudio levaram os dois ao topo da pirâmide empresarial.

Augusta ainda dirigia a escola com Bárbara, não via motivos para parar, já que estava lucida e com a saúde perfeita. Viajava bastante, agora que tinha um companheiro.

E Palmira? Nesse momento, estava na entrada do buffet onde aconteceria a formatura, recepcionando pessoalmente os convidados. Sim, ela era a proprietária de seis buffets espalhados pela cidade e de uma chácara para eventos maiores. Angélica era a responsável pela parte artística, confirmando sua incrível aptidão observada desde a infância.

Apesar de todo seu profissionalismo, Palmira estava ansiosa. Angélica fora escolhida para discursar em homenagem aos pais. Ela estava receosa e tensa, como se a filha fosse ainda uma criança, e não a mulher independente que se tornara. Tentara dissuadi-la em vão, Angélica declarara que tinha uma carta nas mãos.

Os olhos de Palmira se iluminaram ao ver sua família chegando e pensou: *sou mesmo uma mulher de sorte*. Olhou embevecida para Roberto, a quem os fios grisalhos deram um charme todo especial. Logo atrás vinha sua mãezinha querida, que se tornou uma linda senhora de cabelos platinados que ainda mantinha uma luz intensa em seus olhos azuis: a luz do amor à vida. E, por último, visualizou sua filha tão amada, que se tornou uma bela mulher. Era uma garota linda com seus cabelos cor de areia e um sorriso sempre radiante. Quanto amor transbordava de seu coração. Admirou-a deslizando com seus saltos médios em um vestido azul de cetim e se dirigiu primeiro a ela:

— Filha! — Abriu os braços. — Você está maravilhosa!

Ela encostou as mãos nos cachos perfeitamente modelados.

— Estou mesmo, não é? — Abraçou a mãe, que aproveitou para perguntar se ela estava nervosa. — Nem um pouco, meu discurso será lindo.

Todos entraram para não atrapalhar o fluxo de pais que chegavam, porém Palmira puxou a mãe de lado.

— A senhora sabe que ela não me mostrou o discurso de jeito nenhum, não é?

Com o olhar calmo da idade e a serenidade de quem aprendera a viver, sorriu para a filha.

— Sei, sim. Ela sabe o que faz, fique tranquila.

Tentando não se preocupar mais ainda, brincou:

— Que Deus nos ajude! — E juntou as mãos em sinal de oração.

Augusta apenas balançou a cabeça em sinal de reprovação. Detestava os momentos de superproteção que a filha tinha em relação à menina, pois isso só impedia seu crescimento. Ainda bem que Angélica aprendera a ignorar os rompantes da mãe. Era autônoma em suas decisões e escolhas, tanto que comprara seu vestido e escolhera maquiagem e penteado sozinha.

No salão, encontraram com facilidade a mesa da família, visto que era a maior de todas. Em qualquer evento, todos estavam sempre presentes: filhos, noras, genro, netos e bisnetos.

A cerimônia se iniciou e o silêncio e a expectativa dominaram o ambiente. Ao som de uma música, entraram os noventa e três formandos do ensino médio. Palmira correu para sentar-se ao lado do marido, não era mais a dona do buffet, era apenas a mãe de Angélica, emocionada e preocupada.

Todos assistiram embevecidos às apresentações musicais, aos discursos dos paraninfos, homenagens aos professores e diretoras. Enfim chegou a homenagem aos pais e Angélica subiu ao palco. Com a dicção quase perfeita devido a tantos anos de fonoaudiologia, iniciou seu discurso após cessarem os aplausos:

— Boa noite a todos. Este é um momento muito importante em nossas vidas e mais importante ainda para nós, os considerados "diferentes". — Fez com as mãos o sinal de aspas. — Então peço desculpas por não trazer um discurso pronto, falarei devagar para que me entendam, mas não quero apenas ler um papel. — Olhou para Palmira, aflita em sua mesa. — Mamãe, não se assuste. — Todos deram risadas.

Ela respirou pausadamente, como aprendera a fazer, e olhou diretamente para os convidados no salão. Continuou:

— Prefiro deixar meu coração falar, porque ele falará com emoção e amor. — Palmira sorriu, comovida e orgulhosa. — Uma pessoa muito inteligente — sorriu para a avó, que estava na lateral do palco com Bárbara — me falou que o conhecimento é a única coisa que ninguém pode nos tirar. Podem levar nosso dinheiro, casa, família e até nossa liberdade, mas o que nós guardamos em nossa mente ninguém tira de nós. Mas será que todos têm acesso ao conhecimento? — Fez uma pausa mais longa para respirar antes de continuar: — Uma vez, uma senhora olhou bem para o meu rosto, que é diferente mesmo, mas até que é bonitinho, né? — Todos riram e alguém no fundo gritou: "linda!". Sorrindo, ela retomou: — Essa senhora me perguntou se eu tinha problema, que é assim que muita gente chama os deficientes. Eu respondi — ela fez uma pausa significativa olhando para a plateia — que eu não tinha problema nenhum, que eu só tinha soluções! — Esperou todos pararem de rir novamente. — E eu só pude ter soluções porque me deixaram ter conhecimento.

Os convidados, embasbacados, não perdiam uma palavra. A jovem prosseguiu:

— Por que eu teria problemas? Tive uma família que me amou e cuidou de mim desde o dia em que eu nasci. Quantas crianças não tiveram nem mesmo a chance de nascer? — Nesse momento, Augusta se sentiu como se tivesse levado um soco na boca do estômago e deixou as lágrimas caírem à vontade. Angélica tirou o microfone do suporte e se dirigiu para mais perto da plateia, apontou para os amigos deficientes: — Walter, você tem pais que te amaram e te deram educação. Jéssica, sua mãe brigou muito para você estudar e agora você vai para a faculdade de Economia, porque você é campeã em Matemática. — Fez uma careta, debochando. — Eca! — Assim que pararam de rir, ela brincou: — Alguém tem que gostar de Matemática, né?! Elaine, você vai estudar Pedagogia. — Todos olharam para a bonita garota morena de olhos oblíquos. — Muitos perguntarão: mas uma pessoa com síndrome de Down pode ser professora? — Apontou o dedo para várias pessoas. — Pode? Pode?

E vários ouvintes emocionados gritaram:

— Sim! Pode! Com certeza!

Após mais uma pausa, Augusta estava quase entrando no palco para ajudá-la, pois haviam combinado que, se ela não conseguisse chegar até o final, a avó assumiria sua fala, já que haviam ensaiado antes. Porém, Angélica fez um sinal com a mão para que a avó aguardasse e elevou a voz devido a empolgação da plateia. Quase gritando, afirmou:

— Sim! Nós podemos, sim! Nós podemos tudo. — Mostrou com os braços todos os formandos. — Vocês todos são capazes, especiais são aqueles que têm que superar as dificuldades para serem capazes. — Bárbara lhe levou um copo com água ao perceber que sua respiração estava muito acelerada. Ela bebeu, agradeceu com um sorriso e, recuperada, continuou: — Nós podemos ser tudo que quisermos, porque tivemos pais que lutaram por nós. Nós podemos tudo porque vocês nos permitiram buscar educação e conhecimento, apostaram e acreditaram em nós!

As mães choravam abertamente e os pais tentavam em vão segurar o pranto. E Angélica ainda tinha mais a dizer:

— Quantos pais não deixam seus filhos estudarem para que eles trabalhem nas lavouras ou para venderem balas nos faróis, ou pior ainda, para pedirem esmolas? Mas vocês nos deram a oportunidade. — Respirou fundo durante um longo momento e voltou a falar com os colegas: — Será mesmo que nós somos diferentes? Todos temos os mesmos desejos, ambições e sonhos. Somos diferentes? — A maioria dos colegas negou com cabeça. — Convivemos em harmonia por tanto tempo e sentiremos falta dos amigos que fizemos. — Os formandos também não seguravam suas lágrimas. — Não! Não somos diferentes, apenas temos mais dificuldades. — Levantou novamente o tom de voz, empolgada e emocionada: — Mas tenho fé e certeza de que todos conseguiremos realizar nossos sonhos e teremos sucesso em nossas carreiras. Nós chegaremos lá! Longe! Bem longe! Porque nós tivemos vocês em nossas vidas. — Com o braço, apontou para os pais, deu um suspiro e agradeceu no momento em que sentiu a mão da avó, que entrara silenciosamente no palco, segurando sua mão: — Muito obrigada!

A plateia irrompeu estrondosamente em aplausos, que duraram por muitos minutos. A emoção dominava totalmente o ambiente, e Augusta apenas agradecia ao destino pela sensação deliciosa de saber que cumpriu seu dever com honra e glória. Dizem que ninguém vive por completo se não deixar marcas profundas nas pessoas. Certamente, Augusta viveu tão plenamente que seu legado será lembrado por diversas gerações.

Último Capítulo

O que importa é o amor

AUGUSTA SEMPRE adorou o dia de Natal. Quando era criança e tinha uma relativa harmonia em sua casa, a mãe sempre lhe dava bonecas de pano que ela mesma fazia e os irmãos sempre arrumavam alguma coisinha para lhe presentear. Com a madrinha, passara o primeiro Natal com árvore enfeitada, roupas e calçados novos. Até quando não tinha o que dar para seus filhos, inventava brincadeiras e os distraía para que curtissem a data. Sempre encarou o Natal como uma renovação da vida, do amor e da felicidade.

Aos oitenta e cinco anos, essa felicidade era ainda maior por ter tido a honra de comemorar tantos Natais e por ter a sua casa cheia. Vinham todos: os filhos, noras, genro, netos e bisnetos. Seria uma festa maravilhosa, cheia de presentes, comida farta e, principalmente, amor e união. Por isso, ela começou os preparativos desde o primeiro dia de dezembro. Adorava dedicar-se a tornar a festa incrível para todos.

E enfim chegou o dia esperado durante o mês todo: 24 de dezembro. Ansiosa, Augusta acordou às seis da manhã e não conseguiu mais dormir. Desceu devagar para não acordar o marido e foi curtir o clima de Natal:

arrumou os enfeites da árvore, como se eles já não estivessem perfeitos, tirou da geladeira as aves que seriam assadas por Palmira após o almoço e começou a preparar as sobremesas. As noras e as netas casadas trariam pratos que prepararam em suas casas.

Era assim todos os anos, mas, nesse ano, Augusta estava se sentindo diferente. Tomou seu café, andou a esmo pela casa, distraída. Olhou para todos os cantinhos do lar que tanto amava, mas estava sentindo uma emoção estranha que não conseguia compreender. A sensação de que aquele dia seria diferente, de que algo estava para acontecer. Já vivera muitos anos para saber que esse tipo de situação não deve ser ignorada.

Ligou para os seus meninos, Cláudio, Carlos e Caio, sob o pretexto de bater papo e aproveitou para perguntar se realmente estava tudo bem com eles. Não telefonou para Palmira, pois sabia que ela tinha seus próprios preparativos.

Após o almoço, Palmira e Angélica chegaram e ela se distraiu um pouco, mas a sensação continuava ali, à espreita. Passaram boa parte da tarde na cozinha assando bolos e pães, rindo e brincando, era impossível não rir em qualquer ambiente em que Angélica estivesse. Então elas voltaram para casa a fim de se arrumar, e, ignorando a sensação desconfortável que a perseguira durante todo o dia, Augusta até cochilou um pouco.

Às sete da noite, sua família começou a chegar e o clima natalino se instalou em sua casa de vez: embrulhos de presentes foram colocados embaixo da imensa árvore, as crianças menores pegavam as caixas, tentando adivinhar seus conteúdos, e suas mães tinham de ficar de olho para que elas não abrissem os embrulhos. A imensa mesa de petiscos e bebidas, que Augusta preparara para que não sentissem fome antes da ceia, era o local preferido dos homens, que batiam papo e riam.

Despedira-se de Bárbara dois dias antes. Sua fiel escudeira já estava no sítio da família, para onde todos iriam comemorar o final de ano. Já havia desejado Feliz Natal para seus irmãos, por isso estranhou quando viu Ivan ao telefone com uma expressão muito séria. Quando se aproximou, ele desligou o telefone.

— Já volto — disse e correu para a biblioteca.

Cinco minutos depois, apareceu com papéis nas mãos, tirou Augusta da cozinha e chamou todos para a sala. Segurou as mãos da esposa e a olhou com muito amor.

— A lei foi aprovada! — declarou em alto e bom som. — Foi publicada ontem! Está aqui! — Levantou a mão, brandindo os papéis no ar. — A lei foi aprovada!

A reação foi instantânea e a sala virou uma balbúrdia: gritaram, pularam, aplaudiram, deram socos no ar. Augusta mal sentiu as lágrimas escorrendo por seu rosto. Trêmula de emoção, colocou as duas mãos no rosto e riu, riu muito. Ivan percebeu que já iam começar a abraçá-la e decidiu parar a ação:

— Esperem, esperem — gritou. — Você precisa ver isso, meu amor — mostrou o papel que ele imprimira na biblioteca minutos antes, um trecho estava destacado com caneta marca-texto. — Leia em voz alta.

Augusta passou as mãos pelo rosto para enxugar as lágrimas, olhou para o papel e se preparou.

— Como Presidente da República deste país… — Começou a ler com voz trêmula, mas alto o suficiente para que todos escutassem. — Declaro aprovada a lei Augusta de Jesus.

O caos se instalou. Além de toda a comemoração, o choro tomou conta da maioria. Augusta foi beijada, abraçada e apertada. O orgulho dos filhos era tamanho que até Cláudio não conseguiu fazer graça, só chorou. Mas era o choro da alegria, o melhor que há.

Augusta se sentiu zonza devido a tanta emoção, pediu um copo de água e imediatamente foi conduzida para se sentar no sofá.

— O discurso de Angélica na formatura foi gravado por vários pais, postaram na internet e foi muito comentado, até alguns programas de televisão o transmitiram também. — Ivan começou a explicar. — O amigo que me ligou explicou que eles perceberam que não havia mais como adiar a aprovação da lei, pois, se uma garota com síndrome de Down conseguiu fazer um discurso daqueles, não havia mais como impedir a inclusão de outras crianças. A opinião pública cairia matando de novo, e é ano eleitoral, o presidente pretende se reeleger, portanto promulgou e publicou a lei.

— E você merece todos os nossos cumprimentos também, Ivan — Cláudio se manifestou. — Foi o criador da lei e batalhou pela sua aprovação por todos estes anos. — Olhou para a família na sala. — Aplausos para o nosso deputado — pediu e foi prontamente atendido com fervor.

— E você, sua danadinha, foi a causadora de tudo — Palmira, que estava sentada segurando a mão de Angélica, brincou olhando para a filha.

— Eu gosto mesmo é de causar, mamãe — rindo, ela concordou. — Ainda vou abalar muitas estruturas por aí.

— Xiii... criamos um monstro! — Cláudio, já mais recuperado, não pôde deixar passar.

Palmira jogou uma almofada na cara dele.

— Monstro é você!

— Ivan, e quanto ao adendo que você apresentou posteriormente? — Carlos se lembrou de um detalhe importante.

— Foi aprovado também. Além de nenhuma escola poder negar vagas para deficientes intelectuais, sob risco de penalidades legais e criminais, haverá escolas que funcionarão como polos para alunos com deficiências mais severas, com a presença de enfermeiros capacitados. Uma em cada bairro.

Todos aplaudiram Ivan novamente e, nesse momento, Caio chegou, depois de terem ido desejar feliz Natal para os pais de Bianca, sua esposa.

— Mas este povo é animado demais! — Olhou para Cláudio. — Aposto que é o senhor que está aprontando.

— Mas esse garoto é muito abusado, chega atrasado e ainda quer me criticar, como se eu fosse de fazer bagunça! Só podia ser filho da Palmira mesmo.

Sorrindo, Caio percebeu que o clima na sala era de total animação. Augusta bateu a mão no sofá, chamando-o para sentar-se ao seu lado.

— Meu amor, estamos comemorando porque a lei foi aprovada.

Ele abriu a boca e arregalou os olhos.

— Não acredito! Depois de tanto tempo. — Abraçou a avó e a beijou várias vezes. — A senhora é demais! Que coisa fantástica! — Visivelmente emocionado, fazendo o possível para segurar as lágrimas, olhou para avó com seu amor imensurável, passando a mão em seu rosto. — A senhora fez um bem para a humanidade, ou pelo menos para o país! Já pensou nisso, vovó?

E é então que acontece: ao ouvir a frase de Caio, Augusta ficou desnorteada, pois se lembrou de tudo! E uma avalanche de recordações a invadiu. Recordou claramente de sua vida anterior, de como havia sido cruel e arrogante, de como havia destruído os filhos e consequentemente os netos. Viu Caio a olhando, preocupado, mas não conseguiu falar nada, apenas rememorou. Relembrou como era sua vida antes do contato com o destino: sozinha e amargurada, sem ninguém que a quisesse por perto.

— A senhora está bem? Está muito pálida — aflito, Caio perguntou.

Ao ouvir isso, Palmira se aproximou.

— Mamãe, o que está acontecendo?

Saindo obrigatoriamente de seu torpor, ela os encarou.

— Não é nada, só fiquei um pouco indisposta. Muita emoção. — Mentiu, dando um sorrisinho fraco. — Vou ao banheiro.

— Vou com a senhora.

— Não é necessário. Estou bem!

— Tem certeza? Posso fazer alguma coisa?

— Prepare um suco de laranja com beterraba para mim, por favor — pediu, a fim de tirar a filha do seu pé e conseguir uns minutos de privacidade.

— Estou indo.

Augusta foi ao banheiro e se sentou pesadamente na borda da banheira. Não soube como conseguira chegar até ali, pois as pernas trêmulas pesavam e o coração parecia que ia saltar do peito. Apesar de atordoada, estava perfeitamente lúcida, e o terror invadiu sua mente sem pedir licença, pois cumprira sua parte do acordo: corrigira todos os erros de seu passado e fizera com que seus filhos tivessem vidas plenas e felizes.

O choque foi causado pela segunda parte do acordo: ela deveria fazer um bem para a humanidade, ou pelo menos para uma parcela muito grande de pessoas, e ela cumprira a tarefa.

— Meu Deus! — Augusta colocou as mãos no rosto e exclamou para si mesma. — Eu pedi ao destino para morrer! Eu queria morrer porque minha vida era odiosa, mas agora eu sou feliz e amada. — A realidade se alastrou em seu ser como um polvo com seus tentáculos. — Eu vou morrer hoje.

Eu cumpri o que foi combinado. — Fazendo o possível para se recuperar, respirou fundo várias vezes e buscou a lucidez dentro de si. — Não posso reclamar, o acordo proporcionou uma vida linda para meus filhos, é isso que importa. Só isso importa. Eu tive uma chance que ninguém teve, meus filhos e netos estão felizes. — Segurou as mãos frágeis para conter o tremor. — Não posso reclamar, foi o acertado. — Percebendo então a enormidade do que conseguira, o pavor foi substituído pelo orgulho. — Eu vivi duas vezes! Só posso agradecer por ter feito tantas coisas boas em minha segunda oportunidade.

Levantou-se da borda da banheira, olhou-se no espelho e admirou sua face enrugada. Admirou-se, sim, pois seu rosto era fruto de tudo pelo que passara, orgulhava-se muito de quem se tornara. Fora uma guerreira a vida inteira e morreria como uma guerreira. Se tivesse chegado a hora de sua partida, faria isso com a cabeça erguida e o peito cheio de amor e gratidão. Morreria com a imensa satisfação de ter a oportunidade de despedir-se de sua família.

Lavou o rosto e o pescoço. Ajeitou suas roupas e saiu, quase trombando com Palmira, que já ia bater na porta do banheiro. A filha trazia nas mãos uma bandeja com o suco e os petiscos dos quais a mãe gostava. Antes que ela falasse qualquer coisa, Augusta tirou a bandeja de suas mãos, deixou no aparador e abraçou a filha. Abraçou como se nunca tivesse feito isso na vida. Abraçou com todo seu amor e orgulho. Abraçou porque sabia que provavelmente seria sua última oportunidade.

Palmira deitou a cabeça no ombro da mãe e se permitiu ficar curtindo o momento.

— Eu te amo mais que tudo. — Ouviu sua mãe dizer em seu ouvido, exatamente como ela falava quando os três eram crianças. — Nunca se esqueça disso. — Afastou-se e olhou para a linda mulher que estava em sua frente. — Prometa-me que nunca vai se esquecer disso.

Palmira a fitava intensamente, sentiu-se preocupada.

— Prometo, claro que prometo. Mas a senhora está estranha, não está se sentindo bem?

Pegou o suco e o entregou à mãe.

— Estou ótima. Nunca estive melhor em minha vida.

Pegou a filha pela mão e se sentou com ela em um canto mais tranquilo da sala, olhando-a profundamente.

— Quero lhe pedir perdão, minha filha. — Palmira a encarou, surpresa. — Por quase ter feito você abortar seu filho. — Palmira faz menção de falar, mas Augusta levantou a mão, impedindo. — Quando eu penso que não teríamos Caio aqui, sinto como se enfiassem uma faca em meu peito.

— Pare com isso, mamãe. — Com os olhos marejados, Palmira a repreendeu, não gostava de tocar nesse assunto. — Já ficou para trás há tanto tempo. A senhora teve seus motivos e só queria o meu bem, por que se martirizar por isso agora?

— Não estou me martirizando, querida. Mas meu coração precisa se sentir perdoado mais uma vez.

Sorrindo, Palmira a abraçou novamente.

— Mãezinha, a senhora foi a melhor mãe do mundo, não quero vê-la triste por algo que aconteceu há mais de duas décadas. Não tem que me pedir perdão, pois já está perdoada desde que me apoiou ao sairmos daquela clínica horrorosa.

— Está certo, mas quero te pedir um favor: nunca conte a ele a imensa besteira que eu quase forcei você a fazer. Preciso que você me prometa isso, Palmira. É muito importante para mim.

Virando-se para o aparador, Palmira pegou novamente a bandeja.

— Coma alguma coisa, mamãe — insistiu. — Eu prometo que nunca falarei sobre isso com ninguém, está bem assim?

Engolindo a emoção que a dominava, Augusta concordou com a cabeça e passou a mão no rosto da filha.

— Você não tem noção do orgulho que sinto de você. Sempre quis ter uma filha para que ela fosse minha companheira, como eu era com minha mãe, mas Deus caprichou demais no meu pedido. Você foi muito mais que companheira, você foi minha melhor amiga, minha confidente, minha felicidade.

— Ah, mãezinha, eu a amo mais que tudo — respondeu sem conseguir segurar as lágrimas e a abraçou novamente por um longo momento. — Mas, se a senhora não comer nada, vou ficar brava — repreendeu assim que se afastou.

Augusta riu e pegou a bandeja de canapés.

— Esqueci de dizer que é minha melhor cuidadora também — brincou.

— Como se a senhora precisasse de alguém para te ajudar.

Riram e conversaram mais um pouco, até Palmira ter certeza de que ela estava alimentada.

Augusta voltou para a sala de estar e olhou em volta até encontrar Cláudio e Carlos, que estavam em uma discussão acalorada sobre futebol. Augusta andou diretamente até Carlos e o abraçou pela cintura, o que já não era tão fácil de fazer devido à sua barriga proeminente. Ele imediatamente a abraçou também. Ela estendeu a mão para Cláudio, que a segurou.

— Vocês podem vir comigo ao terraço um instante?

— Claro, mamãe — os dois responderam. — A senhora está bem?

— Estou, sim, só quero falar com vocês em particular.

Carlos colocou as mãos em suas costas e a conduziu para o terraço, sempre tão educado e gentil. Sentaram-se no banco.

— Eu quero pedir perdão, meus filhos, por aquele triste episódio da guerra — começou, e eles tiveram a mesma reação surpresa de Palmira. Cláudio fez menção de interrompê-la, mas Augusta levantou a mão para silenciá-lo. — Eu não tinha o direito de querer determinar seus futuros. — Segurando a mão de Cláudio, prosseguiu: — Eu tinha tanto medo de que você morresse que fiquei paranoica. Você quase havia morrido por três vezes, e, por conta do meu pânico, quase destruí a vida de vocês, e o pior é que vocês me obedeciam.

— Nós a respeitávamos — Carlos respondeu. — E sempre a respeitaremos, porque a senhora é uma mãe espetacular.

— Mamãe, nós já a perdoamos há tanto tempo. O que está acontecendo? — Cláudio perguntou, sem entender por que ela estava desenterrando aquele assunto tão antigo.

— Ah, meu filho! — Com medo de assustá-los, deu leveza ao seu tom. — A aprovação da lei me deixou emotiva, sensível e sei lá... Olhei para vocês e me deu vontade de pedir perdão mais uma vez. É bom, sabiam? Alivia a alma.

— A senhora já pensou que a guerra me tornou outro homem? — Ela concordou com a cabeça. — Eu voltei com outros planos, e a senhora prontamente me apoiou e investiu nos meus sonhos. Olhe onde chegamos. — Suspirou, emocionado. — Sempre foi maravilhosa... sempre. Eu a amo muito, mas sabe o que é melhor que amar, mamãe? — Emocionada com o afeto que seu menino maluquinho demonstrava, negou com a cabeça. — Melhor que amar é admirar. E cada vez eu a admiro mais.

Augusta colocou a mão no peito, procurando conter o nó que havia em sua garganta, e respirou fundo.

— Ah, meus meninos. Tão iguais e tão diferentes. Amo e admiro vocês demais, só me deram alegrias.

Carlos estava tão emocionado que não conseguia falar, levantou-se e puxou a mãe para um abraço apertado e demorado, ao qual Cláudio se juntou. Após se recuperarem, seguiram abraçados e conversando alegremente para o interior da casa.

Augusta passou boa parte da noite conversando com suas noras, agradando-as e agradecendo por sempre terem feito seus filhos felizes. Brincou com os bisnetos, beijou-os e os abraçou muito. Conversou com os netos, dedicando um tempo maior para as filhas de Carlos, que sempre foram mais apegadas a ela: Adriana, com seu jeito tímido e amigo era uma joia rara; Bruna, meiga e dedicada, era sua pérola; Rita, alegre e esfuziante, brilhava como um diamante.

Em um raro momento, encontrou Roberto sozinho e o abraçou.

— Que bom que você voltou e eu tive a chance de conhecê-lo.

Deu um tapinha em seu peito e se afastou. Ele apenas olhou para ela sem entender muito bem.

Ivan a viu andando pela sala e a segurou pela cintura.

— Você não para quieta hoje, mulher. Não está cansada? Não a vi sentada um minuto.

Ela olhou para ele com um sorriso luminoso. Pegou seu rosto entre as mãos e deu um beijo em sua bochecha.

— Obrigada.

— Por que, meu amor?

— Por ter sido o único homem que de fato me amou. Por ter cuidado de mim e me feito feliz por todos estes anos.

— E continuarei fazendo tudo para que você seja mais feliz ainda.

— É impossível ser mais feliz do que já sou — respondeu olhando para sua imensa sala de estar.

Viu toda sua família brincando, rindo e conversando. Enlaçou o marido e ficou abraçada a ele por muitos minutos, só pelo prazer de sentir-se aconchegada e amada.

Palmira chamou as crianças para iniciarem a abertura dos presentes. A partir daí, a balbúrdia foi imensa, eram muitas crianças e muitos presentes. Augusta ficou em um canto, apenas curtindo o momento, valorizando-o ainda mais por saber que seria seu último Natal. Riu e se emocionou com a alegria de seus netos e bisnetos. Procurou com os olhos Caio pelo salão para sua última e mais cruel despedida. E em um minuto, de repente, ele estava ao seu lado.

— Por que a avó mais linda do mundo está sozinha aqui? Sempre gostou de ficar no meio da bagunça.

— Porque eu estava esperando o neto mais lindo do mundo aparecer por aqui.

Sorrindo, ele a abraçou por um longo momento.

— Sabia que eu a amo mais que tudo no mundo?

— Claro que sabia! Você diz isso toda semana, não tenho como duvidar.

E ficaram ali, simplesmente contemplando a farra, pois com Caio sempre foi assim: ele sabia o momento em que ela precisava de sua presença. Ela não teve de buscá-lo, ele simplesmente sabia que deveria ir para onde ela estava. Sem necessidade de pedidos de perdão nem desculpas, pois entre eles só existia amor, muito amor.

Entregues os presentes das crianças, foi a vez dos adultos. Augusta sempre era a primeira, curtia abrir cada pacote com cuidado e bem devagar para que o momento durasse mais. Entregou também seus presentes com a mesma alegria de quando seus filhos eram crianças.

Repentinamente, sentiu que era chegada a hora, sabia que seu acerto de contas estava prestes a ocorrer. Olhou mais uma vez pela sala toda, demorando-se mais que o normal em cada rosto tão amado. Não devia, já que tivera uma segunda vida maravilhosa, porém se sentiu triste. Não tinha medo da morte, mas gostava tanto de estar ali, viver nunca tinha sido tão bom! Segurando a vontade de chorar, dirigiu-se para o jardim.

Mal sai da casa e sente uma brisa fresca soprar-lhe os cabelos. Sempre gostou dessa sensação. Anda devagar, olhando para cada cantinho que ela tanto ama, para e aspia o perfume das rosas. Pega uma folha do pé de limão, esfrega-a nos dedos, pois gosta de ficar sentindo o cheirinho suave. Para novamente para sentir o perfume e a textura das orquídeas, este lugar sempre foi seu oásis. E então, fazendo uma pequena curva, chega ao lago. Claro que já estou aqui, sentado em um banco.

Escuto o seu profundo respirar, e logo ela se senta ao meu lado.

— Demorou muito para chegar da porta até aqui. Estava me enrolando?

— Boa noite para você também. Esquecemos as regras da boa educação?

Rindo, viro-me de frente para ela, analisando seus traços.

— Até que você ficou uma velhinha bem bonitinha! — Ela não consegue segurar um sorrisinho. — E não é mais aquela rabugenta que eu conheci.

— Eu era um horror, né?

— Péssima — concordo. — Arrogante, preconceituosa, insuportável...

— Ei! Já chega, né?! Veio aqui para me massacrar? Também não precisa me crucificar.

Solto uma sonora gargalhada.

— Senti muitas saudades de você. Apesar de ter acompanhado sua trajetória, sentia falta das nossas conversas tão bem-educadas — revelo.

— Pois eu não senti nem um pouco — rebate, rindo.

Faço uma expressão de ofendido.

— Nem um pouco?

— Claro que não, esqueceu que eu não sabia da sua existência nos últimos anos?

— É verdade. Chegou um momento em que você já tinha condições de caminhar sozinha e se saiu muitíssimo bem. Não devia dizer isso porque você vai ficar se sentindo — faço uma pausa para esperar o risinho que sei que virá —, mas você foi fantástica.

— Só fantástica? — Solta seu riso. — Seu repertório de elogios está muito limitado, mas na hora de excomungar aparecem muitos, né?!

— Está bem: fantástica, incrível, maravilhosa. Está bom agora?

— É... melhorou um pouquinho. Só que você esqueceu de dizer competente, ousada...

— Menos... menos. — Agora é minha vez de interromper. — Vai querer um diploma de honra ao mérito também?

— Não é má ideia! — Ela ri carinhosamente para mim e fica alguns minutos em um silêncio contemplativo e tranquilo. — Também senti sua falta.

— Puxa! Até que enfim resolveu assumir.

Ela dirige seu olhar sério para mim.

— Muito obrigada pela chance que você me deu. Eu tive uma segunda vida maravilhosa, e o principal é que meus filhos tiveram uma vida linda. Até os momentos muito difíceis foram importantes, pois nos transformaram em pessoas especiais.

— Sim. Pena que a maioria das pessoas não consegue enxergar que as dificuldades fazem parte do aprendizado, da evolução. Não conseguem ter a serenidade necessária para atravessar as tempestades e acabam fazendo tudo errado.

— Foi o que eu fiz quando Cláudio esteve na guerra. Fiquei desorientada e deixei de cuidar dos meus outros filhos.

— Mas conseguiu acertar tudo depois. Aliás, de forma exemplar. Vou dizer de novo: você foi incrível.

— Então passei na primeira parte?

— Com toda certeza!

— Que pena! — diz com lágrimas nos olhos.

— Por quê? — Eu a encaro, sério. — Não acho que seja uma pena, você acertou a sua vida e a da sua família.

— Pois é, essa era a primeira parte do trato.

— E na segunda você arrasou. Nem eu esperava tanto — digo, eufórico. — O que foi aquilo, Augusta? A sua briga pela inclusão das crianças com deficiência intelectual foi linda demais, você mobilizou o país inteiro. Eu não acreditei quando você patrocinou uma campanha para ter um deputado que apresentasse a lei.

— E não foi um deputado qualquer, né? Escolhi logo um bonitão para aproveitar e me casar com ele.

Rimos, e eu a encaro muito carinhosamente.

— Você merecia ter alguém que a amasse. Estava mais do que na hora, e eu fiquei muito feliz.

— Obrigada.

— Agora, me diga, nesta segunda vida, qual foi sua maior alegria e sua maior tristeza?

— Minha maior alegria foi ver meus filhos se tornarem pessoas independentes e do bem — responde sem nem pensar, mas uma nuvem de tristeza se instala em seus olhos. — E minha maior tristeza foi a criança que eu abortei. Pensei nesse bebê todos os dias da minha vida, nunca me conformei com o que fiz. E o pior é que depois, com minha vida estabilizada, me perguntei muitas vezes se de fato não haveria uma solução. — Sua voz está embargada, e ela faz uma pausa. — Sempre achei que talvez eu tivesse conseguido ter aquele bebê... — Para de falar, pois o peso que sente em seu peito a está massacrando.

— Não tinha jeito — afirmo, penalizado. — Você fez a escolha certa. O coronel, que nunca se conformou por não tê-la como sua amante, jogaria vocês no meio da estrada. A caminhada até a cidade era absolutamente perigosa para uma mulher com três filhos pequenos, vocês seriam atacados por cangaceiros. — Ela arregala os olhos e leva a mão à boca. — Palmira não sobreviveria aos abusos sexuais.

Ela me olha absolutamente incrédula.

— Meu Deus! — Agora as lágrimas correm livremente. — Minha filha morreria... minha menina... Então...? — Desnorteada, nem consegue formular sua dedução. — Então Caio não nasceria! — diz, chocada. — Não... Não... É inconcebível o mundo sem Caio nele.

Sabendo a importância da revelação que farei, seguro suas mãos, fazendo com que ela olhe para mim.

— Querida, você realmente não sabe, não é?

— O quê? — questiona, confusa, ainda com lágrimas nos olhos.

— Você nunca percebeu? Essa afinidade que você tem com o Caio? Nunca chamou sua atenção?

— Claro que percebi, temos uma sintonia incrível, mas muitas pessoas sentem isso.

— Não da forma que é com vocês. — Chegou o momento. Olho em seus olhos intensamente: — Querida, Caio é o filho que você abortou — declaro, e ela arregala ainda mais os olhos. Sinto seu corpo inteiro se arrepiar. — Ele sempre foi seu. Sempre lhe pertenceu, e você a ele. Não era o destino dele ser seu filho, mas sim seu neto.

Embasbacada, ela se levanta, desnorteada.

— Como assim?

— Você não fez nada de errado. Ele estava determinado para ser filho da Palmira e seu neto mais amado. Ele sempre foi seu, apenas de outra forma. Caio é a criança que você abortou.

Então ela desaba, literalmente. Joga-se de joelhos na terra e chora, cobrindo os olhos. Um pranto tirado de dentro da alma, um pranto de desabafo por ter se livrado de um peso de mais de sessenta anos. O único segredo que nunca teve coragem de revelar. Seu peito fica leve e se enche de alegria: *Caio é meu filho renascido*. Chora, chora muito com uma alegria que jamais sentiu na vida. Chora de soluçar, agora já pode morrer sabendo que não matou um ser inocente.

Aos poucos, o pranto vai acalmando, e ela se recompõe. Levanta-se e, desta vez, é ela a pegar em minha mão, depositando um beijo em minha palma.

— Muito obrigada. Essa revelação foi o maior presente que eu ganhei, você não sabe o peso que tirou de mim.

— Sei, sim — afirmo, e ela se senta novamente ao meu lado. — É bom vê-la mais tranquila.

Suspirando profundamente, ela se sente completamente feliz.

— Agora já posso partir — declara. — Estou mais que preparada e com a consciência absolutamente tranquila. Parto sem deixar pendências para trás.

— Você vai viajar? — Finjo-me de desentendido.

— Não!

— E quer partir pra onde?

— Ué... para o céu, ou para o inferno. Para o plano astral ou para diabo que me carregue!

— O diabo não vai te querer, não. Você é muito boazinha para ele.

— Está bem. Seja como for, estou dizendo que estou preparada. Temos um trato e vou cumpri-lo sem pestanejar. Não tenho mais nada a pedir nesta vida, só a agradecer. Para você, que adora um ditado: o combinado não sai caro.

— Mas pode sair de graça.

— Explique melhor — pede, sem entender meu raciocínio.

— Em nosso trato, se você cumprisse o combinado, você teria a chance de morrer em vez de ter que viver mais quinze anos. Correto?

— Sim.

— Mas e agora? — Ajeito-me melhor no banco para observar atentamente sua reação. — Você ainda quer morrer?

— Não! Claro que não! — responde prontamente. — Mas esse é o combinado.

— Mas pode ser descombinado.

Sorrio maliciosamente. Sua mente se recusa a acreditar, e percebo seu medo de me perguntar qualquer coisa.

— Você está falando sério? Existe essa possibilidade?

Sem responder diretamente, para deixá-la no suspense mais um pouco, já que adoro implicar com ela, pisco e aguardo. Seu semblante muda e um fio de esperança aparece em seu olhar.

— O cara lá de cima — aponto com o dedo para o céu —, ficou encantado com a sua performance, eu diria até extasiado. Você superou todas as expectativas, e ele te deu a chance de continuar aqui.

Incapaz de continuar sentada, levanta-se novamente.

— Não acredito! Você está falando sério?

— Seríssimo!

— Eu não vou morrer?

— Só se você quiser.

— De jeito nenhum! — Gargalha, feliz. — E eu me despedi de todo mundo, sem eles perceberem, logicamente. Falei das suas qualidades e do meu orgulho por eles.

— Agora você pode voltar lá e xingar todo mundo.

— Está louco? Claro que não — diz, rindo muito, como se não risse há anos.

— O destino muitas vezes é louco mesmo.

Ela me olha ainda sem acreditar completamente no que está acontecendo.

— Com certeza você é louco de pedra — zomba. — Me deixe entender: eu vou continuar viva por quanto tempo?

— Isso só o destino pode saber — brinco, rindo.

— Mas o destino é meu amigo, meu melhor amigo.

Emocionado, levanto e seguro suas mãos.

— Querida, você foi meu pior pesadelo e meu maior prêmio — declaro e vejo a emoção em seus olhos. — Você foi a obra-prima da minha existência. Meu orgulho por você é tão grande que já estou com vontade de entrar em outra empreitada. Minha vida sem você era muito sem graça, então curta seus últimos anos com a sabedoria que você conquistou, simplesmente seja feliz.

Eu a abraço ternamente, mas ela é Augusta, então me encara, questionadora.

— Eu sou muito curiosa!

— Tenho que ir embora, mulher. Não existe só você no mundo, sabia? — Ela relaxa, e eu solto suas mãos, começando a me afastar. — Quem pode saber? — falo, já de costas para ela. — Cinco anos? Dez? Originalmente, você viveria mais quinze anos, né? Quem sabe? — Paro e olho para ela uma última vez. — Vá ficando por aí... Você curte tanto este lugar. Vá vivendo.

Mando um beijo com as mãos e desapareço.

Desorientada, Augusta pisca rapidamente por longos momentos, sem acreditar no que está acontecendo. Custa a crer que não irá morrer, pelo menos não agora. Vira-se e dá de cara com Caio, que está à sua procura. Incapaz de conter-se, ela o abraça muito apertado.

— Meu filho... meu filho querido. Meu neto querido, meu filho — diz e chora ao mesmo tempo. Ela segura seu rosto e o encara profundamente. — Eu te amo tanto, tanto... que você não imagina, meu neto, meu filho querido.

— A senhora está bem? — questiona, preocupado. — Sumiu, eu já estava preocupado. Parece confusa.

— Estou mais lúcida do que nunca, amor da minha vida — declara, rindo.

— Não sei, não. A senhora ficou estranha a noite toda. Andou usando alguma droga, dona Augusta? — brinca.

Ela abre os olhos e confirma com a cabeça.

— Sim, a droga do amor. Eu abusei dela hoje, por isso estou doidona.

Rindo, entram novamente na sala. Imediatamente, Angélica corre ao seu encontro.

— Vovó, a senhora não ganhou o meu presente, meu pai tinha esquecido em casa e agora ele trouxe — diz e a puxa pela mão. — Venha, vovó, a senhora precisa abrir.

Angélica faz com que Augusta se sente no sofá e deposita em seu colo um embrulho de aproximadamente um metro e meio de comprimento por um metro de largura.

— Que pesado! O que você andou aprontando, anjinha?

— Abra logo que a senhora vai saber — pede, rindo e extremamente ansiosa.

Augusta se volta para o presente lindamente embalado.

— Mas está tão bonito que estou com dó de abrir.

— Mamãe, pare de torturar minha filha — Palmira intervém.

A esta altura, os filhos e netos estão ao redor delas, curiosos para saber qual é o presente.

— Está bem... está bem... já estou abrindo.

E delicadamente retira o papel e aos poucos percebe que é um quadro. Assim que consegue visualizar o tema, rasga o restante do embrulho.

— Oh! — Solta um arquejo admirado.

Visualiza a si mesma pintada com perfeição em três momentos diferentes: aos quinze anos, aos quarenta e agora, aos oitenta e cinco. A tela em fundo vermelho-escuro se torna mais clara conforme faz a transição de uma imagem a outra. Em um arquejo rouco de emoção, sente o ar fugir de seus pulmões. Achando que não teria mais lágrimas para chorar, simplesmente as deixa caírem.

— É absolutamente maravilhoso.

Ergue os olhos para a neta.

— Fui eu que pintei, vovó — afirma prontamente.

Dando o quadro para Maurício segurar, levanta-se e abraça Angélica.

— Querida, estou pasma. Que talento é esse? Como você conseguiu me retratar com tanta perfeição?

— Foi fácil, porque a senhora é muito linda. Por dentro e por fora — justifica em sua pureza.

Todos ao redor ficam visivelmente emocionados. Cláudio pega o quadro com os olhos marejados e sem dizer uma palavra se dirige à lareira, sobe em uma cadeira, retira de lá o quadro de um pintor francês extremamente famoso e pendura o de Angélica. Desce da cadeira e todos se aproximam silenciosamente para admirar a obra e reverenciar a mulher retratada.

Augusta, que está um pouco mais para trás, observa todas essas pessoas que a amam e entende: este é o verdadeiro talento, o real significado da vida, amar sem cobranças nem dúvidas; amar incondicionalmente e integralmente;

amar pelo simples fato de existir neste planeta. Dirige um pensamento amoroso para suas duas queridas: a madrinha e a mãezinha. Achava que logo as encontraria, porém agora sabe que vai demorar mais um pouquinho, pois ainda tem um bom tempo na terra para continuar espalhando seu amor.

Abre caminho entre todos aqueles que comentam sobre a perfeição da obra de Angélica até chegar aos que estão na frente: Carlos, Cláudio, Palmira, Angélica, Caio e Ivan. Passa um braço em torno de Palmira e outro em Angélica e nota que Carlos, Cláudio, Caio e Ivan fazem o mesmo. Abraçada àqueles que mais importam para sua felicidade, enfim percebe o quanto sua vida é importante. O que importa é o amor. Ele e somente ele é capaz de transformar. Agradece mais uma vez pela chance de poder amar por mais alguns anos e volta a contemplar a si mesma. Então se vira, olha de frente, para toda sua família, e espalha o amor através de seu olhar.

Para saber mais sobre os títulos e autores da EDITORA COERÊNCIA, visite o site **WWW.EDITORACOERENCIA.COM.BR** e curta as nossas redes sociais.

Além de informações sobre os próximos lançamentos, você terá acesso a conteúdos exclusivos e poderá participar de sorteios, promoções e eventos.

@EDITORACOERENCIA

FB.COM/EDITORACOERENCIA

AV. PAULISTA, 326, CJ 84
BELA VISTA - SÃO PAULO -SP - 01.310.902

LILIAN@EDITORACOERENCIA.COM.BR

(11) 3285-1702

NÃO PERCA A OPORTUNIDADE DE REALIZAR O SONHO DE SE TORNAR UM ESCRITOR.
ENVIE SEU ORIGINAL PARA O NOSSO E-MAIL E PUBLIQUE CONOSCO.

editora
coerência

Terminei de ler:

Esta obra foi composta na fonte Berkeley Oldstyle Book,
tamanho 12pt, e impresso em papel pólen soft 70g/m².
São Paulo, julho de 2019